몸-주체와 상처받음의 윤리

시작비평선 0020 오민석 평론집 **몸-주체와 상처받음의 윤리**

1판 1쇄 펴낸날 2020년 11월 20일
지은이 오민석
펴낸이 이재무
책임편집 박은정
편집디자인 민성돈, 장덕진
펴낸곳 (주)천년의시작
등록번호 제301-2012-033호
등록일자 2006년 1월 10일
주소 03132 서울시 종로구 삼일대로32길 36 운현신화타워 502호
전화 02-723-8668
팩스 02-723-8630
홈페이지 www.poempoem.com
이메일 poemsijak@hanmail.net

ISBN 978-89-6021-526-9 04810
978-89-6021-122-3 04810(세트)

값 24,000원

*이 도서의 국립중앙도서관 출판시도서목록(CIP)은 서지정보유통지원시스템 홈페이지(http://seoji.nl.go.kr)와 국가자료공동목록시스템(http://www.nl.go.kr/kolisnet)에서 이용하실 수 있습니다.
(CIP 제어번호: CIP2020048437)

몸-주체와 상처받음의 윤리

머리말

1. 모리스 블랑쇼의 말대로라면 글쓰기란 언어를 '매혹' 아래 두는 것이다. 언어가 매혹의 주술을 잃을 때 권태가 몰려온다. 껍데기들의 연속체, 반복, 낭비된 시간, 거짓말, 가식의 웃음 혹은 눈물. 글쓰기는 이런 것들로부터 계속 도망치는 것이다. 좋은 글은 함부로 소진되지 않는다. 그것은 퍼내도 자꾸 고이는 샘물처럼, 읽을 때마다 새로운 길을 드러낸다. 휴지처럼 버려질 운명, 모래 무덤의 문턱에 글자들이 다가갈 때, 글쓰기는 중단된다.

글쓰기의 매혹은 두 가지 방향으로 온다. 하나는 글쓰기가 진실을 건드릴 때이다. 개 같은 고통을 감수하며 글이 배리背理의 세계를 건드릴 때, 글은 만 가지 뿌리줄기(리좀)를 가지며 그것을 읽는 정신의 세계로 스며들어 간다. 글은 이렇게 혼란의 이름으로 영혼을 깨운다. 왜냐하면 세계는 그 자체 배리이며 모순이기 때문이다. 그러므로 외날을 가진 글은 먼 구석기의 그림에 불과하다. 글은 만 개의 날을 가지고 만 개의 세계를 쑤신다. 글이 세계를 찌를 때, 세계는 만화경처럼 색깔을 바꾸며 자신을 드러낸다. 그것은 혼란이며 화려한 폭발이고, 대답 없는 진실이며, 대답을 기대하지도 요구하지도 않는 두 세계의 만남이다. 보라, 단순성의 세계가 하루아침에 무너지는 것을. 마르크스와 엥겔스의 말대로 "모든 견고한 것들은 공중에 산산이 녹아내린다". 견고한 것들, 단순한 것들, 뻔한 것들, 권태로운 것들은 모두 거짓이다. 글쓰기는 단순성이 만들어내는 거짓과 권태와 싸운다.

매혹의 글쓰기는 두 번째 길을 가지고 있다. 글쓰기는 모든 사물에 오래도록 붙여진 이름들을 조롱한다. 세계는 낡아빠진, 녹이 슨, 먼지가 가득

한, 혹은 빤질빤질한 관습으로 가득 차있다. 글쓰기는 썩은 간판들, 지겹도록 봐서 눈에 들어오지도 않는 이름들을 지우고, 바꾸고, 갈아 치운다. 견딜 수 없는 권태란 없다. 모든 권태는 파괴되기 위해 존재하며, 글쓰기는 먼 아담의 시대에 신이 하사한 주권으로 권태의 집을 때려 부순다. 매혹의 글은 이 파괴의 먼지와 소음과 혼란과 번개의 빛으로 소란하다. 모든 이름은 그 자체 껍데기에 불과하다고 말하는 자는 오직 낡은 집의 완고한 소유자들뿐이다. 글쓰기의 외로운 전사들은 수많은 이름들의 창고 안에서 파괴를 꿈꾼다. "모든 견고한 것들"은 낡은 이름의 소유자들이며, 그것들은 오로지 혐오와 파괴에 의해서만 "공중에 산산이 녹아내린다". 보라, 우리는 이름을 바꿔 친 빛나는 텍스트들의 집을 본다. 그것의 광채는 매혹 그 자체이며, 세계의 재구성이다.

그러므로 배리의 심장을 건드리지 않을 때, 그리고 낡은 이름들을 파괴하지 않을 때, 글쓰기는 중단된다. 매혹을 잃은 게임은 무료함의 공수표空手票들이다. 누가 글을 쓰는가. 매혹의 개 같은 고통을 견디는 자들이 글을 쓴다. 블랑쇼의 책 제목대로 글쓰기는 오로지 "도래할 책"을 쓴다. 저기 책이 오고 있다. 옛것이 무너지는 소리가 들린다.

2. 첫 평론집의 제목을 『몸-주체와 상처받음의 윤리』라 정한다. 정신과 영혼의 모든 자만自慢도 결국 '몸' 안에서 가동된다. 메를로 퐁티에게서 빌려온 "몸-주체"라는 개념은 이런 점에서 정직한 자기 고백이다. 말라르메

의 말대로 "육체는 슬프다". 나와 당신들은 이 '슬프고 약한 육체'로 세상을 견딘다. 갑작스러운 상처 앞에서 정신이 정신없이 고꾸라지는 것을 경험했을 때, 그리하여 살아갈 길이 막막할 때, 나는 내 몸에 들어온 한 알의 신경안정제가 그간 내가 쌓아온 '정신의 힘'보다 훨씬 탁월함을 느끼고 좌절한 적이 있다. 나는 그때 내 영혼의 바닥을 경험하였다. 나는 지렁이처럼 몸으로 세상의 바닥을 긴다. 시는, 문학은, 이런 점에서 이성의 언어가 아니라 몸의 언어이다. 이성으로 설명되지 않는 욕망과 고통과 거짓과 위대한 결단이 몸 안에서 일어난다. 시는 몸의 떨림을 감각의 언어로 주워 담는다. 그리하여 내 문학과 문학 평론의 중심은 몸의 탐구에 가있다. 그리고 그것의 궁극적인 목적은 '상처받음의 윤리'이다. 문학은 '윤리'와 오랜 전쟁을 치러왔다. 윤리가 규범적 권력일 때, 문학은 윤리와 싸운다. 그러나 윤리가 성취가 아니라 무너짐, '상처 줌'이 아니라 '상처받음'을 지향할 때 그것은 문학과 친족 유사성을 갖는다. 레비나스에 의하면 '윤리적 주체'는 오로지 타자를 위한 존재, 타자를 위해 스스로 "상처받기 쉬움(vulnerability)"의 상태에 있는 존재를 의미한다. 이런 점에서 이글턴T. Eagleton은 레비나스의 윤리학을 "당당한 성취의 윤리가 아니라 무너짐 그리고 상처받음의 윤리"라 정의하는데, 이 "무너짐 그리고 상처받음의 윤리"야말로 '시의 윤리'가 궁극적으로 도달할 지점이 아닌가. 그러나 그 길은 얼마나 멀고 먼가. "상처받음의 윤리"는 내 평론의 '현재'가 아니라 '도래할 미래'이다. 나의 글은, 나의 문학은, 나의 평론은, 그것을 향해 아픈 몸을 질질 끌고 계속 나아가는 것이다.

3. 1990년대 초반에 문예지와 신춘문예를 통해 시와 평론으로 문단에 얼굴을 디민 지 얼마 지나지 않아, 나는 '영문학' 연구를 핑계로 무려 20여 년간 문학 판을 떠나있었다. 첫 번째 시집을 낸 지 무려 23년 만에『그리운 명륜여인숙』이라는 두 번째 시집을 들고 문학 판에 돌아왔을 때 나는 온전히 혼자였다. 그 '혼자'에게 엄청난 시간과 양의 지면을 허락한 매체와 사람들이 있어서 이 자리를 통해 꼭 감사의 인사를 드리고 싶다. 그것은《중앙일보》『시와표현』『시인동네』 같은 매체들과 그것을 운영하는 분들이었다. 이 분들은 내게 짧게는 1년, 길게는 5년여의 지면을 '연재'의 형태로 계속 제공했으며 덕택에 나는 미처 게으름을 피울 틈도 없이 행복한 글쓰기의 세계로 돌아왔다. 이제 청년 카프카의 명제대로 "나는 문학이다". 나는 이미 그렇게 되어버렸다. 몇 년 사이에 시집을 포함하여 꽤 여러 권의 책을 세상에 내놓았다. 평론이 죽으면 문학도 죽는다는 '교만'을 나는 믿지 않는다. 누가 누구를 선도하는 것이 아니라. 문학과 평론은 세상의 뻔한 생각들, 개 같은 폭력들과 싸우는 서로 다른 방식일 뿐이다. 내 안에 시가 있고, 평론이 있다. 나는 이것들을 껴안고 바닥을 긴다.

2020년 겨울
먹실 산방에서
오민석

차 례

제2부 거기, 시인들이 있었네

제3부 저 아픈 꽃밭들

제1부

시와 문학에 대한 열다섯 개의 테제

1.
아담이 무엇이라고 부르나 보시려고
—은유에 대하여

"하나님이 흙으로 각종 들짐승과 공중의 새를 지으시고 아담이 무엇이라 부르나 보시려고 그것들을 그에게로 이끌어 가시니 아담이 각 생물을 부르는 것이 곧 그 이름이 되었더라."(『창세기』 2:19)

I.

신은 우주 만물을 창조한 후에 인간에게 모든 피조물의 이름을 붙이는 권한을 부여하였다. 이름을 얻음으로써 피조물들은 (상징계 안에서) 비非존재에서 존재로 전화된다. 이름을 얻음으로써 피조물들은 비로소 (기호로서의 정체성을 갖게 되며) 사물의 층위에서 언어의 층위로 전이된다. 은유란 이렇게 최초의 인간이 사물에 붙인 이름 위에 다른 이름을 부여하는 작업이다. 그러므로 은유를 '한다'는 것은 한 존재를 다른 존재로 전화시키는 일이며, 하나의 기호를 다른 기호로 전이시키는 일이다. 이 전화와 전이는 은유 이전의 존재와 은유 이후의 존재를 분리시키는 일이 아니다. 그것은 한 이름에 다른 이름을 부여함으로써 존재를 확장시키는 행위이다. 그리하여 은유 이전과 이후의 존재 사이에는 항상 '유사성(similiarity)'이 존재한다. 이런 점에서 아리스토텔레스(Aristotle)는 "은유를 자유자재로 구사하는 것은 가장 훌륭한 일"이며 "훌륭한 은유를 만드는 것은 유사성을 볼 줄 아는 눈을 갖는 것"(『시학 *The Poetics*』)이라고 하였다.

작은

장미,

아주 작은,

때로,

발가벗은 꼬맹이 장미,

당신은

내 한 손에

딱 맞아

마치 내가 당신을 이렇게 움켜쥐고

입으로 가져갈 것 같아,

그러나

갑자기

내 발은 당신 발에 닿고 내 입은 당신 입술에 닿지,

당신은 이미 커버렸거든,

당신의 어깨는 마치 두 개의 언덕처럼 솟아오르고,

당신의 가슴은 내 가슴 위에서 떠도네,

내 팔은 이제 좀체 당신 허리의

초승달 같은 가는 선을 감싸지도 못하지,

왜냐하면 사랑할 때 당신은 당신을 바닷물처럼 풀어놓으니까,

그리하여 나는 하늘의 가장 넓은 눈을 거의 측정하지도 못해,

그리고 대지에 키스하기 위해 당신의 입에 몸을 숙이지.

—파블로 네루다(P. Neruda), 「당신이라는 대지 안에서」 전문(오민석 역)

화자가 이름을 붙이기 전에 이 시 속의 "당신"은 비존재 혹은 무無존재에 가깝다. 그것은 텅 빈, 껍데기 시니피앙이다. 화자는 그것에 작고 귀여운, "발가벗은 꼬맹이 장미"라는 이름을 붙여 준다. 화자에게 "당신"은 제어 가능한 작고 귀여운 존재이다. 그러나 움켜쥐는 순간, "당신"의 어깨는

"두 개의 언덕처럼 솟아오르고" "당신"의 가슴은 화자의 가슴 위에서 떠돈다. 날씬한 허리는 "초승달 같은" "가는 선"을 보여 주지만 화자의 팔이 껴안을 수 없을 정도로 성장해 있다. 화자는 이 방대해진 존재를 감당하기 어렵다. 지속적인 '이름 붙이기'에 의하여 "당신"은 마침내 어머니인 "대지"로 커진다. 은유에 의해 "당신"의 의미는 이렇게 ① 작고 귀여운 존재 → ② 관능적인 존재 → ③ 어머니인 대지로 점점 확장된다. 그리고 이 세 가지 존재들은 "당신"이라는 동일한 존재의 서로 다른 세 층위이다. 이들은 서로 안에 내주內住한다. 은유는 이렇게 유사성의 축을 중심으로 의미의 동심원을 확장해 나가는 작업이다. 은유는 존재에 새로운 층위를 계속 부여함으로써 '단층적'인 존재를 '중층화重層化'한다. 은유는 바다 거품에서 비너스를 생성하는 힘이다. 은유의 파도 위에서 존재는 계속 새롭게 피어난다. 은유는 몸체만 있는 식물에 잎과 가지를 달고, 꽃받침 위에 겹겹의 꽃잎을 올린다.

Ⅱ.

그러나 은유는 장식이 아니다. '이름 붙이기'는 무정형의 사물에 의미를 부여하는 작업이고, 은유는 기존의 의미에 다른 의미를 덧씌우는 작업이다. 은유는 선택과 배제를 통해서 사물에 의미의 예각을 세운다. 이런 점에서 은유는 일종의 '인식'이다. "은유는 장식이 아니라 문체를 통하여 본질의 비전을 회복하는 필수 불가결한 도구"이며, "서로 다른 시간에 존재하는 감각들을 병치함으로써 유비(類比, analogy)의 기적을 통해 공통의 본질을 해방시킨다"(제라르 주네트Gérard Genette, 『문학 담론의 형상들 *Figures of Literary Discourse*』). 인용문에서 "본질의 비전" "공통의 본질"이란 은유의 작업을 통해 '드러나는' 인식의 결과물들을 말한다. 은유는 두 사물을 비교하는 일종의 "유비"이지만, 그것은 단지 하나의 이름에 다른 이름을 포개는 작업이 아니다. 두 개의 이름이 겹쳐지면서 그 사이에 '긴장'이 발생할 때에만 우리는 이 포개짐을 은유라 부른다. 은유는 일상 언어의 차원에서는 양립 불가능한 항목들을 연결시킴으로써 불안한 혹은 새로운 '긴장'을 생성한다. 가령 "꽃은 생물이다"라는 진술은 은유가 될 수 없다. 이 문장은 "꽃"에 아무런 의미를 추가하지 않는다. "꽃"과 "생물" 사이에는 유사성만 있을 뿐, 이 둘의 결합은 아무런 긴장도 생산하지 않기 때문이다. "은유에 있어서 혁신이란 대상에 부적절성(impertinence)을 부여함으로써 새로운 의미론적 적절성(pertinence)을 생산하는 데에 있다"(폴 리쾨르Paul Ricoeur, 『시간과 서사 *Time and Narrative*』).

아무도 섬이 아니다,
그 자체 저절로 온전하지 않다.
누구나 대륙의 한 조각이요,
본토의 한 부분이다.
만일 흙 한 덩이가 바다에 쓸려 내려가면,
바닷가의 절벽이 작아지고,
그대와 그대 친구들의 영토가 작아지고,
유럽이 작아진다.
모든 사람의 죽음이 나를 줄어들게 한다,
왜냐하면 내가 인류에 속해 있기 때문이다.
그러니, 사람을 보내 알려 하지 마라,
누구를 위하여 종은 울리냐고,
종은 그대를 위하여 울린다.

—존 던(J. Donne), 「누구를 위하여 종은 울리나」 전문(오민석 역)

이 시는 (일상 언어의 문법에서 보았을 때) '부적절한' 비유를 끌어들임으로써 긴장을 생산한다. 누가 고작 "흙 한 덩이"가 바다에 쓸려 간다고 해서 유럽이 작아진다고 생각하겠는가. 누가 한 사람의 죽음을 인류의 상실로 받아들이는가. 이 시는 "흙 한 덩이"를 "대륙" "본토"와, 즉 부분을 전체와 동일시함으로써 일상적 사유를 전복시킨다. 화자에게 있어서 모든 전체는 결국 부분들의 연결이며, 부분이 없이 전체는 존재하지 않는다. 그러므로 그 어떤 개인도 고립된 "섬"이 아니다. 그리하여 개인을 "인류" 전체와 등치시키는 것이 가능해진다. 누군가의 죽음을 애도하기 위해 울리는 종은 따라서 죽은 자만이 아니라 살아있는 모든 "그대를 위하여" 울리는 것이다. 죽은 자나 살아있는 자나 그 자체 모두 "인류"이고, 따라서 한 사람의 죽음은 곧 나의 '줄어듦'이기 때문이다. 이런 논리적 과정을 통해 애초에 '부적절'해 보이던 유비는 의미론적 '적절성'을 확보하게 된다. 헤밍웨이의 소설 제목으로 차용되어 유명해진 이 시는 (그러나 원래 시가 아니라) 시인이자 성직자였던 존 던의 종교적 묵상집의 일부이다. 말하자면 시처럼 쓴 산문이지만, 이 글은 은유가 단지 뻔한 비유 혹은 유비가 아니라 새로운 인식이며 새로운 논리의 생성임을 잘 보여 준다.

모든 시적 언어가 그렇지만 새로움을 잃을 때 은유는 죽는다. 죽은 은유(dead metaphor)는 시가 아니다. 은유는 새로운 긴장의 파도 위에서만 살아있다. 은유는 경화된 공리에 구멍을 내는 언어이다. 그것은 화석화된 사유를 깨뜨려 새로운 인식(사유)의 길을 여는 언어이다. 그러므로 좋은 은유는 항상 '예상 불가능한' 비유이며, 한 번도 사용되지 않은 비유이다. 반복은 관습을 낳고 관습은 은유를 죽인다. 죽은 은유가 가득한 상징계에서 의도적으로 '부적절한' 은유를 생산함으로써 긴장을 조장하는 것이 시인의 의무이다. 모든 새로움은 규범으로부터의 일탈을 통해서 만들어진다. 이런 점에서 시인의 언어는 '꼬장'의 언어, '심술'의 언어이며, '난센스'의 언어이다. "모든 형식은 고갈되었다"는 모더니스트들의 고백은 일탈의 끝에서 새로운 일탈을 만들어내야 하는 모든 예술가들의 비명悲鳴이다. "더 이상의 새로운 형식은 없다"는 고백에서 역설적이게도 새로운 형식이 시작된다. 이런 고백은 오로지 "새로운 형식"을 찾는 자만이 할 수 있는 고백이기 때문이다.

Ⅲ.

그렇다면 난센스의 언어인 은유는 어떻게 소통이 가능할까. 로만 야콥슨(R. Jakobson)에 의하면 은유는 수사법의 일종이면서 동시에 문장 생성의 보편적 원리 중의 하나이다. 말하자면 은유는 모든 일상 언어의 생성 원리 중의 하나이기도 한 것이다. 야콥슨에 의하면 문장은 은유와 환유(metonymy)의 두 축의 교차에 의해서 만들어진다. 은유의 축은 같은 계열에 속하는 단어들 사이에 '선택(selection)'이 이루어지는 축이다. 가령 주어(혹은 타동사, 목적어)라는 같은 계열체(paradigm)에 속하는 수많은 단어들을 다른 단어로 바꿀 때 다른 문장이 만들어진다. 이런 점에서 문장의 생성이란, 같은 계열에 속하는 단어들을 다른 단어들로 교체하는 것에 다름 아니다. 그리고 이 교체는 같은 계열이라는 '유사성'의 범주 안에서 일어난다. 야콥슨이 롤랑 바르트(R. Barthes)에 의해 "계열체"라고 명명된 축을 '은유'의 축이라고 설명한 이유가 바로 이 때문이다. 바르트에 의하면, 그러나 문장의 생성은 계열체의 축에서 단어들을 선택하거나 교체함에 의해서만 이루어지지 않는다. 계열체에서 선택한 단어들은 이제 엄격한 순서에 의해 '연속체(syntagm)'의 축에서 수평으로 '배열(combination)'되어야만 한다. 그리고 이 배열은 제멋대로 이루어지는 것이 아니라 무엇 다음에는 반드시 무엇이 와야만 한다는(가령 영어의 경우 목적어는 반드시 타동사 뒤에 와야 한다), 즉 '인접성(contiguity)'의 원리에 의해서 가동된다. 야콥슨은 롤랑 바르트가 배열의 축이라고 명명한 이 축의 이름을 '환유'의 축으로 바꾼다. 왜냐하면 은유가 유사성의 원리에 의해 가동된다면 환유야말로 인접성의 원리에 의해 가동되는 것이기 때문이다. 환유는 어떤 사물을 그것에 '인접'해 있는 다른 사물로 부르는 것이다. 가령 왕(king)을 왕관(crown)으로, 미국 정부를 백악관이라 명명하는 것은 인접성의 원리에 토대한 환유의 적절한 예이다.

롤랑 바르트가 선택과 배열 혹은 계열체와 연속체의 교차로 설명한 문장 생성의 원리는 로만 야콥슨에 의해 이렇게 은유와 환유의 축으로 교체된다.

이렇게 되면 은유와 환유는 수사법을 넘어 문장 생성의 보편적 원리로 격상된다. 야콥슨에 의하면 문장은 은유와 환유의 교차에 의해 만들어지며, 모든 언어는 은유의 축을 지향하거나 환유의 축을 지향하는 경향이 있다. 가령 시의 언어는 은유를 지향하는 경향이 있음에 반해, 산문 언어는 환유를 지향한다. 시의 언어는 한 기호를 다른 기호로 대체하는 언어이며 이를 통해 두 기호 사이의 유사성을 찾아내는 언어이다. 그러나 산문 언어는 대상 밖으로 나가기를 거부하며 사물을 그것에 인접해 있는 것들을 통해 설명한다. 가령 소설 언어가 한 인물을 묘사할 때 그것의 외모, 복장, 어투, 그것이 위치해 있는 공간에 대한 묘사를 사용하는 것이 바로 이런 예이다. 그러나 시적 언어는 맥락을 파괴하며 맥락 밖으로 뛰쳐나가는 언어이다. 그럼에도 불구하고 우리가 이런 언어를 이해할 수 있는 것은, 그것이 한편으로는 특수한 언어이면서 동시에 모든 문장 생성의 보편적 원리이기 때문이다.

언어를 습득하고 상징계에 진입한 모든 독자들은 은유를 이해할 수 있는 '언어 능력(linguistic competence)'을 자신도 모르게 내면화하고 있다. 은유는 독자들이 이미 내면화하고 있는 은유에 대한 이해의 능력에서 출발하기 때문에 소통의 불가능성에 대해 두려워하지 않는다. 은유는 소통의 궁극적인 가능성을 신뢰하면서 소통의 채널을 교란시키는 모순의 언어이다. 은유가 두려워하는 것은 오히려 '손쉬운' 소통이다. 은유가 지향하는 것은 '불통不通'이 아니라 '새로운' 소통이다. 독자들은 은유의 원리를 이미 알고 있기 때문에 은유의 형식 자체에 대한 두려움을 갖고 있지 않다. 독자들이 당황하는 것은 은유의 보편적 원리 안에서 벌어지는 언어의 이상한 게임이다. 이미 알고 있는 길로 독자들을 끌어들이되 독자들로 하여금 마치 처음 온 길처럼 느끼게 만드는 언어 게임이야말로 은유가 지향하는 것이다. 새로운 게임이란 늘 같은 규칙 안에서 일어나지만, 마치 일어날 수 없는 일이 일어난 것처럼 만드는 것이기 때문이다. '세상에 이런 경기도 있네, 세상에 어떻게 저렇게 골을 넣을 수가 있지'라고 말할 때, 그 경기는 이미 경기의 모든 규칙을 준수하되, 그 안에서 도저히 일어날 수 없는 일을 벌이고 있는 것이다. 은유는 따라서 자신에게 주어진, 벗어날 수 없는 규칙을 준수하되 그것의 경계 너머를 꿈꾸는 위험한 언어, 기적의 언어이다.

자크 라캉(J. Lacan)에 의해서도 은유는 보편적 언어 규칙임이 증명된다. 라캉은 프로이트가 꿈의 두 가지 조직 원리로 설명한 '응축(condensation)'과 '전치(轉置, displacement)'를 '은유'와 '환유'로 바꾸어놓는다. 이렇게 되면 은유는 수사법을 넘어 무의식을 조직하는 두 가지 원리 중의 하나로 격상된다. 간단히 말해 일상 언어뿐만 아니라 욕망조차도 은유(와 환유)의 원리에 의해 조직된다는 것이다. 이렇게 되면 은유는 무의식의 문법이고, 일상 언어의 문법이며, 동시에 시적 언어의 문법이다. 그러나 각 단위에서 은유가 가동되는 방식은 다르다. 시적 은유는 일상 언어의 은유와 다르다. 일상 언어의 은유가 순전히 소통의 편리를 위해 가동된다면, 시적 은유는 소통을 방해함으로써 질료로서의 언어 자체를 의식하게 만드는 언어이다. 시적 은유는 이런 점에서 무의식의 언어, 꿈의 언어, 욕망의 언어에 가깝다. 그것은 윤리와 율법을 깨뜨리는 언어이며, 경계를 넘나드는 횡단의 언어이다. 그것은 바닥에 숨어 보이지 않는 욕동慾動을 의식의 너머로 끌어올리는 언어이며, 이성의 규칙을 조롱하는 언어이다. 그것은 자아와 초자아의 검열을 두려워하지 않으며 '위반'을 전경화前景化하는 언어이다.

> 사월은 가장 잔인한 달, 죽은 땅에서
> 라일락을 피우고, 추억과
> 욕망을 섞으며, 봄비로
> 생기 없는 뿌리를 자극한다.
> 겨울은 우리를 따뜻하게 지켜주었지, 망각의
> 눈(雪)으로 대지를 덮고, 마른 구근들에게
> 약간의 생명만 먹여 주었지.
>
> —엘리어트(T. S. Eliot), 「황무지」 부분(오민석 역)

은유는 서로 다른 시간대의 경험("추억과/ 욕망")을 소환해 뒤섞는다. 은유는 시간과 공간, 의미의 모든 경계를 허물고 간극을 메움으로써 죽어가는 대상에 생기를 불어넣는다. 그것은 "망각"의 겨울을 거부하는 봄의 목소리이다. 은유는 죽은 클리셰("죽은 땅")에서 꽃을 피우고, '연명'을 생명으로 아는 "겨울"의 언어를 거부하는 언어이다. 은유는 죽은 일상에 가해지는 폭력의 언어이다. 그것은 이런 의미에서 "가장 잔인한" 언어이다. 은유는 이미 잘린 머리에서 새로운 머리를 뿜어내는 히드라Hydra의 언어이다. 그것은 하나의 머리를 고수하는 통념을 조롱하며 사물의 몸에 여러 개의 머리를 심는다. 은유에 의해 사물은 비로소 입체가 되며 무수한 각도를 갖는다. 일상의 헤라클레스Heracles가 히드라의 머리를 칠 때 헤라클레스가 저주하는 것은 단일성과 평면성에 대한 도전이다. 헤라클레스가 히드라의 머리를 자르자 그 자리에서 두 개의 머리가 자라나듯, 은유는 그 모든 단성성(單聲性, monophony)을 거부하며 사물에 '다성성(多聲性, polyphony)'의 뿔을 단다. 새로움을 죽이는 것은 시간이며, 시간을 통해 실현되는 반복이다. 모든 '새로운' 은유는 '낡음'의 운명에서 자유롭지 않다. 은유는 자기 몸의 낡은 기관(organ)들을 혐오한다. 은유는 자신의 신체가 낡고 진부했다고 느끼는 순간 그것을 절단하고 그 자리에 새로운 기관들을 심는다. 그것은 단일성과 습관화의 폭력에 굴하지 않는 영원한 히드라의 언어이다.

2.
적들과 함께, 무한한 연습과 함께
—문학의 정치에 대하여

I.

2017년 말 이후 촛불 정국을 지나오면서 우리는 오랜만에 시와 정치의 '직접적' 만남을 다시 목격했다. 블랙리스트 시인들의 시선집인 『천만 촛불 바다』 『검은 시의 목록』을 필두로 『촛불은 시작이다』 『길은 어느새 광화문』 같은 앤솔러지 시집들이 쏟아져 나왔고 처용산의 『촛불혁명군』, 이원구의 『촛불, 모든 날이 좋았다』처럼 촛불 혁명을 직접 다룬 개인 시집들도 출판되었다. 암흑의 70~80년대에 문학과 정치는 명시적으로 떼려야 뗄 수 없는 관계였고, 작가들은 늘 정치의 먹구름 속에서 문학을 생각하지 않으면 안 되었다. 그리고 그 안에서 소위 '민중문학론' '민족문학론' '노동해방문학론' 등의 주제로 치열한 논쟁들이 진행되었다. 촛불 혁명은 그 자체 위대한 '사건'이고 그것의 문학적 표현물이 생산되는 현상은 불가피하고도 자연스러운 일이다. 그런데 과연 짧은 혁명의 시기가 지나가고 선거에 의해 정권이 바뀐 지금 우리는 아직도 문학과 정치의 상관성의 촛불을 켜고 있는가.

나는 한국문학도 이제 보다 거시적이고 장기적인 안목에서 문학과 정치의 관계에 대하여 사유할 때가 되었다고 생각한다. '사건 먼저, 문학 나중'

이 아니라 문학은 사건의 연쇄인 세계 속에 이미, 항상 들어가 있어야 하며, 그 안에서 문학 고유의 행위를 바라보고 모색하며, 문학의 능력과 무능에 대하여 반추하고 그 위에 새로운 사유를 끊임없이 덧보태야 할 것이다. 문학은 현실의 굴절이면서 동시에 그 자체 현실의 부분이고 현실을 생산하는 기제이기도 하다. 문학은 다른 문화적 산물들과 마찬가지로 자신만의 고유한 물질성을 가지고 있으며 문학의 성패는 이 고유의 물질성을 어떻게 다루는가에 달려 있기도 하다. 회화와 음악의 물질성이 각각 색과 소리에서 온다면 문학의 물질성은 언어에서 온다. 그러나 색이나 소리와 달리 언어는 그 물질성을 끊임없이 감춘다. 그림이나 음악을 즐기기는 쉬우나 사람들이 정작 화가나 음악가가 되기를 꺼려하는 이유는 색과 소리의 물질성을 제어할 자신이 도무지 없기 때문이다. 아무리 타고난 재능이 있을지라도 무수한 연습을 경유하지 않고 색과 소리를 예술의 경지로 가공하기는 힘들다. 그것은 오직 견디기 힘든 장기간의 집중된 훈련의 결과로 나온다. 악보를 전혀 보지 않은 채 베토벤이나 라흐마니노프의 길고도 복잡한 피아노 협주곡을 탁월하게 연주하는 것은 재능만으로 도달할 수 없는 '연습'의 위대한 성취이다.

이에 반해 언어는 너무나 일상적이어서 그것의 물질성은 특별하거나 새롭게 잘 다가오지 않는다. 그리하여 많은 사람들(그리고 작가들)이 문학을 너무 '쉽게' 생각하고, 쉽게 수행한다. 그러나 좋은 문학 역시 언어의 물질성에 대한 체화된 이해와 그것을 가공하는 높은 수준의 기량의 결과이다. 그리고 이 기술 역시 회화나 음악 혹은 발레 등과 마찬가지로 오로지 무한히 반복된 연습을 통해서만 성취된다.

> 아픈 몸이
> 아프지 않을 때까지 가자
> 온갖 식구와 온갖 친구와
> 온갖 적들과 함께

적들의 적들과 함께

무한한 연습과 함께

—김수영, 「아픈 몸이」 부분

문학은 식구와 친구와 적과 적들의 적과 "함께"한다. 이것이 문학의 정치성이고 문학과 정치의 분리 불가능성이다. 문학에게 있어서 정치는 선택의 문제가 아니다. 문학은 늘 세상의 적들과 함께했으며 적들의 적들 안에 있었다. 그러니 '사건 먼저, 문학 나중'의 관습 안에서 문학과 정치의 상관성을 상상하는 일은 게으른 일이다. 뒤늦게 사건을 뒤쫓아 가는 문학은 이미 사건이 아니다. (이런 장르가 따로 있는 것은 아니지만) 대부분의 '정치 시(political poems)'에서 문학이 죽고 정치만 남는 이유가 바로 이것이다. 문학은 사건보다 먼저 눕고 사건보다 먼저 일어난다. 적들과 적들의 적들과 문학이 함께하면서 그것들을 넘어서려면 "무한한 연습과 함께"해야 한다. 이런 점에서 "문학의 정치와 작가의 정치는 같은 것이 아니다. 문학의 정치는 작가가 자신이 사는 시대에서 사회적 혹은 정치적 투쟁에 몸소 참여하는 것을 의미하지 않는다"는 랑시에르(J. Rancière)의 말은 경청할 만하다. 그에 의하면 "문학의 정치라는 표현은 오로지 문학이 문학임으로(by being literature) 정치를 수행하는 것을 함축한다". 랑시에르의 의도는 "작가의 정치"를 폄하하자는 것이 아니다. 말할 필요도 없이 작가가 정치적 투쟁에 참여하는 것은 그 자체 정치적 행위로서 충분히 유의미한 일이다. 그러나 "문학의 정치"는 조금 다른 차원의 일이다. 그것은 오로지 "문학임"을 경유해야만 성취할 수 있는 것이다. "문학의 정치"라는 표현은 "시간과 공간, 가시적인 것과 비가시적인 것, 말과 소음의 분할에 문학이 (다름 아닌) 문학으로서 개입하는 것"(랑시에르)을 의미한다. 문학이 문학이 되기 위해서는 언어의 물질성에 대한 자각과 그것의 가공/생산 기술에 대한 자의식이 필요하다. 서툰 데생을 예술로서의 그림이라고 하지 않듯이 가공의 기술이 부족한 글을 우리는 문학이라 부르지 않는다. 2016년 노벨문학상을 수상한 (가

수, 시인) 밥 딜런은 "나는 나의 말이다(I am my words)"라고 하였거니와 비트겐슈타인(L. Wittgenstein)은 "나의 언어의 한계가 나의 세계의 한계이다"라고 하였다. 문학은 김수영의 말마따나 오로지 "아픈 몸이/ 아프지 않을 때까지" "온갖 적들과 함께"하는 "무한한 연습과 함께" 오며 자기 언어의 한계를 계속 뛰어넘을 때 비로소 온다.

Ⅱ.

우리는 세계문학사에서 그리고 최근 한국문학의 지형도에서 (특히 모더니즘의 다양한 성과들을 통해) 언어의 물질성에 대한 치열한 자각을 볼 수 있다. 그러나 언어의 물질성을 세계로부터 분리시킬 때 문학은 한편으로는 재현의 노예 상태에서 벗어나지만, 다른 한편으로는 세계의 미아가 된다. 세계는 문학의 태반胎盤이므로 물질로서의 언어가 세계를 구성하는 감성과 유리될 때 문학은 생명에서 비非생명으로, 즉 탯줄을 잃은 사물로 전락한다. 문학은 오로지 세계와 겹쳐진 상태에서 랑시에르가 '감성의 나눔(distribution of the sensible)'이라고 명명한 정치를 수행한다. 문학은 물질인 언어를 가공하는 기술이면서 그를 통해 "생각할 수 없도록 운명 지어진"(랑시에르) 주체들로 하여금 생각하게 하고, 보이지 않고 들리지 않는 것들을 보이고 들리게 한다. 랑시에르는 정치를 '감성'으로 설명함으로써 문학과 정치를 동일한 영역에 포개놓을 수 있었다.

어느 날
한 자칭 맑스주의자가
새로운 조직 결성에 함께하지 않겠느냐고 찾아왔다
얘기 끝에 그가 물었다.
그런데 송 동지는 어느 대학 출신이오? 웃으며

나는 고졸이며, 소년원 출신에
노동자 출신이라고 이야기해 주었다
순간 열정적이던 그의 두 눈동자 위로
싸늘하고 비릿한 막 하나가 쳐지는 것을 보았다
허둥대며 그가 말했다
조국해방전선에 함께하게 된 것을
영광으로 생각하라고
미안하지만 난 그 영광과 함께하지 않았다

십수 년이 지난 요즈음
다시 또 한 부류의 사람들이 자꾸
어느 조직에 가입되어 있느냐고 묻는다
나는 다시 숨김없이 대답한다
나는 저 들에 가입되어 있다고
저 바다 물결에 밀리고 있고
저 꽃잎 앞에서 날마다 흔들리고
이 푸르른 나무에 물들어 있으며
저 바람에 선동당하고 있다고
가진 것 없는 이들의 무너진 담벼락
걷어차인 좌판과 목 잘린 구두,
아직 태어나지 못해 아메바처럼 기고 있는
비천한 모든 이들의 말 속에 소속되어 있다고
대답한다 수많은 파문을 자신 안에 새기고도
말 없는 저 강물에게 지도받고 있다고

—송경동, 「사소한 물음들에 답함」 전문

마르크스주의자임에도 불구하고 학력과 계급의 서열에 갇혀있는 조직 운동가들의 "물음들에 답함"의 형식을 가지고 있는 이 시는 문학과 정치가 왜 '감성의 나눔'인지 잘 보여 준다. 문학의 적은 감성이 사라진 체제이며 기계적인 조직이다. 이런 점에서 문학은 "아직 태어나지 못해 아메바처럼 기고 있는/ 비천한 모든 이들의 말 속에 소속"되어 있다. "비천한 모든 이들의 말"은 잘 들리지 않는다. 체제와 조직이 그것의 숨통을 조이기 때문이다. 문학은 푸르른 "들"과 "바다 물결" "푸르른 나무"와 "바람"에 선동당함으로써 말하지 못하는 주체들을 말하게 하고 무대 위에 오르게 한다. "수많은 파문을 자신 안에 새기고도/ 말 없는 저 강물"이야말로 역사의 구비에서 침묵당한 목소리들이다. 문학은 그것들로부터 세계를 배우며, 그것들의 침묵을 웅변으로 전화시킨다. 이 시는 이렇게 지식/권력 중심의 분할을 감성의 분할로 재편하는 '문학의 정치'를 잘 보여 준다. 우리는 이런 소중한 성과를 박노해의 초기시들, 황지우와 심보선 등의 시편들에서 발견한다. 이들은 저마다 고유한 방식으로 언어의 물질성을 가공할 줄 아는 생산자들이며 그를 통해 권력 중심의 감성들을 재편하는 (탁월한) '문학의 정치' 수행자들이다.

Ⅲ.

최근 잘나가는 칼럼니스트들이 소재의 궁핍 때문에 헤맨다는 말이 들려온다. 말하자면 나쁜 정치가 좋은 칼럼의 소재를 주는 법인데, 문재인 정부 들어 정치의 '나쁨'이 희석되면서 소재거리가 확 줄어들었다는 것이다. 그간 워낙 험한 토양에서 짐승 같은 권력들과 맞서왔으니 그럴 만도 하다. 그러나 칼럼니스트를 포함한 시인과 작가들이 민주 정부가 들어섰으니 더 이상 할 말이 없다고 말하는 것은 직무유기에 지나지 않는다. 세계는 그렇게 간단하지 않으며, 문제는 일거에 해결되지 않는다. 촛불의 승리 이후 (정치적으로) 개점휴업 중인 작가가 있다면 그의 문학이야말로 (사건의 꽁무니를 쫓아다니는) '사건의 노예'이다.

문학은 닿을 수 없는 것을 꿈꾸는 담론이며, 그런 의미에서 궁핍의 전도사이다. 문학은 세계의 가난을 까발리며 가난을 생산하는 체제와 싸운다. 문학은 가짜 규범이 형성한 감성의 구획을 뒤흔들며, '적당한 것/부적당한 것'으로 명명된 부당한 위계와 싸운다. 이런 싸움이 멈출 때 세계는 미래의 현실이 될 현재의 돈키호테를 잃는 것이다. 문학의 날개가 닿은 정치의 영역은 끝도 없이 넓고 다양하며, 문학의 물질성이 생산력을 극대화할수록 말하지 못하던 세계가 입을 열고 보이지 않던 풍경이 노출된다. 알튀세(L. Althusser)의 지적대로 문학은 보이지 않는 이데올로기를 보이게 만든다. 이데올로기는 문학의 고향이고 문학 역시 이데올로기이지만, 문학은 자신의 물질성으로 이데올로기에 외피를 입힘으로써 이데올로기와 거리를 취한다. 보이지 않던 세계는 문학의 외피를 입으면서 윤곽이 드러난다.

문학의 이러한 속성을 망각하고 현세를 '태평성대'로 여길 때 문학과 세계 사이의 모든 긴장은 와해된다. 문학은 세계의 외피를 복제하는 것이 아니다. 그러므로 이제 문학을 재현이라 불러서는 안 된다. 세계(이데올로기)는 그 자체 자기합리화 기제이며 그것의 복제는 세계의 가난을 드러내지 못하기 때문이다. 문학은 세계의 말실수와 째진 틈과 균열을 드러냄으로써 세계의 방어기제에 구멍을 낸다. 세계가 '이만하면 살 만한 곳'이라고 떠들 때, 문학은 세계가 그렇게 말하는 자들만의 리그라는 사실을 폭로한다. 문학은 세계의 가면을 뒤틀고 그것의 외양을 굴절시킴으로써 그것의 내부를 드러낸다. 이것이 문학의 기술이고 생산력이다. 문학이 '무한한 연습'을 통해 자신의 물질성을 가공하고 그것의 생산력을 극대화하는 것을 우리는 문학의 진화 혹은 발전이라고 부른다.

이런 점에서 문학이 가장 혐오하는 것은 클리셰cliché이다. 클리셰는 뻔한 것을 뻔하게 드러내는 것이다. 그것은 가면을 가면 그대로 드러낸다는 점에서 현실의 복제이다. 그것은 현실에 아무런 가공의 노동도 더하지 못하므로 '하나 마나 한 일'이다. 이런 점에서 문학의 일과는 클리셰를 부수는 데에서 시작된다.

길중은 밤늦게 돌아온 숙자에게 핀잔을 주는데, 숙자는 하루 종일 고생한 수고도 몰라주는 남편이 야속해 화가 났다. 혜옥은 조카 창연이 은미를 따르는 것을 보고 명섭과 자연스럽게 이야기를 나누게 된다. 이모는 명섭과 은미의 초라한 생활이 안쓰러워……

어느 날 나는 친구 집엘 놀러 갔는데 친구는 없고 친구 누나가 낮잠을 자고 있었다. 친구 누나의 벌어진 가랭이를 보자 나는 자지가 꼴렸다. 그래서 나는……

—황지우, 「숙자는 남편이 야속해 – KBS 2 TV 산유화(하오 9시 45분)」 전문

첫 번째 연은 공영방송인 KBS의 연속극 줄거리이고 두 번째 연은 공용 화장실의 벽에서 흔히 발견되던 낙서이다. 두 공간은 모두 '공영' '공용'의 영역이라는 점에서 겹친다. 두 연은 모두 말줄임표로 끝나고 있는데, 이는 두 공간이 모두 뒷이야기를 들어봐야 '뻔한', 구조적 상동성을 가진 공간임을 나타낸다. 80년대 독재 치하의 공공 영역들은 이렇게 철저하게 클리셰로 무장되어 있었다. 클리셰는 뻔한 공간이므로 그곳에서는 무슨 일이 일어나도 아무 일도 일어나지 않는 것 같으며, 누군가 오고 가도 아무도 오고 가지 않는 것처럼 느껴진다. 독재정권은 이렇게 클리셰를 정면에 내세움으로써 마치 아무 일도 없다는 듯이 폭력과 야만의 내부를 감춘다. 클리셰는 굳게 닫힌 시대의 파사드facade이다. 황지우는 아무런 설명도 논평도 없이 80년대를 대표하는 두 개의 파사드를 단순 병치함으로써 (검열에서 자연스레 벗어나면서) 국가 담론(공영방송)의 콘텐츠가 화장실의 저급한 낙서 수준에 불과한 것임을 단번에 드러낸다. 어둡고 치명적인 내부를 가리는 권력의 클리셰가 이 시를 통해 단 한 방에 구멍이 나는 것이다. 군부독재 치하의 공영방송에 대한 이보다 더 심한 '욕설'도 없을 것이다. 문학은 이론이나 논리가 아니라 이처럼 감성의 천으로 세계를 덮는 것이다. 그것은 자신의 날실과 씨실로 클리셰에 의해 위장된 세계의 감성을 재분할한다. 그리고 이 재

분할의 능력은 그것의 물질적 생산력, 즉 자신의 물질인 언어와 기호를 배열하고 가공하는 능력에서 나오는 것이다.

트럼프 정권이 2017년 9월 청소년 추방 유예 프로그램(DACA, Deferred Action for Childhood Arrivals, 미국에 부모를 따라 입국한 불법 체류 청소년들을 보호하고 합법적 체류를 보장하기 위해 오바마 대통령이 2012년 제정한 법률)을 폐지하겠다고 발표한 지 얼마 지나지 않아 멕시코-미국의 국경을 가르는 한 장벽에 진기한 설치물이 세워졌다. 제이알(혹은 주니어 JR)이라는 별칭으로 알려진 프랑스의 설치미술가가 양쪽 국경을 가로지르는 거대한 식탁을 설치한 것이다. 그는 이 식탁을 "꿈꾸는 자의 눈(the eyes of the dreamer)"이라는

커다란 사진으로 덮었는데 "꿈꾸는 자"의 미간은 정확히 국경을 가르는 장벽에 놓여 있고 두 눈은 각각 멕시코와 미국 영토에 걸쳐있다. 제이알은 이 설치미술에 〈거대한 소풍(Giant Picnic)〉이라는 제목을 붙였다. 미국과 멕시코 국경의 사람들이 몰려와 이 "소풍"에 가담하였으며 제이알의 표현을 빌면 "사람들은 '꿈꾸는 자'의 눈 주위에 모여 같은 음식을 먹고, 같은 물을 나누었으며, 양쪽으로 나뉘어 연주하던 한 밴드의 같은 음악을 즐겼다. 우리는 잠시 장벽을 잊었다". "꿈꾸는 자"란 트럼프에 의해 추방될 위기에 처한 80여만 명의 미국 불법 체류 청소년들을 말하는 것이다. 〈거대한 소풍〉을 설치하기 며칠 전에 제이알은 같은 장소에 약 60피트(약 2미터) 높이의 한 살짜리 아기 사진을 세워 양쪽 국경을 쳐다보게 했다. 아기는 천진무구한 표정으로 멕시코 쪽에서 장벽을 넘어 미국 쪽을 내려다보고 있다.

아기의 모습은 배제와 분열, 그리고 단절의 상징계를 논리 없이 마구 넘

* https://time.com/4979252/lightbox-picnic-at-the-border/

어서는 상상계의 문법을 잘 보여 준다. 아기의 천연스러운 얼굴 아래에서 상징계의 모든 규칙들은 탈권력화, 탈의미화된다. 위 사진에서 보듯이 아기의 몸집은 그것을 쳐다보는 미국의 경비대원들보다 훨씬 더 크고, 높은 국경 위에서 그들을 내려다보고 있다. 이런 구도는 포괄(사랑)의 정치학이 배제의 정치학보다 훨씬 우위에 있음을 강력한 풍자의 기술을 통해 잘 보여 준다.

예술의 언어는 이렇게 (직접적 폭력을 사용하지 않으면서) 체제의 장벽을 조롱하고 모든 구획을 의심하며 감성을 재분배하여 폭력적 체제 아래에서 신음하는 목소리들을 들리게 만든다. 그것은 체제가 배제한 것들을 보이게 하는 '기술'이며 '생산력'이다. 그 기술을 갈고닦으며 생산력을 극대화하는 것은 시인을 포함하여 모든 예술가에게 부여된 신성한 의무이다.

3.
침묵의 웅변
—시적 내러티브에 대하여

I.

세계가 온통 불가해한 것으로 가득 차있을 때 인류는 신화를 만들었다. 신화는 혼란의 세계에 질서를 부여한다. 신화는 무정형의 세계에 형태를 주며, 무의미(senseless)한 것들을 의미(sense)로 전화시킨다. 사실 신화는 불가해와 혼란과 무의미에 대한 두려움의 산물이다. 인류는 신화를 이용하여 '불가지不可知'한 대상을 '가지可知'의 대상으로 만듦으로써 공포에서 벗어났다. 인류는 신화를 통하여 신들(gods), 우주 만물과 인간의 기원, 세계가 가동되는 원리, 삶의 의미, 목적, 미래 등 사실상 자신의 삶에 필요한 모든 것을 설명함으로써 세계의 주인이 되었다. 신화의 그리스어 어원은 '미토스mythos'이고, 이것의 의미는 그냥 '스토리story'이다. 이렇게 보면 인류는 타고난 '이야기꾼(storyteller)'들이다. 어린아이들이 세계를 인지하는 것도 대부분 부모가 들려주는 스토리를 통해서이다. 따라서 스토리는 인간이 세계를 해석하고 설명하는 가장 오래되고 보편적인 수단이다.

그리스 신화는 고대 그리스인들이 세계를 인식하고 설명했던 상징적 체계였다. 그들은 신화를 통하여 신과 자연과 인간에 대하여 설명했고 그렇게 만들어진 이야기는 진실로 통용되었다. 그것은 그리스인들이 세계를 이해하는 패러다임이었으며, 모든 사상과 이념과 관습과 예술의 모체(matrix)였다. 그리스의 그 어떤 훌륭한 철학 담론도 그리스 신화만큼의 보편성을 획득하지 못했다. 철학이 개별 사상가들의 발명품이라면, 신화는 집단적, 공동체적 소망의 산물이다. 익명의 집단적 주체들은 마치 경쟁이라도 하듯이 수많은 스토리들을 생산해 왔으며 그것들은 서로 얽히고설키면서 세계를 설명하는 풍요롭고도 상징적인 지도가 되었다.

인간은 이렇게 실물의 세계를 허구(fiction)로 덮는 능력의 소유자다. 허구인 스토리로 실물을 설명하는 이 놀라운 능력은 예술의 능력과 일치한다. 모든 예술은 허구로 실물을 설명하는 장치들이기 때문이다. 내러티브 패러다임narrative paradigm 이론가로 유명한 월터 피셔Walter Fisher는 내러티브야말로 인류의 가장 오래된 '소통'의 수단이라고 말한다. 그가 볼 때 모든 소통은 화자(narrator)와 청자(listener) 사이에서 '스토리'의 형식으로 일어난다. 그에 의하면 스토리는 비주관적이며 매우 논리적이다. 왜냐하면 스토리는 '일관성(coherence)'과 '핍진성(fidelity)'의 원리에 의해 가동되기 때문이다. 스토리가 일관성과 핍진성을 잃을 때 화자는 청자를 설득할 수 없다. 일관성이란 다른 말로 개연성, 즉 앞뒤가 서로 잘 맞는 상태를 의미한다. 핍진성이란 그것이 신뢰할 만할 정도로 사실성에 충실해야 함을 의미한다. 이런 점에서 볼 때 스토리는 허구임에도 불구하고 제멋대로가 아닌 나름의 '질서'와 '논리'를 지향한다.

내러티브는 '스토리를 핵심적 요소로 가지고 있는 모든 언어적 표현물'이다. 가령 신화나 전설, 민담, 설화, 줄거리가 있는 소설, 드라마, 영화 등, 말 그대로 스토리가 빠지면 존재할 수 없는 무수한 담론들을 우리는 내러티브라고 부른다. 그렇다면 '스토리'는 도대체 무엇인가. 스토리에 관한 가장 고전적인 정의 중의 하나를 우리는 아리스토텔레스의 『시학 *The Poetics*』에서 찾을 수 있다. 아리스토텔레스에 의하면 스토리는 시작(beginning)-중간(middle)-끝(end)이 있어야 한다. 이는 스토리의 구성 단위들이 기승전결의 논리로 연결된 '완결성'을 가지고 있어야 한다는 말이다. 물론 그가 말하는 스토리는 사실상 비극에서의 '플롯'을 가리키는 것이지만, 플롯 역시 스토리가 가공된 결과물인 것을 감안하면 일관된 서사구조를 가져야 스토리라는 주장은 설득력이 있다. 이렇게 보면 스토리텔링은 혼란으로 가득 차 보이는 세계에 일관성을 부여하는 행위이고, 무질서에 질서를 부여하는 행위이다.

Ⅱ.

질서와 일관성을 지향하는 담론으로서의 내러티브 개념이 가장 잘 적용되고 발전된 문학적 예는 소설, 그중에서도 리얼리즘 소설이다. 리얼리즘 이론의 대부인 게오르그 루카치(G. Lukács)에 의하면 리얼리즘은 다음의 세 가지 전제를 충족시켜야 한다. 첫째 주관적 의식과 무관한 객관적 현실(objective reality)의 존재를 인정할 것, 둘째 객관 현실은 단 한 순간도 멈춰 있지(static) 않으며 끊임없이 변화하며 전개된다는 것, 셋째 이 변화는 우연의 개입에 의해 제멋대로 이루어지는 것이 아니라 어떤 필연성(necessity)의 법칙에 의해 진행된다는 것이다. 리얼리즘에 대한 루카치의 이와 같은 정의 역시 혼란스러운 세계의 외피 뒤에 '그렇게 될 수밖에 없는' 원리와 질서가 있음을 강조하고 있다. 소설은 객관 현실을 지배하는 바로 그 필연성의 원리를 포착해야 하며, 그 고도의 일관성을 재현하지 못할 때 리얼리즘의 성취에 이르지 못한다는 것이 루카치의 논리이다. 리얼리즘 소설은 세계가 이렇게 일관성 있는 내러티브로 구성되어 있으며, 그것을 언어로 재현할 수 있다는 자신감과 신뢰 위에서 구축된 것이다.

그러나 서사성(narrativity)에 대한 이와 같은 강력한 신뢰는 모더니즘의 시대에 들어서면서 도전을 받게 된다. 모더니스트들은 세계 자체가 어떤 일관된 원리에 의하여 가동된다는 사실을 부정한다. 그들에 의하면 세계는 리얼리스트들이 생각한 것처럼 그렇게 간단하지 않으며, 인과관계에 의하여 설명되지 않는다. 그들이 볼 때 세계는 오히려 비非일관적이고 우연적이다. 카뮈(A. Camus)의 『이방인』에서 뫼르소는 특정한 이유도 없이 해변에서 한 아랍인을 무참하게 살해한다. 사실 본인도 왜 그를 죽였는지 정확히 모른다. 집요하게 '인과관계'를 캐묻는 판사의 질문에 뫼르소는 단지 햇살이 너무 뜨거웠기 때문이라고 대답한다. 『이방인』에서 뫼르소와 관계된 주요 사건들, 즉 모친의 죽음, 아랍인의 살해, 사형선고, 예고된 사형 집행 등은 뫼르소의 '존재'와 깊은 연관을 갖지 못한다. 그것들은 단지 존재의 표피를 부유할 뿐, 존재 안으로 들어가지 못한다. 외부의 사건들은 존재 안에 아무런 굴곡을 만들지 못한다. 그리하여 이 소설의 분위기는 끔찍한 살인사건을 다루고 있음에도 불구하고 지극히 평면적이다. 카뮈가 보여 주고자 했던 것은 바로 세계의 이와 같은 평면성, 무의미, 권태, 부조리였다.

사무엘 베케트(S. Beckett)의 연극 『고도를 기다리며』에서는 아무런 '사건'도 일어나지 않는다. 이 드라마는 두 부랑자 블라디미르와 에스트라공이 고도Godot를 기다리는 장면에서 시작하여 기다리고 있는 장면으로 끝난다. 극 중의 대사대로 "아무것도 일어나지 않는다(Nothing happens)". 심지어 고도가 누구인지조차 밝혀지지 않는다. 연극이 시작-중간-끝 혹은 발단-전개-대단원의 플롯을 가져야 한다는 아리스토텔레스의 문법은 여기에서 완전히 깨진다. 유진 이오네스크(E. Ionesco)의 연극 『대머리 여가수』는 두 중년 부부의 일관성 없는 '수다' 혹은 말장난으로 이루어져 있다. 이 작품의 어디에서도 전통적인 의미의 '플롯'을 찾을 수 없다. 탈脫플롯의 내러티브 덕분에 이 작품은 소위 '반연극(antitheater)'의 기수가 된다.

모더니즘 문학이 보여 주는 이와 같은 반反내러티브의 경향을 통상 '서사성의 약화'라고 부른다. 모더니스트들은 이제 인과관계로 세계를 설명하는 것이 불가능하다고 보았으며, 불가해한 세계는 그 자체 그들에게 '재난'이었으며 '악몽'이었다. 그러나 내러티브가 인간이 세계를 설명하는 유구한 방식이라는 사실을 부정하지 않는다면, 모더니즘 텍스트들에 붙여진 '서사성의 약화'라는 지적은 수정되어야 한다. 그것은 서사성의 약화라기보다는

'새로운' 서사의 생산이다. 세계는 끊임없이 변한다. 변화한 현재를 과거의 내러티브로 설명하는 것은 세계를 왜곡하는 것이다. 내러티브 패러다임(월터 피셔)의 이론대로 내러티브가 세계를 인식하고 설명하는 '패러다임'이라면, 변화된 세계는 새로운 인식, 새로운 내러티브 패러다임을 요구한다. 이런 점에서 모더니스트들은 내러티브를 해체 혹은 파괴했다기보다는 새로운 내러티브를 만들어낸 자들이다. 그들은 인과성, 일관성, 핍진성의 원리로 가동되는 낡은 내러티브를 버리고 우연성, 비약, 일탈, 불연속성의 원리로 움직이는 새로운 내러티브들을 생산한 것이다. 그들이 파괴한 것은 내러티브 자체가 아니라 '낡은' 내러티브이다. 그들은 전통적인 내러티브 패러다임으로는 설명 불가능한 세계를 새로운 내러티브로 설명하고 재현하기 위해 분투한 자들이다.

Ⅲ.

이제 우리는 시의 내러티브에 대하여 논할 차례이다. 서양 문학의 전통을 따르면 스토리의 유무에 따라 시는 크게 이야기 시(narrative poetry)와 서정시(lyrical poetry)로 나뉜다. 이야기 시의 대표적 하위 장르들은 영웅들의 일대기를 다룬 서사시(epic), 중세 기사들의 사랑과 모험 이야기를 다룬 로맨스 romance, 개인 혹은 집단의 비극적 이야기를 노래의 형태에 담은 민요시 혹은 발라드ballad가 있다. 스토리의 유무에 따른 분류에 의하면 스토리를 핵심적 요소로 가지고 있지 않은 나머지 모든 시들은 서정시에 해당된다. 이런 분류에서도 우리는 스토리를 시-중-종의 완결된 구조로만 이해하는 아리스토텔레스주의(Aristotelianism)의 완강한 전통과 마주친다.

과연 서정시에는 스토리가 존재하지 않을까. 한마디로 말해 스토리가 들어가 있지 않은 문학은 없다. 다만 스토리를 재현 혹은 표현하는 방식이 다를 뿐이다. 이야기 시들은 인과성과 일관성, 그리고 핍진성을 전경화

(foregrounding)한다. 이야기 시는 철저하게 인접성(contiguity)을 중시한다는 점에서 환유적이다. 그것은 사건들을 선적(線的, linear) 질서 위에 배열한다. 이야기 시에서 인과관계는 텍스트의 표면에 완전히 노출되며 모든 사건들은 연속적인 순서를 따라 배치된다. 호메로스(Homer)의 『일리아스 *Ilias*』에서 아가멤논의 군대가 고전을 면치 못한 것은 신관神官의 딸을 전리품으로 잡고 있던 아가멤논에 대한 아폴로 신의 분노 때문이고, 아가멤논과 아킬레우스의 갈등은 전리품인 여자를 서로 차지하려는 욕망 때문에 일어난다. 이 모든 것은 철저한 인과성과 인접성의 원리에 의해 텍스트의 표면에 설명되어 있다. 그러나 서정시의 경우에는 사정이 다르다. 서정시는 내러티브를 전면에 내세우지 않는다. 서정시는 내러티브의 회로를 의도적으로 교란시킨다. 서정시는 때로 내러티브의 허리를 끊고 순서를 뒤바꾸며 원인과 결과를 생략한다. 인과관계가 느슨해진 혹은 깨진 내러티브가 서정시의 언어이다. 서정시는 생략과 일탈, 비약과 불연속성을 전경화하고 일관성, 연속성, 핍진성을 후경화(backgrounding)한다.

나는 모든 법제화된 거리들을 방황하네,
법제화된 템스강이 가까이 흐르는 곳,
만나는 얼굴마다 보네
병약함의 흔적을, 비탄의 흔적을.

모든 사람의 절규 속에서,
모든 아기들의 두려움 가득한 울음 속에서,
모든 목소리, 모든 금지 속에서,
나는 듣네 마음이 벼려낸 족쇄를.

어떻게 굴뚝 청소부들의 외침 소리가
모든 어두워가는 교회를 오싹하게 하며,

불운한 병사의 한숨 소리가
궁궐의 벽에 핏빛으로 흘러내리는지.

그러나 무엇보다 나는 듣네 한밤중 거리에서
어떻게 젊은 창녀의 저주가
갓 태어난 아기들의 눈물을 메마르게 하고,
역병으로 결혼 영구차를 마르게 하는가를.

—윌리엄 블레이크(W. Blake), 「런던」 전문(오민석 역)

이 시는 런던의 거리가 왜 "법제화"되어 있는지 설명하지 않는다. 이 시는 왜 사람들이 "절규" 속에 빠져있는지, "모든 아기들"조차 "두려움 가득한 울음"을 우는지 보여 주지 않는다. 어린 "굴뚝 청소부들의 외침 소리"가 왜 "어두워가는 교회를 오싹하게" 하는지, "창녀의 저주가/ 갓 태어난 아기들의 눈물을 메마르게" 하는지 드러내지 않는다. 이 시에서 대부분의 인과관계는 생략되어 있다. 그러나 이 시에 스토리 혹은 내러티브가 없다고 말할 수 있을까. 이 시는 세부적인 인과관계를 생략함으로써 사실 더욱 많은 것을 이야기하고 있다. 이 시는 침묵하는 곳에서 오히려 더욱 많은 내러티브들을 생산한다. 보이지 않는 무한대의 스토리들이 시의 행간에 켜켜이 숨어있다. 그곳에는 산업화의 과정에서 불평등과 빈곤, 억압에 시달리던 19세기 런던 기층 민중들의 이야기들이 겹겹이 쌓여 있다. "한밤중 거리에서" 외치는 "창녀의 저주"만으로도 수많은 내러티브들을 상상할 수 있다. "궁궐의 벽에 핏빛으로 흘러내리는" "불운한 병사의 한숨 소리"는 얼마나 많은 자세한 이야기들을 감추고 있는가.

서정시는 생략함으로써 더욱 많은 내러티브를 거느리는 일탈의 언어이자 역설의 언어이다. 침묵이 만들어내는 웅변의 공간이 서정시를 시이게 만든다. 서정시는 이야기 시와는 전혀 다른 방식으로 내러티브를 대면하고 취급한다. 이야기 시가 내러티브를 전경화할 때, 서정시는 그것을 후경화하며, 이야기 시가 내러티브를 텍스트의 표면에 드러낼 때, 서정시는 그것을 텍스트의 심층에 감춘다. 이야기가 인접성과 연속성의 축을 따라 내러티브를 전달한다면, 서정시는 생략과 일탈과 비약의 축을 따라 내러티브를 전달한다. 따라서 이야기 시와 서정시의 차이는 내러티브의 '유무'가 아니라 내러티브를 다루는 '방식의 차이'에서 생겨나는 것이다.

> 1947년 봄
> 심야深夜
> 황해도黃海道 해주海州의 바다
> 이남以南과 이북以北의 경계선境界線 용당포浦
>
> 사공은 조심조심 노를 저어가고 있었다.
> 울음을 터뜨린 한 영아嬰兒를 삼킨 곳.
> 스무 몇 해나 지나서도 누구나 그 수심水深을 모른다.
>
> —김종삼, 「민간인民間人」 전문

이 시는 내러티브의 얼개를 대충 갖추고 있음에도 불구하고 실제로 많은 것을 생략하고 있다. 텍스트의 표면에는 사건이 발생한 장소와 시간이 구체적으로 언급되어 있다. "그것은 1947년 봄/ 심야深夜"에 "황해도黃海道 해주海州의 바다/ 이남以南과 이북以北의 경계선境界線 용당포浦"에서 일어났다. "사공은 조심조심 노를 저어가고 있었"고 "용당포浦"는 "울음을 터뜨린 한 영아嬰兒를 삼"켰다. 그러나 "사공"이 왜 "조심조심 노를 저어가고 있었"는지, 무엇이 "울음을 터뜨린 한 영아嬰兒를 삼"켰는지 이 시는 설명하고 있지 않다. 이 시에 언급된 시간과 장소에 대한 연구를 통하여 독자들은 다음과 같은 내러티브를 유추할 수도 있다. 즉, 해주 앞바다 "용당포浦" 근처에서 일군의 사람들이 감시를 피해 한밤중에 목숨을 건 남하를 하고 있었는데, 갑자기 "嬰兒"가 울음을 터뜨리자 발각될 것이 두려워 그 어린 것을 "용당포浦"에 빠뜨려 죽였다는 식으로 독자들은 텍스트에 생략된 이야기들을 꿰맞출 수도 있을 것이다. 그러나 이것으로 이 시가 감추고 있는 내러티브의 전모가 드러난다고 생각하면 오산이다. 1947년경 남북한의 상황이 구체적으로 어떠하였으며, 누가 어떤 맥락에서 죽음을 무릅쓰고 남하를 결정했는지, 그날 밤 해주 바다의 날씨는 어떠했는지, 남하에 가담한 사람이 몇 명이었으며 그들의 성별과 나이와 성격은 어떠했는지, 사공은 어떤 사람이며 어떤 사연으로 이런 위험한 일에 끼어들었는지, 살기 위해 젖먹이를 물속에 버린 젊은 부모의 심정은 어떠했는지, 이들은 결과적으로 남하에 성공하였는지……, 이 시는 사실 노출한 것보다 훨씬 많은 것들에 대하여 입을 닫고 있으며, 이 침묵의 공간 때문에 이 시는 비로소 시가 된다. 이런 점에서 서정시의 내러티브는 감춤으로써 더욱 많은 것을 이야기하는 침묵의 내러티브이다.

물 먹는 소 목덜미에
할머니 손이 얹혀졌다.
이 하루도
함께 지났다고,
서로 발잔등이 부었다고,
서로 적막하다고,

—김종삼, 「묵화墨畵」 전문

다른 지면에서 나는 김종삼의 시를 "빈자의 미학"이라는 개념으로 설명한 바 있다. 김종삼은 가능한 한 많이 버림으로써 더욱 많은 이야기를 하고 있는 대표적인 시인 중의 하나이다. 그는 가난해짐으로써 더욱 풍요로워지는 시인이며, 침묵함으로써 더 큰 행간의 울림을 만들 줄 아는 시인이다. 위의 시는 거의 모든 것을 생략함으로써 역설적이게도 모든 것을 얻고 있는 기술을 잘 보여 준다. 서정시는 독자들을 생략된 내러티브의 공간으로 끌어들여 스스로 의미를 생성하게 한다. 규정되지 않은 의미들이 생략의 공간에서 마구 생산된다. 그러나 그것들은 소리를 내지 않음으로써 울림을 내면화한다. 내면화된 울림과 공명共鳴, 이것이 서정시가 가지고 있는 침묵의 웅변이다. 한마디로 말해, 내러티브가 약화되거나 내러티브가 부재하는 문학은 없다. 오로지 '다양한' 내러티브들이 있을 뿐이다.

4.
소음을 두려워하지 않는 시적 언어
—무의식에 대하여

Ⅰ.

셰익스피어의 말년작인 『템페스트』에는 이런 대사가 나온다. “우리는 모두 꿈으로 만들어져 있지. 그리고 우리의 하찮은 인생은 잠으로 둘러싸여 있어”(4막 1장). 텍스트의 맥락상 여기에서 “꿈”과 “잠”은 허무하고 덧없는 인생의 상징들이다. 그러나 맥락을 무시하고 문자 그대로 받아들이면, 이 문장은 그로부터 무려 300여 년 후에 나온 프로이트의 주장이 되어버린다. 프로이트에게서 꿈과 잠은 무의식의 한 ‘표현(표상)’이기 때문이다. 프로이트의 위대함은 인간 삶의 근원적 동력이 이성이나 의식이 아니라 무의식임을 발견한 데에 있다. 프로이트에 의해 플라톤으로부터 근대 합리주의 전통에 이르는 그 모든 이성理性 중심의 사유는 뿌리째 흔들렸다. 프로이트 이후 철학의 차갑고도 강고한 성을 지키던 이성의 성주들은 그것들을 교란하는 온갖 소음들에 시달려야 했다. 그 소음들은 제어하기 힘든 짐승의 성질을 가지고 그 모든 질서와 규칙을 조롱했다. 인간의 내면에 웅크리고 있던 동물들이 삽시간에 인식의 지평으로 쏟아져 나오면서 이성의 얼굴은 가면의 혐의를 뒤집어썼다. 그리하여 이 세상에 영원히 견고한 것은 없으며,

그 모든 견고한 것들은 그것들을 위협하는 다른 에너지들에 직면해 있음이 밝혀졌다. 플라톤에 의해 '정신이 혼미한 자들'로 낙인찍혔던 시인들은 이성의 장벽에 구멍을 내는 '불온한' 세력이 되었다.

유리병이 녹고
붕대가 녹고
사전이 녹고
벽돌이 녹고
해바라기가 녹고
거울이 녹고
영화관이 녹고
해가 녹고
밤이 녹고

—박상순, 「하늘에는 비행기 땅에는 섹스」 부분

그 모든 견고한 것들을 녹이는 것은 바로 이 시의 제목에 나오는 "섹스"이다. 이것을 다른 말로 바꾸면 그것은 무의식, 이드id, 본능이며, 그것을 에너지의 형태로 표현하면 리비도libido이다. 무의식은 규정된 모든 것들, 영토화된 사유, 겉으로 안정되어 보이는 그 모든 문법들과 규범들, 개념들과 규칙들을 의심하고 교란시킨다.

큰누나가 다시 몽둥이를 들고
할아버지의 머리통을 내리쳤다
할아버지가 어머니의 엉덩이 위로
코를 박고 쓰러졌다
작은누나가 달려와 큰누나의 어깨를 물어뜯기
시작했을 때, 쓰러진 아버지가 일어났다

큰누나의 손에서 몽둥이를 빼앗고
누나들의 머리통을 내리쳤다
깨진 머리통의 누나들이 할머니 위로 쓰러졌다
피 흘리던 아버지도 마침내 쓰러졌다

-박상순, 「나는 더럽게 존재한다」 부분

의식의 세계에서 상상조차 되지 않는 일들이 무의식의 바다에서 적나라하게 벌어진다. 이 시는 겉으로 보이는 것과 달리 이렇게 "더럽게 존재"하는 우리의 내면을 까발린다. 인간은 근친상간과 친족 살해를 마다하지 않는 동물들을 내면에 키우고 있다. 무의식적 욕망은 그 어떤 윤리적 범주에 의해서도 잘 제어되지 않는다. 이 대책 없는 에로스와 타나토스가 우리 삶의 동력이라니. 믿을 수 없고 믿기 어렵지만, 프로이트는 우리 삶의 밑바닥에 있는 이런 짐승의 얼굴을 인내하며 깊이 응시한 최초의 이론가이다.

Ⅱ.

언어에는 두 종류가 있다. 하나는 아버지의 법칙(Father's Law)에 굴복 혹은 타협하는 언어이고, 또 다른 언어는 규범을 거부하는 욕망의 언어이다. 오이디푸스는 최초에 욕망의 언어를 소유했으나 아버지의 거세 위협에 굴복한 후 타협의 길을 갔다. 그의 길은 거세 불안에 의해 실컷 '두들겨 맞은 길(beaten path)'이다. 타협의 언어는 단정하고도 일관성이 있는 문법으로 자신의 상처를 감춘다. 그것은 사회적 소통의 주인이 되는 언어이다. 그것은 권력의 언어이며 초자아(superego)를 숭배하는 제사장의 언어이다. 그것은 율법의 언어이며, 자신에게 도전하는 모든 언어가 규범의 성전에 출입하는 것을 허락하지 않는다. 이에 반해 욕망의 언어는 얼굴을 가리고 피투성이가 된 채 늘 타협의 언어와 싸운다. 그것은 규범 언어에 의해 늘 검열당하고 억압당하지만 단 한순간도 뒤로 물러나지 않는다. 그것은 완전한 형태로 억압당하지 않으며, 그럴 경우 차라리 죽음을 선택한다. 그것은 자신의 출입을 허락하지 않는 검열관에게 지속적으로 대드는 소음의 언어이다. 그것은 모든 견고한 것들에 균열을 초래하는 언어이고 장벽을 부수는 언어이며, 반反율법의 전선에서 규범의 나라를 넘보는 불온한 언어이다.

나는하는수없이울었다

전등電燈이 담배를 피웠다
▽은I/W이다
X
▽이여! 나는 괴롭다

나는유희遊戲한다
▽의슬립피어는과자菓子와같지아니하다
어떠하게나는울어야할것인가
X
쓸쓸한들판을생각하고
쓸쓸한눈나리는날을생각하고
나의피부皮膚를생각하지아니한다

기억記憶에대對하여나는강체剛體이다

정말로
「같이노래부르세요」
하면서나의무릎을때렸을터인일에대對하여
▽은나의꿈이다

스틱크 자네는쓸쓸하며유명有名하다

어찌할것인가

X

마침내▽을매장埋葬한설경雪景이었다

—이상, 「파편破片의경치景致-△은나의AMOUREUSE이다」 전문

이 시는 규범의 언어를 파괴하고 있다. 문장과 문장은 일관된 의미로 이어지지 않으며 띄어쓰기는 지켜지지 않고 다른 언어와 기호가 뒤섞인다. 중간중간 등장하는 "X"는 바로 앞에 자신이 한 진술들을 부정하는 기호, 혹은 언어를 삭제하고 언어 이전의 침묵으로 돌아가려는 신호처럼 보인다. 의미화의 회로는 심각하게 교란되고 차단된다. 러시아 형식주의자인 쉬클로프스키는 이런 점에서 시적 언어를 "일상 언어에 가해진 통제된 폭력(controlled violence)"이라 하였다. 시적 언어는 일상 언어의 규범을 파괴하고 소통의 채널을 교란시킴으로써 언어 자체에 혹은 언어의 유희에 몰두하게 만든다. 그러나 일상 언어의 해체 자체가 시적 언어를 보장해 주는 것은 아니다. 시적 언어는 일상 언어에 타격을 가하지만, 쉬클로프스키의 말마따나 그것은 어디까지나 계산된, "통제된 폭력"이다. 그것은 무규칙, 무의도의 언어가 아니다. 그것은 다만 (일상 언어와) 다른 의도와 규칙을 가질 뿐이다. 위에 인용한 이상의 시도 일상 언어의 형식을 파괴하지만, 의미의 선로를 완전히 떠나지는 않는다. 시인은 마치 정신과 환자처럼 떠들지만, 그것은 독자들의 연상 작용(association)을 통해 새로운 방식으로 소통된다. 이렇게 보면 시적 언어는 소통 자체를 거부하는 것이 아니라, '새로운' 방식의 소통을 지향하는 언어이다. 그것은 소통을 거부함으로써 새로운 소통의 길을 여는 모순의 언어이다. 위의 텍스트에 흩뿌려진 의미소들은 무한한 방사放射 상태에 있으면서, 동시에 '연상 가능한' 어떤 '중심'을 향해 있다. 그것은 길을 떠났으되 늘 고향을 그리워하는 방랑자 같은 상태에 있으

며, 탈중심의 도상에서 중심을 찾는 창과 방패의 언어이다. 이 시는 일관된 의미의 고리들을 모두 차단하고 있는 것처럼 보이지만, 놀랍게도 유사어(synonym)들의 반복을 통해 의미의 전달을 간절히 '애원'하고 있다. 화자는 소통 불가능한 세상에서 소외당하는 것을 두려워하며, 그 공포의 끝에서 타자들에게 말을 걸고 있다. 그의 전언은 자신이 지금 '너무 외롭고 쓸쓸하고 괴로워서 울고 있다'는 것이다. "울었다" "괴롭다" "어떠하게나는울어야할것인가" "쓸쓸한" "매장埋葬한", 이런 기표들은 이 시의 화자가 처해 있는 부정적, '주관적' 현실을 잘 보여 준다. 그는 일상 언어의 문법을 파괴하는 자유인이지만, 영웅이 아니라 소통 부재의 현실에서 공포에 떨고 있는 사회적 '약자'임을 이런 식으로 드러낸다. 그는 '제발 내 말 좀 들어달라'고 독자(의사)들에게 구걸하고 있는 불쌍한 환자이다. 무의식은 자신의 공간(이드id) 안에 안주하지 않으며 늘 의식의 방으로 넘어가고자 한다. 이런 점에서 무의식의 언어, 시적 언어는 '문턱의 언어'이다. 그것은 늘 다른 것으로 넘어가려 하는 언어이며, 그것을 제지당하는 언어이고, 멀어지면서 가까워지고, 가까워지면서 멀어지는, 모순과 충돌의 언어이다.

Ⅲ.

시적 언어는 존재 아래의 언어이다. 그것은 존재 아래로 하방下方함으로써 존재에 저항한다. 그것은 존재의 평화와, 존재의 안정과, 존재의 '문제없음'이 사실은 '문제로 가득함'을 까발리는 언어이다. 그것은 고체의 상상력을 거부하며 스스로 무정형 혹은 다형多形의 액체가 됨으로써 진리 독점에 저항한다. 고체의 문법을 위반할 때, '시적인 것(the poetic)'이 생겨난다. 시적인 것은 새로운 메시지가 아니라 새로운 감성의 표현이다. 시적 언어는 알려지지 않은 진리를 발굴하는 것이 아니라 알려지지 않은 감성을 분배한다. 의식의 언어가 일관성, 지속성을 지향하며 고체화될 때, 시적 언어는 비일관성, 비지속성, 변덕의 언어로 굳어져 가는 감성을 찌르고 후빈다. 그것은 단 한 번의 정형定型도 거부하므로 비정형非定型 그 자체의 언어이다. 시적 언어는 이렇게 스스로를 정해지지 않은 것들로 열어놓음으로써 모든 형태의 소음에 주목한다. 욕망과 질투, 사랑과 증오, 죽임과 살림, 소유와 버림, 그 모든 비대칭의 현실은 이렇게 해서 시의 세계로 들어온다. 의식의 언어는 일관성을 유지하기 위해 내부의 차이들을 최대한 지워나간다. 반면에 무의식의 언어는 이질적인 것들의 모순과 충돌, 즉 '이어성(異語性, heteroglossy)'을 껴안는다. 통일성을 거부하는 소음의 언어가 시적 언어를 단 한순간도 고정되지 않게 만든다. 그것은 멈추어있지 않고 계속해서 흐르고 있는 '유체(flux)'의 언어이다. 그것은 규범 언어를 위협하는 옹알이이고, 남근 중심의 언어에 도전하는 여성성의 언어이며, 지배를 거부하는 전복의 언어이다.

> 물에 뜬 책상 앞에서 물에 뜬 의자에 앉아 나는 장화에 담긴 물을 마시듯이 글자를 적는다
>
> —김이듬, 「젖은 책」 부분

시는 액체의 언어, "젖은 책"이다. 그것은 규범 언어가 세운 구성물을 액체의 언어로 적신다. 시적 언어는 규범과 통념의 바벨탑을 흠뻑 적셔서 흐물흐물하게 만든다. 그것은 높음과 세움을 거부하고 낮음과 무너뜨림을 지향하는 언어이다.

> 상을 치른 남자를 여자들은 좋아한다
> 여자의 연민 때문인가, 상을 치르고 온
> 남자를 여자는 뜨겁게 안아준다
>
> **–삼가 조의를 표합니다–**

…(중략)…

아직 아버지의 죽음이 묻어있는 것 같은
남자의 몸을 여자가 껴안는다

—김영산, 「상을 치른 남자를 여자들은 좋아한다」 부분

무의식의 언어는 이렇듯 죽음의 경건함 앞에 섹스를 끌어들이고, 생성과 죽음을 뒤섞는다. 분간과 경계를 만드는 것은 의식의 언어이다. 무의식의 언어는 범주화를 거부하며 이질적인 것들의 끝없는 뒤섞임을 그 자체 현실로 전경화(foregrounding)한다. 시적 언어의 유일한 메시지가 있다면, 그것은 다음과 같은 것이다. '보라, 세계는 이질적인 것들의 소음으로 가득하다'.

Ⅳ.

무의식의 언어를 두려워하는 언어는 권위와 권력의 언어이다. 통념은 그 자체 이데올로기이고 자기합리화의 기제이다. 권위의 언어는 스스로를 '무오류'로 포장하기 위해 일관성 있는 문법과 통사론을 동원한다. 권력의 언어는 늘 스스로를 최후의 '2차 언어(second-order language)', 즉 마지막 메타언어(metalanguage)의 자리에 놓는다. 그것은 심문을 거부하는 언어이며, 스스로를 진리의 터미널에 놓는 언어이다. 시적 언어는, 메타언어가 종점이 아님을 선언하면서 '일시적으로' 스스로가 메타언어가 되어 의식의 언어를 심문하고, 조롱하고, 야유한다. 그러나 시적 언어는 영원히 메타언어의 자리에 있기를 거부한다. 그것은 다시 일차 언어(first-order language)의 자리로 내려가 스스로 심문당하는 언어이다. 이런 점에서 시적 언어는 '성찰의 언어'이다.

감방으로 들어가기 전에
나는 알몸이 되어야 했으니
어느 불길한 밤새 소리 울부짖는다
기욤 너 이게 무슨 꼴이냐고

…(중략)…

아니야 이제 나는 내 자신이
　　아닌 것만 같아

—기욤 아폴리네르, 「상테 감옥에서」 부분(황현산 역)

시적 언어는 스스로의 "알몸"을 들여다보는 언어이다. 그것은 그 모든 완결과 안정과 평화의 '신화'를 거부하면서 존재의 "불길한 밤새 소리"를 듣는다. 그것은 세계의 무결함을 부정할 뿐만 아니라 스스로의 완결성도 부정한다. 그것은 영원히 "내 자신이/ 아닌 것만 같"은 자신을 들여다본다. 무의식의 언어는 주체와 세계 모두가 완결이 아니라 미결(indeterminacy)의 상태에 있음을 미결의 시선으로 읽어낸다. 그러므로 "문학이 의미(meaning)가 아니라 의미화 과정(signification, meaning in process)을 전달하는 언어"라는 롤랑 바르트Roland Barthes의 지적은 옳다. 무의식의 언어는 영속하는 언어이다. 그것은 자신과 세계에 끊임없이 질문을 던짐으로써 살아남는다. 『천일야화』의 세헤라자데가 매일 밤 이야기를 생산함으로써 샤푸리 야르 왕이 자신을 죽이지 못하게 하는 것처럼, 무의식의 언어는 성찰을 거부하는 세계에 성찰을 요구하고, 자신과 세계를 비非결정성으로 열어놓음으로써 생존한다. 이 서바이벌 게임에서 시적 언어가 독자들에게 선사하는 것은 성찰의 혼돈과 그 위에서 피어나는 '신선한' 감성이다. 무의식의 언어는 소음을 두려워하지 않으며 그 모든 가짜 고요를 의심한다.

5.
어떤 거리에서 시가 나를 불렀네
—공간에 대하여

I.

수많은 철학자들과 과학자들이 공간에 대한 담론을 축적해 왔다. 철학과 과학의 공간이 각각 정신적(개념적) 공간, 그리고 물리적 공간이라면, 시가 다루는 공간은 궁극적인 의미에서 '사회적' 공간이다. 앙리 르페브르(H. Lefebvre)의 공간 논의는 이런 점에서 우리의 주목을 요한다. 그에 의하면 공간이란 실제로 "집단과 개인이 존재하고 살아가는 환경"이라는 점에서 '사회적' 공간이다. 그에 의하면 공간은 사회적 행위에 의해서 '생산'되고 '구성'된다. 그것은 "어떤 사물이나 대상이 아니라 관계들의 무리로 이루어진 생산품"이다. 르페브르에 의하면 "공간은 더 이상 수동적인 것 혹은 텅 빈 것"이 아니다. 또한 공간은 "고립된 것 혹은 정적인(static) 상태로 존재하는 것"이 아니다. 공간은 그 자체 일상생활이 영위되는 곳이며, 사람들 사이의 상호작용에 의해 끊임없이 해석되고 지각되는 곳이고, 이질적인 힘들이 서로 충돌하는 곳이다.

이런 의미에서 공간은 근본적으로 갈등의 구조를 갖고 있다. 공간은 (일차적으로) 권력에 의해 배열되며 권력은 그로 인해 발생되는 모순과 충돌을

은폐하려 한다. 권력은 공간의 개념을 평균화하고 동질화한다. 권력은 공간의 의미를 '단일강세화(uniaccentualization)'함으로써 공간에서 발생하는 소음들을 최소화하려고 한다. 그러나 본래 공간은 개인과 집단의 소란스러운 대화적 관계가 존재하는 곳이다. 그곳에는 한 목소리가 아니라 다양한 목소리가 존재하며, 동일한 공간도 무수한 단독자들의 전유에 의해 다양한 의미를 생산한다. 시의 '공간적 실천'은 시스템에 의해 규범화된 공간을 끝없는 뿌리줄기(리좀rhizome)로 탈영토화하는 행위이다. 시는 시스템의 곧게 뻗은 고속도로에서 빠져나와 무수한 갈림길과 샛길들을 걸어가는 보행자의 언어이다. 샛길의 탈주선(line of flight)들을 따라 규범의 도로에서 보이지 않던 풍경들을 생산하는 언어가 시의 언어이다.

노동당사에서 한때의 사랑을 꿈꾸었다.
오래전 당신이 앉았을 곳을 찾아
텅 빈 자리를 짚어가는 바람과
앞선 발자국을 가만히 뒤따르는 키 작은 그림자,
나의 사랑은 그런 것이다.
부서진 계단을 오르다 말고
남쪽을 바라보는
당신의 속 깊은 눈빛 닮은 노을이
한쪽으로 쏠리는 머리카락을 물들일 때, 나는
부러진 가지 끝 빛바랜 솔잎을 스치는 바람처럼
무너진 벽에 기대어 선 어깨에 얹히는
석양의 손짓을 따라
북쪽 하늘을 천천히 색칠할 것이다.
외로이 서있는 우리의 시간이
흐릿해지는 산 그림자 속으로 깃들고
금 간 벽을 울리는 노랫소리가

서로를 스스럼없이 넘나들기 시작할 때
추억마저 황폐해진 이곳에서 나는
결코 색 바래선 안 될
당신의 한때를 떠올리고 있었다.

—박완호, 「노동당사에서 사랑을 꿈꾸다」 전문

이 시는 가장 정치적인 공간인 '노동당사'를 가장 비정치적인 연애의 공간으로 읽어냄으로써 분단의 비애를 더욱 극화시킨다. 끔찍한 이념과 전쟁의 상징인 공간 앞에서 "앞선 발자국을 가만히 뒤따르는 키 작은 그림자,/ 나의 사랑은 그런 것이다"라는 대목은 얼마나 약하면서 동시에 강한 고백인가. 이 시는 (연애의 언어로) 가장 딱딱한 공간을 가장 부드러운 공간으로 변환시키고 있다. 시의 언어는 경화硬化된 관료의 언어, 뻣뻣한 권위의 언어를 녹이는 유체(flux)의 언어, 액체의 언어이다. 유체의 언어는 규범화되고 화석화된 공간을 한순간에 무너뜨리는 전복顚覆의 언어이다. 시적 언어의 공간적 실천으로 '제복'의 공간은 '연애'의 공간으로 대체된다. 그러나 이와 같은 공간의 생산은 원료인 장소로부터의 일탈이 아니다. 그것은 장소에 대한 새로운 사유, 새로운 전유, 새로운 해석, 새로운 생산이다. 사랑이야말로 그 모든 이념을 앞서는 생명의 언어라는 것이 위 시의 공간적 실천이 전하는 메시지 아닌가.

Ⅱ.

그리고 그 나이 때였어…… 시가
나를 찾아왔네. 나는 모르네, 나는 모르지
그것이 어디에서 왔는지, 겨울에서 아니면 강에서.
어떻게, 언제 왔는지, 나는 모르네,

아니야, 그것들은 목소리도 아니었고, 말도 아니었고,
침묵도 아니었어,
어떤 거리에서 시가 나를 불렀네,
밤의 가지들로부터,
불쑥 다른 사람들로부터,
성난 불길 가운데
혹은 혼자 집으로 돌아올 때,
시는 거기에 있었지, 얼굴도 없이,
그것이 나를 건드렸지.

—파블로 네루다, 「시詩」 부분(오민석 역)

시가 네루다(P. Neruda)(의 화자)를 부른 것은 언어도 침묵도 아닌 "어떤 거리"였다. 언젠가 이 시를 한 일간지에 소개하면서 나는 '삶을 피하는 자, 수사修辭를 얻을 수 없다'고 하였다. 시인에게 삶은 '공간'의 형태로 온다. 시인은 공간과의 대면을 피할 수 없다. 네루다가 자신의 회고록에서 '잉크보다 삶의 피에 더 가까이 갈 것'이라고 했을 때, "삶의 피"는 바로 공간에 얼룩진 의미의 액체들이다. 시인은 자신에게 다가오는 장소를 공간으로 '의미화'한다.

엄밀히 말해 '장소(place)'와 '공간(space)'은 다르다. 미셸 드 세르토(M. de Certeau)는 『일상생활의 실천 *The Practice of Everyday Life*』에서 장소와 공간을 구분한다. 그에 의하면 장소란 공간으로 전유되기 이전의 추상적, 중립적, 기하학적 지도와도 같은 것이다. 장소 안에서 사물들은 저마다 정해진 위치와 자리들을 차지하고 있다. 장소는 "위치들(positions)의 즉각적인 배열체"로서 그 어느 것에 의해서도 특칭되지 않은 "안정성"을 가지고 있다. 장소가 공간으로 바뀌는 것은 주체의 개입에 의해서이다. 주체가 자신만의 고유한 방향과 속도와 시간의 '벡터vector'들을 장소 안으로 끌어들일 때 비로소 공간이 탄생한다. 그러므로 "공간은 유동적 요소들의 상호 교차들로 이루어져 있다". 말하자면 장소는 주체에 의해 공간으로 재해석되고 '전유(appropriation)'된다. 세르토는 이런 점에서 장소와 관련하여 공간을 "말을 할 때의 단어(the word when it is spoken)"와 같다고 주장한다. 공간은 단어처럼 이질적이고도 연속적인 맥락 속에서 수정되고 변형되며 가공된다. 따라서 장소와 달리 공간은 일의성一意性 혹은 안정성을 가지고 있지 않다.

장소는 누구에게나 동일한 구획을 가진 고유명사 혹은 추상명사로 존재한다. 그것은 주체의 개입 이전에 존재하는 사물들의 질서이다. 가령 장소로서의 '인사동'은 누구에게나 다를 바 없는, 그리고 다른 장소와 구별되는 고유명사 혹은 (아직 해석되지 않았다는 의미에서의) 추상명사이다. 그러나 주체들이 인사동이라는 장소에 진입할 때 주체들은 자신들의 지성, 감각, 세계관, 취향, 경제력 등에 의해 각기 다른 방식으로 인사동을 해석하고 전유한다. 이 해석과 전유의 과정을 거쳐 인사동이라는 장소는 비로소 특수한 공간으로 전환된다. 세르토의 표현을 빌면, 공간은 (이런 의미에서) 전유된 장소, 즉 "실천된 장소(practiced place)"이며, 장소가 "써진 텍스트(written text)"라면, 공간은 그것을 "읽는 행위(act of reading)"이다. 그에 의하면 모든 장소들은 보행자들의 '공간적 실천(spatial practice)'에 의해 (특수한 공간으로) 변형된다. 보행자들은 자신들만의 다양한 벡터들을 장소에 기록하면서 고유한 공간들을 만들어낸다.

시인은 말하자면 언어의 보행자이다. 시인은 장소를 걸어가며 그것을 의미의 공간으로 전환시킨다. 이런 의미에서 시인은 '공간의 생산자'이다. 그러므로 그 모든 '속류' 미메시스 이론들은 혐의의 대상이 된다. 시인은 장소를 모방하거나 흉내 내는 것이 아니라, 그것을 적극적으로 전유한다. 전유는 노동이고, 전유의 힘은 변형의 노동력이다. 그것은 규범화된 장소를 가공하여 탈규범화된 공간을 생산한다.

시외버스, 곰보빵 가게 앞
아이를 업은

아이 머리가

진열장 쪽으로

오전 10시 5분만큼 기울어져 있다

아이 등에서 잠든

아이 머리가

오후 10시 5분을

째깍째깍

통과하고 있다

깍지 낀 누이 손이

엄마가 올 때까지

벌어진

시침과 분침을

절묘하게 붙들고 있다

—오유균, 「얼룩」 전문

시인의 개입이 있기 전에 "시외버스, 곰보빵 가게 앞"은 그저 흔한 도시 구획상의 물질적 '장소'에 불과하다. 그것은 시인의 '읽기'를 기다리고 있는 텍스트이다. 시인이 그것을 자신의 앵글로 읽어낼(전유할) 때, 그것은 유의미한 '공간'으로 전환된다. 시인은 언어를 동원하여 "시외버스, 곰보빵 가게 앞"을 베끼지 않는다. 그것은 예술로 발전하기 이전의 복제 기술로서의 사진이 하는 일이다. 시인은 동생을 업고 엄마를 기다리는 아이를 끌어들임으로써 지도상의 중립적 장소를 비非중립적 공간으로 변형시킨다. 그것은 더 이상 기하학적 장소가 아니라, 의미로 얼룩진 공간으로 다시 태어난다. 곰보빵 가게 진열장 쪽으로 "오전 10시 5분만큼 기울어져 있"는 "아이를 업은/ 아이 머리"는 중립의 공간을 가난과 허기의 공간으로 변형시킨다. 공간은 이렇게 시인에 의해 지각된, 읽혀진, 전유된 대상이다. 시인은 장소를 공간으로 변형시킴으로써 죽은 물질에 생명을 불어넣는다. 시인은 잠든 장소를 흔들어 깨움으로써 의미로 출렁이게 한다. 그러므로 장소를 단순히 복제하려는 모든 시도는 반反예술적인 것이다.

Ⅲ.

시인의 공간적 실천은 장소 내부의 모든 것에 대한 전유를 의미하지 않는다. 문학은 대상의 모든 것을 재현할 수 없으며 그럴 필요도 없다. 시인이 공간 안으로 치고 들어갈 때, 순식간에 모종의 선택과 배제가 일어난다. 시인은 자신의 원근법에 따라 중요한 것과 중요하지 않은 것을 구분하며, 전자를 선택하고 후자를 지우거나 버린다. 이는 세르토의 보행자들이 공간적 실천에 의해 지도의 코드를 해체하는 것과 유사하다. 보행자들은 자신의 문법에 따라 이미 지나온 길을 다시 반복해서 갈 수도 있으며, 사람들이 많이 다니는 길을 포기함으로써 지도를 무용지물로 만들 수도 있다. 보행자들은 길의 중간에서 돌아섬으로써 길 위에 지도에도 없는 막다른 길을 만들기도 한다. 보행자들은 공간의 다양한 대상들에게 시간과 에너지를 '불균등'하게 배분함으로써, 지도의 안정성을 깨뜨린다. 보행자들이 걷지 않은 길들은 무의미의 무덤에 불과하다. 균질화된 지도의 장소들은 보행자에 의해 '특수한' 공간으로 다시 태어난다.

> 어둠 깔린 가리봉오거리
> 버스 정류장 앞 꽉 막힌 도로에
> 12인승 봉고차 한 대가 와 선다
> 날일 마친 용역 잡부들이 빼곡히 앉아

닭장차 안 죄수들처럼
무표정하게 창밖을 보고 있다

셋 앉는 좌석에 다섯씩 앉고
엔진 룸 위에 한 줄이 더 앉았다
육십이 훨씬 넘은 노인네부터
서른 초반의 사내
이국의 푸른 눈동자까지
한결같이 머리칼이 누렇게 세었다

어떤 빼어난 은유와 상징으로도
그들을 그릴 수가 없다
그들은 아무 말도 하지 않았다

—송경동, 「그들은 아무 말도 하지 않았다」 전문

"가리봉오거리"에는 실로 얼마나 많은 것들이 존재하는가. 그곳의 먹자골목에는 얼마나 많은 갈빗집과 횟집과 주먹고깃집과 미장원들이 존재하는가. 그곳에는 또 (다국적 노동자들을 대상으로 무려 8개국 노래가 서비스되는) 노래방을 포함하며 얼마나 많은 오락실과 게임장들이 존재하는가. 그곳에는 또 얼마나 많은 상설 할인 매장들이 존재하는가. 그러나 이 모든 소비의 공간들은 화자의 시선을 끌지 못한다. 화자의 시선이 포착하는 것은 "어둠 깔린" 그 거리에 와서 멈춰 서는 "12인승 봉고차 한 대"와 그 안에 타고 있는 "날일 마친 용역 잡부들"의 모습이다. 왜냐하면 화자에게는 이것이 가리봉오거리의 가장 중요한 '사건'이기 때문이다. "닭장차 안 죄수들처럼/ 무표정하게" 앉아있는 다국적 노동자들이야말로 가리봉오거리라는 공간의 알맹이들이기 때문이다. 화자는 공간의 무게에 압도당한 언어의 무능력을 "어떤 빼어난 은유와 상징으로도/ 그들을 그릴 수가 없다"는 말로 자책

한다. 이렇게 하여 무채색의 가리봉오거리는 '정치적' 공간으로 채색된다.

> 강江나루 건너서
> 밀밭 길을
>
> 구름에 달 가듯이
> 가는 나그네
>
> 길은 외줄기
> 남도南道 삼백리三百里
>
> 술 익는 마을마다
> 타는 저녁놀
>
> 구름에 달 가듯이 가는 나그네
>
> —박목월, 「나그네」 전문

박목월의 이 작품에서 공간은 철저하게 탈脫정치화된다. "강나루 건너서/ 밀밭 길"에는 이 시가 발표된 무렵(1946년) 조선 현실의 복잡다단한 정치적 의미소들이 깨끗하게 지워져 있다. 정치가 사라진 공간에는 고립된 단독자의 초월적 행보("구름에 달 가듯이")만이 기록되어 있다. 그래서 이것을 정치적 무관심의 반영으로 읽든, 아니면 정반대의 현실에 대한 유토피아 욕망("술 익는 마을마다/ 타는 저녁놀")의 표현으로 읽든 간에, 시인들은 자신이 가지고 있는 세계관과 감성의 그물에 따라 각기 다른 콘텐츠의 공간을 각기 다른 방식으로 전유하고 생산한다. 그러므로 선택된 공간의 모든 구성물들은 당연한 것이 아니라 '특수한' 것이다. 게다가 각 시인이 가지고 있는 공간의 생산력은 천차만별이다. 동일한 장소도 공간의 실천을 언어화하는 기술의 차이에 따라 전혀 다른 공간으로 생산된다. 세계관에서 기술로 넘어가는 이 멀고도 복잡한 의미화의 길에 시의 공간이 존재한다. 이런 점에서 우리는 낡은 재현론을 반성할 필요가 있다. 시는 '천의무봉天衣無縫'의 기술로 감쪽같이 현실의 짝퉁을 만들어내는 기계가 아니다. 시는 재현 기계가 아니라 생산 기계이며, 생산은 원료의 선택과 배제 그리고 그것의 가공에 따라 천차만별의 다양한 스펙트럼을 가진 생산품(product)들을 만들어낸다. 공간적 실천은 시가 가지고 있는 다양한 생산 라인 중의 하나이다.

6.
나는 그 사람이 아프다
—윤리에 대하여

Ⅰ.

글은 어디에서 시작될까. 최초의 글쓰기는 누가, 왜 시작했을까. 그리고 나는 왜 글을 쓰려고 했을까. 아리스토텔레스는 『니코마코스 윤리학』의 첫 문장에서 "모든 예술, 모든 연구 그리고 이와 유사하게 모든 행위와 추구는 어떤 선한 것을 목적으로 해야 한다"고 말한다.

사실 문학은 윤리와 무수히 충돌해 왔다. 문학 언어는 본질적으로 질문태이므로 문학이 의심하고 따지는 대상에서 윤리 역시 예외일 수 없다. 작가 개인들의 크고 작은 일탈 혹은 비윤리적 행위야 사생활이므로 그것까지 정당화할 수는 없다. 그러나 텍스트로서의 문학이 어떤 식으로든 '더 나은' 선을 지향한다는 사실을 의심하기는 힘들다. 게다가 윤리도 시대에 따라 상황에 따라 끊임없이 변하는 것이므로 항구적인 '윤리성'을 설정할 수도 없다.

> 자주 선원들은 심심풀이로 붙잡는다
> 거대한 바닷새인 알바트로스를
> 아득한 심연 위를 미끄러지듯 나아가는 배를

태평스레 뒤따르는 길동무를.

선원들이 갑판 위에 내려놓자마자
창공의 왕자는 서툴고 창피해하며
그 크고 하얀 날개를 배의 노처럼
가련하게 질질 끌고 다닌다.

날개 달린 이 여행객은 얼마나 어색하고 무기력한가!
조금 전까지도 멋있던 그는 얼마나 우습고 추해 보이는지
선원 하나가 담뱃대로 그의 부리를 성가시게 하고
절뚝거리며 다른 이는 더 이상 날지 못하는 불구자를 흉내 내는구나!

시인은 폭풍우를 넘나들고 사수들을 비웃는
이 구름 속의 왕자와 비슷하다.
야유 속에 지상에 유배당하니
거인의 날개가 걷기조차 힘겹게 하는구나.

—샤를 보들레르(C. Baudelaire), 「알바트로스」 전문(이건수 역)

"구름 속의 왕자"인 시인이 윤리 너머의 윤리를 꿈꿀 때 규범 중심의 사회는 저주의 화살을 퍼붓는다. 시인이 "구름 속"에서 유토피아를 꿈꿀 때, 규범은 동일성의 원리로 구성원들을 통합하고 현재를 재생산하려 한다. 규범 사회의 안정성을 저해하는 "알바트로스"는 포획과 조롱의 대상이 된다. 구름 위에서 그토록 "멋있던" 시인은 현실 속에서 "어색하고 무기력한" 존재가 된다. 보들레르는 '저주받은' 시인답게 지상에 내려와 온갖 멸시와 비웃음 속에서 '악의 꽃'을 피웠다. 그러나 그가 한 것은 악의 '선동'이 아니라 규범 사회가 감추고 있는 악을 '까발리는' 것이었다. 보들레르는 스스로 악의 몸이 되어 내부의 악마성을 드러냈고, 19세기 유럽 사회가 감추고 있는

'악의 심연'을 끄집어냈다.

> 홀린 우리 정신을 악의 베갯머리에서
> 오래오래 흔들어 재우는 건 거대한 〈악마〉,
> 그러면 우리 의지의 으리으리한 금속도
> 그 해박한 연금술사에 걸려 몽땅 증발하는구나.
>
> —샤를 보들레르, 「독자에게」 부분(김붕구 역)

시인이 드러낸 자신들의 추악한 내부를 들여다보며 사람들은 경악했고 조롱으로 화답했다. 그들은 보들레르의 텍스트에 '비非윤리' '반反도덕'의 이름을 붙여 주었다.

Ⅱ.

시인은 왜 "야유 속에 지상에 유배"(「알바트로스」)되면서까지 내부의 어둠과 외부의 악마성을 까발릴까. 그것은 바로 '더 선한 것', 도달하기 어려운 선을 위해서이다. 시인은 비윤리의 이름으로 윤리를 생산하고, 반도덕의 이름으로 도덕을 생산한다. 시인이 지향하는 윤리는 어떤 의미로 '도래할 윤리', 성취의 순간에 다시 미래가 되는 윤리이다. 이것이 시인을 세상과 '불화'하는 존재로 만든다. 엄밀히 말해 시인이 불화하는 것은 세상 자체가 아니라, 제도로 굳어진 세상의 '규범'이다. 규범 언어 혹은 공리(公理, axiom) 언어를 (재)생산하는 것은 권력이다. 권력은 지배 이데올로기를 규범화하고 공리화함으로써 자신들의 지배를 재생산한다. 시인이 비非권력 혹은 반反권력의 편에서 규범 언어에 도전할 때, 불화 혹은 불일치가 생겨난다. 그러므로 시인의 '이웃'은 권력이 아니라 비권력 혹은 반권력의 영역에 있는 하위주체(subaltern)들이다. 시가 세상의 아픈 것들, 모자란 것들,

부족한 것들, '무녀리'들 혹은 존재의 무녀리적 측면에 몰두하는 것도 이런 이유에서이다.

못난 놈들은 서로 얼굴만 봐도 흥겹다
이발소 앞에 서서 참외를 깎고
목로에 앉아 막걸리를 들이켜면
모두들 한결같이 친구 같은 얼굴들
호남의 가뭄 얘기 조합 빚 얘기
약장사 기타 소리에 발장단을 치다 보면
왜 이렇게 자꾸만 서울이 그리워지나
어디를 들어가 섰다라도 벌일까
주머니를 털어 색싯집에라도 갈까
학교 마당에들 모여 소주에 오징어를 찢다
어느새 긴 여름 해도 저물어
고무신 한 켤레 또는 조기 한 마리 들고
달이 환한 마찻길을 절뚝이는 파장

—신경림, 「파장罷場」 전문

"못난 놈들은 서로 얼굴만 봐도 흥겹다"라는 문장은 시가 타자(the Other)를 대하는 중요한 문법을 보여 준다. 규범 언어는 타자들에게 동일성을 강요하고 타자들을 전유한다. 철학을 존재론, 형이상학에서 윤리학으로 돌려놓은 것으로 유명한 레비나스(E. Levinas)는 타자성을 외재성(exteriority)과 무한성(the infinite)의 개념으로 설명한다. 외재성이란 타자가 나의 바깥에 있는 존재, 그러므로 내가 아닌 존재이며 따라서 내 마음대로 할 수 없는 존재임을 의미한다. 무한성이란 타자가 나에 의해서 영원히 규정되거나 전유될 수 없는 존재임을 가리킨다. 타자는 내가 전유하는 순간 이미 다른 존재가 되어있다. 이 끊임없는 탈주가 타자를 규정 불가능한 '무한성'의 존재로 만든다. 그렇다면 윤리학은 어떻게 구성되는가? 윤리학은 자아로 환원될 수도 없고, 규정될 수도 없으며, 그 어떤 범주나 전체성(totality)의 체계 안으로 귀속될 수도 없는 타자(the Other)의 존재를 인정하는 데서 시작된다. 따라서 동일성의 원리로 환원된 타자는 타자가 아니라 나의 나일 뿐이다. 그것은 나의 (현상학적) 직관 혹은 의지의 투영이며 나의 그림자이다. "못난 놈들"이 만일 "서로 얼굴만 봐도 흥겹다"면, 그것은 그들이 타자들을 지배하려 들지 않을 뿐더러 그럴 힘(권력)도 없기 때문이다.

"얼굴(face)"은 레비나스의 윤리학에 있어서 매우 중요한 개념이다. 그에게 있어서 얼굴이란 구체적이고 물질적인 타자의 나타남, 현현을 의미한다. 얼굴은 그 자체 포획되지도, 봉쇄되지도, 규정되지도, 환원되지도, 지배되지도 않는 타자, 즉, 낯선 이의 구체적 '현현' 즉 계시이다. 얼굴은 나에게 다가와 도움을 명령한다. 그것은 명령이되 가장 가난하고 무력한 존재들, 즉 "낯선 이, 과부, 고아"의 명령이다. 이 경우 나에게는 그것을 수락하는 것 외에 다른 아무런 선택의 권리가 없다. 레비나스에 따르면 얼굴은 "직설법이 아니라 명령법으로서, 한 존재가 우리와 접촉하는 방식"이고 "내 앞에 있는 것이 아니라 내 위에 있기" 때문이다. 얼굴은 저 높은 곳, 즉 나의 지배가 불가능한 곳에서, 그러나 가장 약한 자의 모습으로, 나를 호명(interpellation)한다. 이 경우 윤리적 주체가 할 수 있는 것은, 『성경』의 여러 예들에서 볼 수 있듯이 "네가 어디 있느냐?"라고 묻는 신에게 "내가 여기 있나이다(Here I am)"라고 말하는 것과 같은 절대적 순종의 태도밖에 없다. 레비나스에 의하면 "얼굴은 내가 그 호소를 외면하거나 망각할 수 없는 방식으로 내게 부과된다. 즉 그것은 그 비참함에 대해 내가 책임을 도저히 멈출 수 없는 방식으로 내게 부여된다". 자아와 타자에 대한 이런 설명은 레비나스가 나를 처음부터 "타자를 위한 존재(I am-for-the other)"로 규정하고 있기 때문이고, 여기에서 "타자를 위한 존재가 됨(being-one-for-the-other)"은 바로 "존재를 넘어서는 의미화의 탄생(the birth of signification beyond being)"을 가리킨다. 레비나스가 생산한 윤리적 주체는 처음부터 타자에 대한 전유가 불가능한 존재, 오로지 타자를 위한 존재, 타자를 위해 스스로 "상처받기 쉬움(vulnerability)"의 상태에 있는 존재를 의미한다. 이런 점에서 이글턴(T. Eagleton)은 레비나스의 윤리학을 "당당한 성취의 윤리가 아니라 무너짐 그리고 상처받음의 윤리"라 정의하는데, 이 "무너짐 그리고 상처받음의 윤리"야말로 '시의 윤리'가 궁극적으로 도달할 지점이 아닌가. 위 시에 나름의 감동이 있다면 그것은 결핍의 존재들("못난 놈들")을 대하는 화자의 윤리적 태도 때문이다. 그는 타자들을 전유하지 않으며, 함께 "절뚝"이고, 함께 상처받으며, 함께 무너진다.

Ⅲ.

이 글의 제목("나는 그 사람이 아프다")은 롤랑 바르트(R. Barthes)에게서 빌려온 것이다. 그는 『사랑의 단상』이라는 책에서 다음과 같이 말한다. "그의 고통이 내 밖에서 이루어지는 한, 그것은 나를 취소시키는 거나 다름없다". 내가 "그 사람"을 아파하지 않을 때 나는 존재하지 않는다. "나는 애도한다. 고로 존재한다"(자크 데리다J. Derrida). 이런 점에서 문학은 상처받은 타자의 얼굴, "그의 고통" 앞에서 무너지고 상처받는 언어이다. 문학의 언어는 가장 내면적인 '나'를 이야기할 때도 이미 타자를 향해 있다. 시의 언어는 어두운 무의식의 세계를 탐구할 때조차 이미 세상을 이야기하고 있다. 상처와 무너짐은 외적 현실뿐만 아니라 내면의 싸움에서도 빈번히 일어나기 때문이다. 나의 외부는 세상의 내부이며, 세상의 외부는 나의 내부이다. 문학은 나의 내부에서 시작되지만 늘 세계 즉 타자의 근접성을 의식한다.

> 포구의 삭은 그물들을 만지고 돌아와 곤히 눕던 그 밤
>
> 한쪽 눈으로 흘린 눈물이
>
> 다른 쪽 눈에 잔잔히 고이던 참 따스했던 단칸방

아늑에서는 모두 따뜻한 꿈을 꾸고
우리가 서로의 아늑이 되어 아픈 줄 몰랐지
아니 아플 수 없었지

—민왕기, 「아늑」 부분

눈물의 주체는 "단칸방"으로 들어왔을 때 타자와 근접해진다. 주체는 타자들과 환유적으로 겹쳐지며 타자들 안으로 스며든다. 주체성이 타자와의 관계 속에서 이렇게 희석되고 약화되는 것이야말로 레비나스가 말하는 타자성의 윤리이다. 그것은 사랑과 환대의 다른 이름이며 자신의 동일성을 버리고 타자성에 항복하는 행위이다. 가난한 타자들 앞에서 이렇게 주체성을 지울 때, 주체는 "눈물"의 세계에서 "아늑"의 세계로 넘어간다. 시는 이렇게 나의 문턱을 넘어 타자에게로 간다. 시가 궁극적으로 지향하는 것은 타자에 대한 조건 없는 환대이다. 이것은 시의 불가능하면서도 회피할 수 없는 목표이다. 그것은 '없는 곳'으로서의 유토피아이며 바로 그 '없음' 때문에 시의 동력, 리비도가 된다. 이런 점에서 "환대 행위는 시적일 수밖에 없다"(자크 데리다).

시가 세계와 불화하는 것은 세계의 어떤 부분들이 타자에 대한 조건 없는 환대를 방해하기 때문이다. 그것은 주로 권력 담론, 지배 담론에 의해 생산된다. 시가 늘 하위주체들의 눈물과 한숨을 향해 있는 것은 바로 이런 이유 때문이고, 시가 소음을 생산하는 것도 같은 이유에서이다. 타자에 대한 무조건적인 환대를 방해하는 것들은 예컨대 "애국적 민족주의와 집단적 사고, 계급과 인종에 대한 의식, 성적인 특권"(에드워드 사이드E. Said) 같은 것들이다. 사이드의 말대로(『지식인의 표상 *Representations of Intellectual*』) 지식인이 이런 특권에 의문을 제기하는 사람이며 그래서 "경계 밖으로 스스로를 추방해야 하는 자"이고, "관습적인 논리가 아니라 모험적인 용기의 대담성과 변화의 표현을 지향하고, 가만히 멈춰있는 것이 아니라 움직이며 나아가는 것에 반응하는 자"라면, 이런 지식인의 숙명은 고스란히 시인의 운명이기도 하다.

Ⅳ.

'윤리'라는 기표는 언제부터인가 낡아빠진 골동품이 되어버렸다. 그러나 유사 이래 생산된 거의 모든 개념들과 사상들을 다 겪고 의심하고 회의한 '탈근대'의 시대에 와서 놀랍게도 이 골동품은 다시 태어나고 있다. 레비나스뿐만 아니라 영국을 대표하는 마르크스주의 문학이론가인 테리 이글턴도 2003년『이론 이후 *After Theory*』의 출간을 기점으로, 같은 해에 나온『반대자의 초상 *Figures of Dissent*』를 거쳐,『신성한 테러 *Holy Terror*』(2005),『낯선 이들과의 문제: 윤리학 연구 *Trouble with Strangers: A Study on Ethics*』(2009),『이성, 믿음, 혁명: 신 논쟁에 관한 성찰 *Reason, Faith, and Revolution: Reflections on the God Debate*』(2009),『악에 대하여 *On Evil*』(2010)를 거치면서 거의 모든 논의들을 줄곧 '윤리적 전회轉回'의 궤도 위에서 펼치고 있다. 이는 모든 사상적, 철학적, 문학적 논의가 결국은 '선(the good)', 타자에 대한 책임성, 즉 윤리의 문제로 귀결될 수밖에 없음을 잘 보여 주는 현상들이다. 도스토옙스키의『카라마조프가의 형제들』에 나오는 "우리는 모두 다른 사람들에게 책임이 있다"는 전언은 이 글의 서두에서 인용한 바 '모든 행위가 선을 지향해야 한다'는 아리스토텔레스의 윤리 선언과 하등 다를 바가 없다. 시는 이룰 수 없는 선을 향하여 사랑과 환대를 방해하는 모든 적들과 싸운다. 시는 자신의 어둠까지 까발리며 최상의 선을 향해 나아간다.

> 보리밥집에 가서 비빈다
> 봄이면 흔하게 피던 길섶 풀꽃을
> 어머니 땀 뚝뚝 흘리며 뽑아내던 밭고랑을
> 스스륵 뱀이 스며들던 풀숲을

고추장 넣고 쓱쓱 비빈다

—박무웅, 「떡순이네 보리밥집」 부분

사실 시의 언어는 '차이의 기호들'을 마구 뒤섞고 "쓱쓱 비"비는 언어이다. 시는 현세에서 뿐만 아니라 언어의 조합에 있어서도 타자성을 가장 지향하는 언어이다. 데리다가 "언어는 가장 덜 고정된 사물이고 최고의 운동성을 지닌 유기체"라고 말한 대로, 시는 한 기표에서 다른 기표로, 한 크로노토프(時空, chronotope)에서 다른 크로노토프로 마구 넘나들며 가장 자유롭게 기호들 사이의 문턱을 지운다. 이런 의미에서 시적 언어는 가장 '에로스'적인 언어이다. "보리밥집"에서 어머니가 잡초를 뽑던 "밭고랑"을 떠올리며 현재와 과거, 보리밥집과 "풀숲"을 마구 섞고 비비는 것, 기표와 기표의 경계를 부수고, 서로 다른 타자들을 향해 넘쳐 흘러가는 것이 시의 언어라면, 그것이야말로 가장 윤리적인 언어이다.

7. 살 속에 말이 있다
—몸에 대하여

I.

시의 언어는 몸의 언어이다. 시를 쓰는 일은 하늘의 목소리 혹은 천상을 향하는 정신에 몸을 입히는 행위이다. 몸에 갇혀있는 인간은 몸 바깥을 사유한다. 사유는 몸을 넘어 닿을 수 없는 곳을 향해 뻗어나가지만, 그것은 살과 피, 물질과 몸에 의해서만 응결된다. 시의 언어는 몸의 울타리 너머로 뻗어나간 '보이지 않는' 정신의 가지들을 '보이는' 것으로 만든다. 시의 언어는 보이는 몸으로 보이지 않는 영혼을 꿈꾸는 언어이다. 몸은 유한성의 형식이고 몸이 몸 바깥을 향하는 것은 몸의 '한계'에 대한 자의식 때문이다. 그러나 몸 너머의 사유는 오로지 몸을 통해서만 '안'으로 들어온다. 말라르메(S. Mallarmé)는 "육체는 슬프다, 아! 나는 모든 책을 읽어버렸다./ 도망치자! 저 멀리로 도망치자!"(「바다의 미풍」)라는 문장을 통해 이미 많은 이야기를 하고 있다. "모든 책"은 정신의 힘, 의식 혹은 이성의 먼 궤도를 의미한다. 시인은 정신의 끝장까지 가서 다시 몸으로 돌아온다. 모든 위대한 정신은 육화 혹은 물화物化의 순간 '존재'가 된다. 몸을 입지 않은 정신은 정신으로조차 존재할 수 없다. 그러므로 몸은 정신의 표면이고, 정신은 몸의 표면이다. 가장 높은 신성神性도 살과 피의 모습으로 지상으로 내려왔다. 빵과 포도주를 들고 "이것은 나의 몸"이고 "이것은 나의 피"라고 말하는 순간 신성은 존재 안으로 들어왔다. 하늘이 스스로 몸을 입고 자기 몸을 찢어 살과 피의 현존을 보여 줄 때, 정신은 가장 낮은 곳에서, 몸은 가장 높은 곳에서, 서로 하나가 되었다. 그러나 몸은 스스로 유한자의 표식標式이므로 몸을 이기지 못하는 자, 하늘에 이를 수 없다. 그리하여 모든 "육체는 슬프다". 시는 몸을 벗어나 "도망치자! 저 멀리로 도망치자!"고 속삭이지만, 몸은 도망친 모든 것들이 마지막으로 귀환하는 이타카이다. 수도 없이 죽을 고비를 넘기면서도 끝끝내 고향 이타카로 돌아가는 오디세우스처럼 사유와 의식과 정신은 결국 몸으로 돌아온다. 그러므로 시는 몸으로 표현된 정신이며, 스스로 바닥으로 내려온 하늘의 목소리이다.

살 속에 말이 있다
살은 스스로 말을 한다
어설픈 이성은 그 말을 막는다

노동의 근육 속에는 말이 있다
그것은 살과 살의 대화다
뼈와 살의 대화다
남의 살과 나의 살의 대화다

살은 창조를 한다
스스로 세포를 증식하듯이
스스로 유전인자를 만들듯이
살은 스스로 음악을 만든다
살은 속삭이듯 말을 하지만 우리를 지배한다
어설픈 이성은 독재처럼 살을 지배하려 하지만

오래 억눌린 살의 말은

또 다른 피흘림으로 대답한다

—백무산, 「노동의 근육」 전문

메를로 퐁티(M. Ponty)에 의하면 주체는 정신이나 의식이 아니라 '몸(body)'이다. 그리하여 퐁티는 주체를 "몸-주체(body-subject)"라 부른다. "나는 나의 몸 앞에 있지 않다. 나는 몸 안에 있다. 더 정확히 말하면 나는 몸이다. …(중략)… 만일 우리가 여전히 몸의 지각(perception)과 관련하여 해석에 대해 말할 수 있다면, 몸은 자신을 해석한다고 말해야 할 것이다"(퐁티, 『지각의 현상학』). 퐁티가 몸을 중시하는 것은 지각이 궁극적으로 (퐁티의 용어대로) "감각 덩어리(mass of the sensible)"를 통해 이루어지기 때문이다. 몸은 그 자체 주체이므로 "스스로 말을 한다". 그것을 가로막는 것은 "어설픈 이성"이다. 이런 점에서 백무산의 위 시는 '살 속의 말'을 옮겨 놓은 것이다. 백무산이 "살"에 집중하는 것은 노동자의 삶이 무엇보다 '몸의 삶'이기 때문이다. (마르크스에 의하면) 노동력이 "특수한 상품"인 이유는 그것이 "인간의 살과 피" 외에 다른 저장고를 갖고 있지 않기 때문이다. 백무산은 노동자의 삶을 통해 몸이 언어이며, 의미이며, 주체라는 사실을 발견했다. "스스로 음악을 만"드는 몸, "창조"하는 "살"이라는 인식은 (다른 경로를 통해) 몸이 곧 주체, 즉 몸이 스스로를 해석한다는 퐁티의 주장과 동일한 지점에 도달한다. 퐁티에 의하면 몸은 가시적인(visible) 것이고 살은 비非가시적인(invisible) 것이다. 살은 눈에 보이지 않지만 모든 사물과 존재의 원료이자 동력이다. 몸은 비가시적인 살이 가시적으로 드러난 것이다.

Ⅱ.

퐁티의 '몸' 개념이 보편론이라면, 백무산의 '살' 개념은 (계급적) 특수성에서 성취된 것이다. 그러나 그 모든 논의에도 불구하고, 시는, (더 정확히 말해) 예술의 언어는, 몸의 언어 혹은 감각 덩어리의 언어이다. 음악의 소리, 회화의 빛과 색채, 시의 이미지들은 모두 감각의 그물들이다. 가령 "회화는 몸들의 예술이다. 회화는 오직 살갗만을 알 뿐이며, 한편에서 다른 편에 이르기까지 철저히 살갗이기 때문이다"라는 장-뤽 낭시(J. Nancy)의 정의를 부정하긴 어렵다. 낭시에 의하면 "몸은 '포만'의 범주에 속하지 않는다. 몸은 꽉 찬 공간이라 할 수 없다. 몸은 **열린** 공간이다. 다시 말하자면 어떤 의미에서 공간을 차지한다기보다는 본연적으로 공간의 **여지를 내는** 공간, 다른 표현으로는 우리가 **자리**라고 부를 수 있는 공간이다. 몸은 실존의 자리다"(낭시, 『코르푸스: 몸, 가장 멀리서 오는 지금 여기』).

카뮈(A. Camus)의 「티파사에서의 결혼」은 다음과 같은 문장들로 시작한다.

> 봄철에 티파사에는 신神들이 내려와 산다. 태양 속에서, 압생트의 향기 속에서, 은빛으로 철갑을 두른 바다며, 야생의 푸른 하늘, 꽃으로 뒤덮인 폐허, 돌더미 속에 굵은 거품을 일으키며 끓는 빛 속에서 신들은 말한다. 어떤 시간에는 들판이 햇빛 때문에 캄캄해진다. 두 눈으로 그 무엇인가를 보려고 애를 쓰지만 눈에 잡히는 것은 속눈썹 가에 매달려 떨리는 빛과 색채의 작은 덩어리들뿐이다.

우리는 여기에서 무한성을 수용하는 몸-주체와 만난다. 몸은 열린 공간이며, 여지를 만들어내고 무엇이든 받아들인다. 그것은 저 멀리, 닿지 않는 곳에 있는 신들을 불러낸다. 보이지 않는 신들은 태양과 압생트의 향기, 바다와 하늘, 꽃, 돌더미로 현전現前한다. 신들을 감각의 "작은 덩어리들"로 바꾸는 것은 몸이다. 몸은 보이지 않는 것들을 보이게 하고, 오지 않는 것들을 불러내며, 잠재성을 실현하는 '실존의 자리'이다.

어느 땅에 늙은 꽃이 있으랴
꽃의 생애는 순간이다
아름다움이 무엇인가를 아는 종족의 자존심으로
꽃은 어떤 식으로 피든
필 때 다 써버린다
황홀한 이 규칙을 어긴 꽃은 아직 한 송이도 없다
피 속에 주름과 장수의 유전자가 없는
꽃이 말을 하지 않는다는 것은
더욱 오묘하다
분별 대신
향기라니

—문정희, 「늙은 꽃」 전문

감각은 지속성이 없다. 이것이 몸의 유한성이다. 그러나 몸은 순간에 완벽을 이룬다. 순식간에 만개하고 멈춰버리는 삶은 늙을 틈이 없다. 그러니 "어느 땅에 늙은 꽃이 있으랴". "황홀한 이 규칙"은 시간을 초월해 있다. 그것은 순간 속에 자신을 던짐으로써 시간을 넘어선다. 시간의 계산이 개입할 수 없는 이 생애에서 중요한 것은 "분별"(이성)이 아니라 "향기"(몸, 감각)이다. 시는 향기로 분별을 넘어선다. 시는 감각으로 이성을 녹이며, 보이지 않는 이성을 몸으로 응결시킨다. 몸에 갇힌 이성, 감각의 성에 갇힌 이념, 살갗에 그려진 개념이 시이고 문학이다.

Ⅲ.

그러므로 예술가들은 예술의 물질성에 주목한다. 철학이 가장 비非물질적인 언어라면, 산문은 덜 물질적인 언어이며, 시는 가장 물질적인 언어이다. 시는 몸의 그물로 개념과 관념, 이념과 이성을 낚아챈다. 시는 그 자체 몸이고 감각 덩어리이기 때문이다. 엘리엇(T. S. Eliot)은 「햄릿과 그의 문제들 *Hamlet and His Problems*」에서 "예술의 형식으로 감정을 표현하는 유일한 방법은 '객관 상관물(objective correlative)'을 발견함에 의해서이다"라고 주장한다. 그에 의하면 객관 상관물이란 "특정한 정서(감정)의 공식이 될 일련의 사물들, 상황, 사건들의 연쇄"이다. 정서 혹은 감정은 그 자체 예술이 아니며, 그런 의미에서 비물질적인 것이다. 그것은 그것에 상응하는 객관 상관물을 발견할 때 비로소 물질로, 예술로 전화된다. 가령 셸리(P. Shelley)의 「인디언 세레나데」에 나오는 다음과 같은 대목 "나는 죽네, 나는 혼절하네, 나는 쓰러지네"와 같은 문장에는 아무런 객관 상관물이 없다. 이런 문장은 아직 예술이 되지 못한, 몸을 얻지 못한 감정의 (긴장 없는) 표현일 뿐이다. 엘리엇에 의하면 셰익스피어의 『햄릿』은 "가장 확실한 예술적 실패"인데, 그것은 셰익스피어가 (햄릿의) 감정에 상응하는 객관 상관물을 발견하지 못했기 때문, 즉 "표현 불가능한 감정에 지배당했기" 때문이다. 여기에서 표현 불가능한 감정에 지배당했다는 것은 그것이 몸의 옷을 입지 못했음을 의미한다.

자 가자, 너와 나,
마취된 채 수술대 위에 누워있는 환자처럼
저녁이 하늘을 배경으로 펴져있을 때;
자 가자, 반은 버려진 어떤 거리들을 지나,
하룻밤 싸구려 호텔들의 불안한 밤들과
굴 껍질들과 톱밥이 깔려 있는 레스토랑들의
그 중얼거리는 도피逃避들을 지나,

—엘리엇, 「프루프록의 사랑 노래」 부분(오민석 역)

엘리엇에 의해 도시의 저녁 하늘은 "마취된 채 수술대 위에 누워있는 환자"의 몸을 입는다. 이런 점에서 시는 '설명하기(telling)'가 아니라 '보여 주기(showing)'이다. 위 시의 어느 곳에도 섹스와 소비(낭비)의 도시 공간에 대한 '개념적' 설명이 없다. 시인은 개념을 직접적으로 전달하는 대신 "싸구려 호텔" "굴 껍질" "톱밥" "레스토랑" "거리" 등의 객관 상관물을 배열함으로써 개념을 '보여 준다'. 사물들을 끌어들임으로써 개념은 비로소 예술로 전화된다. 보여 주기는 사물들로 가득 차있다. 소리가 없는 음악, 색채가 없는 회화를 말할 수 없는 것처럼, 객관 상관물이 없는 시는 (적어도 엘리엇에 의하면) 시가 아니다.

남남남남남
남남남남남
남남만남남
남남남남남
남남남남남

—고원, 「한 번의 우연적 만남과 두 번의 필연적 만남」 전문

1960~1970년대에 주로 독일어 문화권을 중심으로 주목받은, 소위 '구체시(concrete poetry)'는 문자의 회화적 물질성을 극대화하려는 시도 중의 하나였다. 위 시는 구체시의 일종이다. 위 시는 시각성(the visual)을 전경화함으로써 사람들 사이의 '관계'를 '보여 준다'. 중앙의 "**만**" 자를 중심으로 다양한 관계들이 교차된다. 우리는 수많은 "**남**"들을 경유하며 때로는 고립된 '남'의 상태로 또는 '남남' 또는 '남남남'(∞)의 수많은 순열 조합들 속에 존재한다.

Ⅳ.

시는 몸의 언어, 물질(사물)의 언어이면서 동시에 몸의 유한성과 싸우는

언어이다. 시는 유한한 몸으로 무한성에 도전한다.

> 여기서부터, 멀—다
> 칸칸마다 밤이 깊은
> 푸른 기차를 타고
> 대꽃이 피는 마을까지
> 백 년이 걸린다
>
> —서정춘, 「죽편竹篇 1-여행」

몸은 "칸칸마다 밤이 깊은/ 푸른 기차" 같다. 그것은 지상에 낮게 엎드려 땅바닥에 몸을 갈며 달리는 언어이다. 그것은 "밤"처럼 어둡다. "대꽃이 피는 마을"은 여기, 몸으로부터 멀고 "멀—다". 거기에 도착할 때까지 "백 년이 걸린다". 그래도 몸은 "푸른 기차"의 모습을 버리지 않는다. 낭시의 정의대로 몸은 "가장 멀리서 오는 지금 여기"이다. "지금 여기"가 몸이고, 몸은 가장 먼 곳까지 자신을 열어놓는다. 신들을 호출한 카뮈의 사물들처럼, 몸은 몸이 아닌 것, 영혼과 이성과 의식의 바깥이다. 그것은 그 바깥들을 향해 계속해서 채워지지 않는 '자리'를 열어놓는다. 몸은 보이지 않는 것들을 불러 옷을 입혀 주며, 비非존재를 존재로 만든다. 유한성에 갇힌 무한성이 존재의 '현현'이다. 신성神性이 피를 흘리는 것은 오로지 빵과 포도주를 통해서이다. 엘리엇의 말대로 맥베스 부인(셰익스피어, 『맥베스』)의 정신 상태가 독자에게 전달되는 것은 "상상된, 감각적 인상들의 숙련된 축적" 때문이다. "감각적 인상들"이 없이 신들은 하늘의 정원에서 지상으로 내려오지 않는다. 문학은 유한한 언어로 무한한 것들을 포획하는 언어이다. 그중에서도 시는 가장 물질적인 언어로 붙잡을 수 없는 것들을 지상으로 끌어내리는 언어이다.

> 누가 내 이름을 부를 때

나는 배경으로부터 도려내어진다

누가 나를 깨울 때
나는 어둠으로부터 발라내어진다

찢어내지 않고 부르는 소리

발라내지 않고 깨우는 소리

허공 다치지 않게 나는 새들 소리

—백무산, 「새벽 종소리」 전문

낭시에 의하면 몸은 무한을 향해 열려 있는 "자리" "자리로서의 실재"이다. 그것은 대상을 배제하는 것이 아니라, 끌어당기는 것이다. 이런 점에서 몸과 살의 다른 이름은 에로스이다. 몸은 "실존의 최대치라는 **무한함**을 자리의 지평의 **유한한** 절대에 합치시킨다"(낭시). 백무산이 말하는 바 "찢어내지 않고 부르는 소리// 발라내지 않고 깨우는 소리// 허공 다치지 않게 나는 새들 소리"야말로 이런 의미에서 '몸'의 소리이다. 신들을 불러내는 감각의 덩어리는 신들을 해치지 않는다. 그것은 신들과 '합치'하는 몸이다. 누가 내용과 형식을 분리하는가. 헤겔의 말대로 "모든 내용은 형식의 내용이고, 모든 형식은 내용의 형식이다". 몸의 바깥은 영혼이며, 영혼의 바깥은 몸이다. 몸의 언어인 시는 영혼을 향해 바깥을 내밀고, 바깥의 영혼은 몸 안으로 들어온다. 이것이 시의 방정식이다.

8.
한때 나는 머리가 두 개였다
—문체에 대하여

Ⅰ.

말하자면 우리는 두 개의 언어를 가지고 있다. 공동체의 언어와 나의 언어가 그것이다. 공동체의 언어는 소쉬르(F. de Saussure)가 랑그langue라고 부르는 것으로서 그 모든 사적 언어들의 배경에 있는 언어이다. 그것은 눈에 보이지 않지만 모든 개체 언어들의 근저에서 그것들을 지배하고 통어한다. 그것은 집단의 규칙이며 세월이 지나도 변하지 않으므로 초超시간적이다. 그것은 존재 이전에 존재하므로 비존재에서 존재로 들어오는 모든 개체들은 랑그의 그물에 갇힌다. 랑그에서 완전히 빠져나오는 유일한 방법은 죽음밖에 없다. 랑그가 하사한 언어게임의 장에서 랑그가 명령한 규칙에 따라 개체들은 '나의 언어'를 생산한다. 글(writing)과 말(speech)의 형태로 생산되는 모든 개체 언어들이 소쉬르가 말하는 파롤parole이다. 파롤은 '개별 발화(individual utterance)'이므로 순전히 사적인 영역에 속해 있는 것 같지만, 어디까지나 랑그의 규칙 안에서 가동되므로 공동체의 속박으로부터 자유롭지 않다. 파롤들은 랑그의 풍요로운 자산이지만, 랑그의 그물망에서 벗어날 수 없다. 이것은 마치 거대한 울타리 안에 있는 수많은 가축들의 모습을 연상시킨다. 색깔과 무늬와 성격이 다른, 셀 수 없이 다양한 특이성들이 한 울타리에 갇혀있는 것이 우리(인간) 그리고 언어가 생존하는 모습이다.

헨리 밀러(H. Miller)가 "화가의 날개를 가진 시인"이라 불렀던 샤갈M. Chagall은 자신이 직접 쓴 시에서 "한때 나는 머리가 두 개였다"고 고백했다. 그의 한 머리는 태양이 빛날 때마다 미소를 지었으며, 다른 머리는 밤에 보슬비가 오는 것처럼 눈물을 흘렸다. 그는 "한때 그 두 얼굴들이 사랑의 장밋빛으로 물들었고, 장미의 향기처럼 갑자기 사라졌다"고 말을 잇는데, 샤갈처럼 우리 모두는 "두 개"라 불리는 타자성들이 '나' 안에 들어와 길항拮抗을 이루고 있음을 본다. 그것은 정확히 숫자상으로 따질 수 없는 복수複數이며, 여기서 "두 개"란 실제의 숫자와 무관한 '다수성' 혹은 '복수성'을 나타내는 기표일 뿐이다.

이렇게 볼 때, 시인들이야말로 '두 개의 머리' 사이에서 가장 격렬하게 싸우는 존재들이다. 시인은 특히 공동의 것이 개체성을 지우는 지점에서 가장 세차게 저항한다. '통념' '규범' '상식'이 개체의 특이성을 억압할 때 시인은 그것들을 의심하고 교란시키고 해체시킴으로써 특이성의 존엄함을 드러낸다.

연어를 놓아주세요
소파에서 빈둥거리지 말고
세찬 물살로 연어를 돌려보내 주세요
연어의 배 속엔 역류하는 세계가 들어있어요
그것은 아름다운 파문,
연어는 자초自招하는 물고기예요

—김인숙, 「연어 캔」 부분

"역류하는 세계"야말로 시인의 DNA이다. 시인은 통일성을 거부하며 불일치를 "자초"한다. "소파"는 규범성과 동일성이 지배하는 안주安住의 공간, 정체停滯의 공간, 나태의 공간이다. 시인은 통념의 컨테이너, "캔"에 갇히기를 거부한다. 그것은 파문이되 특수하고도 "아름다운 파문"이다. 왜냐하면 모두가 동일성을 주장할 때 특이하게도 그것을 거스르기 때문이다. 시인이 규범을 거부하는 것은 물론 개체성의 존귀함 때문이기도 하지만, 더 큰 이유는 대부분의 규범이 다양한 권력에 의한 '생산물'이기 때문이다. 규범은 많은 경우 통치와 치안의 효율성을 위하여 권력이 만들어낸 허상이다. 시인은 말 그대로 모든 규범이 아니라 '공동의 자산'으로 위장한 파시즘 기계 혹은 약탈 기계로서의 규범에 저항한다. 가령 남아만을 자식으로 인정하던 가부장의 규범은 남성 중심의 권력이 만들어낸 약탈 기계이다. 이 기계 때문에 수많은 여성들이 교육의 기회를 박탈당했으며 인간으로서의 권리를 포기해야 했다. 국가를 위하여 개인들에게 희생을 강요하는 규범은 파시즘 기계의 전형적인 예이다. 국가주의가 통념이 될 때 죽어나가는 것은 수많은 개별 주체들이고 그 덕분에 '지복至福'을 누리는 것은 소수의 권력자들이다.

시인은 통념과 규범과 공리(公理, axiom)의 허구성을 민감하게 포착하는 더듬이의 소유자이다. 시는 이 더듬이에서 뻗어 나온 언어이다. 진리 독점의 모든 통념들은 이 촉수에서 자유롭지 않다. 김수영이 「시여, 침을 뱉어라」에서 "시는 문화를 염두에 두지 않고, 민족을 염두에 두지 않고, 인류를 염두에 두지 않는다" 했을 때의 "문화" "민족" "인류"는 권력이 만든 파시즘 기계로서의 그것들을 지칭한다. 바로 이어 김수영이 "그러면서도 그것은 문화와 민족과 인류에 공헌하고 평화에 공헌한다"고 했을 때의 그것들은 약탈 기계가 아닌 진정으로 '공동적인 것'으로서의 "문화" "민족" "인류"를 지칭한다. 이렇게 보면 시는 가짜 '공동의 것'에 저항하면서 진짜 '공동의 것'을 추구하는 언어이다. 나치 돌격대의 지휘관이었고 게슈타포를 창설한 헤르만 괴링(H. W. Göring)이 "'문화'라는 말이 들리면 내 손은 권총으로 간다!"고 했을 때의 "문화"란 권력 기계에 저항하는 문화, 통념에 도전하는 문화를 의미한다. 시는 싸구려 통념이 자신의 총으로 겨누는 제일第一의 언어이다.

Ⅱ.

나쁜 공리와 싸우는 시의 마당은 언어이다. 시는 공동의 언어체 안에서 자기만의 문장을 만듦으로써 통념과 싸운다. 시는 랑그의 규칙들을 최대한 위반하면서 사유私有의 공간을 만든다. 바르트(R. Barthes)의 말마따나 랑그의 추상적인 "원을 벗어날 때 비로소 밀도 있는 고독한 언어가 쌓이기 시작한다". 그러나 모든 언어적 사건은 랑그 내부에서 일어나기 때문에 랑그의 원을 벗어난다는 것은 불가능하다. "밀도 있는 고독한 언어"는 그러므로 랑그의 마지막 궤도에서 언어가 내지르는 횡단 불가의 비명이다. 시는 넘어갈 수 없는 궤도의 마지막 라인에서 스스로를 파괴하면서 랑그에 저항한다. 이 분열의 언어가 시이고 시의 문체(style)이다. 문체는 공동적인 것의 사유화를 근본적으로 인정하지 않는 랑그의 세계에서 시인이 건설한 마지막의 특이성이다.

> 무엇이 되든 근사하지 않은가
> 선을 넘을 수만 있다면
>
> 새의 자유를 생각하면 숨이 막혔다. 남은 알약 몇 알을 양식처럼 털어 넣고 소련제 승합차에 시동이 걸리기를 기다렸다. 오한이 들이닥쳤다. 서열에서 밀려난 들개 몇 마리 무너진 건물 주변을 서성이고 버려진 타이어 더미 위로 비현실적인 해가 지고 있었다. 오늘도 선을 넘지 못했다. 나는 아무것도 그립지 않다는 듯이 바닥에 침을 뱉으며 몇 마디 욕설을 중얼거렸다.
>
> —허연, 「오늘도 선을 넘지 못했다 – 국경 2」 부분

누가 "선을 넘을 수만 있다면" "무엇이 되든 근사하지 않은가"라 말할 수 있을까. 선을 넘는 것은 새들이며, 새들은 선이 있다는 사실조차 지운다.

선을 넘는 새들의 행위를 "새의 자유"라 인지하는 것은 선을 넘으려 하나 넘지 못하는 주체에게만 가능하다. 시는 경계를 넘어가(려)는 자들에게만 온다. 그러나 모든 월경越境은 "서열에서 밀려난 들개"처럼 패배의 짐승 같은 풍경을 생산한다. 월경은 싸움이며 경계는 결코 선부른 횡단을 허락하지 않기 때문이다. 공동의 언어체에 안주할 때 돌아오는 것은 편리한 '소통'뿐이다. 소통은 공동의 문법을 유지하며 공리에 충실한 자에게만 허락된다. 시인이 의도적으로 소통을 교란할 때 공동의 언어체에 균열이 일어난다. 그 균열의 자리에서 내밀한 '고독의 언어', 문체가 발생한다.

상상과 공상과 백일몽은 충족되지 못한 욕망이 있는 자리에서만 생겨난다. 시인의 내면은 결핍으로 가득 차있다. 욕망이 결핍을 낳고, 넘치는 결핍이 소망을 낳는다. 시인은 너무 많은 것을 요구하기 때문에 가난한 자이다. 공동의 언어체는 궁핍의 현실을 표현하지 못한다. 그것은 추상적 체계일 뿐이므로 소통의 추상적 지도만을 제시할 뿐이다. 탈脫영토의 욕망으로 가득 찬 시인이 공동의 문법 안에서 할 수 있는 유일한 일탈은 사물에 붙여진 고유한 이름들을 다른 이름으로 바꾸는 것이다. 이 '바꿈'이 은유이며, 은유의 동력이 상상력이다.

Ⅲ.

그리하여 문체는 랑그의 담벼락에 파놓은 수많은 개미집들이다. 개미집들은 저마다 다른 미로들로 이루어져 있으며 그 모든 길들은 랑그의 궤도 끝에 가있다. 공동의 문법을 넘어서려는 언어의 개미들이 경계의 담벼락을 줄지어 간다. 그들은 랑그의 끝자락에서 지상의 어떤 집과도 다른 자신만의 집을 짓는다.

앞으로 저 나비를 검은 히잡의 테러리스트라고 부르지 말자

허리에 폭약을 친친 감고도 나비는

세계의 근심 앞에서

저리 가벼이 날고 있지 않은가

꽃들이 팡팡 터지는 봄날의 오후

나비는 녹색 전선에 앉았다 붉은색 전선에 앉았다 아찔하게 생의 뇌관을 건드리고 있으니

우리도 꽃 시장에서 만날 약속을 하루만 더 미뤄두자

—송찬호, 「검은제비나비」 전문

이 시는 문체가 궁극적으로 세계의 사유화임을 잘 보여 준다. 누가 "검은제비나비"를 "히잡의 테러리스트"라고 부를까. 이 시는 그렇게 붙인 이름을 그렇게 "부르지 말자"고 함으로써, 말하자면 스스로 만든 은유를 배반함으로써 이중의 사유화를 실천한다. 그렇게 부르지 말자면서도 나비는 "허리에 폭약을 친친" 감은 테러리스트의 모습을 하고 있다. 그러나 나비가 테러리스트가 아닌 것은 "세계의 근심 앞"에서 폭약을 친친 감고서도 "저리 가벼이 날고 있"기 때문이다. 그리하여 "팡팡 터지는" 것은 폭약이 아니라 "꽃들"이다. 시인은 나비와 테러리스트라는 매우 이질적인 것들을 강제로 연결함으로써 자신만의 고유한 세계, 문체를 생산한다. 이렇듯 확장된 은유(extended metaphor)를 우리는 '기상(奇想, conceit)'이라 부른다. 은유와 상상, 공상과 기상은 공유公有의 문법 안에서 사유私有의 문장을 만들어내는 작업이다.

우리의 두 영혼은 하나이므로

비록 내가 떠난다 해도 그것은

끊김이 아니라 확장이지요

마치 공기 중에 두들겨 편 금박金箔처럼

우리 영혼이 둘이라면 그것은

마치 컴퍼스의 뻣뻣한 쌍둥이 다리처럼 둘이지요
당신의 영혼은 고정되어 움직일 기미를
보이지 않더라도, 다른 다리가 움직이면 따라 움직이지요

—존 던(J. Donne), 「고별사—슬퍼하는 것을 금지함
A Valediction: Forbidding Mourning」 부분(오민석 역)

17세기 영국 형이상학파 시인 존 던은 장기 여행을 떠나면서 부인에게 고별사를 썼다. 멀리 떠날지라도 둘의 영혼은 하나이기 때문에 이별은 서로가 떨어지는 것이 아니라 두드린 "금박"처럼 관계가 늘어나는 것이라고. 컴퍼스의 두 다리처럼 아무리 멀어져도 언제나 서로 연결되어 하나의 원을 그릴 수 있다고, 그러니 슬퍼하지 말하고. '기상'의 예로 자주 인용되는 이 작품은 시가 공동의 문법 안에서 어떻게 자신만의 언어를 만들어나가는지 잘 보여 준다. 존 던은 달콤하고 부드러운 사랑의 느낌과는 전혀 다른 사물들, 즉 (건조한 금속성의) "금박"과 "컴퍼스"를 끌어들여 공간적 거리를 넘어선 사랑의 의미를 (엉뚱하고도) '기발하게' 표현한다. 세상의 다른 어떤 문장과도 다른 고유의 문장들을 생성하지 못할 때, 시는 일상 언어로 전락한다. 시는 자신이 속해 있는 공유의 문법을 교란시킴으로써 자신의 집을 짓는다. 문체는 (사유화를 거부하는) 공동의 추상적 규칙을 끊임없이 사유화하는 작업이다.

Ⅳ.

(그러나) 시는 공동의 언어체와 싸우되 사유화한 언어로 '공동의 것'을 소환한다. 이런 점에서 사유화된 언어, 즉 문체는 공동의 것을 '새롭게' 전유하기 위한 '특이한' 기술이다. 특이성의 언어로 떠들지만 시가 궁극적으로 말을 거는 것은 인류 공동의 문제 혹은 자산이다. 이런 점에서 시는 가장 사

적인 언어로 가장 공적인 것을 말하는 언어이다. 시는 언어를 사유화하지만 골방에서 거울을 들여다보는 자폐아가 아니다. 시의 언어는 나르시시즘의 언어가 아니다. 그것은 공통의 문제들을 호출한다.

> 억울한 원혼은 소금 속에 묻는다 하였습니다
> 소금이 그들의 신이라 하였습니다
>
> 차가운 손들은 유능할 수 없었고
> 차가운 손들은 뜨거운 손들을 구할 수 없었고
> 아직도 물귀신처럼 배를 끌어 내립니다
> 이윤이 신이 된 세상, 흑막은 겹겹입니다
> 차라리 기도를 버립니다
> 분노가 나의 신전입니다
> 침몰의 비명과 침묵이 나의 경전입니다
>
> —문동만, 「소금 속에 눕히며」 부분

시는 사적인 언어로 공동의 세계, 즉 "이윤이 신이 된 세상"과 싸운다. 시는 "뜨거운 손들"로 "차가운 손들"과 싸운다. "분노"를 "신전"으로, "침몰의 비명과 침묵"을 "경전"으로 만드는 것은 시가 '공통적인 것("the common", 안토니오 네그리A. Negri)'에 관심을 갖기 때문이다. 가령 네그리가 말하는 '공통적인 것'에는 크게 두 가지가 있다. 그 하나는 "물질적 세계의 공통적 부—공기, 물, 땅의 결실을 비롯한 자연이 주는 모든 것"이고 다른 하나는 "사회적 생산의 결과물 중에서 사회적 상호작용 및 차후의 생산에 필요한 것들—지식, 언어, 코드, 정보, 정동(情動, affect)"이다. 거칠게 요약하면 네그리가 말하는 공통적인 것은 자연(물)과 사회적 생산물 들이다. 그러나 네그리의 "공통적인 것"은 주로 (권력에 의해 사유화의 대상이 되는) 공통의 '물질적' 자산을 언급하고 있기 때문에 매우 중요한 (또 하나의 공통적인) 것을 빼먹고 있다. 물론 "정동"의 개념에 어느 정도 포함되어 있기는 하지만, 공통적인 것 중에 더욱 공통적인 것이 있다면, 그것은 다름 아닌 무의식, 본능, 성애(sexuality)의 세계이다. 이 부분을 빼고 개체로서의 인간과 사회적 인간을 논의할 수 없다. 그리하여 시가 건드리는 공통의 세계는 크게 자연, 사회, 그리고 무의식으로 요약된다.

시는 (공동의) 규범 언어를 교란시키며 특이성을 생산하는 가장 사유화된 언어이다. 그러나 시는 가장 특이한 언어로 가장 공통적인 것을 건드린다. 시가 건드리는 세계는 개체들이 공유하고 있는 가장 보편적인 영역으로서의 자연, 사회, 무의식이다. 시는 사적 언어의 골목을 빙빙 돌면서도 늘 광장을 향해 있다. 사적 언어 즉 문체의 생산이 시를 존재하게 한다면 (이것 없이 시도 없다! 골목을 헤매지 않는 자, 광장으로 나올 수 없다!), 시가 지향하는 공통적인 세계는 시를 (사회적으로) '기능'하게 한다. 시의 정거장인 '공통적인 것'이 없다면, 인류 공동의 자산으로서의 시도 없을 것이다. 시인들은 가장 특이한 것들을 생산하여 가장 넓은 광장으로 나온다. 플라톤에 의해 추방된 시인들을 세계가 다시 불러내는 이유가 바로 이것이다.

9.
내 얼굴은 울음으로 붉었다
—침묵에 대하여

Ⅰ.

현상학의 공언대로 의식이 항상 '무엇을 향한 의식'이라면, 언어 역시 항상 무엇을 향해 있다. 그 '무엇'이란 부재하는 것, 침묵하는 것을 말한다. 언어는 이런 점에서 근본적으로 질문태이다. '저건 무엇이지?'라는 질문은 아직 명명되지 않은, 즉 부재하는 것에 존재성을 부여하려는 욕망의 표현이다. 현존(現存, Presence)은 질문을 막는다. 그것은 그 자체 스스로 존재하므로 언어를 거부하며 언어에 의해 접촉되지도 않는다. 신은 바벨탑을 무너뜨림으로써 언어를 경유하여 자신에게 접근하는 것을 허용하지 않았다. 그리하여 언어는 부재하는 것, 침묵하는 것, 가 닿을 수 없는 것의 주위를 맴돈다. (자기 생각에) 아무 잘못도 없이 신에게 버림받은 욥은 "내 얼굴은 울음으로 붉었고 내 눈꺼풀에는 죽음의 그늘이 있구나"(욥기 16:16)라고 고백했다. 그가 감당할 수 없었던 것은 침묵하는 신이며, 신이 침묵할 때 그는 붉게 울었고, 눈가에는 죽음의 그림자가 어른거렸다. 침묵과 부재를 도저히 견딜 수 없을 때, (왜냐하면 그것은 바로 죽음과 다를 바 없으므로) 욥은 가장 '많은' 말을 했다. 이런 점에서 말은 침묵 덕분에 생겨난다. 존재하지만 숨어있는 신은 파스칼B. Pascal의 입을 열어 『팡세』를 쓰게 했다. 『팡세』는 침묵하는 신, '숨은 신(hidden God)'에 대한 보고서이며 (존재하며 부재하고, 부재하며 존재하는) 신에 대한 "비극적 세계관의 변증법"(루시앙 골드만 L. Goldmann)이다. 여기에서 부재란 '존재하지 않음'이 아니라 '침묵함' '보이지 않음'을 의미한다. 언어가 향하는 부재란 이런 점에서 '침묵' 자체, 즉 언어의 접근을 허용하지 않는 무엇, ~곳, ~것이다. 언어는 침묵하는 무엇, 침묵하는 곳, 침묵하는 것을 향해 무리를 짓는다. 보이지 않는 암세포 주위에 몰려드는 포도당처럼 언어는 침묵하는 대상을 에워싼다.

> 님은 갔습니다. 아아, 사랑하는 나의 님은 갔습니다.
> …(중략)…
> 날카로운 첫 키스의 추억은 나의 운명의 지침을 돌려놓고 뒷걸음쳐서 사라졌습니다.
> 나는 향기로운 님의 말소리에 귀먹고, 꽃다운 님의 얼굴에 눈멀었습니다.
> …(중략)…
> 우리는 만날 때에 떠날 것을 염려하는 것과 같이 떠날 때에 다시 만날 것을 믿습니다.
> 아아, 님은 갔지마는 나는 님을 보내지 아니하였습니다.
> 제 곡조를 못 이기는 사랑의 노래는 님의 침묵을 휩싸고 돕니다.
>
> —한용운, 「님의 침묵」 부분

시는 "침묵을 휩싸고" 도는 "사랑의 노래"이다. 시의 언어는 사라진 현존, 즉 부재하는 것에 "귀먹고" "눈"먼 언어이다. 욥은 신을 버린 적이 없고, 언어는 현존을 버린 적이 없다. 시는 숨어버린 현존을 찾아 맴도는 엘레지이다. 현존을 만나리라는 것은 순전히 언어의 꿈에 불과하다. 현존을 만날 수 없는 것이야말로 언어의 "운명"이며, 이 만남 불가능이 더욱 밀도가 높은 문장들을 생성해 낸다. 부재하는 것들의 구멍마다 언어들이 닥지닥지 몰려 있고, 없는 것을 찾아 언어의 지렁이들이 기어간다. 언어는 부재의 심장을 끌어내는 기계이다. 그러나 그럴수록 부재하는 것은 더욱 부재하고, 침묵하는 것은 더욱 침묵한다. 보이지 않는 현존 아래에서 언어는 계속 미끄러진다. 현존에 가까이 갈수록 언어의 밀도는 더욱 높아진다. 침묵의 심장에 가장 가까운 곳에서 언어는 과過충전된다. 과충전된 언어가 마침내 "제 곡조를 못 이"겨 방전되는 순간, 시가 생겨난다. 시는 현존의 번개에 녹아웃knockout된 언어이고, 그것에 감전된 기억을 잊지 못하는 언어이다. 그것에 닿을 수 없음에도 불구하고 그것을 잊지 못하므로, 시는 버림받은 언어이고, 동시에 버림받을 수 없는 언어이다. "님은 갔지마는 나는 님을 보내지 아니하였"기 때문이다.

Ⅱ.

침묵하는 것, 설명할 수 없는 것, 완성되지 않는 것, 잡히지 않는 것에 시는 침묵의 언어로 다가선다. 시는 설명의 순간 현존이 빠져나간다는 사실에 절망한다. 그러므로 설명을 거부하며 부재를 부재로 남겨 둔다. 이것이 침묵의 언어로서의 시다.

사랑을 잃고 나는 쓰네

잘 있거라, 짧았던 밤들아
창밖을 떠돌던 겨울 안개들아
아무것도 모르던 촛불들아, 잘 있거라
공포를 기다리던 흰 종이들아
망설임을 대신하던 눈물들아

잘 있거라, 더 이상 내 것이 아닌 열망들아

장님처럼 나 이제 더듬거리며 문을 잠그네
가엾은 내 사랑 빈집에 갇혔네

—기형도, 「빈집」 전문

글쓰기가 현존을 포획하기는커녕 그것과 작별하는 일임을 알 때 글쓰기는 "공포를 기다리던 흰 종이"가 된다. 현존 아래에서 점근선漸近線적으로 미끄러지는 운명을 목도하는 일이야말로 글쓰기의 악몽이다. 글쓰기는 그러므로 현존을 향하여 "더듬거리며 문을 잠그"는 일이다. 그리하며 현존이 떠나가 버린 "빈집에 갇혔네"라는 문장은 제로 상태의 글쓰기에 대한 절망적 고백이다. 색깔도, 장식도, 수식도 없는 "영도의 글쓰기(롤랑 바르트R. Barthes, 『Writing Degree Zero』)"야말로 시적 언어의 출발점이다. 시의 언어는 설명을 하면서 설명을 거부하고, 수식을 하면서 수식을 해체한다. 그것은 스스로를 부정하면서 의미를 끝없이 유예하고 보류한다. 그리하여 "의미(meaning)가 아니라 의미화 과정(meaning in process, signification)"(롤랑 바르트)에 스스로를 내던지는 언어가 문학 언어이며, 그중에서도 시적 언어는 스스로를 "안개" 속에 집어넣음으로써 비결정성의 언어가 된다. 침묵의 현존에 가까이 가기 위해 시는 내부에 침묵의 공간을 가능한 한 많이 만든다. 그럴 경우, 주체는 아직 말을 다 끝낸 것이 아니므로, 과정 속에 있게 되므로, 모든 형태의 규정을 유예시켰으므로 현존과의 '술래잡기(hide-and-seek)'를 계속할 수 있다.

머리는 없고 토슈즈만 있다, 가슴은 없고 토슈즈만 뛰어다닌다, 다리도 없고 종아리도 없고 토슈즈만 음계를 밟는다, 몸통은 모두 없고 토슈즈만 바쁘다, 발목 위는 없고 다 없고 토슈즈만 뛰어다닌다, 그림자도 없이 토슈즈만 뛰어다닌다, 흙먼지 위의 흙먼지 위를 토슈즈만

뛰어다닌다, 연잎 위에 물방울이 또르르 구른다, 물방울 위의 물방울
청개구리가 한 마리 또다시 뒷발에 힘을 모은다.

—성선경, 「비」 전문

"토슈즈"의 은유를 입은 "비"가 의미가 아닌 의미화 과정이 될 수 있는 것은 그것이 그것 외에 다른 아무것도 가지고 있지 않기 때문이다. (토슈즈 위에서) 부재하는 것들의 목록(~없고, ~없고, ~없고)이 길어지면 길어질수록 토슈즈의 의미는 점점 더 확대된다. 시는 숨어있는 것들의 목록을 늘려 가면서 존재를 확산시킨다. 이것이 규정할 수 없는 침묵에 다가서는 시의 전략이다. 시는 내부에 수많은 균열과 구멍을 냄으로써 현존에 다가간다. 규정할수록 현존은 멀어지므로, 즉 존재에 빈틈을 많이 만들수록 존재는 더 가까이 다가오므로, 시는 스스로를 제로 포인트로 유예하면서 현존에 다가간다.

황량한 겨울이었지,
하늘이 낳은 아이가
  천한 손길에 쌓여 비천한 말구유에 놓여 있던 것은;
자연도 그를 경외하여
겉만 번지르르한 장식들을 미리 떨구었었지

—존 밀턴, 「그리스도의 탄생의 아침에 쓴 송시」 부분(오민석 역)

신이자 동시에 신의 아들인 존재의 '비천한' 탄생 앞에서 자연은 자신의 화려한 장식들을 미리 떨군다. "겉만 번지르르한 장식"이 현존을 가리기 때문이다. 마찬가지로 시는 침묵하고 부재하는 것을 드러내기 위하여 자신의 장식을 버린다. 잎사귀를 다 떨군 영도의 글쓰기, 스스로 소멸의 길을 감으로써 현존을 확산시키는 언어가 시의 언어이다.

Ⅲ.

20세기 초반 미국의 모더니즘을 촉발시켰던 이미지즘Imagism 시 운동은 침묵의 언어로서의 시가 어떤 것인지 잘 보여 준다. 에즈라 파운드(E. Pound)로 대표되던 이미지스트들이 가장 혐오했던 것은 장황한 '설명'의 언어였다. 그들은 '제발 너덜대지 말라'고 충고한다. 그들은 언어를 남발하고, 논평하며, 논지를 발전시킬수록 현존이 저 멀리 달아난다는 사실을 잘 알고 있었다. 그리하여 "주관적이든 객관적이든, 사물을 직접적으로 다룰 것" "표현에 기여하지 못하는 어떤 단어도 사용하지 말 것"(파운드)이야말로 그들의 모토였다. "여러 권의 작품을 생산하느니 차라리 평생에 한 이미지를 표현하는 것이 낫다"는 파운드의 격언은 최소한의 언어로 최대한의 것을 표현하고자 했던 그들의 의지를 잘 보여 준다. 이들에 의하면 (이와 같은) '경제성'을 준수하지 않는 언어는 시가 아니었다. 세상의 온갖 말들을 다 동원해도 현존은 포착되지 않는다. 시는 말을 아낌으로써, 더욱 침묵함으로써 더욱 많은 것을 말하는 언어이다.

> 군중 속의 이 환영幻影 같은 얼굴들;
>
> 젖은, 검은 나뭇가지 위의 꽃잎들.
>
> —에즈라 파운드, 「지하철 역에서」 전문(오민석 역)

(역설적이게도) 설명하지 않음으로써 세계를 설명하는 방법은 다름 아닌 '이미지'를 동원하는 것이다. 이미지는 하나의 평면에 여러 개의 각도를 동시에 가지고 있다. 한꺼번에 여러 개의 표창鏢槍을 동시에 날리는 검투사처럼 시인은 하나의 이미지로 세계의 다층성多層性을 포착한다. 시인은 이미지를 하나의 표적에 고착시키지 않음으로써 더욱 많은 (의미의) 층위들을 만들어낸다. 위 시는 (아무런) 논평도 설명도 없이 순간의 이미지를 던짐으로써 "지하철"로 대표되는 현대문명의 미장센을 잡아낸다. 두 행의 전문全

文엔 설명이 들어갈 틈이 없다. 설명하지 않는 것은 규정하지 않는 것이다. 이미지는 말하지 않는다. 그것은 그저 보여 줄 뿐이다. 설명이 없으나 많은 것을 말하고 있고, 많은 것을 말하고 있으나 규정이 불가능한 그림처럼, 시는 이미지로 세계를 그린다. 현존은 전모를 보여 주지 않는다. 그것은 구름 속에 언뜻언뜻 얼굴을 드러내고 이내 사라지는 태양처럼, 오직 파편으로만 온다. 이미지는 파편화된 세계를 비추는 깨진 거울, 찌그러진 거울이다. 이미지는 스스로 깨지고 찌그러짐으로써 다층의 세계를 한 번에 비춘다. 이미지는 스스로의 평면성을 부정하고 파괴함으로써 더욱 많은 평면들을 생산한다. 찌그러진 면이 많을수록 거울은 더욱 다양한 각도를 갖는다.

설명은 일관성의 언어이다. 그러나 현존은 절대 일관된 파사드를 보여 주지 않는다. 만일 그런 것이 있다면, 그것은 현존의 한 단면 혹은 해명 불가능한 속성일 뿐이다. 그러므로 일관성의 언어는 무한한 각도의 현존을 하나의 각도로 설명하려는 시도이다. 그것은 처음부터 실패가 예정된 언어이다. 그것은 실패를 반복하며 너덜댄다. 현존은 동어반복, 과잉 언어의 주체를 조롱하며 어느새 그 자리를 떠난다. 현존은 그 자체 규정 불가능하므로, 규정하지 않는 언어, 액체의 언어, 찌그러진 언어, 깨진 언어, 파편화된 언어로만 그것에 '가까이' 갈 수 있다. 시는 감히 현존을 자신의 언어로 덮씌우려 하지 않는다. 그것은 파편으로만 보이는 현존에 그 자체 파편인 자신의 몸을 갖다 댈 뿐이다. 시는 침묵의 현존에 침묵으로 감응하는 침묵의 언어이다.

Ⅳ.

시는 현존이 사라진 자리에서 생산되는 울음의 언어, 눈물의 언어, 애도의 언어이다. 시는 대답 없는 현존을 그리워하는 언어이며, 그것에 가까이 가지만 그것으로부터 버림받은 언어이다. 버림받은 아이가 자신을 버린 존재를 그리워하듯, 시는 파편들 속에 언뜻언뜻 비치는 현존의 게슈탈트Gestalt를 찾는다. 시는 영원히 오지 않는 '고도Godot'를 기다리는 에스트라공Estragon의 언어이다. 그는 "되는 일이 없군"이라고 중얼거린다. 아무것도 일어나지 않고, 아무도 오지 않는다. 시는 이 절체절명의 공간에서 오지 않는 현존에게 끊임없이 거부당하는 언어이다. 잘 맞지 않아 벗으려 해도 벗겨지지 않는 에스트라공의 신발처럼 시의 언어는 고통으로 쩔쩔맨다.

> 존재하나 만질 수는 없다. 지상의 누구든 어디든 닿자마자 순식간에 신기루처럼 녹는 하얀 눈발이 물고기 비늘처럼 온몸에 뒤덮인 사월의 공중을 그려본다. …(중략)… 누구든 어디든 닿자마자 순식간에 녹는 봄눈처럼 녹아버릴 몸이라, 한번 안아보지 못하고, 움직이면 공기처럼 흩어질까 눈 깜짝도 못 하고, 눈사람처럼 얼어붙은 엄마들. 털실처럼 눈물이 줄줄 풀리는 엄마들. 점점 작아지는 엄마들.
>
> —김중일, 「일어서다, 그리고 가다」 부분

하늘 높이 날아오르지 말라는 아버지의 경고를 어겨 녹아내린 이카루스의 날개처럼 시는 마침내 자신의 몸이 녹아내릴 때까지 현존에 가까이 간다. 그러나 채 만지기도 전에 현존은 "신기루처럼" "봄눈처럼" 사라진다. 그것이 두려워 "털실처럼 눈물이 줄줄 풀리는 엄마들"의 언어가 시의 언어이다. 그럼에도 불구하고 시는 끊임없이 다시 일어서서 그것에 다가간다("일어서다, 그리고 가다"). 현존에 가장 가까이 다가가 날개가 막 녹는 순간이야말로 시의 발화점이다. 시의 언어는 현존에 덴 언어이고, 그리하여 시의 날개에는 붉은 화인火印들이 점점이 박혀 있다.

> 꽃 속에서 아이가 눈을 뜨고, 엄마를 부른다 울며 기지개 켜며 쑥 자란 앞니를 드러내며 꽃술을 빨며, 아이가 말을 한다.

엄마 목이 말라요. 갑자기 환해지니까 눈이 아파요. 벽 속에서……
우는 엄마

꽃가루 같은 아이야. 내 몸에 묻은 아이야 떠오르거라. 나는 풍매
화. 피었다 지고 열렸다 닫히고 삼켰다 뱉는 배고픈 꽃.

꽃 피는 목구멍 속에 있기는 있었니. 너는 벌어지고 있구나. 부러진
손톱처럼 웃으며, 아이는 빠르게 기화된다.

—장석원, 「실종—나의 몸은 물과 빛과 공기일 뿐이니, 아이야 나
는 어느 곳에나 존재하는 길, 따스한 입과 열기 고인 내
장과 홍채 속에서 뻗어나는 긴 원통형 어둠까지」 전문

현존에 가까이 다가온 언어는 "빠르게 기화"된다. 현존은 "피었다 지고 열렸다 닫히고 삼켰다 뱉"으며 자기 몸에 "묻은" 언어를 쳐다본다. 그것은 "어느 곳에나 존재하는 길"이지만, 마주치는 순간 "실종"되는 길이다. 현존과 눈이 마주치는 순간, 모든 것이 "갑자기 환해"진다. 그러나 모든 것이 환하게 드러나는 순간 현존은 사라진다. 엄밀히 말해 현존이 사라지는 것이 아니라, 현존에 마주친 언어가 녹아내리는 것이다. 현존은 기화된 언어를 붙들고 운다. 그러나 그것 역시 기화된 언어가 꾸는 꿈일 뿐이다. 그리하여 현존은 늘, 다시 침묵의 제왕이다. 시는 제왕의 흔적을 찾아 "울며 기지개 켜며" 자란다. 현존의 몸에 시의 몸이 닿을 때, 현존은 시의 몸을 삼켰다 뱉는다. '저리 가거라'. 시의 언어는 침묵의 저 높은 곳을 향해 날아가지만, 영원히 그것에 가 닿지 못한다. 바벨탑은 늘 무너지며, 무너지기 위해 존재한다. 그것은 또한 늘 다시 세워지며, 세워지기 위해 존재한다. 시는 침묵하는 현존을 향해 끊임없이 올라가며 끊임없이 무너지는 계단의 언어이다.

10.
사자는 왜 아이가 되어야 하나
—단순성에 대하여

I.

니체는 정신의 세 가지 변화에 대하여 말한다. 그에 따르면 정신은 사막의 낙타처럼 온갖 것을 견뎌야 한다. 니체(차라투스트라)의 말대로 "깨달음의 도토리와 풀로 연명하면서 진리를 위해 영혼의 굶주림을 참고 견디는 것"은 얼마나 "무거운 짐"인가. 자만을 죽이고, 지혜를 조롱하며, 승리에서 물러나고, 경멸하는 자들을 사랑하며, 유령에게 손을 내미는 낙타는, 인내의 끝없는 목록 앞에 서있다. 그는 "이 모든 무겁기 그지없는 짐을 짊어지고 그의 사막을 달려간다". 고독과 갈증의 절정에 이르러 정신은 드디어 사자獅子가 된다. 사자가 원하는 것은 이제 인내가 아니라 자유이다. 사자는 인내의 무수한 목록을 견디는 것에 만족하지 않는다. 사자는 "너는 해야 한다"라는 모든 명령을 거부하고, 그것들에 대해 "나는 원한다"고 대답한다. "자유를 쟁취하고 의무 앞에서도 신성하게 아니요, 라고 말할 수 있기 위해서" 정신은 사자가 되어야 한다. 사자는 "자유를 강탈하는" 정신이다. 그러나 자유만으로 "새로운 가치의 창조"를 이룰 수 없다. 사자는 새로운 가치의 창조를 위한 전제로서 자유를 선택할 뿐이다. 차라투스트라는 마지막으로 묻고 답한다. "강탈하는 사자가 이제는 왜 아이가 되어야만 하는가? 아이는 순진무구함이며 망각이고, 새로운 출발, 놀이, 스스로 도는 수레바퀴, 최초의 움직임이며, 성스러운 긍정이 아닌가". 차라투스트라는 덧보탠다. "그렇다. 창조라는 유희를 위해서는, 형제들이여, 성스러운 긍정이 필요하다".

생의 지도는 스스로 갈증이 되어 갈증을 견디는 낙타의 발자국들로 어지럽다. 시는 견딜 수 없는 것을 견디는 자들이 내뱉는 한숨이다. "외롭고, 높고, 쓸쓸한"(백석) 정신에게 세계는 그 자체 '견딜 수 없는 것들'의 목록이다. 세계는 용납할 수 없는 것들로 가득 차있으며, 세계로부터 자신에게로 눈을 돌릴 때 주체는 자신의 내부 역시 용납할 수 없는 것들로 가득 차있음을 본다. 그러므로 지각知覺이란, 견딜 수 없는 주체가 견딜 수 없는 세계를 바라보는 것이다. 낙타에게 세계는 무거운 짐이며, 출구가 없는 사막이다. 낙타는 길 없는 사막을 그저 인내하고 걸을 뿐이다. 사막의 한가운데에서 낙타가 갈증의 '끝'에 도달했을 때, 낙타는 자신에게 주어진 인내의 목록들을 의심하기 시작한다. 낙타는 그것들이 '당연한(natural)' 것이 아니라 '구성된(constructed)' 것임을 비로소 알게 된다. 낙타는 인내의 사전에 각인된 목록들이 (사막의) 권력이 '만들어낸' 담론들, 즉 공리公理와 규범들임을 눈치챈다. 그것들이 당연한 것이 아니라 먼 과거로부터 누군가 인위적으로 만들어 강제해 온 것임을 깨닫는 순간, 낙타는 사자로 변한다. 정신이 이렇게 낙타의 인내를 버리고 사자의 자유를 선택할 때, 규범과 공리의 감옥들이 무너지는 굉음이 들린다. 시는 이런 점에서 (모든 형태의) 규범과 공리를 의심하고 그것에 도전하며 '자유'를 꿈꾸는 사자의 언어이다. 사자의 정신은 오로지 세계의 복잡성을 인내하며 그것과 고통스레 분투한 존재에게만 주어진다. 사막의 복잡한 미로를 건넌 낙타만이 사자가 될 수 있다. 사자는 새로운 가치를 창조하기 원하지만, 그의 역할은 규범의 장벽을 부수는 것으로 끝난다. 그는 더 큰 존재가 오기 전에 그를 예비하는 안내자에 불과하다. 니체가 볼 때 자유를 넘어 새로운 창조를 하는 정신은 "아이"의 몸을 입고 있다. 오로지 아이의 정신에 의해 "창조라는 유희"가 만들어진다. 시는 이렇게 낙타의 한숨, 사자의 자유, 그리고 아이의 "순진무구함"에 중층적으로 겹쳐 있는 언어이다. 한숨과 자유와 창조의 놀이는 시의 몸에 환유적으로 겹쳐 있다.

내 손가락들 사이로
내 의식의 층층들 사이로
세계는 빠져나갔다
그러고도 어언 수천 년

빈 배처럼 텅 비어
나 돌아갑니다

—최승자, 「빈 배처럼 텅 비어」 전문

이 시는 한숨과 자유와 놀이를 다 거친 자의 "빈 배"를 보여 준다. 그 배는 모든 것을 다 거쳤으므로 그것의 "빈" 상태는 그 자체 공허가 아니다. 그것은 오로지 낙타와 사자와 아이의 길을 가득 '채운' 자만이 도달할 수 있는 "성스러운 긍정"이다.

Ⅱ.

한 알의 모래 속에서 세계를 보고
한 송이 들꽃 속에서 천국을 보는 것,
당신의 손바닥 안에서 무한성을 보고,
순간에서 영원을 보는 것.
새장에 갇힌 개똥지빠귀가

모든 천국을 분노에 몰아넣고

…(중략)…

주인집 대문에서 굶어 죽은 개가

그 나라의 멸망을 예고한다.

길에서 학대받은 말이

하늘에 인간의 피를 부른다.

쫓긴 토끼의 비명은

뇌의 섬유질을 찢는다.

날개에 상처를 입은 종달새가

천사의 노래를 멈추게 한다.

…(중략)…

매질 아래서 우는 아이는

죽음의 왕국에서 복수에 대해 쓴다.

공중에 펄럭이는 거지의 누더기는

천국을 누더기로 만든다.

—윌리엄 블레이크William Blake, 「순수의 전조들 Auguries of Innocence」 부분(오민석 역)

"한 알의 모래 속에서 세계를" 보다니. 얼마나 간단한 일인가. 그러나 이러한 단순성은 '단순하게' 얻어지지 않는다. 블레이크는 산업혁명이 할퀴고 간 사막을 온몸으로 고통스레 통과한 자이다. 그는 유아 노동에 동원된 어린 굴뚝 청소부들의 울음이 어두워가는 교회를 섬찟하게 만드는 것을 보았으며, 젊은 창녀의 저주가 결혼 마차를 영구차로 만드는 것을 보았다. "법제화된 템즈강이 가까이 흐르는 곳"에서 "만나는 얼굴마다" "비탄의 흔적"을 보지 않은 자는(블레이크, 「런던」) 단순성의 진리에 도달할 수 없다. 사막을 건너지 않고 사자가 된 정신이 있다면 그것은 가짜이다. 모든 단순성, 모든 "순수"에는 "전조들"이 있기 때문이다. 전조들의 복잡한 미로를 충분히 헤맬 때, 시의 진정성이 생산된다. '그 정도 겪었으면, 조금 넘어가셔도 되지요'라는 말을 들으려면 세계의 복잡성을 인내하고, 그것과 죽도록 씨름해야 한다. 세계의 시궁창에서 조금 놀다가 '초월'의 세계로 넘어간 정신의 중늙은이들을 우리는 신뢰하지 않는다. 정신의 나태는 조급한 비약으로부터 온다. 모든 단순하고 순수한 것들의 뒤안길에는 무수한 전조들의 복잡한 미로가 있다. 대충 보아 넘긴 "거지의 누더기"가 "천국을 누더기로 만든다"는 블레이크의 선언은 순수의 전조를 이해한 자만이 할 수 있는 말이다. "쫓긴 토끼의 비명은/ 뇌의 섬유질을 찢는다". 단순성은 복잡성의 비명 속에서 나온다. 사자는 낙타를 가벼이 보지 않는다.

Ⅲ.

얼마 전 한 시인이 병마에 시달리다 52세 생일을 3일 앞두고 세상을 떴다. 그의 이름은 배영옥. 그가 사라진 후 월간『시인동네』(2018년 9월호)가 그의 시들을 특집으로 실었다. 그런데 특집 제목이 "영옥"이다. 그간『시인동네』는 매달 시인을 한 명씩 골라 특집의 형태로 다루어왔는데 그럴 때마다 특집 제목엔 (당연하게도) 시인의 이름 전체가 들어갔다. 그런데 이번 호 제목에는 그의 성이 빠진 채 그저 "영옥"이라 누군가 호명하는 음성이 그대로 실려있다. "영옥"이라니. 누가 누구의 이름을 성을 빼고 이렇게 부르는가. 그와 가장 가까운 사람만이 가계家系의 이름을 버리고 그를 이렇게 부를 수 있다. 성이 빠진 이름에서 그를 가장 가까이 사랑한 사람의 음성이 흔들린다. "영옥", 이 단순한 호출에 만萬 가지 사랑의 슬픔이 스며든다.

그러므로
함께 별을 바라본다는 건
타다 남은 잔해를 서로에게 보여 준다는 의미

언젠가 찰나와 순간의 에너지를 폭발시켜
유성처럼 끝장을 보겠다는
결심

이것은
신神이 우리에게 질문을 던질 때부터
예정된 운명이자 수순,
파 · 멸과
파 · 탄의 시나리오

별의 시체를
몸속에서 꺼내어 네게 보여 줄까?

죽음을 영접하기 위해서는 얼마나 오랜 연습이 필요한지
아무도 얘기해 주지 않는데
왜 너만……

별을 향해 걸어갈 내 발자국에는
왜 검은 그을음이 묻어있는지

훗날
네게만 말해 줄게

—배영옥, 「암전—고영 시인에게」 전문

"암전" 혹은 죽음은 얼마나 '단순한' 생물학적 공식인가. 그러나 죽음을 "예정된" "파 · 멸과/ 파 · 탄의 시나리오"라고 말할 수 있는 권리는 오직 고통의 "오랜 연습"을 거친 자에게만 허락된다. "별"의 단순성을 "향해 걸어갈" "발자국에는" 늘 "검은 그을음"이 묻어있다. 검은 그을음은 별의 단순성으로 가는 사막이며 전조이다. 『침묵을 쓰기 *Writing the Silences*』라는 시집으로 유명한 미국 시인 리차드 무어(Richard O. Moore)는 이렇게 말했다. "단순성들이란 어마어마하게 복잡한 것들이다. '난 너를 사랑해'라는 문장을 생각해 보라".

Ⅳ.

그러나 그 어떤 형태로든 단순성에 쉽게 이르지 않는 시들이 있다. 그것은 세계에 대하여 할 말이 많은 시, 질문이 많은 시들이다. 질문은 혼란(복잡성)에서 시작된다. 혼란이 없다면 질문도 없다. 단순성은 질문의 종점이다. 단순성은 마침내 도달해야 할 정신의 터미널이지만, 그것에 도달하는 순간 질문은 끝난다. 그러나 시는 모든 형태의 '종결(closure)'을 혐오하는 언어이다. 시는 궁극적인 단순성, 운명의 언어를 향해 가지만, 스스로 종결의 무덤으로 들어가기를 거부함으로써 모순을 자초한다.

> 이윽고 밤이 찾아왔다
> 커튼이 드리워지고
> 문들은 굳게 닫혔다
> 현관엔 무거운 쇠구두가 가지런히 놓여 있고
> 문밖 매어둔 나무 염소도 꿈쩍 않고 서 있었다
>
> 촛불 자매들은 나직나직이 일렁거리며
> 불의 수의를 짰다
> 피투성이 재투성이 밤의 어깨와 허리 치수를 재어가면서
> 그리고, 이런 노래를 불렀다

어디선가 싸움은 그치질 않고
기다리는 사람은 아직
돌아오지 않고 있어라
아득하여라,
앞날을 보지 않기 위하여
우린 밤의 눈을 찔렀네

—송찬호, 「백한 번째의 밤」 부분

시는 캄캄한 밤에 둘러싸인 채 "불의 수의"를 짜는 언어이다. 세계는 혼란이고 어둠이며, 시는 어둠과 맞선다. 그러나 "무거운 쇠구두"를 신고 밤의 세계를 걸어가는 시-주체에게 세계는 끝나지 않는 미로이다. 불은 어둠에 갇힌 채 "피투성이 재투성이" 상태로 세계의 윤곽을 재어보지만, 세계는 너무 커서 잘 잡히지 않는다. 불은 자신의 의지와 달리 거대한 어둠 속에서 스스로를 사위는 과정을 겪고 있을 뿐이다. "싸움은 그치질 않고", 기다리던 '영지靈智'의 순간은 오지 않는다. 어둠 너머 섬광처럼 진리가 비치는 순간을 기다리는 것은 순진한 영혼의 꿈일 뿐이다. 어둠을 가르는 번개의 시간은 쉽게 오지 않는다. 직관의 불로 세계의 어둠을 지울 수 없다. 그것은 말 그대로 번개의 시간일 뿐이다. 번개는 사라지고 번개의 자리는 순식간에 다시 어둠으로, 혼란으로 채워진다. 끔찍한 "앞날을 보지 않기 위하여" 자기 눈을 찌른 오이디푸스처럼 "밤의 눈"을 찌르는 자는 누구인가. 그것은 스스로 단순성의 세계로 넘어가기를 거부하는 자, 자신을 혼란 속에 내쳐 두는 자, 어둠 속에서 더욱 빛나는 불의 사유자思惟者이다.

불이 어둠을 자신의 양식糧食으로 삼는 것처럼, (엄밀히 말해) 시의 양식은 세계의 복잡성이다. 어둠 속에서 출렁이는 촛불처럼 시는 혼란의 침대 위에서 단순성을 꿈꾼다. 복잡성 없이 단순성은 성취되지 않는다. 그러나 단순성을 쟁취하는 순간 시는 존재에서 부재로 전화된다. 단순성은 재가 되어 버린 불, 마침내 종점에 도달하여 더 이상 할 것이 없는 존재(사실상의 비

존재), 그리하여 도래할 삶이 없는 몸이다. 재가 되어버린 불을 다시 어둠이 감싼다. 어둠이 불을 키운다. "조심하라 밤이 다가오고 있다"(로트레아몽Les C. Lautréamont, 「말도로르의 노래」). 혼란은 한밤의 파도처럼 멈추지 않고 계속 다가온다. 세계는 '너머의 어둠'을 수없이 보유하고 있다. 어둠의 파도가 하나의 불을 지우고, 불이 지워진 어둠 속에서 다른 불이 피어난다. 문학사는 어둠과 싸우는 불들의 연속체이다.

시는 낙타에서 사자로, 사자에서 아이로 넘어가지만, 아이가 되는 순간에 다시 낙타로 돌아간다. 왜냐하면 시의 먹거리는 여전히 사막에 있고, 시는 질문을 포기하지 않기 때문이다. 시는 초월의 단순성을 향해 가지만, 그것에 도달하는 순간에도 복잡성을 부적처럼 달고 있다. 아이의 몸은 낙타와 사자의 기억을 통해 온다. 복잡성은 죽음의 단순성에 달라붙은 "검은 그을음"이다. 시는 단순성을 포획하는 순간에도 그것에 끈질기게 붙어있는 혼란의 흔적들을 잊지 않는다.

꽃이 피어나는 순간
푸르고 연하고 길기만 한 가지와 줄기의 내면은
완전한 공허를 끝마치고 있었던 것이다

중단과 계속과 해학이 일치되듯이
어지러운 가지에 꽃이 피어오른다
과거와 미래에 통하는 꽃
견고한 꽃이
공허의 말단에서 마음껏 찬란하게 피어오른다

—김수영, 「꽃 2」 부분

꽃을 피우기 위해, "푸르고 연하고 길기만 한 가지와 줄기"는 자신을 소진한다. 그것들은 더위와 무서리, 사막과 어둠을 통과하며 운명의 모서리에 이른다. 그것들이 성장의 끝에서 아무것도 아닌 존재, 즉 "공허"가 될 때, 바로 그 자리에서 꽃이 핀다. 꽃은 복잡성의 "중단과 계속과 해학"이 이루어낸 최고의 단순성이다. 그리하여 모든 꽃은 "견고한 꽃"이다. 완성된 단순성엔 그것의 "과거와 미래"가 기록되어 있다. 시는 낙타와 사자의 어둡고 험한 통로를 다 거친 자리, 즉 "공허의 말단"에서 "찬란하게 피어오"르는 꽃이다. 꽃은 복잡성이 완성한 단순성이다. 그리하여 모든 꽃은 찬란의 뒤편에 슬픔을 담고 있다. 그 환한 빛에 서려있는 어둠의 그림자가 꽃의 무늬이다. 무늬는 상처이며 훈장勳章이고, 기억이며 현재이다. 그것은 환호와 절망 사이에서 줄타기한 영혼의 주름이다. 단순성의 꽃잎이 시간의 골이 깊게 파인 주름을 덮는다. 꽃잎의 배경에 희미하게 빛나는 고통의 흔적들, 거기에 시가 있다. 꽃잎의 평면은 무늬의 굴곡 때문에 아름답게 빛난다.

11.
5월에 나는 소로 변했다
—주체와 형식에 대하여

I.

대체로 19세기까지 예술가들은 "하늘의 옷은 꿰맨 자국이 없다(天衣無縫)"는 명제를 절대적으로 신봉하였다. 리얼리즘은 이 명제에 충실했던 대표적인 문예사조였다. 사실상 허구(fiction)인 예술은 자신의 "꿰맨 자국"을 감추기에 급급하였고, 작가들은 자신들의 텍스트가 '사실'로 읽히기를 기대하였다. 그러나 그런다고 해서 가난한 옷자락이 감추어지지 않았다. 예술은 "하늘의 옷"이 아니며, 그것에 자신을 견줄 때 그것은 영원히 도달 불가능한 이상이 된다. 작가와 독자들은 하늘의 천사들이 아니다. 그들은 정신에 수많은 구멍이 뚫린 자들이며, 실수와 환희와 죄와 욕망과 소망의 나약한 옷을 입고 있는 자들이다. 예술가들은 누구나 정신의 지고한 경지에 이르고자 하나, 궁극적으로 "초인(Übermensch)"이 될 수 없다. 예술은 초인에 가까운 정신의 강밀도(intensity)가 폭파되는 지점에서 탄생하며, 바벨탑은 미처 하늘에 닿기도 전에 무너진다. 예술은 초월적 존재가 아니라 변덕스러운 감성의 소유자들에게 소비된다. 지식과 지성으로 무장할지라도 예술이 전달되는 통로는 '감각'이다. 철학과 달리 예술은 '지식(knowledge)'의 층위가 아니라 '지각(perception)'의 층위에서 소통된다. 지각의 무기는 감각이며, 감각은 지속성이 없다. 그것은 쉽게 지치며 권태에 빠진다. 예술은 지속성이 없는 감각에 자신의 모든 것을 건다. 그것은 덧없고 유한한 육체에 밀도 높은 영혼의 목소리를 들려주어야 하는 운명에 처해 있다. 말라르메(S. Mallarmé)의 말대로 덧없고 유한한 "육체는 슬프다". 그러나 슬픈 육체에 영혼의 목소리를 들려주는 일은 더욱 고된 일이다. 예술은 바로 그 육체들과 거래한다.

예술가들은 변덕스럽고 지속성이 없는 감각-주체들에게 자신의 모든 것을 걸고 '작업'한다. 그리고 그 작업은 '새로운 형식'을 창조하는 일이다. 쉬클로프스키(V. Shklovsky)가 인용한(「기법으로서의 예술」) 1897년 3월 1일의 일기에서 톨스토이는 "수많은 사람들의 그 모든 복잡한 삶이 무의식적으로 흘러간다면, 그런 삶은 결코 존재하지 않았던 것이나 다를 바 없다"고 말한다. 톨스토이는 청소 중에 침상을 마주치게 되고, 그것의 먼지를 털었는지 털지 않았는지를 전혀 기억하지 못하는 자신을 발견하고 이런 말을 하였다. 우리의 삶을 "무의식적으로 흘러"가게 만드는 것은 바로 반복과 습관이다. 습관은 모든 것의 '감각'을 죽인다. 느끼지 못하는 인생은 인생이 아니다. 이런 점에서 "예술은 삶에 대한 (잃어버린) 느낌을 복원하기 위해 존재한다"(쉬클로프스키). 그 유명한 "낯설게 하기(defamiliarization)"의 개념이 탄생하는 것이 바로 이 지점이다. 자동화와 습관화가 모든 것을 죽일 때, 예술은 그것에 저항한다. 모든 것이 '당연'해질 때, 그 모든 것들은 감각의 왕국에서 소멸된다. 예술은 이런 점에서 반복과 습관의 공간에서 매일 죽어나가는 사물과 삶과 세계를 복원하는 작업이고, 그 일은 예술의 내용이 아니라 형식에 주어진다. 바벨탑 아래에서 인간이 만들어내는 그 모든 '내용들'은 사실상 새로울 것이 없고 뻔한 것이다. 도스토예프스키의 『죄와 벌』의 줄거리는 살인을 저지르고 회개하는 한 사람의 이야기이고, 이런 뻔한 이야기들은 이 세상에 차고 넘칠 정도로 많다. 그러나 이 작품이 예술인 이유는 이 '뻔한' 스토리를 '뻔하지 않게' 만들었기 때문이다. 그러므로 그 모든 뻔한 이야기들은 예술 작품의 소재이지 그 자체 예술이 아니다. 예술의 본질은 뻔한 사물에 기법(형식)을 입혀 뻔하지 않게 만드는 것이다. 여기에서 그 모든 '뻔함'과 '뻔하지 않음'의 기준은 항상 지식이 아니라 감각의 층위, 내용이 아니라 형식의 층위에서 결정된다.

그러므로 '꿰맨 자국'을 두려워하는 예술가에게는 실패의 운명이 내정된다. 예술의 그 모든 진지한 분투는 결국 '표현'의 영역에서 벌어지기 때문이다. 만일 예술 작품의 철학과 사상이 문제가 된다면, 그것은 이미 예술이 되기 이전의 문제이다. 사상은 그 자체 예술이 아니고 예술의 원료이기 때문이다. 그러므로 예술은 그 자체 미메시스mimesis 혹은 재현(representation)이 아니라 생산(production)이다. 가공되지 않은 원료를 우리는 생산품이라고 부르지 않는다. 예술은 원료를 자르고 찢고 꿰매고 봉합한다. 그리고 이 모든 가공의 노동은 바로 기법, 형식에 의해서 이루어지는 것이다. 쉬클로프스키가 예술을 "대상에 부여된 기교성을 경험하는 한 방식"이라고 정의하는 이유가 바로 이것이다. 그는 "대상 자체는 중요하지 않다"고 말하는데, 이는 예술의 콘텐츠 자체가 중요하지 않다는 말이 아니라, 그것만으로는 예술이 되지 않는다는 의미이다. 훌륭한 철학자나 사상가가 곧바로 훌륭한 예술가가 될 수 없는 이유가 여기에 있다.

Ⅱ.

엘리엇(T. S. Eliot)은 「전통과 개인적 재능」에서 "새로움이 반복보다 낫다"고 말한다. 모든 새로움은 반복되면서 '전통'이 된다. 당연한 이야기지만, 예술가에게 전통은 새로움이 도약하는 스프링보드 같은 것이다. 새는 기압의 힘으로 날고 배는 수압의 힘으로 뜬다. 저항해야 할 벽이 없이 탄성은 생기지 않는다. 벽을 향해 날아간 공만이 강력한 탄성으로 되튀는 법이다. 전통의 벽이 없이 개인적 재능은 만들어지지 않는다. 그러나 그 모든 개인적 재능은 '개인'-주체의 '재현'이 아니다. 시인에게 있어서 중요한 것은 시인이 아니라 시이며, 사람이 아니라 언어이다. 시인은 시를 '만드는',

즉 생산하는 자이지 자신을 재현하는 자가 아니다. 엘리엇에게 있어서 "시인은 표현할 '개성(personality)'이 아니라 특별한 '매체(수단, medium)'의 소유자이다. 인상들과 경험들, 그리고 생각들이 특수하고도 예기치 않은 방식으로 배열되는 것은 개성 안에서가 아니라 바로 그 수단 안에서이다". 시인이 시를 생산할 때, 주체는 최대한 뒤로 물러난다. 이런 점에서 엘리엇에게 있어서 "예술가의 진보란 지속적인 자기-희생, 즉 개성의 지속적인 소멸 상태"를 의미한다. "개성의 지속적인 소멸 상태"는 궁극적으로 "탈개성화(depersonalization)"의 상태, 즉 주체가 '영도(零度, degree zero)'가 된 상태를 의미한다. 시가 "개성의 표현이 아니라 개성으로부터의 도피"라는 것은 바로 이런 의미이다. 그런데 주체가 소멸된 자리에서 어떻게 예술이 생산될 수 있을까. 엘리엇이 볼 때 소멸된 주체의 자리를 대신하는 것은 예술을 생산하는 매체, 수단, 방법이다. 그가 볼 때 "성숙한 시인"은 훌륭한 개성이 아니라 "더 잘 완성된 수단"의 소유자이다. 완벽한 매체 안에서 "특수하거나 다양한 정서들은 자유자재로 새로운 배열체들(combinations) 속으로 들어간다". 주체를 후경화(backgrounding)하고 매체를 전경화(foregrounding)하는 엘리엇의 이러한 주장은 예술의 본질이 '사람'이 아니라 '표현'에 있음을 보여 준다.

한 시인의 시집을 봤다. 시집 한 권이 전부 성욕이었다. 아! 그는 소멸해 가고 있었구나. 우화羽化를 끝낸 늦여름 매미처럼 소멸로 가고 있었구나. 그랬구나. 껍질만 남은 그의 시집을 보며, 그의 우화를 보며 '몸'이 곧 그였음을 알겠다. 싸락눈이 쏟아지고 있었다. 그러므로 오늘 대여섯 번 소멸을 생각했다.

싸락눈은 끊임없이 사선으로 내려와
더럽게 더럽게 죽어가고

—허연, 「싸락눈」 부분

"그의 시집"이 "껍질만 남은" 이유는 "그"가 "성욕"-주체의 몸을 전경화했기 때문이다. "그"는 자신(person)을 전경화하고 언어를 후경화하였으며 그럼으로써 "그"의 시는 "소멸"의 길을 가게 되었다. 시인이기 위해서 "그"는 거꾸로 자신을 소멸시키고 언어를 전경화해야 했다. 성숙한 시인은 (다시 엘리엇의 말대로) 언어 앞에서 "지속적인 자기-희생"을 하는 사람이기 때문이다. 반복에서 벗어나 새로움을 창출하지 못할 때 예술은 죽음의 운명을 맞이한다. 그러나 새로움은 주체가 아니라 매체에서 창출된다. 저자가 죽은 자리에서 언어의 꽃이 핀다.

Ⅲ.

시적 언어는 정보-언어, 소통-언어가 아니다. 그것은 정보와 소통의 축적을 통해 시스템이 가치의 위계를 형성하는 과정에 저항한다. 시적 언어는 공통의 정보 시스템을 의심하고, 그것에 의해 생산된 통념들에 구멍을 낸다. 그것은 정보를 의심하고 소통에 장애를 일으킴으로써 '다른' 세계가 있음을 알린다. 그것은 단일한 가치가 지배하는 세계에 도전하며, 세계를 다성성(polyphony)으로 열어놓는다. 다성성은 타자(the other)의 목소리를 억압하지 않는 공간에서 생산된다. 타자의 얼굴, 즉 타자의 현현顯現 앞에서 철저히 수동적인 자세가 될 때, 즉 타자를 온전히 환대할 때, 세계는 "유쾌한 상대성(jolly relativity)"(바흐친M. Bakhtin)으로 가득 차게 된다. 바로 이 상대성 때문에 세계는 규정 불가능하고 완결되지 않으며, 지속적인 활력과 동력, 그리고 변화의 상태에 있게 된다. 문학의 정치성은 문학이 이와 같은 공간을 상상하기 때문에 생기며, 문학의 반反정치성은 문학이 (이런 공간을 방해하는) 권력의 제도화를 거부하기 때문에 생겨난다. 블랑쇼(M. Blanchot)에 의하면 가장 이상적인 "문학 공동체(literary community)"는 개체를 '시민'이라는 시스템의 특수한 실례實例로 환원시키지 않는 공동체이다.

말하자면 그것은 제도화된 권력이 무력화되는, 그리고 그 모든 타자들에 대한 지배(mastery)가 불가능해지는 공간이다. 울리치 하쎄(U. Hasse)와 윌리엄 라지(W. Large)는 블랑쇼가 상상하는 이런 공동체를 "결속이 없는 공동체(community without communion)"라고 부른다. 블랑쇼는 이런 점에서 문학공동체를 "비非권위적인 이름들로 이루어진 익명의 공동체"라고도 부른다. 그러므로 블랑쇼에게 있어서 문학은 '지배적' 주체의 죽음에서 시작된다. 그에게 있어서 글을 쓴다는 것은 권위의 자리에서 벗어나는 것, 즉 권력의 부재 상태를 생산하는 것이다. 블랑쇼는 바르트(R. Barthes)의 "영도의 글쓰기(writing degree zero)"를 이런 점에서 "글쓰기 없는 글쓰기, 문학을 그것이 사라지는 부재의 지점으로 가져오는 것"이라고 해석한다. 블랑쇼는 "밤이 책이다(Night is the book)"라는 명제를 통해 (밤의) "침묵과 불활성(inaction)"을 문학 언어의 수동성, 반反권력성, 비결정성에 비유한다. 그에게 있어서 문학적 글쓰기는 주체의 권력을 죽일 때 시작된다.

블랑쇼에게 있어서 글 쓰는 "나"의 죽음은 언어를 글쓰기 주체로부터 해방하려는 기획의 산물이다. 바르트의 "저자의 죽음"도 마찬가지이다. 주체(정확히 말해, 주체의 권력)가 사라짐으로써 문학은 '의미(meaning)'가 아니라 '의미화 과정(signification, meaning in process)'으로 전화된다. 엘리엇이 말한 바, 작가라는 개성(주체)의 "지속적인 소멸"이 문학을 다양한 배열체로 열어놓으며, 언어를 언어 위에서 춤추게 만든다.

피어나는 꽃들이, 꽃들의 향기가
축생이 되었다

내게 봄이 있었으니, 그 봄날도 봄볕도
축생이 되었다

어머니가 내게 말씀하셨다

너는 5월에 소로 화했다

네가 남긴 따뜻한 음성
따사로운 감정도 피어나는 꽃이다

5월에 나는 소로 변했다
꽃들과 향기가 땅에 묻혔다

—김명수, 「축생」 전문

"꽃" "향기" "나"가 "축생"으로 전이되는 것은 오로지 그것들의 주체성이 약화될 때 가능하다. "음성" "감정"이 "피어나는 꽃"이 되는 것도 주체가 타자 앞에서 최대한의 수동성을 발휘할 때 가능하다. 모든 비약과 은유와 환유, 형태 변용(metamorphosis)은 주체가 자신을 버리고 타자의 얼굴 앞에 고개를 숙일 때 발생한다. 이런 점에서 시적 언어는 스스로를 탈脫권력화하는 언어이며, 주체의 수동성이 극대화된 언어다.

Ⅳ.

재현에서 생산으로 넘어갈 때, 문학 논의의 중심은 '작가(의 의도, 사상, 내용)'에서 '표현'으로 전이된다. 발터 벤야민(W. Benjamin)의 말대로 작가는 (세계의 모방자가 아니라) "생산자(producer)"이다. 벤야민은 「생산자로서의 작가」에서 작가를 "생산 장치의 공급자"가 아니라 그것을 문학의 "생산에 적용하는 자"로 정의한다. 작가가 생산자가 될 때 작가의 최대 과제는 생산력을 극대화하는 일이고, 생산력을 극대화한다는 것은 한마디로 테크닉을 혁명화하는 것이다. 가령 브레히트(B. Brecht)는 전통적인 연극의 스토리라인을 파괴함으로써 관객을 무력한 소비자의 위치에서 구해 낸다. 그의 "서사극(epic theater)"에서 관객들은 드라마에 몰입할 것을 거부당함으로써 오히려 비판적 사유를 할 기회를 얻는다. 이런 점에서 형식은 (예술이 메시지를 효과적으로 전달할 수 있는) 기술이지 장식이 아니다. 예술이 과학이나 철학과 구별되는 지점은 사상-내용이 아니라 표현의 방식(형식)이다. 문학의 생산 주체가 자신을 뒤로 밀어내고 언어와 그것의 효과를 직시할 때, 예술-텍스트가 탄생한다. 이런 점에서 작가는, 다시 생산자이며 기술자이다.

볼로쉬노프(V. Voloshinov)는 데리다(J. Derrida)가 "텍스트 밖에는 아무것도 없다"고 선언하기 훨씬 이전에 언어의 편재성, 즉 언어 외적 현실의 부재를 읽어냈다. 그에 의하면 사회적 소통의 모든 영역에 언어가 개입된다. 그의 말마따나 "기호(sign)는 계급투쟁의 장이다". 이해관계를 달리하는 모든 개인과 집단 사이의 접촉과 갈등은 기호 위에서 일어나며 그 효과가 기호에 기록된다. 문학이 그 모든 권력 그리고 공리와 싸울 때에도 그 싸움은 다름 아닌 기호의 마당 위에서 벌어진다. 시적 언어는 통념의 기호-문법을 뒤흔들고 전복시킴으로써 언어를 그 모든 종결 상태(closure)에서 해방시킨다. 습관화, 자동화, 화석화된 모든 기호들은 문학 언어에 의해 죽음의 언어에서 생성의 언어로 전화된다. 문학 언어는 화석화된 언어의 진지들을 폭파하고 그 끝없는 탈주선을 따라 죽은 사물들을 일깨운다. 시적 언어가 헤집고 가는 길 위로 새롭고 불안정한 기호들이 만개한다. 그것들은 모두 또 다른 습관화의 가능성으로부터 한 치도 자유롭지 않지만, 새로운 기호가 다시 출연할 때까지 머지않아 권태에 빠질 감각-주체(독자)들을 달래며 버틴다. 그러므로 시인은 권태(죽음)의 날이 다가오기 전에 시적 생산수단을 최대한 가동하여 생산력을 극대화해야 하는 운명 위에 항상 서있는 존재이다.

형식과 관련하여 예술가의 생산력은 양날을 가지고 있다. 그 첫 번째는 권태의 감각과 싸우는 일이고, 다른 하나는 바로 그 형식을 통해 권력과 싸우는 일이다. 생산자로서의 시인은 소통-언어로 자신을 표현하지 않으며, 자신을 죽이고 기호 자체를 전경화하며 관성의 기호 체계를 뒤흔든다. 그러므로 시적 주체는 시적 형식의 주체이다. 생산력을 극대화하기 위해 시인은 자신이 '제조자(maker)'라는 사실을 절절하게 깨달아야 한다. 시는 그 자체 '자연물'이 아니며, 언어의 벽돌공이 쌓아 올린 '구성물'이다. 모든 구성물은 인위적 노동의 산물이므로 "꿰맨 자국"을 부끄러워할 필요가 없다. 노동은 원료를 변형시키는 행위이며, 그렇게 해서 변형된 산물을 우리는 '생산품(product)'이라 부른다. 시인이 제조자이자 생산자라면, 시는 생산품이다. 모든 지혜는 '생산'된다. 언어의 옷을 입지 않은 지혜는 지혜가 아니며, 표현할 수 없는 진리는 진리가 아니다. 왜냐하면 모든 성찰들 역시 그 자체 텍스트이기 때문이다. 그러므로 시를 쓴다는 것은 언어적 구성물을 '만드는' 행위이며, 이 생산력은 '극대화'라는 절체절명의 명령하에 있으므로, 늘 위태롭고 불안하다. 그러나 이 명령에 도달하지 못한 '권태'의 구성물들을 우리는 시라고 부르지 않는다.

12. 유일한 게임은 해석이다
―읽기에 대하여

Ⅰ.

앞에서 시(문학)에 대한 열한 개의 테제를 논하였다. 시는 그 자체 독립된 우주가 아니라 무수한 행성들의 계열과 배열 속에 존재한다. 그러므로 시에 대한 담론은 이 모든 계열과 배열의 교차로에서 일어나는 사건들의 기록이다. 그중에서도 가장 중요한 사건은 시가 누군가에 의해 읽힌다는 것이다. 시는 읽힘으로써 의미의 마지막 지평에 도달한다. 롤랑 바르트(R. Barthes)는 문학을 의미(meaning)가 아니라 의미화 과정(meaning in process; signification)으로 정의했는데, 문학 중에서도 시는 고정된 의미가 아니라 의미화 과정을 전달하는 대표적인 장르이다. 시는 기호와 기호의 거리를 가장 멀리 벌려놓는 장르이며, 동원하는 시니피앙마다 끝도 없는 시니피에의 목록을 달고 있는 언어 게임이다. 그러므로 시에서 가령 '주제'를 찾는 일은 무한히 연기되고 있는 시니피에의 목록을 중간에서 단절하거나, 기호와 기호 사이의 거리를 강제로 삭제하려는 시도에 지나지 않는다. '주제'가 담론 안에 존재하는 '단일하고도 고정된 의미'를 가리키는 것이라면, 시에는 '주제'라는 이름의 고정된 중심이 처음부터 존재하지 않으므로 주제를 찾는 일은 결국 없는 것을 찾는 일이 된다. 그러나 한국의 제도 문학 교육은 시에서 가장 먼저 주제 찾기를 가르침으로써 수많은 예비 독자들을 시의 문턱에서 쫓아내 왔다. 교육이 질문을 던지는 법이 아니라 간편한 해답 찾기를 가르칠 때, 그것은 사유 혹은 예술의 영역에서 멀리 떨어진다. 문학(예술)은 그 모든 단순하고도 편리한 모범 답안들을 의심하는 담론이며, 답을 정하지 않음으로써 종결을 끝없이 지연시키는 담론이다. "위 시의 주제는?"이라는 질문의 명쾌한 답을 찾지 못할 때 독자들은 자신이 시를 이해하지 못했다고 생각한다. 그러나 교과서(자습서)에 실린 시들을 제외하고 텍스트에 주제를 함께 명시한 시는 존재하지 않는다. 그러니 제도 교육 외에 다른 독서 경험이 없는 독자들은 처음 대하는 시들 앞에서 절망하지 않을 도리가 없다. 왜냐하면 아무리 들여다보아도 시 안에 '주제'라는 분명한 이정표가 존재하지 않기 때문이다. 그들은 잘못된 교육 덕택에 자신들이 '없는 것을 찾는 헛수고'를 하고 있다는 사실을 모른다. 그들은 아무 죄도 없이 '헛수고'만 하다가 마침내 '시는 너무 어려워'라는 판단을 내리며, 굳이 어려운 것을 알려고 애쓸 필요가 없으므로 쉽게 시를 떠난다. 이렇게 해서 독자들은 시를 버리고, 시는 (본의 아니게) 독자들을 버리는 최악의 상황이 형성된다.

시의 의미와 관련된 또 하나의 신화는 의미 생산의 유일한 주체로 "저자라는 신(Author-God)"(롤랑 바르트)을 설정하는 것이다. 저자야말로 텍스트를 생산한 장본인이므로 저자가 의미의 유일한 소유자라는 발상은 텍스트가 아니라 '사람'을 주목하게 만든다. 그러나 텍스트는 그 자체 사람이 아니고 언어적 구성물이다. 저자는 언어라는 거대한 창고에서 수많은 기호들을 선택해 배열하는 에이전트이다. 의미를 생산하는 것은 저자가 아니라 기호들이며 기호들 사이의 관계와 차이이다. 일찍이 「저자의 죽음」(1968)을 선포했던 롤랑 바르트는 "텍스트는 유일한 "신학적" 의미(저자-신의 "메시지")를 방출하는 한 줄의 단어들로 구성되어 있는 것이 아니라, 수많은 차원들로 이루어진 공간이며 그 안에서 다양한 종류의 글들이 서로 결합하고 충돌하되 그 글들 중 어느 것도 저자 고유의 것은 없다"고 하였다. 롤랑 바르트에 의해 저자는 의미 생산의 주체라는 형이상학적 지위를 박탈당한다. 저자가 죽은 자리에서 의미 생산의 새로운 주체인 독자가 탄생한다.

그러므로 시를 읽는 독자들은 우선 두 가지의 신화에서 해방되어야 한다. 그것은 제도 교육이 세뇌했던 '주제'라는 신화와 '저자'라는 신화이다. 독자들은 존재하지도 않는 보물(주제)을 찾아 헤맬 이유도 없으며, 저자라는 '의미의 신'에게 경배할 필요도 없다. 독자들은 주제와 저자가 텍스트의 의미를 종결시키려 할 때 그것에 도전하여 거꾸로 텍스트의 의미를 끝없이 열어놓는 자이다. 그런 점에서 텍스트(시) 읽기에서 "유일한 게임은 해석이다"(스탠리 피쉬S. Fish).

Ⅱ.

텍스트가 해석의 운명을 벗어날 수 없는 이유는 시니피앙과 시니피에의 '자의적(arbitrary)' 관계 때문이다. 소쉬르(F. de Saussure)가 관찰한 대로 기호의 양면인 시니피앙과 시니피에는 일대일의 대응 관계에 있지 않다. 하나의 시니피앙은 무한대의 시니피에를 가지고 있고, 그 역도 마찬가지이다. 그리하여 규정되지 않는 무수한 기호들의 선택과 배열로 이루어진 텍스트는 의미의 궁극적인 동심원을 가질 수 없다. 텍스트는 이렇게 부재하는 중심을 에워싸고 도는 기호들의 은하계이다. 그것들의 좌표는 지속적으로 변한다. "제 곡조를 못 이기는 사랑의 노래는 님의 침묵을 휩싸고 돕니다"(한용운, 「님의 침묵」)는 선언은 텅 빈 중심의 주위를 도는 언어의 욕망과 운명으로 해석되어도 좋다. 기호들은 의미의 중심을 욕망하지만, 의미는 무한한 자기분열을 통해 비非존재 즉 침묵하는 중심으로만 존재할 뿐이다. 그것은 고체가 아니라 액체로, 오직 "제 곡조를 못 이기는 사랑의" 강밀도(intensity)로만 존재한다. 그것은 가까이 다가가는 순간 멀어지며, 분열의 순간 또 다른 분열을 낳는다. 기호들의 연속체에 '주제'라는 이름을 붙여 주는 순간 그것들은 일시적으로 응결되는 듯하지만, 액체의 본성에 충실하게 다시 무형 혹은 다형多形으로 돌아간다. 그러므로 주제라는 그물망으로 텍스트에서 의미를 건져낼 때, 우리는 더욱 많은 의미들이 그물 사이로 빠져나가고 있음을 안다. 한용운의 「님의 침묵」을 교실에서 배울 때 "님"은 언제나 불교의 '도道'이거나 '조국 해방' 혹은 사랑하는 '연인' 외에 다른 의미를 갖지 못했다. 그러나 "님"이라는 기표는 이 세 가지 외에도 사랑하지만 도달할 수 없는 그 '모든' 것들, 말 그대로 무한한 수의 기의를 가지고 있다. 그러므로 정해진 답 외에 다른 것을 찍는 것이야말로 언어가 독자들에게 선사한 고유한 권한이다. 기표와 기의의 자의적 관계는 (산문도 예외가 아니지만) 시에서 더욱 극심하게 가동된다. 시는 기호와 기호 사이의 사회적 계약을 무시하고 파괴하며 새롭고도 엉뚱한 회로들을 만든다. 시는 뫼비우스의 띠처럼 중심에서 주변으로 그리고 다시 중심으로, 한 궤도에서 다른 궤도로 순식간에 이동하며 선과 면과 방향의 화석화된 통념을 조롱한다. 그러므로 시의 의미를 고정시키려는 모든 시도들은 뫼비우스의 띠를 잘라 그것을 '얻어터져 길들여진 길(beaten path)'로 만드는 행위이다. 시를 고체로 만들려는 모든 노력들은 야생의 오이디푸스를 '아버지의 법칙(Father's Law)'에 가두려는 시도이다. 그러나 시는 기호의 자의성을 끝 간 데까지 밀어붙이며 사회적 거세에 저항한다. 그런 점에서 시는 무의식을 닮았고, 무의식도 언어적으로 구성되어 있다는 라캉(J. Lacan)의 주장은 옳다. 훌륭한 독자는 이와 같은 언어의 놀이 규칙을 잘 따르는 자이다. 훌륭한 독자는 사회적 검열과 거세 위협에 저항하며 오로지 언어 게임에 충실히 임한다. 언어 게임에 정해진 루트 같은 것은 없다. 훌륭한 독자들은 사회적 제도와 초자아가 만든 개념의 거미집에 갇히지 않고 자유롭게 텍스트를 열고 닿는다.

심훈의 『상록수』는 《동아일보》의 '농촌계몽운동'을 소재로 한 장편소설 현상 모집에 당선된 소설이다. 말하자면 이 작품은 처음부터 외부에서 '농촌계몽운동'의 일환으로 기획된 작품이고, 그 기획에 맞추어 작가가 '농촌계몽'의 '의도'를 가지고 쓴 작품이다. 그러나 이 작품은 '농촌계몽소설'이 아니라 얼마든지 박동혁과 채영신의 '연애소설'로 읽힐 수 있다. 일차적으로 이것을 가능하게 만드는 것은 언어적 구성물로서의 텍스트 자체의 속성 때문이다. 텍스트 바깥의 그 어떤 기획도 그리고 작가의 의도도 텍스트의 의미를 고정시킬 수 없다. 기호들의 의미는 고정되는 순간 해체되며, 결정되는 순간 끝없이 지연된다. 시니피앙과 시니피에의 유동하는 두 층위는 접속되는 순간 다시 이접離接된다. 그리하여 텍스트는 유동하는 두 층위들의 끝없는 흐름일 뿐이다. 『상록수』를 농촌계몽소설이 아니라 연애소설을 만드는 것은 또한 독자이다. 사회운동에는 아무런 관심이 없고 오로지 연애에만 몰두하는 독자가 단 한 명이라도 있는 한, 이런 일은 언제든지 발생한다. 작가나 문학작품의 사상 내용보다 언어 자체의 미학을 탐닉하는 독자들에게 이 작품은 또한 지루하고 단순한 '이야기책'이 될 가능성도 크다. 말하자면 그 어떤 사회적 기획과 작가의 의도도 텍스트를 대문자 아버지(Father)의 우리에 가둘 수 없다. 텍스트와 독자들은 서로 어깨동무를 하고 그 모든 의미의 분할들을 가벼이 넘나든다. 산문 장르인 소설이 이러할진대 하물며 시의 의미를 주제나 저자의 울타리에 가둔다는 것은 불가능하다.

먼 하늘이 뽀글뽀글하다
좁은 골목으로 양떼구름이 몰려온다
따뜻한 두부가 나올 시간
누이는 비릿한 콩물이 엉겨 두부가 되는 순간을
양들의 울음바다라고 부른 적 있다
몽글몽글한 울음 속에서
희고 말랑말랑한 양들이 태어난다고

…(중략)…

어머니 드릴 말씀이 있어요

어머니는 한 번이라도
두부찌개를 두부의 울음바다라고 부른 적 있어요

그만 밥 먹자
그렇게 울기만 하면
양들이 모두 달아난단다

—임경묵, 「양떼구름이 몰려온다」 부분

"양떼구름"은 정주定住의 순간 고원을 떠나는 유목민들처럼 "양들" "두부" "두부찌개"로 계속 변한다. 그것은 그 자체 "구름"의 시니피앙이므로(그리고 환유란 인접성의 라인을 따라 계속 미끄러지는 일이므로) 이 시에 열거되지 않은 그 어떤 것으로도 계속 전치轉置될 수 있다. "콩물이 엉겨 두부가 되는 순간"은 시니피앙과 시니피에가 일시적으로 응결되는 순간을 연상시킨다. 그러나 그것은 응결과 동시에 "울음바다"로 은유화된다. 그것은 접촉의 순간 다른 짝을 떠나는 기표들 같다. 그러나 텍스트는 "울음바다"의 울타리를 완전히 열어놓고 있으므로, 독자들은 그 안에 저마다 자신의 "울음바다"와 "누이"와 "어머니"를 집어넣을 수 있다. 이렇게 독자들이 자신의 "두부찌개"를 자유롭게 끓일 때, 텍스트의 "두부찌개"가 함께 끓는다. 이런 점에서 독자와 텍스트는 대화적 관계 속에 있으며 함께 '상호텍스트성(intertextuality)'을 구성한다.

Ⅲ.

텍스트는 자족적이고도 완결된 실체가 아니다. 텍스트는 이질적인 것들의 상호 침투와 충돌로 이루어져 있다. 텍스트 안의 개별 기호들이 시니피앙과 시니피에의 유동적이고도 불안전한 결합으로 이루어져 있다면, 그런 기호들의 배열로 이루어진 개별 텍스트들 역시 다른 텍스트들과의 끝없는 교차와 환치換置를 통해 생산된 것들이다. 따라서 텍스트 안에는 이질적인 목소리들이 가득하다. 그 다양한 인용의 메아리들은 그 어떤 존재에 의해서도 통합되지 않는다. 목소리들은 텍스트 안에서 동질성을 비웃으며 영원히 변화하는 좌표들 위를 떠돈다. 멀리 바흐친(M. Bakhtin)의 대화주의(dialogism)에서 시작되어 크리스테바(J. Kristeva)에게서 굳혀진 '상호텍스트성'의 개념은 텍스트들 사이뿐만 아니라, 텍스트와 독자들 사이에도 얼마든지 적용이 가능하다. 텍스트뿐만 아니라 독자 역시 상호주체성(intersubjectivity)에 의해 구성된 이질성(heterogeneity)의 '텍스트'이기 때문이다. 독자들 역시 (자신만의) 고유한 정체성의 소유자가 아니라 사회적 관계 속에서 다른 주체들과의 상호침투, 대화, 섞임의 과정을 거쳐 만들어진 혼종체(hybrid)이다. 독자들이 시를 읽을 때, 이렇게 구성된 텍스트(독자)와 텍스트들 사이의 '대화'가 생겨난다.

독자들은 저마다 자신의 대화 상대인 텍스트에 대해 나름의 "기대 지평(horizon of expectation)"을 가지고 있다. 야우스(H. R. Jauss)에 의해 이론화된 기대 지평이란 특정한 시기에 독자들이 텍스트를 이해하고 해석하고 평가하는 데 사용하는 다양한 규범, 약호 그리고 척도들의 총계를 말한다. 문제는 서로 다른 텍스트들처럼 다른 시대, 다른 상황의 독자들도 각기 다른 기대 지평을 가지고 있다는 것이다. 그리고 독자들이 가지고 있는 기대 지평은 많은 경우 기존의 텍스트들과의 대화를 통해 형성된 것들이다. 기존의 텍스트들 역시 다른 텍스트들과의 상호텍스트성의 결과로 만들어진 것이므로, 일반 독자들이 가지고 있는 기대 지평은 대체로 문학사의 전통을 따라가는 경향이 있다. 그러나 전혀 새롭고도 이질적인 작품들이 나올 때, 독자들의 이런 기대 지평은 산산조각이 나고 만다. 가령 어떤 텍스트들은 매우 새로워서(야우스는 플로베르G. Flaubert의 『보바리 부인』의 예를 든다) 기존의 어떤 독자와도 연결되지 않고, 기존의 낡은 기대 지평을 파괴하게 되는데, 이 과정을 통해 오히려 점진적으로나마 새로운 독자층을 형성할 수도 있다. 야우스에 의하면 작품의 예술적 속성은 독자들의 반응의 성격에 따라 결정된다. 독자들은 기존의 기대 지평과 새로운 작품 사이의 "미적 거리"에 상응하는 "영합, 거부 혹은 충격, 산발적 승인, 점차적이거나 지연된 이해"를 보여 준다. 새로운 작품은 이 과정을 통해 지평들의 변화를 가져오며 "익숙했던 경험에 대한 거부"를 초래한다.

상호텍스트성의 지평에서 독자라는 텍스트들은 텍스트의 생산자인 작가가 아니라 텍스트의 구성물인 기호와 대화한다. 독자들은 마치 텍스트처럼 다의적이고 다성적이므로 시를 읽는 행위는 결국 다의성과 다의성의 만남, 혼종체와 혼종체 사이의 만남을 의미한다. 그러므로 제도나 저자가 텍스트의 의미를 결정한다는 것은 애초에 불가능하며, 그렇게 결정된 의미들은 독자들과 텍스트 자체의 혼종성에 의해 깨어진다.

그렇다면 진정한 독자가 하는 일은 무엇인가. 그것은 일차적으로는 제도가 고정시킨 의미들을 해체하고 저자라는 신이 부여한 (의미의) 명령들을 거부하는 것이다. 다음으로 독자가 할 일은 자신의 기대 지평에 대해 끝없는 질문을 던지는 것이다. 대부분의 독자가 갖고 있는 기대 지평은 제도 교육에 의해 형성되므로 소위 공리나 통념에 가까울 가능성이 높다. 문학 텍스트는 거꾸로 모든 형태의 통념과 통념의 정당성에 던지는 질문태이므로 원칙적으로 볼 때 텍스트는 늘 독자들의 기대 지평과 충돌한다. 이렇게 독자와 텍스트는 항상 상호작용, 상호간섭, 상호침투의 과정 속에 있다. 텍스트는 독자의 기대 지평을 만들고 허물며 다시 세우고, 제도와 저자에서 해방된 독자들은 의미 생산의 새로운 주체가 되어 텍스트와 대화한다. 기대 지평의 변화는 한편으로는 독자 자신의 상호주체성의 형성 과정, 다른 한편으로는 새로운 텍스트의 출현에 의해 생산된다. 그 과정에서 기대 지평의 발전을 가장 가로막는 것은 주제와 저자라는 신화이다. 그러므로 진정한 독자들은 시의 주제를 찾지 않고 '시적인 것(the poetic)'을 찾는다. '시적인 것'은 고정된 형상이 아니라 유동하는 밀도이다. 그것은 종결이 아니라 열림을 향해 있으며, 시를 동일성의 울타리에 가두어두려는 모든 아버지들을 조롱한다. 그것은 화석화된 신화 대신에 열린 생성을 향해 있다. '시적인 것'은 본질적으로 액체이며 그리하여 응결의 순간 다시 용해된다. 그것은 엉김의 순간에 다시 풀어지며 유동하는 의미의 강물을 자유로이 떠돈다. '시적인 것'은 한 개의 문이 아니라 카프카의 성城처럼 무수한 출구를 가지고 있다. 독자들은 정해진 루트 없이 '시적인 것'의 미로를 자유롭게 헤맬 권리가 있다. 그러다 때로 길을 잃을지라도 두려워할 필요가 없다. '시적인 것'은 완결을 향해 있지 않으므로, 유일한 게임은 해석이므로.

13.
공동체의 운명
—차이의 집단성에 대하여

I.

농촌으로 이주한 도시인들은 많은 경우 문화 차이로 인한 불편 혹은 혼란을 겪게 된다. 사전 연락 없이 아무 때나 수시로 들이닥치고, 허락을 받지도 않고 남의 집 문턱을 넘는가 하면, 마치 제 일인 양 남의 일에 개입하고 간섭하는 현지인들, 그리고 그것을 못내 불편해하는 도시인들 사이에는 넘기 힘든 벽이 있다. 농경 공동체의 특징 중의 하나는 개체의 경계를 인정하지 않는 것이다. 이들에게 사적 공간은 거의 존재하지 않거나 존중받지 못한다. 사적 공간이 희박하다는 것은 이들에게 사적 소유의 개념 역시 (상대적으로) 희박하다는 것이다. 그래서 타자의 집도 '내 집 드나들다시피' 하는 일이 가능해진다. 그에 비해 도시인들에게 중요한 것은 소유의 개념이고 사적 소유에 근거한 사적 공간의 확보이다. 도시인들은 사적 공간이 침해당하는 것을 용납하지 않는다. 시골 사람들에게 아무렇지도 않게 벌어지는 공간의 횡단이 도시인들에겐 무례가 된다.

2018년 〈이상문학상〉 우수상 수상작인 구병모의 단편소설 「한 아이에게 온 마을이」는 "누구네 집 개 콧구멍 속까지 들여다보이는 마을"로 이주한 도시 출신 부부가 문화 차이로 인해 파탄을 맞이하는 과정을 설득력 있게 묘사한다. 전근을 간 교사 남편을 따라 시골에 내려온 주인공 정주가 "막 혼자만의 시간을 가지려던 참"에 마주친 것은 "원래 자기 집터라도 되는 양 이미 대문 안으로" 들어온 "발 하나"였다. 동네의 "노부인"은 주인의 허락도 없이 집 안으로 들어와 "살림살이를 만지작거리"고, 임신 상태인 정주의 "배를 슬쩍 건드"리며 "어디 보자, 배가 크고 펑퍼짐하니 아래로 처진 게 딱 고추네"라고 말한다. 이 순간 정주는 "이루 말하기 힘든 감정에 사로잡"히는데, 그녀가 느낀 이 복잡한 감정은 농경-주체에게 (무방비 상태에서) 사적 공간과 몸을 침해당한 도시-주체의 당혹감과 모욕감이다. 농경-주체가 사적 공간의 경계를 마구 넘나드는 이유 중의 하나는 사적 소유(공간)의 개념 자체가 희박하기 때문이다. 이 소설에서 "김 할머니를 비롯한 이웃들은 사흘이 멀다 하고 직접 만든 음식이나 재배한 채소를 들고" 찾아오는데, 이 방문은 (화폐로 환치된) 교환가치 지배의 자본-문화에서는 흔하지 않은, 농경-문화 고유의 '무상'의 환대 문화를 잘 보여 준다. 타자에 대한 대가 없는 환대야말로 시대를 초월한 모든 공동체의 '이상理想'이다. 문제는 환대가 사적 공간의 문턱을 마구 넘어올 때 도시-주체가 환대를 '사랑'으로만 받아들이지 않는다는 것이다.

> 물건만 내려놓고 바삐 돌아서는 이들도 있었지만 대부분은 집 안을 기웃거리며 살림이나 배 속 아이에 대해 참견하는가 하면, 간혹 정주와 이완 부부의 출신지 및 떠나온 곳에 대해 캐기도 했다. 정주가 아무리 요령 좋게 둘러대거나 화제를 전환한들 찾아온 이들에게 음료수 한 잔 내오지 않을 도리는 없었고, 노인들은 단 10여 분을 머물다 가더라도 당신들이 듣고 싶은 것만 쏙쏙 뽑아 가는 신이한 귀를 지니고 있었다.

도시-주체가 견디지 못하는 것은 농경-주체가 환대를 무기로 "집 안을 기웃거리며" "참견"하는 것이다. 도시-주체는 환대가 참견으로 이어지는 것을 거부하지만, 농경-주체에게 환대는 참견과 불가분의 관계에 있다. 환대-참견의 이 환유적 고리는 공동체의 역사와 미래 혹은 운명에 대한 사유의 출발을 이룬다.

도시-주체들의 거주 공간인 메트로폴리스는 자본과 권력의 질서 정연한 기획을 통해 주체들 사이의 연결과 유대를 철저히 차단한다. 자본과 권력은 개체들을 분리시켜 그들 사이의 '참견'을 차단함으로써 그들이 비로소 '자유'의 공간을 얻었다고 착각하게 만든다. 그러나 근대적 개인들이 '자유'의 이름으로 얻은 것은 사적 재산과 사적 공간이고, 잃은 것은 광범위한 연대와 유대이다. '참견'을 거부한 도시-주체들은 사생활이 노출되는 것을 피할 수 있게 되었지만, 타자들과의 광범위한 '연대'를 상실했다. 근대인들의 사적 공간은 사적 소유에 토대한 물리적, 문화적 공간을 의미한다. 근대적 개인들은 폐쇄적 동굴에 갇혀 환대의 광장을 점점 잊어갔고, 개체의 생존에 몰입하면서 '공동적인 것'에 대한 관심을 잃어갔다. 사실 근대적 주체들은 이 폐쇄적 공간을 얻기 위해 오랜 세월 목숨을 걸고 군주제와 싸웠다. 공화제는 사적 소유와 사적 공간을 법제화하는 근대적 기획이었다. 공동체는 사라졌고, 주체들은 뿔뿔이 흩어졌다. 주체들은 대의 민주주의에 정치를 떠넘기고 정치로부터의 소외를 자초했다. 다중의 동의를 얻어 탄생한 권력은 다중 위에 군림하였고, 개체들은 특이성의 칸막이에 갇혀 그 너머에 있는 공동의 세계로부터 소외되었다.

Ⅱ.

한국의 근대 공동체는 집단성의 산물이었다. 봉건적 집단성이 식민지 집단성으로, 식민지 집단성이 국가주의 집단성으로 이어지면서 특이성과 개체성은 끊임없이 배제되고 주변화되었다. 바흐친(M. Bakhtin)의 용어를 빌리면, 한국의 근대는 "독백(monology)"의 공동체였다. 개체들은 작게는 가족을 위하여, 크게는 국가를 위하여 자신의 존재를 지워야 했다. 독백의 공동체가 "대화적(dialogic)" 공동체로 전화되는 과정에서 수많은 개체들이 희생되었다. 민주화 혹은 (그리고) 근대화라 부르는 이 과정은 하나의 목소리(one voice)를 다수의 목소리로 바꾸는 과정이었으며, 주변화되고 억압된 목소리를 불러내어 "유쾌한 상대성(jolly relativity)"을 구현하는 과정이었다. 그러나 '하나'의 목소리에 효율적으로 저항하기 위해 그 반대편에 있는 목소리들을 '하나'로 통일해야 하는 모순적인 과정들도 존재했다. 개체들은 이쪽에 서나 저쪽에 서나 (내용은 다를지언정) 동일성의 원리를 강요당했다. 널리 보면 한국의 근대는 성격을 달리하는 집단들 사이의 싸움의 과정이었고, 그 과정에서 수많은 개체들이 죽어나갔다.

민주화와 근대화가 어느 정도 성취될 무렵, 한국 공동체의 먼 외곽에서 신자유주의의 바람이 불어왔다. 동일성의 폭력에서 막 해방된 개체들은 이제 무한 경쟁의 궤도에 내던져지면서 개체의 바깥을 잊기 시작했다. 밥벌이의 위중함과 뒤늦게 근대적 개체성이 합쳐지면서 주체들은 공동적인 것, 공통적인 것을 망각하기 시작했다. 개체들은 점점 더 자본과 권력의 충실한 부속품으로 전락해 갔고, 자기 너머의 세계는 이제 '보이지 않는' 영역이 되어갔다. 이런 변화가 가장 가시적으로 드러난 곳은 대학이다. 한국전쟁 이후 권력에 대한 가장 강력한 싸움의 진원지였으며, 심지어 (한때) 전위적 노동 · 농민 운동의 양성소이었던 대학은 철저하게 탈정치화되었다. 대학생들은 이제 더 이상 실천적 지식인의 전위가 아니고, 대학은 밥벌이의 준비소로 전락했다. 공통적인 것의 내러티브들은 이제는 잊힌 먼 옛날의 잠꼬대가 되어버렸다.

> 소가 트림의 왕이자 이산화탄소 발생기라면
> 이 동물은 방귀의 왕이자 암모니아 발생기입니다
> 넓은 거실에 서식하면서 점점 소파를 닮아가고 있죠

중추신경은 리모컨을 거쳐 TV에 가늘게 이어져 있습니다
배꼽에 땅콩을 모아두고 하나씩 까먹는 습성이 있는데
이렇게 위장하고 있다가 늦은 밤이 되면
진짜 먹잇감을 찾아 나섭니다 치맥이라고 하죠
치맥이란 술 취한 조류인데 날지 못하는 녀석입니다
이 동물의 눈은 카멜레온처럼 서로 다른 곳을 볼 수 있죠
지금 프로야구 하이라이트와 프리미어리그를 번갈아 보며
유생 때 활발했던 손동작, 발동작을 회상하는 중입니다
본래 네발 동물이었으나 지금은 퇴화했거든요
…(중략)…
그래도 한 달에 한 번은 큰소리를 내기도 합니다
월경과 비슷한 호르몬 변화를 겪는 거죠
이를 월급이라 합니다

—권혁웅, 「동물의 왕국 1—동물계 척추동물문 소파과 의자속 남자 사람, 52」 부분

이 시는 밥벌이와 사적 공간에 갇혀 공동의 것을 잊어버린 '현대적' (남성) 개체의 모습을 잘 보여 준다. 사적 공간에 "서식하면서 점점 소파를 닮아 가고" 있는 "남자 사람"은 공동체로부터 소외된 상태에서 철저하게 물화物化의 과정을 겪고 있는 현대적 개체의 전형이다. 자본이 "한 달에 한 번" 주는 "월급"은 이 거대한 "동물의 왕국"에 영양분을 공급하는 탯줄이다. 개체들은 이 탯줄을 통하여 최소한의 생존을 영위하면서 개체 너머, "거실" 바깥에서 벌어지는 일을 잊는다. 그들에겐 공동의 것보다 훨씬 재미있는 TV와 프로야구, 게다가 "치맥"까지 있으니 '너머'의 세계를 상상할 이유가 없다. 문제는 이들이 공동의 세계에서 배제되고 "퇴화"된, 자기 너머의 세계로 "날지 못하는", 비非주체적 주체들이라는 것이다.

Ⅲ.

주체성이 공동의 세계에서 배제되는 것이 왜 문제인가? 한마디로 말해 사적 공간에 갇혀있는 주체는 더 이상 주체가 아니기 때문이다. 그것은 수천 년의 역사를 통해 자유의 영역을 쟁취한 주체들을 다시 노예로 환원시키는 일이기 때문이다. 신자유주의 체제에서 노예란 다름 아닌 자본과 권력의 노예를 의미한다. 개체들 사이의 유대와 연대가 차단될수록 자본과 권력의 지배는 용이해진다. 사적 공간에 갇힌 개체들은 자신들의 '외부'를 상상할 수 없으며, 그러할 때 자본 기계와 권력 기계는 개체들을 체제의 편리한 '부품'으로 만든다. 자본과 권력은 이 부품들이 없이는 단 하루도 존속할 수 없기 때문이다. 자본과 권력은 신이 아니므로 스스로 존재할 수 없다. 그것들은 오로지 개체들의 노동과 창의성 '덕분에' 생존 가능하다. 그들은 개체성에서 자신들에게 필요한 '물질'을 뽑아내고, 이 물질들을 합성하여 재화와 권력을 재생산한다. 자본과 권력이 가장 두려워하는 것은 이 물질들이 물질성을 버리고 정신의 연대를 시작하는 것이다. 개체들이 부품이기를 거부하고 인간으로서 관계를 확산하고 강화할 때 체제는 위기에 직면하기 때문이다.

그러나 개체들은 생존 자체를 위협받을 때야 비로소 자신들이 '부품'이었음을 깨닫는다. 자신들의 극심한 가난이 어마어마한 사회적 · 국가적 풍요에 둘러쌓여 있으며 그 풍요의 생산자가 다름 아닌 자신들임을 깨달을 때, 그들은 최초의 배신을 느끼고 저항을 꿈꾼다. 종획(enclosure)된 우리 안에서의 자유가 사실상의 사육이었음을 깨달을 때, 주체들은 처음으로 울타리 너머의 세계를 상상한다.

주체들을 연대하게 만드는 것은 주체들 사이에 '공동'의 일 혹은 공동의 운명이 있기 때문이다. 특이성들을 넘어 공동의 세계가 있고 공동의 세계가 결국 개체(특이성)의 운명과 직결됨을 깨달을 때 새로운 주체성이 탄생한다. 네그리(Antonio Negri)는 이 '공동의 것'을 "공통적인 것(the common)"

이라 부른다. 그가 볼 때 "다중의 민주주의는 오로지 우리 모두가 공통적인 것을 공유하고 공통적인 것에 참여하기 때문에 상상할 수 있고 실현 가능하다". 그에 의하면 공통적인 것은 크게 두 가지로 나뉜다. 하나는 "물질적 세계의 공통적 부—공기, 물, 땅의 결실을 비롯한 자연이 주는 모든 것"이고, 다른 하나는 "사회적 생산의 결과물 중에서 사회적 상호작용 및 차후의 생산에 필요한 것들—지식, 언어, 코드, 정보, 정동(affect) 등"이다. 네그리가 볼 때 신자유주의의 문제는 "문화적 생산물들을 사유재산으로 만들면서 공통적인 것을 사유화"하는 것이다. 우리가 볼 때 이것은 근대성의 기획이 가져온 당연한 귀결이다.

어느 날
한 자칭 맑스주의자가
새로운 조직 결성에 함께하지 않겠느냐고 찾아왔다
얘기 끝에 그가 물었다
그런데 송동지는 어느 대학 출신이오? 웃으며
나는 고졸이며, 소년원 출신에
노동자 출신이라고 이야기해 주었다
순간 열정적이던 그의 두 눈동자 위로
싸늘하고 비릿한 막 하나가 쳐지는 것을 보았다
허둥대며 그가 말했다
조국해방전선에 함께하게 된 것을
영광으로 생각하라고
미안하지만 난 그 영광과 함께하지 않았다

십수 년이 지난 요즈음
다시 또 한 부류의 사람들이 자꾸
어느 조직에 가입되어 있느냐고 묻는다

나는 다시 숨김없이 대답한다
나는 저 들에 가입되어 있다고
저 바다 물결에 밀리고 있고
저 꽃잎 앞에서 날마다 흔들리고
이 푸르른 나무에 물들어 있으며
저 바람에 선동당하고 있다고
가진 것 없는 이들의 무너진 담벼락
걷어차인 좌판과 목 잘린 구두,
아직 태어나지 못해 아메바처럼 기고 있는
비천한 모든 이들의 말 속에 소속되어 있다고
대답한다 수많은 파문을 자신 안에 새기고도
말없는 저 강물에게 지도받고 있다고

—송경동, 「사소한 물음들에 답함」 전문

첫 번째 연은 진보적 조직 안에서조차 "사회적 생산물"(공통적인 것)로서의 지식이 어떻게 사유화되는지를 잘 보여 준다. 이 시에서 "자칭 맑스주의자"는 학벌과 계급을 전경화함으로써 사회적 생산물로서의 지식(공통적인 것)이 "사회적 상호작용"으로 발전하는 것을 가로막는다. 여기에서 맑스주의자는 자신이 반대하는 자본과 권력의 논리를 그대로 재생산하고 있다는 의미에서 스스로 "공통적인 것"의 적이 된다. 두 번째 연은 다중이 연대를 지향할 때 그 발판이 되는 것이 정확히 "물질적 세계"와 "사회적 생산물"의 "공통된 부"임을 잘 보여 준다. "들" "바다 물결" "꽃잎" "푸르른 나무" "바람"은 "자연이 주는 모든 것(물질적 세계)"으로서의 공통적인 것이다. "가진 것 없는 이들" "걷어차인 좌판" "비천한 모든 이들"은 사회적 생산물, 즉 "지식, 언어, 코드, 정보, 정동(affect) 등"을 함께 나누어야 할 주체들이다. 이들이야말로 근대적 기획에서 가장 심각하게 배제되고 주변화된 주체들, 사실상의 주체성을 상실당한 존재들이기 때문이다.

Ⅳ.

(원고를 청탁한) 편집자의 기획에 따라 이 글의 제목이 "공동체의 운명"이 되었지만, 사실 그 모든 공동체에 어떤 고정된, 정해진 '운명'이란 없다. 유사 이래 모든 공동체들은 끊임없는 변화의 과정에 있었고, 생성의 길 위에 있었다. 정해지지 않았다는 점에서 공동체는 '기관 없는 신체'이다. 공동체는 마치 아메바의 몸처럼 졸sol과 겔gel로 이루어져 있다. 공동체의 내부는 유동적 세포질로 이루어져 있고, 외부는 내질內質이 겔화되어 다소 딱딱한 질감을 가지고 있을 뿐이다. 다소 경화된 상태에서 오래 지속된 공동체의 외질外質을 우리는 생산양식이라 부른다. 원시공동체, 고대 노예제, 봉건제, 자본주의 같은 이름들이 그것이다. 그러나 아메바처럼 공동체의 외질과 내질은 서로 분리된 것이 아니어서 졸화-겔화를 반복한다. 내질은 외질을 밀어 올리고 외질은 내질로 밀려 내려온다. 모든 개체들은 이 무한 생식 중인 공동체의 어느 점 혹은 짧은 선 위에 있다.

기관 없는 신체에 기관을 만들어 액체적 졸을 겔화하는 것은 권력 기계들이다. 먼 과거의 권력 기계들은 개체들을 집단성에 복속시킴으로써 기관의 효율성을 관리했다. 거꾸로 신자유주의 이후의 자본 기계들은 개체들을 집단성에서 분리, 소외시킴으로써 무력화한다. 과거의 권력 기계가 '보이는' 기계이었으며, 그러한 가시태可視態 자체가 개체들을 공포에 떨게 하며 복종을 강요했다면, 현재의 자본 기계들은 '보이지 않는' 기계이다. 그것은 보이지 않는 외곽에서 개체들을 서로 분리시키고 단절시킨다. 자본이 환대하는 개체는 "거실에 서식하면서 점점 소파를 닮아가고 있"는, 거세된 동물이다. 퇴화된 동물들은 사적 공간에 갇혀 "월급"의 링거주사를 맞으며 '바깥'에 대한 사유를 포기한다. 현대-주체는 자본의 태반胎盤에 갇혀있다. 그것은 자본의 자궁으로 돌아가 다시 어린애가 된 주체이며, 도래할 미래를 꿈꾸지 않는 주체이고, 자궁 밖의 세계를 상상하지 않는 주체이다.

집단성과 개별성, 동일성과 차이는 공동체를 순환시키고, 변화시키며,

끝없는 '되기(becoming)'의 과정으로 밀어 넣는 강밀도(intensity)이다. 그것들은 서로 길항拮抗하며 공동체의 다양하고도 미세한 결을 만든다. 신자유주의 이후 개체들은 활성화된 '차이'의 공간에서 '공통적인 것'을 더 이상 보지 못하는 주체들이 되었다. 먼 과거에 애국적 '인민(people)'의 이름으로 부과되었던 그 어떤 통일성, 동일성의 논리로도 차이에 토대한 현대-주체의 개별성을 빼앗아 갈 수 없다. 이런 점에서 개체성, 특이성은 역사의 진보가 이루어낸 중요한 성과 중의 하나이다. 그러나 개체성은 오로지 집단성과 '느슨한' 연대 속에 있을 때에만 생명을 얻는다. 왜냐하면 자본과 권력이 (역사의 진보가 얻어낸) 개체성과 특이성을 끊임없이 사유화하기 때문이다. 현대-주체는 오로지 공통적인 것에 대한 사유를 통해서만 (자신들의 역사적 자산인) 차이성과 특이성이 사유화되는 것을 막을 수 있다. 그리하여 현대-주체에게 필요한 것은 '거실'에서 나와 '관계' 속으로 진입하는 것이다. 부버(M. Buber)의 말대로 "태초에 관계가 있었다". 관계가 존재에 우선한다. 관계적 상상력을 상실한 개체들은 자신도 모르게 시스템의 노예가 됨으로써 사실상 비非존재로 전화된다.

수천 년 동안 집단성과 개별성을 두루 경험한 현대-주체의 집단 무의식 속에는 집단성에 대한 공포와 선망이 공존한다. 또한 개별성 역시 소망의 대상이면서 동시에 두려움의 대상이다. 주체들은 자유롭되 관계에서 떨어져 나오지 않기를 소망한다. 집단성이 개체의 '자유'를 막지 않으려면, 집단성은 동일성(통일성)이 아니라 '차이'의 집단성, '복수複數'의 집단성이 되어야 한다. 개별성과 특이성을 유지하되 집단성과 느슨한 연대를 잃지 않는 주체를 나는 "겹-주체(double-subject)"라 부른다. 겹-주체는 거실에서 치맥과 프로야구를 즐기되, 창문 너머 광장의 목소리에 귀를 기울이는 주체이다. 겹 주체는 거실의 문법과 광장의 문법이 서로 분리된 것이 아니라 (환유적으로) 겹쳐 있음을 인지하고 있는 주체이다. 겹-주체는 자신이 동일성의 구성물이 아니라 차이들의 강밀도임을 아는 주체이다.

나는 내 것이 아니다

오늘은 평택 쌀과 서산 육쪽마늘과
영동 포도와 중국산 두부와
칠레산 고등어를 먹었다

내 뼈와 살과 피와 내장과
상념도 실상 모두 이렇게
태어난 실뿌리가 다르다

그런 내가 한 가지 생각에만 집착한다는 것은
도의에 맞지 않는 일이다 이렇게만
바뀌어야 한다고 고집하는 것도
순리에 어긋나는 일이다

햇빛처럼 쟁쟁해졌다가
물안개처럼 서늘해졌다가
산간처럼 첩첩해졌다가
바다처럼 평원처럼 무한히 열리는
모든 생명이 내 안에 살아있다

나만이 무엇이 되어야겠다고 생각하는 것은
의아한 일이다 이것은 내 것이라고 움켜쥐는 일도
갸우뚱한 일이다 내 조국만이 잘되어야 한다는 일도
치사한 일이다 양파도 알고
대파도 알고 쪽파도 아는 일이다

—송경동, 「경계를 넘어」 전문

사실 모든 주체는 겹-주체이다. 겹-주체를 홑-주체(single-subject)로 만드는 것은 권력 기계이다. 권력 기계의 치안에 용이한 주체는 다양한 구성물을 사상捨象당한 앙상한 주체, 로봇화된 주체이다. 겹-주체는 권력 기계가 자신을 기관으로 만드는 것을 거부한다. 그것은 "쟁쟁해졌다가" "서늘해졌다가" "첩첩해졌다가" "무한히 열리는" 주체이다. 그것은 "내 조국만이 잘되어야 한다는" 국가주의에 말려들지 않으며, "나만이 무엇이 되어야겠다"는 개체 우선주의도 거부한다. 겹-주체는 '나'이면서 동시에 "경계를 넘어" "나는 내 것이 아니다"라고 말하는 주체이다. 우리가 공동체의 정해진 '운명'을 말할 수는 없지만, 소망스런 미래의 공동체를 호출할 수 있다면, 그것은 바로 이런 겹-주체들로 이루어진 집단이다. 특이성을 존중하되 개체의 경계에 갇혀있지 않은 주체들이 공통적인 것의 사유화에 맞서 싸울 때, 거실의 행복이 광장의 지복至福과 일치할 것이다.

14.
불일치와 타자성
—문학의 화합과 전진에 대하여

Ⅰ. 무엇이 화합이고 전진인가

주최 측으로부터 전해 받은 주제어는 "화합과 전진의 시 정신을 노래한 현대 시인들"이다. 시인은 본래 유토피아니스트이거나 그렇지 않으면 정신적 아나키스트이다. 플라톤이 시인을 못마땅해했던 것도 따지고 보면 시인이야말로 가장 비非체제적인 존재, 언제 어떤 식으로 공화국의 이념에 도전할지 모를 '불온한' 존재이기 때문이었다. 시는 세계에 대하여 규범을 제시하는 자가 아니라 이미 만들어진 규범들을 의심하고 질문을 던지는 자이다. 이런 점에서 시인은 사실 '화합과 전진'이라는 주제어에 잘 어울리지 않는 존재이다. '화합과 전진'이라는 말이 구성원들을 동일성의 논리로 통합하려는 뉘앙스를 가지고 있다면, 그것은 정확히 '반시反詩'적인 것이다. 따라서 이 주제어를 그대로 사용하려면 우리는 불가피하게도 다름 아닌 '시인'에게 있어서 화합과 전진이라는 특수한 상황을 전제하지 않으면 안 된다. 그러나 이 특수한 상황에서도 화합과 전진의 주체를 시인으로만 제한할 수 없다는 문제가 발생한다. 왜냐하면 엄밀히 말해 시인만이 독점하는 그리고 다른 주체들과는 일체의 '겹침'이 없는 화합과 전진의 개념 역시 존재할 수 없기 때문이다. 그러므로 우리는 불가피하게도 가장 '이상적인' 화합과 전진의 개념을 설정하고, 그것이 한국의 현대 시인들에게 어떤 식으로 구현되었는지를 살펴보아야 한다.

한국 현대사에서 '화합과 전진'이라는 기표는 불행히도 오랜 독재의 경험 속에서 이념적으로 왜곡 · 오염되어 왔다. 이데올로기의 내용과 무관하게 지배계급은 대체로 그러한 성향을 가지고 있지만, 과두정치(oligarchy)의 중요한 특징 중의 하나는 자신들의 지배 이데올로기에 다수의 목소리를 통합시키는 것이다. 민주주의가 공동체 내의 다양한 목소리들을 억압하지 않고 '들리게' 만드는 것이라면, 과두정치는 자신의 목소리만을 들리게 한다는 점에서, 정확히 바흐친(M. Bakhtin)이 말한 '단일 강세화(mono-accentualization)'의 대표적 기계이다. 바흐친에 의하면 언어는 본질적으로 '다多강세적(multi-accentual)'이다. 이는 언어가 계급과 일치하지 않기 때문이여, 동일한 기호 공동체 안에서 다양한 이해관계를 가진 개인들이 서로 충돌하기 때문이다. 동일한 기호체계를 사용하는 다양한 개인들의 악센트가 기호들 위에서 서로 만나고 얽히고 부딪치므로, 기호는 늘 이질적 목소리들로 가득하다. 독재정권은 '화합'의 이름으로 기호의 다강세성을 억압하고, 갈등을 내면화한다. '전진'은 독재정권이 동일성의 이름으로 '화합'을 강요한 후에 내미는 보랏빛 미래의 기표이다. 개체들이 자신들의 목소리를 죽이고 지배 이데올로기에 충실할 때 비로소 '대망의' 미래로 전진할 수 있다고 설득하고 강제하는 것이 독재 기계의 문법이다. 70 · 80년대는 국가가 이렇듯 한편으로는 이데올로기적 국가 장치로 국민들을 설득하고, 다른 한편으로는 억압적 국가 장치인 군대와 경찰을 동원하여 동일성을 강요한 시대였다.

내가 교사였을 때
제법 목에 힘도 주고 봉투도 받아 가며
그림자도 밟지 않는다는 스승이었다

나는 노동자입니다 하는 순간
아이들 눈앞에서 이년, 저놈, 불순분자,
줄줄이 고개 처박고 기차놀이 해야 했다

내가 간호사였을 때
백의의 천사님 순결한 나이팅게일
다 좋지만 우리도 먹고 사는 노동자 하는 순간
졸지에 환자 생명을 인질로 삼는
이기주의 집단으로 짓밟혀야 했다

…(중략)…

아 나의 뿌리는 숨길 수 없는 노동자,
짓밟으라 깨부수라 실없는 환상과 껍데기를

—박노해, 「아픔의 뿌리」 부분

독재 담론은 교사와 간호사의 존재를 인정하지만, 그들이 자신을 '노동자'로 규정하는 것은 인정하지 않는다. 교사와 간호사가 자신들의 정체성을 '노동자'로 인식할 때, 그들은 "스승"과 "나이팅게일"에서 갑자기 "불순분자" "이기주의 집단"으로 매도된다. 이런 점에서 독재의 '화합'은 철저하게 배제의 화합이고, 그런 점에서 가짜 "환상과 껍데기"의 화합이다. 군부독재와 맞대면했던 70 · 80년대 한국 시의 명령은 이러한 가짜 화합을 "짓밟으라 깨부수라"는 것이었다. 이것은 화합의 거부가 아니라, 진짜 화합에 대한 요구였으며, 시에 있어서 진짜 화합이란 다름 아닌 민주주의였다. 민주주의는 제 목소리만을 들리게 하는 것이 아니라, 타자들의 목소리에 귀 기울이는 것이고, 타자들의 목소리를 해방하는 것이며 그리하여 공동체 전체에 '유쾌한 상대성(jolly relativity)'을 실현하는 것이다.

Ⅱ. 화합의 인프라-불일치의 정치학

랑시에르(J. Rancière)에 의하면 정치란 '일치(consensus)'가 아니라 '불일치(dissensus)'를 생산하는 것이다. 그가 볼 때 일치를 행사하는 것은 정치가 아니라 '치안(police)'이다. 치안은 차이를 부정하며 진리를 독점한다. 가령 과두제가 애용해 온 '국민대통합'의 논리가 이런 것이다. 그것은 강제된 합의이고 차이를 배제하므로 진정한 화합이 아니다. 반면에 정치 행위는 (치안에 의해) 들리지 않던 목소리들을 다시 들리게 하고, 보이지 않는 것들을 다시 보이게 한다. 랑시에르의 표현을 빌리면 그것은 "동물로 취급되었던 사람을 말하는 존재로 만드는 것"이다. 진정한 화합은 타자성을 인정하는 데서 시작된다. 타자의 목소리를 끌어들이는 것은 적극적으로 불일치를 생산하는 행위이다. 화합이 상호간 타자성을 존중하고 받아들이는 것을 의미한다면, 그것은 역설적이게도 일치가 아니라 불일치에서 시작된다.

모든 시스템은 저마다 독특한 '감성의 분할(distribution of the sensible)'을 가지고 있다. 랑시에르에 의하면 감성의 분할이란 "공동 세계에의 참여와 관련된, 자리들과 형태들을 나누는 감각 질서"이다. 감성의 분할에 의해 각각의 목소리들은 공동 세계에서 이런저런 위치, 자리, 지위들을 다양한 형태로 부여받는다. 가령 치안은 소수의 목소리들을 전경화하면서 그들과 반목하는 다른 목소리들을 후경화한다. 정치의 본질은 이와 같은 위계의 '감성을 재분할함'으로써 보이지 않던 것을 보이게 하고, 말할 수 없었던 것을 말하게 하며, 들을 수 없는 것을 듣게 만드는 것이다. 정치는 감성의 (재)분할이라는 점에서 미학의 영역과 겹친다.

어제 나는 내 귀에 말뚝을 박고 돌아왔다
오늘 나는 내 눈에 철조망을 치고 붕대로 감아버렸다
내일 나는 내 입에 흙을
한 삽 처넣고 솜으로 막는다

날이면 날마다

밤이면 밤마다

나는 나의 일부를 파묻는다

나의 증거 인멸을 위해

나의 살아남음을 위해

—황지우, 「그날그날의 현장 검증」 전문

이 시에서 보듯이 치안은 타자의 "귀에 말뚝을 박고" "눈에 철조망을 치고" "입에 흙을/ 한 삽 처넣고 솜으로 막는" 시스템이다. 이런 점에서 치안은 화합의 적이다. 화자는 체제의 요구에 따라 제 몸을 학대함으로써 체제의 폭력성을 드러낸다. 화자의 몸은 치안의 폭력성이 실현되는 공간이고 동시에 드러나는 장소이다. 시인은 스스로 듣지도, 보지도, 말하지도 못하는 존재라는 것을 밝힘으로써 듣고, 보고, 말한다. 이것이 시의 전술이다. 시는 상처를 드러냄으로써 상처를 이긴다.

Ⅲ. 탈脫조직의 시학

저항은 치안의 획일성에 흠집을 내고 차이를 활성화한다. 그것은 '도래할 민주주의(democracy to come)'(J. Derrida)에 가까이 가는 일이다. 데리다에 의하면 도래할 민주주의란 미래의 민주주의가 아니라 언젠가는 도달해야 할 '약속'으로서의 민주주의이다. 그것은 타자성에 대한 '무한한 열림'이라는 점에서 엄밀히 말해 자기 자신에게 가 닿을 수 없는 민주주의이고, 도달한 순간 다시 목표가 되는 민주주의이다. 시가 포괄하는 화합도 이와 마찬가지이다. 그것은 도달할 수 없는 목표를 가장 먼 외연에 두고, 가장 멀리까지 타자성을 끌어들인다.

어느 날
한 자칭 맑스주의자가
새로운 조직 결성에 함께하지 않겠느냐고 찾아왔다
얘기 끝에 그가 물었다
그런데 송동지는 어느 대학 출신이오? 웃으며
나는 고졸이며, 소년원 출신에
노동자 출신이라고 이야기해 주었다
순간 열정적이던 그의 두 눈동자 위로
싸늘하고 비릿한 막 하나가 쳐지는 것을 보았다
허둥대며 그가 말했다
조국해방전선에 함께하게 된 것을
영광으로 생각하라고
미안하지만 난 그 영광과 함께하지 않았다

십수 년이 지난 요즈음
다시 또 한 부류의 사람들이 자꾸
어느 조직에 가입되어 있느냐고 묻는다
나는 다시 숨김없이 대답한다
나는 저 들에 가입되어 있다고
저 바다 물결에 밀리고 있고
저 꽃잎 앞에서 날마다 흔들리고
이 푸르른 나무에 물들어 있으며
저 바람에 선동당하고 있다고
가진 것 없는 이들의 무너진 담벼락
걷어차인 좌판과 목 잘린 구두,
아직 태어나지 못해 아메바처럼 기고 있는
비천한 모든 이들의 말 속에 소속되어 있다고

대답한다 수많은 파문을 자신 안에 새기고도
말없는 저 강물에게 지도받고 있다고

—송경동, 「사소한 물음들에 답함」 전문

그러나 시가 지향하는 화합은 조건 없는 포괄이 아니다. 그것은 타자성을 향해 열려 있지만 까다로운 선별의 기제를 작동시킨다. 그것은 타자들 위에 군림하는 타자성을 거부한다. 시는 과두제만이 아니라 그것과 정반대 편에 있으나 '진리 독점'이라는 차원에서는 그것을 빼닮은, 이름만의 진보 '조직'들도 동시에 거절한다. 그것은 진보의 이름으로 저학력 노동자를 폄하하는 조직을 거부하고, 그 대신 "저 들"과 "저 바다 물결" "저 꽃잎" "이 푸르른 나무" "걷어차인 좌판"과 연대하는 화합이다. 시가 열어놓는 타자성은 "비천한 모든 이들"이 가리키는 바, 이 세상의 하위주체(subaltern)들을 향해 있다. 그것은 나쁜 권위에 도전하되 위계의 사회에서 배제당한 것들과 연대하며, "아직 태어나지 못해 아메바처럼 기고 있는" 것들로 하여금 말할 수 있게 하는 장치이다. 송경동은 스스로 진보의 편에 서있지만, 가짜 진보에 대해 날카로운 거부의 '어퍼컷'을 날리면서 시가 요구하는 민주주의가 얼마나 먼 목표를 향해 있는지 잘 보여 준다.

Ⅳ. 무의식 혹은 성애의 소환

70 · 80년대가 정치의 시대였고 시가 하위주체들의 목소리들을 끌어내고 회복하는 시기였다면, 2000년대는 시가 정치의 무게에 눌려있던 다른 세계들을 하나하나 소환해 내는 시기였다. 인간 존재와 타자성에 대한 이해가 화합의 기본 전제라면 이와 관련된 시적 인식의 스펙트럼 역시 확장되지 않으면 안 된다. 이런 점에서 볼 때 2000년대는 외적 현실만이 아니라 한국문학 사상 존재의 '내면'에 대한 가장 깊고도 넓은 탐구가 이루어진 시기였

다. 사회적 삶의 영역과 더불어 무의식, 본능, 욕망, 성애(sexuality)의 영역은 인간 이해에 있어서 가장 기본적이고도 필수적인 것들이다. 사실 2000년대 이전까지 한국 현대시는 이런 기초적인 영역에 대하여 대체로 무관심했거나 사회 · 정치사의 무게 때문에 미처 궁구할 겨를이 없었다. 그러나 2000년대 이후 한국 현대시는 무의식과 성애의 탐구에 있어서 주목할 만한 성과들을 생산해 냈다.

내 치마가 걸려 있다 저녁놀과 가로등 사이에

빰에 눈물이 마르는 동안 흘러내렸나
비가 내렸고 나는 방화에서 내렸다 비비안 마이어를 읽느라 화곡과 우장산을 지나왔다

저기 내 치마가 걸려 있다 유목민의 천막처럼 초가집 위 무지개보다 복잡하게

마리서사에 들러 읽던 책을 팔았다 골목을 돌아 나오다가 공중화장실로 끌려갔다 큰 트럭에 나를 던져 넣었다 저기 내 치마가 걸려 있다 막사와 막사 사이 산허리에 제8사단 사령부와 고요한 사원 사이에

하루에 몇 번 했냐 임질이냐 너도 즐겼냐 친구가 물었다

내 치마는 장막으로 펼쳐지고 어두운 치마 속으로 벼락 치는 칼날, 총알들이 별처럼 총총 박혔다

…(중략)…

월요일에는 기병대 화요일에는 공병대 하루도 빠짐없이 한순간도 쉬지 않고 군인들이 줄을 섰다 동네 한구석에서 일어난 일이라고 덮자고 했다 촌장이 돈을 받아 왔고 원한을 품지 말라고 했다

…(중략)…

치렁치렁한 밤의 치마 아래 숲에서 내가 잠든 관 속으로 죽은 할머니가 힘찬 숨결을 불어넣는다

아 뜨거, 누가 우리 가랑이를 찢어 걸어놓았나 벌건 노을의 쇠막대기에

—김이듬, 「옷걸이」 부분

이 시는 현재와 과거, 화자와 (일본군 위안부로 짐작되는) 죽은 할머니 사이를 자유롭게 왕래하며 "치렁치렁한 밤의 치마 아래 숲"에서 벌어지는 폭력의 서사를 탐구한다. 성애와 관련된 폭력이 권력/금력과 불가분의 관계에 있음을 이 시는 잘 보여 준다. 이 시의 중요한 성취는 섹스를 개체화되고 파편화된 욕망의 프레임에 가두지 않고 권력관계 속에서 읽어내고 있는 것이다. 내부의 욕망과 사회적 폭력은 항상 환유적으로 겹쳐져 있기 때문이다. 군대가 상징하는 남성 권력 그리고 촌장이 받아온 돈은 섹스를 사회·정치적 기계로 만드는 가장 중요한 인프라이다. 그것들은 섹스를 무차별적 폭력의 기계, "치마 속으로 벼락 치는 칼날, 총알"로 만든다. 이 시는 또한 먼 과거의 서사를 현재의 서사와 겹쳐 놓음으로써 성애의 폭력이 오랜 역사의 산물임을 보여 준다. 성애는 "무지개보다 복잡"해서 "친구"는 화자에게 "하루에 몇 번 했냐 임질이냐 너도 즐겼냐"는 속된 질문을 던진다. "제8사단 사령부와 고요한 사원 사이에" 걸려 있는 치마의 종착지는 "잠든 관 속"이다. 에로스와 타나토스가 정확히 겹쳐지는 공간에서 죽어나가는 것은 여성의 몸이다. "벌건 노을의 쇠막대기"는 폭력으로 발기된 '남근 몽둥이(penis club)'이다. "아 뜨거, 누가 우리 가랑이를 찢어 걸어놓았나"라는 질문에 이르기까지 우리 문학은 오랜 우회로를 돌아왔다.

80년대에 한국문학은 정치의 검은 구름 아래에서 신음했다. 21세기 한국문학은 사회 · 정치 담론 밑에 묻혀 있던 무의식의 지층을 끄집어냄으로써 인간에 대한 이해의 깊이를 더하고 있다. 그리고 이것은 언제가 되었든 우리 문학이 당연히 해내야 할 과업이었다.

나의 진짜는 뒤통순가 봐요
당신은 나의 뒤에서 보다 진실해지죠
당신을 더 많이 알고 싶은 나는
얼굴을 맨바닥에 갈아버리고
뒤로 걸을까 봐요

나의 또 다른 진짜는 항문이에요
그러나 당신은 나의 항문이 도무지 혐오스럽고
당신을 더 많이 알고 싶은 나는
입술을 뜯어버리고
아껴줘요, 하며 뻐끔뻐끔 항문으로 말할까 봐요

부끄러워요 저처럼 부끄러운 동물을
호주머니 속에 서랍 깊숙이
당신도 잔뜩 가지고 있지요

부끄러운 게 싫어서 부끄러울 때마다
당신은 엽서를 썼다 지웠다
손목을 끊었다 붙였다

백 년 전에 죽은 할아버지도 됐다가 고모할머니도 됐다가……

부끄러워요? 악수해요

당신의 손은 당신이 찢어버린 첫 페이지 속에 있어요

—황병승, 「커밍아웃」 전문

황병승 이전에 한국 현대시의 화자는 대부분 단성적(monophonic) 주체이었다. 그것은 존재의 파사드facade만 보여 줄 뿐이었다. 그러나 모든 존재는 정면만 가지고 있지 않다. 가령 피카소의 〈우는 여인〉은 평면 위에 존재의 다면성을 보여 준다. 굳이 프로이트를 끌어들이지 않더라도 모든 존재는 본질적으로 다성적(polyphonic)이며 혼종적(hybrid)이다. 황병승의 화자들은 존재의 '뒤통수'를 자처하며 존재의 파사드 뒤에 감추어져 있는 "부끄러운 동물"을 끄집어낸다. "당신도" "저처럼 부끄러운 동물을/ 호주머니 속에 서랍 깊숙이" "잔뜩 가지고 있"다는 선언은 존재에 대한 온전한 이해가 도달해야 할 착지着地가 어디인지 잘 보여 준다. 자신뿐만 아니라 타자의 깊은 곳에 감추어져 있는 "부끄러운 동물"을 이해하지 못할 때, 인간에 대한 올바른 이해는 불가능하며, 이런 불가능성 위에서 진정한 화합 역시 가능할 리 없다. 황병승의 혼종적 주체("죽은 할아버지도 됐다가 고모할머니도 됐다가")는 과거보다 훨씬 넓어진 21세기 한국문학의 지평을 보여 준다.

큰 누나가 다시 몽둥이를 들고
할아버지의 머리통을 내리쳤다
할아버지가 어머니의 엉덩이 위로
코를 박고 쓰러졌다
작은누나가 달려와 큰누나의 어깨를 물어뜯기
시작했을 때, 쓰러진 아버지가 일어났다

큰누나의 손에서 몽둥이를 빼앗고
누나들의 머리통을 내리쳤다
깨진 머리통의 누나들이 할머니 위로 쓰러졌다
피 흘리던 아버지도 마침내 쓰러졌다

—박상순, 「나는 더럽게 존재한다」 부분

이 시는 겉으로 보기에 말도 안 되는 친족 간의 폭력을 연출하고 있는 것 같지만, 인간의 내면에 있는 죽음 본능을 이렇게 잘 표현하기도 힘들다. 죽음 본능은 사랑 본능(에로스)과 더불어 모든 인간이 보유하고 있는 보편적 충동 중의 하나이다. 앞에서 살펴보았던 사회적 폭력이 가능한 것은 모든 개체들의 내부에서 이와 같은 공격 본능이 늘 출동 대기 중이기 때문이다. 인간 간의 '화합' 그리고 바람직한 공동의 '전진'이 모토가 된다면, 인간의 내면에 있는 보편적 폭력성에 대한 이해는 필수적인 것이다. 내면의 폭력성에 대한 이해 없이 사회적 폭력을 이해할 수도 없으며 설명할 수도 없다. 이런 점에서 누나와 할아버지와 아버지와 어머니들의 이 아비규환은 사실 특별한 것이 아니다. 그것은 우리 안에 "더럽게 존재"하는 것들의 아우성이며, 인간은 사회적 공간만이 아니라 이렇게 내적 공간에서도 자기 안의 '더러운' 욕동慾動과 싸운다.

V. 화합과 전진—공통적인 것의 생산

지금까지 살펴본 것은 화합의 기본적인 전제들이다. '화합'은 과두정치에서 가장 많이 왜곡되어 온 기표들 중의 하나이다. 수많은 과두 정부들이 '화합과 전진'을 반反화합의 상태를 위장하고 갈등과 위계의 폭력을 감추기 위한 슬로건으로 악용해 왔다. 한국 현대시는 가짜 화합을 까발리고 진정한 화합을 위한 다양한 '문학적' 출구를 제시해 왔다. 정치적으로는 가짜 안정을 뒤집어 불일치를 생산함으로써 말하지 못하는 것을 말하게 하고, 듣지 못하고 보지 못하는 것을 듣고 보게 했다. 한국 현대시는 국가에 의해 독점된 담론의 장에 타자성을 적극 끌어들임으로써 다성성多聲性의 메아리를 울려 퍼지게 했다. 90년대를 거쳐 21세기에 들어서 시인들은 정치의 무게 때문에 탐구하지 못한, 그러나 인간 이해에 있어서 매우 중요한 세계로 시선을 돌렸다. 2000년대 이후 한국 현대시들은 무의식과 성애, 본능, 욕망에 대한 집중적인 탐구를 보여 주었고, 이 작업을 통해 자신과 타자들의 복잡한 내면에 대한 이해의 지평을 넓혔다. 이런 과정들은 공동체 안의 개체들이 진정한 의미의 '화합'을 이루어내고, 더 나은 미래로 '전진'하는 데 있어서 필수적인 것들이다.

화합은 공통적인 것(the common)의 존재를 전제로 한다. 공통의 사건, 공통의 경험, 공통의 이해관계, 그것들의 연속체가 궁극적으로 생산하는 공통의 운명 없이 화합을 이야기할 수 없다. 시는 특수성에서 출발하되 공통적인 것에 도달함으로써 공론의 장에 끼어든다. 공통적인 것의 궁극적인 목적은 개체들의 삶의 수준을 높이는 데에 있다. 왜냐하면 개체들의 삶은 늘 공통적인 것과 겹쳐져 있고, 공통적인 것이 망가질 때, 개체의 안정된 삶 역시 보장이 되지 않기 때문이다. 그러므로 모든 개체들은 한쪽 발은 개별자로서의 삶에, 다른 한쪽 발은 공통적인 것에 걸어놓은 '중층적'인 존재들이다. 화합은 개체들이 관계 속으로 들어갈 때 일어나는 화학반응이므로, 공통적인 것의 '운용' 방식과 깊은 연관을 갖는다. '화합'의 사전적 정의는 '화목하게 어울림'이다. 개체들이 타자들과 화목하게 어울리려면 공통적인 것과의 관계 속에 있어야 하며, 개체들의 '지복至福'을 보장할 수 있도록 공통적인 것의 목표를 끊임없이 '상향 조정'해야 한다. 이런 점에서 "공통적인 것을 창출하는 것은, 측정 불가능한 '장차 올 것'이다"라는 네그리(A. Negri)의 주장은 옳다. 공통적인 것은 "어떤 미리 생각된 개념으로 환원될 수 없다"는 네그리의 생각은 시가 궁극적으로 유토피아니스트의 언어라는 사실과도 일치한다. 앞에서도 말했다시피, 시는 성취된 현실에 안주하지 않는다. 그것은 '도래할 민주주의', '장차 올 것'을 향해 끝없이 탈주한다. 이 탈주선(line of flight)에서 시인들은 약한 것, 부족한 것, 뒤진 것, 슬픈 것, 절망하는 것들과 연대한다. 만일 우리가 '화합'이라는 개념을 설정한다면, 시인들이야말로 가장 밑바닥에 있는 것들을 등위等位의 자리로 끌어올림으로써 '화목하게 어울림'의 방식을 궁구하는 자들이다.

물 먹는 소 목덜미에
할머니 손이 얹혀졌다.
이 하루도
함께 지났다고,
서로 발잔등이 부었다고,
서로 적막하다고,

—김종삼, 「묵화墨畵」 전문

외롭고 고단한 것들끼리의 아름다운 연대를 "묵화"처럼 그려내고 있는 이 시는 문학이 꿈꾸는 화합의 한 지평을 잔잔히 보여 준다. 시의 언어는 '공통적인 것' 안에서 위계를 없애고, 그 자리를 타자에 대한 환대로 채운다. "물 먹는 소 목덜미에" 손을 얹는 할머니처럼, 시는 세상의 아픈 자리에 손을 얹는다. 세상의 아픈 것들이 서로를 위로할 때 '화합'이 생산된다.

'전진'은 공통적인 것을 풍요롭게 가꾸는 과정에서 시작된다. 전진은 공통적인 것의 영원히 '완성되지 않는 과정'을 의미한다. 도래할 미래는 성취되는 순간 다른 미래를 꿈꾸므로 늘 전진의 '과정'에 있다. 화합이 완성이 아니라 과정인 것은 시가 꿈꾸는 화합이 근본적으로 유토피아의 상태를 지향하기 때문이다. 세상의 모든 것이 한정된 영토를 꿈꿀 때, 시는 성취의 자리를 다시 탈영토화한다. 시는 이런 점에서 늘 '문제'를 일으킨다. 왜냐하면 시는 모든 형태의 완성을 혐오하기 때문이다. 시는 완성, 완벽, 충분의 이름들을 의심한다. 완전을 주장하는 것이야말로 더 큰 가능성을 부정하는 것이기 때문이다. 시는 모든 성취를 거부하며 완성될 수 없는 목표를 향하여 전진한다. 시는 부정의 언어이다.

15.
재현에서 생산으로
—문학 언어의 진화에 대하여

I.

사물과 상상력에 대한 사유는 긴 역사를 가지고 있다. 금욕주의자이자 이성주의자인 플라톤은 상상력이 사물의 먼 배후에 있는 이데아를 결코 포착할 수 없다고 보았다. 그는 예술적 상상력을 이데아와 관련 없는 '헛것(그림자)'들의 '베낌'으로 간주하였으며, 그리하여 시인들을 헛것의 몽상에 빠진, "제정신이 아니어서 분별력이란 찾아볼 수 없는" 인간들로 치부하였다. (정치적, 외교적 배려에 의해?) 호메로스 같은 시인들을 예외로 두었음에도 불구하고 그에게 있어서 문학은 대체로 철학의 못난 서자庶子에 불과했다. 그러나 그의 제자인 아리스토텔레스는 이데아와 사물의 거리를 최대한 좁히고, 이데아가 사물 안에 이미 내재하는 것이라고 주장하였다. 그에게 있어서 상상력이란 결국 사물을 '모방'하는 행위인데, 사물 안에 이데아가 이미 들어와 있으므로 그는 사물의 모방을 곧바로 진리(이데아)의 모방 혹은 재현으로 간주하였다. 이렇게 아리스토텔레스의 '미메시스mimesis' 개념은 예술의 '재현(representation) 이론', 특히 리얼리즘론의 먼 모체가 되었다.

미메시스 이론을 기계적으로 적용할 경우, 훌륭한 예술의 기준은 현실의 정확한 재현, 즉 '핍진성(verisimilitude)'이 된다. '천의무봉天衣無縫'이란 말은 예술이 자신의 인위성을 최대한 감추고 재현의 대상, 즉 '자연' 자체가 된 상태, 핍진성이 완전하게 구현된 상태를 일컫는다. 완벽한 예술에 대한 이와 같은 정의는 예술의 '인위성'을 '자연'보다 아래에 두며, 이런 기준에 따르면 예술은 자연과 대비하여 항상 열등한 지위를 갖게 된다. 그것은 자연의 상태를 지향하지만, 최상의 상태에서도 늘 자연의 '짝퉁'에 불과한 존재인 것이다. 예술은 자연이 되기 위하여 자신의 본질인 인위성을 수치스럽게 여기며 그것을 계속해서 감추고 (가능하다면) 지워나가야 하는 존재인 것이다. 기계적 미메시스론은 예술의 이와 같은 '자기 부정'을 예술의 '본질'로 설정한다는 점에서 문제적이다.

인위적 기법 혹은 장치를 예술의 본질로 간주하고 그것을 감출 것이 아니라 적극적으로 '드러내야(laying bare)' 한다고 주장한 이론가들은 바로 러시아 형식주의자들이다. 이런 점에서 러시아 형식주의자들은 기계적 미메시스론의 열등감에서 벗어나 예술을 자연으로부터 분리시킨 예외적 이론가들이다. 그들에게 있어서 자연은 그 자체 예술일 수 없다. 예술은 자연의 모방이 아니라 변형이거나 왜곡, 교란 혹은 재구성, 재생산이다. 쉬클로프스키(V. Shklovsky)는 예술을 "대상에 부여된 기교성(artfulness)을 경험하는 한 방식"이며 "대상 자체는 중요하지 않다"고 하였다. 그들에게 있어서 예술은 자연을 잘 '전달'해 주는 효과적인 매개가 아니라, 그 자체 독립적인 '세계'이다. 예술에게 있어서 자연은 '원료'에 불과하며, 예술은 자신만이 가지고 있는 고유한 장비들을 동원하여 자연을 가공하고 변형시킨다는 의미에서 '생산'인 것이다. 예술은 생산 행위를 통하여 자연과 거리를 취한다. 생산물로서의 예술은 스스로 자연과 구별되는 생산물이 됨으로써 자연과는 다른 지위와 공간에서 자연에 '대하여' 말한다. 그리하여 예술의 언어는 '짝퉁'의 발언이 아니라, 다른 '세계'의 발언인 것이다. 예술 언어의 이와 같은 독립성이 자연과 예술의 관계를 더욱 풍요롭고도 유의미한 것으로 만든다. 짝퉁은 아무리 잘나 봐야 결국 '꼬봉'에 지나지 않기 때문이다. 예술은 자연과

(꼬봉이나 짝퉁이 아닌) '대화적' 관계를 지향한다. 그러려면 스스로 자연과는 '다른 어떤 것'이 되지 않으면 안 된다. 평등한 관계가 없이 진정한 대화도 없기 때문이다.

Ⅱ.

상상력은 일종의 노동력, 즉 '생산 능력'이다. 상상력은 사물을 있는 그대로 옮기는 것이 아니라 그것을 가공하여 새로운 세계를 만들어내는 능력이다. 상상력은 사물을 복제하는 능력이 아니다. 상상력은 언어의 세포들을 이용해 사물의 클론clon들을 생산하는 것을 목적으로 삼지 않는다. 클론들은 완벽한 핍진성에도 불구하고 원본의 노예들에 불과하기 때문이다. 올해(2017) 노벨문학상 수상자인 가즈오 이시구로의 『네버 렛 미 고 *Never Let Me Go*』를 보라. 클론은 사랑, 순수, 헌신, 질투, 절망 등 원본들이 가지고 있는 그 모든 자질의 소유자임에도 불구하고, 원본의 생명을 연장하는 것 이상의 기능을 갖지 못한다. 이 영원한 '제2의 존재성'이 모든 클론들의 비애인 것이다. 상상력은 복제물이 되기를 거부하고 스스로 다른 종류의 원본이 되기를 갈망하는 언어의 독특한 층위이고 힘이다.

이런 의미에서 문예사조의 역사는 세계관의 변천의 역사이면서 동시에 자연을 가공하는 기술, 생산기술의 발전의 역사이다. 신고전주의, 낭만주의, 리얼리즘, 상징주의, 모더니즘, 포스트모더니즘으로 넘어올수록 문학이 재현의 대상보다 언어 자체의 '물질성(materiality)'에 더 매달려 온 역사가 이것을 보여 준다. 자연을 '탐닉'했던 대표적 낭만주의자였던 워즈워스(W. Wordsworth)조차 "상상력의 색채를 가미하는 것"을 "일상적인 사물을 비일상적인(unusual) 방식으로 표현하는 것"이라고 주장했다. 상상력은 일상성을 복제하는 것이 아니라, 그것을 '비일상적'으로 표현해 전혀 다른 세계를 만들어내는 능력이다.

이런 점에서 시적 언어는 '정보'의 언어가 아니라 새로운 '감성(the sensible)'을 생산해 내는 언어이다. 시적 언어는 세계를 효과적으로 전달하는 언어가 아니라 (랑시에르J. Ranciére의 표현을 빌리면) 세계를 대하는 "감성의 (새로운) 분할"을 만들어내는 언어이다. 예술 언어를 통하여 독자들은 세계에 대한 새로운 지식이나 정보를 얻는 것이 아니라, 세계를 대하는 새로운 '지각(perception)'의 방식을 배운다. 예술 언어에 동원되는 모든 수사들은 바로 이런 지각을 만들어내는 도구들이다. 은유에 의하여, 한 사물은 다른 사물의 이름을 부여받음으로써 한 존재에서 다른 존재로 변용, 확산된다. 환유에 의해 한 사물의 부분은 전체로 과장되며, 과장되고 부풀린 감성의 터널을 통해 사물은 새로운 지각의 지평에서 다시 태어난다.

이런 점에서 메시지의 '전달'에 집착할 때 문학은 멀리 달아난다. 메시지의 노예가 될 때, 문학은 그 모든 기다림을 묵살하는 고도Godot처럼 영원히 오지 않을 것이다. 메시지 자체는 문학도, 예술도 아니기 때문이다. 엥겔스(F. Engels)가 영국 소설가 하크니스(M. Harkness)에게 보낸 편지(1888)에서 그의 소설 『도시 처녀 *A City Girl*』를 칭찬한 이유는 그것이 사회주의적 메시지의 전달에 집착하지 않고 리얼리즘 '소설'의 문법, 즉 "전형적인 환경 아래 전형적인 인물들의 진실한 재생산" 기술에 성공했기 때문이다. 엥겔스는 소설은 소설이며 따라서 소설 언어로 말해야 한다는 것을 누구보다도 잘 알고 있었던 것이다. 엥겔스가 볼 때 하크니스의 작품은 소설 언어의 고유한 문법을 잘 실현하고 있으며, 이렇게 예술 언어의 문법에 충실한 소설이 오히려 "단도직입적인 사회주의 소설(point-blank socialist novel)"보다 (정치적으로도) 훨씬 더 효과적이다. "단도직입적인 사회주의 소설"이란 원료인 메시지를 문학적으로 가공하지 않은 소설, 혹은 가공이 덜된 소설, 나아가 메시지의 복제에 불과한 소설을 의미한다. 그것은 훌륭한 (사회적) 메시지일 수는 있으나 적어도 문학은 아니다. 정치적 참여가 문제가 될 때에도 "문학은 오로지 문학임(이 됨)으로 정치를 한다(literature does politics simply by being literature)"는 랑시에르의 명제는 가공, 혹은 생산으로서의 문학에 대한 설명으로도 경청할 만하다.

Ⅲ.

사진은 예술 중에서도 (사물의) '복제'에 가장 가까운 장르이다. 사진보다 사물을 더 '있는 그대로(?)' 옮겨 놓는 예술은 없다. 그럼에도 불구하고 사진에도 '표현'과 생산의 영역이 있다는 사실을 잊지 말아야 한다. 사진이 만일 말 그대로 복제 기술에 불과하다면 그것은 예술이 아닐 것이다. 롤랑 바르트R. Barthes는 『밝은 방 *La Chambre Clair*』(『카메라 루시다 *Camera Lucida*』로도 알려져 있다)에서 "스투디움studium"과 "푼크툼punctum"의 영역을 구분한다. 스투디움은 대상에 대한 "평균적인 정서"를 전달하는 것이다. 스투디움을 통해서 우리는 그 사진이 지시하고 있으며 정신을 집중하고 있는 객관적이고도 합리적인 '정보'들을 만난다. 바르트에 의하면 그것은 "나는 좋아한다/나는 좋아하지 않는다 정도의 나른한 욕망, 다양한 관심, 일관성 없는 취미의 매우 방대한 영역"이다. 이런 점에서 그것은 "반쯤의 욕망, 반쯤의 의지를 동원"하는 "막연하고 잔잔하며 무책임한 관심"이다. 그것은 특별한 열정이나 애정이 없이 구경꾼에게 사물의 객관적, 일반적 정보를 제공하는 영역이다. 그러나 사진에는 이와 같은 스투디움을 방해하고 교란시키는 영역이 있다. 그것이 바로 푼크툼이다. 푼크툼의 라틴어 어원은 "상처, 찔린 자국, 흔적"이다. 푼크툼은 "찔린 자국이고, 작은 구멍이며, 조그만 얼룩이고, 작게 베인 상처"로서 "사진 안에서 나를 찌르는 그 우연"이다. 스투디움이 대상의 일반성을 전달하는 언어라면, 푼크툼은 일반성 너머와 배후에서 그것을 교란시키는 상처의 언어이고 사랑의 언어이다. 그것은 상투성과 복제의 문법에 구멍을 뚫어 사진의 평면성을 깨뜨린다. 푼크툼의 개입에 의해 사진은 복제의 혐의에서 벗어나 '생산'이 된다. 그것은 비로소 입체화되면서 원료에는 없던 감성들을 새로이 분배한다. (바르트가 볼 때) 푼크툼이 "어떤 확장의 힘"을 가지고 있으며, 그런 점에서 "환유적"인 이유가 바로 여기에 있다. 푼크툼은 코드화되고 정형화된 스투디움을 불규칙하게 가로지르며 탈코드화된 언어를 생산한다. 구경꾼들이 사진 '예술'에서 읽어 내는 것은 바로 이 부분이다. 사진이 예술로서 독자의 감성을 건드리고 찌르는 것, 그리하여 기억과 무의식 속의 상처와 흔적을 호출해 내는 것은 바로 푼크툼을 통해서인 것이다. 푼크툼은 원본인 사물에는 존재하지 않거나 존재하더라도 구경꾼의 시야에 들어오지 않았던 어떤 것이다. 사진은 푼크툼을 생산함으로써 복제물의 오명에서 벗어나 예술의 영역으로 진입한다.

예술의 단계에 진입하지 못한 언어는 표현보다 메시지와 그것의 전달에 집착하는 언어이다. 상상력이 다른 세계의 '생산'이라는 것을 이해하지 못할 때 문학은 철학과 사상의 시녀가 된다. 메시지가 풍선처럼 커질 때, 문학은 기껏해야 좋은 사상이 될 뿐이다. 예술은 원료인 메시지를 훌쩍 뛰어넘어 자신만의 문법으로 원료를 가공한다. 원료의 문법과 가공의 문법은 다르다. 이런 점에서 예술은 그 자체 이미 '표현'의 영역인 것이다. "말할 수 없는 것에 대해서는 침묵해야 한다"는 비트겐슈타인(L. Wittgenstein)의 명제는 문학에도 고스란히 적용된다. (문학으로) 표현할 수 없다면 적어도 문학은 아닌 것이다. 만일 내용에 문제가 있다면, 그것은 표현의 옷을 입기 이전이므로 문학 이전의 문제이다. 표현되지 않은 내용을 문학이라 부르지 않기 때문이다. 원료에 문제가 있다면, 가공 이전에 수정이나 교체가 이루어져야 할 것이다. 그런 의미에서 작가는 표현의 영역으로 진입하기 전에, 즉 사상이 문학으로 전화轉化되기 전에, 먼저 자신의 사상(내용)에 대해 검증해야 한다. 생산 과정으로 진입한 이후에 남는 것은 오로지 표현의 문제밖에 없기 때문이다. 그러므로 사상과 철학은 문학이 아니라 글쓰기 이전의 작가들의 삶을 구성한다.

표현은 사상의 수단으로 그치지 않는다. 그것은 원료인 사상 내용을 가공하고 변용한다. (엥겔스의 지적대로) 귀족이기를 앙망했으며 왕당파였던 발자크가 몰락하는 (자기) 계급에 대한 연민을 뛰어넘어 근대 시민 사회의 출현이라는 역사의 필연성을 누구보다도 탁월하게 형상화했던 것은 (일정 부분) 리얼리즘이라는 '형식', 생산기술의 승리였다. 문학은 사상의 복제가 아니라 변형이므로, 작가에게 주어지는 최종적인 혐의는 문학의 형태로 완성된 가공물로 제한된다.

Ⅳ.

상상력은 사물을 연결하고 배열시키는 힘이자 원리이다. 문학적 상상력이 사물을 배열하는 원리는 반反규범이다. 그것은 낡은 소통의 채널에 구멍을 뚫고 소통을 지연시킴으로써 자신의 물질성을 전경화(foregrounding)시킨다. 문학은 뻔하고 진부한, 열정도 자극도 없는 스투디움을 교란시키는 푼크툼의 언어이다. 상상력은 평준화를 거부하고 사물들을 비非일상적으로 배열함으로써 침묵하는 사물들의 입을 연다. 동어반복은 침묵과 다름없거나 더 큰 침묵이기 때문이다. 상상력은 사물들을 찌르고 자극함으로써 관습의 잠에서 깨운다. 문학은 사물들의 "죽은 땅에서 라일락을 키워 내고/ 추억과 욕정을 뒤섞으며/ 잠든 뿌리를 봄비로 깨운다."(엘리엇T. S. Eliot, 『황무지 *The Waste Land*』) 진부한 연결은 사물들을 영원한 잠 속에 가둔다. 사물들은 오로지 '예상 밖'의 연결 속에서만 깨어난다. 상상력에 의해 사물들이 깨어날 때, 문학 고유의 목소리가 생산된다. 문학은 그 자체 사상도 윤리도 아니며 일상 언어도 아니다. 문학은 오로지 문학이다.

수많은 이론가들이 문학을 '재현'의 개념으로 설명해 왔다. 재현은 미메시스의 다른 이름이고, 원전을 전제로 한다. 원전은 항상 하나의 '중심'이며 원전이 아닌 나머지는 모두 '주변'으로 밀려난 복제물에 불과하다. 재현론을 거부하는 것은 문학이 복제물임을 거부하는 것이다. 문학은 복제물(replica)이 아니라 새로운 세계를 생산하며 동시에 세계의 일부가 된다. 문학은 원료인 세계에 말을 걺으로서 시작되지만, 그것의 결과는 복제가 아니라 생산이다. 문학은 별도의 세계를 건설함으로써 이전의 세계와 대립하며 세계와 새로운 관계를 생성한다. 문학의 본질은 원전과 카피copy의 위계를 무너뜨리는 것이다. '언어가 현실을 생산한다'는 명제는 고스란히 문학의 생산과정에 적용된다.

문학이 그 자체 자연이 아님을 자각할 때 사물들을 자유자재로 배열할 수 있는 길이 열린다. 상상력은 자연의 법칙이 아니라 문학 고유의 미적 규칙을 따른다. 현실 세계에서 불가능한 모든 배열이 문학의 영역에서 가능하다. 엘리엇의 그 유명한 객관 상관물(objective correlative) 이론도 상상력이 개념이나 정서를 형상화하는 방식을 잘 설명해 준다. 엘리엇에 의하면 개념이나 정서는 그 자체 문학이 아니므로, 문학은 그것에 상응하는 사물들을 호출하지 않으면 안 된다. 사물들은 시 안으로 들어와 자연을 넘어서는 배열의 원리에 따라 독특한 방식으로 자리를 잡는다. "뜨거운 얼음" "죽음이여 너도 죽으리라" "푸르도록 늙었으니"와 같은 난센스의 구문들은 시의 나라에서나 가능한 빛나는 표현들이다. 문학은 다른 세계를 생산함으로써 원전인 세계와 겨룬다. 문학은 다른 문법을 제시함으로써 원전인 세계에 도전한다. 찬 것의 뜨거움과 죽음이라는 소멸의 소멸, 늙을수록 푸르러지는 생명도 있다는 사실을 통보함으로써, 문학은 관습의 세계에 구멍을 낸다. 문학은 그 자체 세계이면서 더 큰 세계의 일부를 이룬다. 규범에 대한 도전과 상투성에 대한 야유를 통해 문학은 자신이 속해 있는 세계를 의미론적으로 더욱 풍성하게 만든다. 문학을 재현이 아닌 생산으로 이해할 때, 문학은 세계의 문법에 짓눌리지 않고 세계와 대면할 수 있다. 스스로 세계의 발밑에 무릎을 꿇을 때, 문학은 플라톤적 의미의 '헛것'에서 벗어나지 못할 것이다.

제2부

거기, 시인들이 있었네

1.
말할 수 없는 것을 말하기
—강은교론

문학은 그 어떤 사유도 다다를 수 없는
해안으로 우리를 내던진다.

—에마뉘엘 레비나스

Ⅰ.

나는 지금 서해 선재도의 작은 펜션에서 지는 노을을 보고 있다. 노을은 붉은 종말 같지만, 검게 사라진 바다 위에 달이 떠오르고, 그리하여 사라진 바다가 다시 나타날 때, 나는 한 문장이 다른 문장으로 이어지는 것을 본다. "태양은 다시 떠오른다"(헤밍웨이). 시는 형이상학의 벽에 구멍을 내고, 말할 수 없는 것이 말할 수 없는 것임을 말하는 게임이다. 말할 수 없는 것을 말하는 것의 외로움, 허무, 고통, 구름 같은 것. 시는 다가오지 않는 해안을 향해 계속 다가가는 것이다. 우리가 발을 담글 때, 세계는 우리들의 발밑에서 문득 썰물처럼 빠져나간다. 한 문장을 더할 때, 한 문장이 빠져나가거나 혹은 두세 문장이 빠져나간다. 문장과 문장 사이의 틈들이 메워지지 않을 것을 뻔히 알면서 기화氣化된 문장에 문장을 더하는 것. 그리하여 "허공에 투신하는 외로운 연기들"(「자전 Ⅲ」)을 바라보는 것. 거기에서 강은교의 소위 '허무'가 시작된다.

내 뼈 네 뼈가 불려가는 소리

바다로 가는 소금들의
빠른 발자국도 보인다.

—「황혼곡조 4번」 부분

몇 집이 공터에서 헤어져
바깥바다로 끌려가고
마지막으로
우리는 허공에 도착한다.

—「여행차旅行次」 부분

마지막 수레도 보내고 나면
긴 뜰에는 빈집이 혼자
바람을 기다리고
나의 죽음을 기다리고

—「십일월」 부분

바람의 문장은 늘 "허공"과 "빈집"과 "죽음"을 반추한다. 만 26세의 강은교는 첫 시집에 당돌하게도 『허무집』(1971)이라는 타이틀을 붙이면서 허무가 노인들이나 선승들의 전유물이 아님을 밝혔다. 그에게 허무는 마치 현상학적 에포케epoche 같아서 현실의 구상성具象性을 괄호에 묶어 지울 때 나타난다. 그것은 말하자면 판단중지 상태의 발가벗은 자아가 규정성 너머에 있는 세계를 만날 때 나타나는 것이다. 세계는 너무 커서 잡을 수 없고, 너무 넓어서 가질 수 없으며, 너무 깊어서 가 닿을 수 없다. 말하자면 세계는 이해불가능하며, 난센스이고, 그런 의미에서 부재하는 세계인데, 강은교는 젊은 나이에 이것의 텅 빔, 채울 수 없음, 없음의 없음이라는 허무에 일찌감치 덴 것이다. 그렇지 않고서야 어떻게 자신의 시집을 "허무집", 즉 허무들을 묶어놓은 것이라고 말할 수 있겠는가.

중요한 것은 이미 첫 시집에서 '허무'에 붙들린 그가 허무의 '형이상학'을 건설하지 않았다는 데에 있다. 다시 말해 그는 세계를 허무라는 거푸집 안에 가둬두지 않았다. 그리하여 강은교의 시의 출발이 '허무'라고 말하는 것은 옳지 않다. 많은 평자들이 그의 허무 정신이 첫 시집에서 시작해『풀잎』(시선집, 1974),『빈자일기』(1977)를 관통하고 있으며,『소리집』(1982)에 이르러 그의 시선이 바깥의 현실, 광장의 현실로 옮겨지기 시작한다고 말하는데, 이는 잘못된 것이다. 그는 첫 시집에서 이미 '허무'라는 관념에 구멍을 내고 있다. 다시 말해, 그는 실존적 허무를 말하면서 허무의 개념이 화석화되기 전에 이미 그것으로부터 탈주하고 있다는 것이다. 그리고 이 탈주는 한 중심에서 다른 중심으로의 이동이 아니다. 그는 허무의 바다에 있을 때에도 이미 광장의 현실에 가있고, 광장에 나가 있을 때도 허무의 세계를 잊지 않는다.『허무집』에서 허무만 읽어낸다면 이 시집의 제목에 '낚인' 것이고, 그 이후 강은교가 지금까지 계속하고 있는 온갖 '실험'의 동력을 설명할 수 없다. 그는 세계가 근본적으로 배리(背理, paralogia)로 이루어져 있으며, 그 어떤 형태의 전유專有나 규정도 불가능함을 잘 알고 있다. 그러므로 허무의 언어로 가득 찬『허무집』에서「우리가 물이 되어」「풀잎」「순례자의 잠」과 같은 광장 지향의 시들을 발견하는 것은 놀랄 일이 아니다.

> 우리가 물이 되어 만난다면
> 가문 어느 집에선들 좋아하지 않으랴.
> 우리가 키 큰 나무와 함께 서서
> 우르르 우르르 비 오는 소리로 흐른다면.
>
> —「우리가 물이 되어」 부분

> 늦도록 잠이 안 와
> 살[肉] 밖으로 나가 앉는 날이면
> 어쩌면 그렇게도 어김없이
> 울며 떠나는 당신들이 보여요.
> 누런 베수건 거머쥐고

닦아도 닦아도 지지 않는 피[血]들 닦으며

—「풀잎」 부분

비폭력자 마틴 루터 킹 목사가 죽은 아침
싸움이 끝난 사람들의 어깨 위로
하루낮만 내리는 비
낙과落果처럼 지구는 숲 너머 출렁이고

—「순례자의 잠」 부분

교과서에까지 실려 이제는 많은 독자들의 애송시가 된 「우리가 물이 되어」는 허무의 바다에 고립된 개체가 아니라 함께 "우르르 우르르" 가는, 생명으로 가득 찬 건강한 집단성에 대한 갈망을 보여 준다. 「풀잎」에서는 현실 밖으로 나간 상태("살[肉] 밖으로 나가 앉는 날")에서조차 "울며 떠나는 당신들" "베수건" "피"가 상징하는 바 고통의 역사를 겪어온 사람'들'을 기억하는 화자의 모습을 보여 준다. 「순례자의 잠」 에서는 이제는 죽고 없는 미국의 시민운동가를 떠올리며 "싸움"에 뛰어들었던 사람들을 호출해 낸다. 누가 『허무집』에서 '허무'만을 읽어내는가.

Ⅱ.

바흐친(M. Bakhtin)의 표현을 빌리면, 강은교는 세계가 무엇보다 '이어성(異語性, heteroglossia)'으로 구성되어 있다는 사실을 잘 알고 있다. 말하자면 그는 세계가 동질성의 구성물이 아니라 수많은 다른 것들, 충돌하고 부딪히는 서로 다른 얼굴들의 만남이며, 그리하여 그 어떤 원리나 약호(code)로도 정형화할 수 없다는 사실을 잘 알고 있는 것이다. 그가 바라보는 세계는 규정할 수 없으므로 '말할 수 없는' 대상, 즉 언어로 재현할 수 없는, 언어 너머에 있는 세계, 즉 '실재계(the Real)'이다. 라캉(J. Lacan)에 의하면 우리는 궁극적인 의미에서 실재계에 가 닿을 수 없으며, 불가피하게도 언어를 경유하여 단지 '점근선(漸近線, asymptote)'적으로만 가까이 갈 수 있을 뿐이다. 그의 허무는 해명 불가능한 세계의 모순성에서 비롯되며, 그의 시들은 그것에 다다르려는, 그러면서 그 아래에서 계속 미끄러지는, 시니피앙들의 다양한 몸부림들이다. 그는 죽음을 노래하면서도 생명을 예찬하고, 허무를 말하면서도 사회 · 역사적 시선을 잃지 않는다. 말하자면 세계는 반대 항목들의 집합이고, 반대 항목이 없이 존재할 수 없다는 사실을 그는 누구보다도 잘 알고 있는 것이다. "떠남이 떠남으로서의 의미를 지니는 것은 우리가 지상에 묶여 있기 때문이라는 것이었다. 그 묶여 있음의 이유는 바로 생명의 이유였다. 살아있는 모든 것은 살아있음으로 허무와 해방에 기여하고 있었다"(산문집, 『허무수첩』, 113쪽)는 그의 말은 이와 같은 세계관을 잘 요약하고 있다. "살아있음"이 "허무와 해방에 기여하고" "떠남"이 "묶여 있음"을 만든다는 논리야말로 그의 시를 여는 열쇠이다. 그의 시는 모던하면서 리얼하고, 리얼하면서 모던하다. 그의 시가 그 어떤 모더니즘의 계보와도 다르고, 그 어떤 민중문학의 전통과도 다른 점이 바로 이것이다.

> 어디서든 부딪쳐 깨어짐의 희망을,
> 세상 한쪽은 늘 피로 물드는
> 희망의 끝 간 데를,
> 거기서 일어나는 한 사람
>
> —「황혼곡조 3번」 부분

"깨어짐"과 일어남, "피"와 "희망"이라는 이항대립물들의 중층결합(重層結合, overdetermination)이야말로 강은교 시 세계의 요체이다. 그의 시들은 세계를 구성하는 수많은 이항대립물들 사이에 존재하는 끝없이 다양한 틈새들과 층위들을 향해 있다. 이 틈새들은 어떤 중심에 의해서도 지배받지 않으며, 스스로 중심이 되지도 않는다. 그의 언어는 부재하는 중심 때문에 절망하면서 동시에 중심의 형이상학을 끊임없이 해체하는 모순의 언어이다. "不在에 不在를 칠하고 있는 너/ 그림자에 그림자 칠을 하고 있는 너"(「부재」)라는 표현은 이어성 때문에 포획되지 않는 세계와 그것을 재현할 방법이 없는 주체 사이의 모순적 만남을 잘 보여 준다. 이 시는 표면적으로는 크로아티아 화가 이반 라코비치의 그림을 설명하고 있는 것처럼 보이지만, 세계를 재현하는 시인 자신의 모습을 보여 주고 있기도 하다. 이 시는 "환상에 환상을 칠하고 있는 너!"로 끝나는데, 가시적인 세계는 오직 "환상"일 뿐, 그리고 우리의 언어 역시 "환상"이어서, 실재계를 만날 수 없음을 잘 보여 준다. 그의 시들은 이렇게 보이지 않는 것을 보고, 말할 수 없는 것을 말하려고 하는 시도들이고, 역설적이게도 그것의 불가능성이야말로 그의 시의 동력이 된다. 그는 재현을 방해하는 언어를 가지고 재현되지 않는 것을 끝까지 재현하고자 하는데, 이것이 그의 시가 지치지 않는 실험을 수행하도록 만든다. 그는 이질적인 것들의 틈새를 뚫고 들어가 그것들을 연결시키고자 하지만, 그것들을 절대로 약호화 혹은 영토화하지 않는다. 이어성의 세계는 그의 시 안에서 여전히 이어적이다. 그리하여 그의 시들은 많은 틈새들을 독자에게 열어놓는다. 때로 그의 시가 난해하다고 느껴지는 것은 바로 이 때문이다. 그의 시를 읽으면서 독자들은 틈새와 틈새를 연결하는 '해석의 자유'를 만끽한다. 그의 시들은 추상적이면서 구상적이고, 구상적이면서 추상적이다. 추상성이 전경화(前京化, foregrounding)될 때 그의 시는 더욱 많은 틈새들을 갖게 되고, 구상성이 강화될 때조차 그의 시는 단일한 의미로 환원되지 않는다.

Ⅲ.

그럼에도 불구하고 그의 시의 저변을 관통하는 일관된 서사가 있는데,

그것은 바로 바리데기의 신화이다. 바리데기 이야기는 첫 시집에서 「바리데기의 여행노래」라는 제목으로 등장하며 최근 시집인 『바리연가집』(2014)에 이르기까지 줄기차게 이어져 오고 있는, 말하자면 그의 시의 뿌리이다. 「바리데기의 여행노래」에 달려 있는 각주에 그가 직접 소개한 바리데기는 다음과 같다. "〈바리데기〉는 망인亡人의 낙지왕생樂地往生을 기원하는 무가로서, 산중에 버림받은 오구대왕의 일곱째 딸 바리데기가 죽은 부모를 살려내기 위해 저승에서 약수藥水를 구해 오는 줄거리로 되어있다(지방에 따라 아홉째 딸이 되기도 하며, 그 명칭도 바리공주 등…… 각각 다름)". 바리데기는 자신을 구박하고 버린 부모를 살리기 위해 저승길도 마다 않는 고행을 자처한다. 바리데기는 이승과 저승, 즉 삶과 죽음의 세계를 오가며 자신을 버린 타자를 위해 온갖 고행을 감수한다. 바리데기는 "가장 일찍 버려진 자이며 가장 깊이 잊혀진 자의 노래"(「너를 찾아」)이다. 바리데기가 저승을 오가는 것처럼 강은교는 허무, 죽음, 구름의 세계를 오간다. 바리데기가 죽음의 세계를 넘나드는 이유가 '사랑'인 것처럼, 강은교가 허무의 세계를 견디는 이유 역시 '사랑'이다. "그 사랑 언뜻언뜻/ 구름바랑에 지고"(「사랑과 영원」)라는 표현은 허무의 구름 속을 떠도는 사랑의 주체를 잘 보여 준다.

> 가끔 그런 곳을 생각한다
> 바리가 아비어미의 입술에 등꽃빛 숨살이 가지를 얹고, 바리가 아비어미의 입술에 등꽃빛 살살이 가지를 얹고, 바리가 아비어미의 가슴에 방울방울 약수를 춤추게 하는 등꽃빛 상여 위, 둥근 지붕이 거기 있는
>
> —「둥근 지붕」 부분

짧은 인용에도 불구하고 이 시에는 강은교의 시 세계가 오롯이 함축되어 있다. "상여"가 상징하는 죽음(허무)의 세계와 그것에 얹혀 있는 "등꽃빛 숨살이 가지", 그리고 춤추는 "방울방울 약수"가 상징하는 생명성의 화려한 중층重層은 얼마나 눈부신가. 그에게 있어서 바리데기는 먼 무속의 세계가

아니다. 그는 바리데기를 거리로 끌어내린다. 『바리연가집』은 저승에서 세상으로 내려온 바리데기(바리)의 행보이다. 저잣거리로 내려온 바리데기는 "혜화동" "백무동" "아벨서점" "은포역" "지하철"을 거닐면서 한편으로는 허무(죽음)를 기억하고 다른 한편으로는 생을 꿈꾼다.

> 아마도 너는 거기서
> 희푸른 나무 간판에 生이라는 글자가 발돋음하고 서서 저녁 별빛을
> 만지는 것을 볼 것이다
>
> —「아벨 서점」 부분

강은교는 여전히, 두고 온 세계에서 다음 세계로, 어떤 중심에서 다른 중심으로 건너뛰지 않고, 두 세계를 포개놓음으로써 그 어떤 중심으로도 세계를 환원시키지 않는다. 앞에서 그가 끊임없이 "형이상학의 세계에 구멍"을 낸다고 말한 것은 바로 이런 의미에서이다. 그는 영토화를 거부하는 유목민처럼 이어성의 세계를 이어성의 언어로 열어놓는다. 비결정성(indeterminacy), 난센스의 세계를 견디는 방법은 그것의 명령대로 세계를 단일한 의미로 환원시키지 않는 것이다. 세계는 약호화할 수 없는 수많은 층위들, 틈들로 구성되어 있기 때문이다.

> 그대가 틈을 이해한다면
> 혈관의 틈이라든가
> 기도의 틈이라든가
> 미래의 틈이라든가
> 추락의 틈이라든가
>
> —「운조의 현絃-기다리는 사람들, 틈」 부분

그는 저승과 이승을 오가는 바리데기처럼 죽음(허무)의 추상성과 '거리'의

구상성, 그리고 그 사이의 무수한 틈들을 끊임없이 오가는데, 그의 허무주의(?!)가 절실한 힘을 받는 것은 역설적이게도 그것이 "하찮은 것들의 피비린내" "하찮은 것들의 위대함"과 환유적으로 겹쳐 있기 때문이다.

'왜 나는 조그마한 일에만 분개하는가'로 시작되는
어느 시인의 말은
수정되어야 하네

하찮은 것들의 피비린내여
하찮은 것들의 위대함이여 평화여

—「그대의 들」 부분

Ⅳ.

강은교의 근작시와 신작시들을 보면 우리는 절대로 늙지 않는 '시의 운명' 같은 것을 느낀다. 시는, 예술은, 늙는 순간 죽는다. 시가 '관습화(habitualization)'되는 순간, 시는 이미 시가 아니다. 시의 운명은 다름 아닌 '낯설게 하기'이며, 낯설게 하기란 모든 형식이 실험된 후에도 계속 실험을 강행하는 것이다. 그의 말마따나 "모든 형식은 실험되었으며/ 모든 내용은 질타되었으며/ 모든 혁명은 후회하였"(「상처」)다. 시는 실험이 끝난 곳에서 다시 실험하며, 질타한 곳에서 다시 질타하고, 후회한 곳에서 다시, 새로운 방식으로 후회한다. 시의 늙음은 시가 형이상학의 거푸집에 갇힐 때, 즉 비결정성의 세계를 규범화할 때 발생한다. 강은교는 출발부터 세계의 범주화를 거부했고, 무수한 대립물들의 틈새를 파고들었다. 이질적인 것들, 심지어 동질적인 것처럼 보이는 것들의 "사이"에서 그는 새로운 "부활"의 길을 찾아온 것이다.

바람과 바람 사이에.

돌과 돌 사이에.

싸움과 싸움 사이에.

눈물과 눈물 사이에.

그리고 이렇게 많은

죽음과 죽음 사이에.

—「부활」 전문

그는 말할 수 없는 것, 즉 실재계의 극한인 죽음과 하찮은 것들의 실물 세계를 끊임없이 오가며 세계를 '훑는데', 말할 수 없는 것을 말해야 하는 것, 그것도 새롭게 말해야 하는 것이야말로 그의 시의 길이고 운명이다. 근작시 「그 소녀」에서 "강간당하던 시간의 추억 같은 소리"와 같은 구절을 만날 때, 우리는 늙지 않는 언어의 힘을 본다. 근작시 「명순양의 결혼식」 에는 바리데기를 잇는 무가巫歌풍의 노래와 희곡의 에피소드들과 서정적 화자의 목소리가 한데 어우러져 있는데, 우리는 여기에서 여전히 실험의 도상에 있는 젊은 언어를 만난다. 그는 한 손으로는 "저렇게 길고 긴 허공"(「지하철」)을 가리키고, 다른 한 손으로는 "비애로 불룩한 여행 가방"(「발자국 소리」)을 들고 (등단 후) 48년이라는 긴 시력詩歷을 통과해 왔다. 그러나 세상은 얼마나 시인들을 홀대하는가.

그 여자는 항의하였다, 그는 무직이 아니라고, 시인이며 꽤 유명한 민주 운동 단체의 의장이었다고

얼굴이 대리석 계단처럼 번들번들하던 변호사는 짐짓 웃었다, '법적으로는 무직이지요, 취미라든가 그런……'

그 남자는 순간 한쪽 팔 떨어져 나간 문이 되었다

먼 사막에서 불어오는 황사에 섞여 우둔한 먼지가 되었다

—「시詩, 그리고 황금빛 키스」 부분

이 글을 다 끝내니 선재도 앞바다가 붉게 밝아온다. 새벽이다. 붉은 노을의 문장들이 아침의 문장들로 바뀌고 있다. 세상은 시를 "우둔한 먼지" 취급하지만, 시는 날카로운 "황금빛 키스"로 세상을 깨운다. 말할 수 없는 것을 말하려 하다니, 시는 얼마나 멀고 깊은가.

2.
그래도, 차이를 생성하기
—김승희론

Ⅰ.

김승희의 첫 시집 『태양미사』(1979)는 관념어들로 구성된 얼개 그림이다. 그는 태양을 중심에 놓고 자아를 '접속'시키며 그 사이에서 생성되는 죽음, 허무, 그리고 사랑을 노래한다. 마치 한 폭의 거대한 서양화처럼 이 시집은 이국적인 이미지와 신화들로 가득 차있다. 이것이 그의 시 세계 전체의 콘티conti라면, 이 뒤를 잇는 나머지 시집들은 이 추상적 '얼개'가 구체화되는 과정이라고 보아도 좋을 것이다.

> 나는 감히 상상하도다
> 영원한 궤도 위에서 나의 불이
> 태양으로 회귀하는 것을.
> 언제나, 그리고 영원토록.
>
> 나의 생명生命과 저 방대한 생명生命을
> 연결해 달라,

…(중략)…

나의 생生이 안개의 먹이로 환원되는 것을
나는 바라지 않기에
살기 위해 더 많이 사랑할 것을
오직 나는 바라기에
나는 감히 상상하도다,
영원의 궤도 위에서 나의 불이
태양으로 회귀하는 것을.

—「태양미사」 부분

그가 아무리 자주, 그리고 깊이 죽음을 명상할지라도 최근작들까지 그가 악착같이 붙들고 있는 원칙은 생명과 희망의 원리이다. 위 시에서 보듯이 "나"의 본질은 "생명生命"이며 "태양" 역시 "방대한 생명生命"이다. 그는 이 두 생명의 접속("연결해 달라")을 바라는데, 이 인력引力이야말로 에로스의 외침이 아니고 무엇인가. 에로스는 분리와 파괴와 소멸을 지향하는 타나토스와 달리, 끌어당기고 껴안고 합쳐지기를 소망하는 본능이다. "살기 위해 더 많이 사랑할 것을/ 오직 바"란다는 고백이 첫 시집의 표제시에 등장하는 것은 의미심장하다. 그가 이 시집의 다른 시들에서 아무리 심각하게 죽음을 호명할지언정, 그리고 그다음 시집인『왼손을 위한 협주곡』(1983)에서 죽음과 허무에 대해 아무리 자주 언급할지언정, '그래도', 그는 끊임없이 사랑과 희망으로 회귀한다. 다만 그는 앞으로 겪게 될 경험의 세계를 예측할 수 없으므로 관념과 추상의 큰 획으로 밑그림을 그리고 있는 것이다. 그러나 우리는, 이미 첫 시집에서 그가 관념과 추상적 공간에서의 정주定住를 원하지 않고 있음을 알 수 있다. "나의 생生이 안개의 먹이로 환원되는 것을" 바라지 않는다는 표현은 바로 첫 시집의 추상성(관념) 안으로 구상성의 세계가 밀고 들어올 것임을 이미 예고하고 있는 것이다. 다음과 같은 대목을 보라.

사랑이란 무엇일까
이 세상의 세계가 투명해지고 하늘이
육체를 갖는 것이다
아아 안개의 바로 뒤를 지나서
태양이 그 투명성의 육체를 회복하는 것이다

—「안개의 법전法典」 부분

"육체를 갖는 것" "육체를 회복하는 것"이 사랑이라는 주장은 첫 시집의 외피인 관념성에 대한 내적 도전이 아니고 무엇인가. 같은 시집에 나오는 「흰 여름의 포장마차」의 세 개의 연은 각각 "나에게는 집이 없어" "나에게는 방도 없고" "나에게는 꿈이 없어"라는 말로 시작되는데, 이는 바로 (관념이 몸담을) '구상성'의 결여를 스스로 지칭하는 언사에 다름 아니다. 그럼에도 불구하고 그는 어떤 단호한 나침판을 그리고 있는데, 그것은 그가 앞으로 부딪힐 경험의 세계에 던지는 출사표와도 같은 것이다.

온갖 무장武裝한 죽음이 나를 기다릴지라도
너 몰래 끊임없이 나를 괴롭힐지라도
만일 네가 생각한다면
나의 싸움이 용감하였다고
만일 네가 생각한다면
나는 죽음의 검은 도화지 위에
금金칠한 천사天使들을 그리겠다.

—「사랑을 위한 노래」 부분

"기다릴지라도" "괴롭힐지라도"로 끝나는 양보절들은 아홉 번째 시집이자 최근작인 『희망이 외롭다』(2012)에서 "그래도"(「그래도라는 섬이 있다」), "아랑곳없이"(「'아랑곳없이'라는 말」)라는 표현으로 반복된다. 따라서 위 시의 의미는 "~에도 불구하고, ~하겠다"라는 선언이고, 그 선언은 죽음을 넘어선, 혹은 죽음을 이기는 생명성을 향해 있다. 그러므로 그의 초기 시집들을 죽음/생명, 구속/자유의 '균등한' 이항대립(binary opposition)으로 읽는 것은 오독誤讀이다. 그의 시들은 세계를 구조주의자들처럼 이항대립의 보편적 원리로 읽지 않는다. 그는 오히려 세계가 "항구적인 불균형 상태의 구성물"(질 들뢰즈G. Deleuze)이라고 보며, 세계를 일반성(generality)/특수성(particularity)의 이분법이 아니라, 수많은 차이들의 연쇄(접속)로, 그리고 생성중인 "단독성(singularity)"으로 읽어낸다. 이 글의 제목을 "그래도, 차이를 생성하기"로 정한 이유가 여기에 있다.

Ⅱ.

많은 논자들이 두 번째 시집 『왼손을 위한 협주곡』에서 죽음에 대한 반복된 언급을 목도한다. 심지어 「유서를 쓰며」라는 노골적인 제목의 시도 있다. 시인 본인의 설명에 의하면 "첫 시집과 두 번째 시집 사이에 개인적으로 혈육의 죽음을 맞았으며 그리고 광주의 집단적 타나토스를 보았"(「시작노트 1」, 『달걀 속의 생』)기 때문이라고 한다. 그에 의하면 광주의 타나토스는 "집단 고려장의 그 불길한 징후"였다. 그러나 김승희의 죽음에 대한 사유는 '실존'적 고민과는 다른 것이다. 그에게 있어서 실존은 세계의 '본질'이 아니라, 다만 용납하기 어려운 현상일 뿐이다. 경험의 세계에서 타나토스의 폭력에 직면하면 할수록 그는 더욱더 에로스의 세계로, 생명의 세계로 나아간다. 죽음에 대한 사유로 가득 찬 두 번째 시집의 「배꼽을 위한 연가」 연작시들은 생명에 대한, 그리고 종말이 아닌, 끝없이 무엇이 '되기(becoming)'를 향한 시인의 욕망을 잘 보여 준다.

인당수에 빠질 수는 없습니다

어머니,

저는 살아서 시를 짓겠습니다

공양미 삼백 석을 구하지 못하여

당신이 평생을 어둡더라도

결코 인당수에 빠지지는 않겠습니다

어머니,

저는 여기 남아 책을 보겠습니다.

—「배꼽을 위한 연가 5」 부분

"배꼽"은 한 생명과 다른 생명 사이의 접속의 흔적이다. 접속의 끈이 끊어지는 순간 새로운 단독자가 생겨난다. 이 같은 패턴은 계속해서 반복되지만, 이 반복은 동일성(identity)의 반복이 아니라, 매번 다른 것들, 즉 '차이'의 반복이다. 그러므로 이 어마어마한 접속의 연쇄들 속에는 (들뢰즈의 말마따나) 오로지 차이들과 차이들의 반복, 그리고 그 궤도 위에서 끝없이 이어지는 단독자들의 생성밖에 없는 것이다. 죽음을 넘어 "살아서 시를 짓겠"다는 것은 이처럼 동질성의 폭력을 넘어 단독자의 차이를 생성하겠다는 의지의 표현에 다름 아니다.

이런 의미에서 존재는 본질적으로 단독적이며, 단독성을 방해하고 억압하는 그 모든 것들과 싸운다. 이 싸움이야말로 존재의 회피 불가능한 본능이다. 관념의 얼개 그림에서 시작한 김승희의 시들은 서서히 경험의 세계로 진입하면서 차이를 거부하고 존재의 단독성을 억압하는 세계와 만난다. 생명성은 안정을 보장받지 못한다. 그것은 늘 죽음의 폭력에 노출되어 있다. 그것은 "달걀 속의 생生"처럼 위태롭다.

그리고 또한 우린 알고 있어,

우주에 내버려진

하나의 달걀
과도 같이
그대와 나는
어둠 속에 둥둥 떠있는
버림받은 허술한 알(卵)이라는 것을,

—「달걀 속의 생生 1」 부분

알은 두 생명의 접속의 결과로 만들어진 것이지만, 아직은 미완성인 단독자이다.

쉬잇, 조용히……
저 달걀 안에
미완성이 숨 쉬고 있으니

—「달걀 속의 생生 4」 부분

그러나 그것의 목표(telos)는 껍질을 깨고 나오는 것이며, 따라서 모든 알은 "저렇게 해방을 기다리는 사람" "미해방의 절벽 위에서/ 꿈꾸는 사람"(「달걀 속의 생生 5」)이다. 김승희가 경험의 세계에서 만나는 적들은 바로 단독자의 이러한 해방을 방해하는 것들, 차이를 무화시키는 동질성의 폭력들이다.

Ⅲ.

세 번째 시집 『달걀 속의 생』(1989)부터 『어떻게 밖으로 나갈까』(1991), 『세상에서 가장 무거운 싸움』(1995), 『빗자루를 타고 달리는 웃음』(2000), 『냄비는 둥둥』(2006)을 거쳐 최근작인 『희망이 외롭다』(2012)까지 김승희가 해온 작업은 동질성의 거대한 폭력 앞에 노출된 단독자의 힘겨운 싸움의 기록이다. 여기에서 동질성의 거대한 폭력은 대개 세 겹의 패턴으로 이루어져 있으며, 이 세 층위들은 따로 노는 것이 아니라 서로 연대하고 중첩되면서 차이의 세계들을 배제한다. 이 세 개의 시스템은 바로 가부장제, 정치적 독재, 그리고 자본의 제국주의이다. 가부장제와의 싸움은 김승희의 시를 페미니즘으로 읽어내는 것을 가능하게 하며, 정치적 독재와의 싸움은 그의 시를 80년대적 민중시와는 다른 계보의 '자유의 시학'으로 읽는 것을 가능하게 해준다. 그리고 자본의 제국주의와의 싸움은 그의 시를 탈식민(postcolonial) 담론으로 읽어내는 길을 열어준다. 그러나 김승희에게 있어서 가부장과 독재와 자본은 따로 노는 것들이 아니며, 동질성을 강요하는 폭력의 시스템이라는 점에서 같은 속성을 가지고 있는 것들이다. 이것들은 개체의 자유와 일탈을 허락하지 않는, '담론의 제국주의'라는 동일한 울타리 안의 형제들이며 동맹군들이다. 김승희의 시들은 이와 같은 단일화 전략에 맞서는 '다성성(多聲性, polyphony)'의 칼날들이며, 이 칼날은 제국주의의 다양한 거세 위협에 맞서 싸우는 불안한 기호들이다.

> 여인에겐 원래 횡단공포증 같은 것이 있어서
> 다리를 건널 땐 어지럽고 무서워
> 아버지나 남편의 팔짱을 끼고 걷는 것인데
> 추운 겨울날,
> 홀로 다리를 건너간 여인들이 있었지,
> 부네와 미얄탈이 걸려진
> 실내악의 방을 나와
> 다리를 건너
> 피안으로 홀로 가는 여인들을 보여 주지,
> 사자와 고양이는 똑같이 고양잇과에 속한
> 맹금류의 동족인 것을,

여인들은 머리칼 위에 빛나는 야성의
화관을 쓰고
조용히 슬픈 선각의 사자후를 남겼네.

—「나혜석 콤플렉스」 부분

나혜석을 통해 그가 그리고자 하는 것은 거세 위협을 무릅쓰고 가부장의 문법을 단호하게 횡단하는 "빛나는 야성의/ 화관"을 쓴 여성의 모습이다. "실내악의 방"이 가리키는 바, 안락한 복종의 삶을 거부하며 '차이'를 외치는 일은 얼마나 무모하며 또 위대한가. 그것은 "선각의 사자후"처럼 위대하지만 나혜석처럼 스스로를 죽음으로 내몰 수도 있기 때문에 "조용히 슬픈" 사건이다. 나혜석의 이 사건을 보고 그가 "콤플렉스"라고 이야기하는 것은 그와 같은 횡단의 싸움에 대한 두려움의 솔직한 표현이다. 이런 언사야말로 이 싸움이 관념이 아니라 눈앞의 현실임을 더욱 절절하게 보여 주는 것이다. 아이들에게 먹일 우유와 아침 식탁을 준비해 놓은 후, 보일러실의 가스를 틀고 자살한 실비아 플라스의 삶을 보고 그는 "죽는다는 것이 꼭 포르노그래피 같고 …(중략)… 산다는 것이 또/ 포르노그래피 같"(「실비아 플라스」)다고 고백한다. 실비아 플라스는 죽은 후에도 김승희를 떠나지 않고 그의 침실 창 너머에서 "밤마다 …(중략)… 달빛 같은 검은 상복을 걸치고/ 안녕을 묻고" 있다. 이것은 가부장제와의 싸움이 일회성으로 끝나는 것이 아니며, 지속적인 위협이고 공포임을 잘 보여 준다.

「유목을 위하여」 연작시들은 시스템 안에서의 '정주定住'를 거부하는 탈영토화의 욕망을 잘 보여 주는 작품들이다. 「유목을 위하여 1—누군가 토끼를 몰고 있다」에서는 토끼를 "알 수 없는 공포의 수동태적 빙빙거림 속"에 갇힌 존재로 묘사하며, 토끼가 "울면서 피우는 하얀 담배 연기"는 "도주를 도와달라고/ 먼 곳으로 보내는/ 하나의 봉화의 애소"라고 명명한다.

이 작은 길은 너무 좁고

이 좁은 길은 너무 붐비는 것이다,

현세의 담 밖으로
지금의 담 밖으로
이곳의 담 밖으로
나를 이륙시키는 마음

…(중략)…
길의 파시즘을 표류시키는 마음,

—「유목을 위하여 2—길의 파시즘」 부분

부제가 보여 주듯이 "이 작은 길" "이 좁은 길"은 차이를 인정하지 않는 "파시즘"의 길이다. 이 시의 화자는 이 모든 "현세" "지금" "이곳" 너머로 이륙하기를 욕망하는 '탈영토화'의 주체이다.

「나는 쇼핑한다 고로 나는 존재한다」와 같은 시는 이미 제목에서부터 드러나다시피 소비의 동질성을 통해서만 존재를 인정하는 자본의 제국주의를 그리고 있다.

그리고 쇼핑을 하려고 세계 각국의
백화점마다 슈퍼마켓마다 벼룩시장마다
현찰을 든 손들이
달려가고 있었다.
비싸게 팔리고자 하는 욕망과
값싸게 사들이고자 하는 욕망 사이에서
할리우드 쇼보다 더 재미있는 쇼는
시시각각 진행되고
비닐 위에 사진 실크스크린 된 것 같은

인간의 형체 비슷한 뭉그러진 모습들이
이리저리
나는 쇼핑한다 고로 나는 존재한다고
욕망의 질주로 부윰하게 떠오르고 있는
몽중보행이여.

—「나는 쇼핑한다 고로 나는 존재한다」 부분

초기 시의 관념성, 추상성을 기억한다면, 비유나 상징조차 거의 지워버린 이런 작품은 그가 이제 상대적으로 얼마나 노골적인 경험의 세계에 노출되어 있는지를 잘 보여 준다. "신문지로 도배된 몸과 몸"(「부부의 성性」)이라는 표현 역시 경험의 세계에 발가벗겨진 주체의 모습을 잘 보여 준다. 다시 위의 시로 돌아가 말하자면, 소비의 제국주의에서 인간은 이미 주체가 아니며 시스템의 노예들에 불과하다. 시장 전체주의 안에서 인간은 더 이상 인간이 아니라 오로지 "인간의 형체 비슷한 뭉그러진 모습"에 불과하다. 이 "몽중보행"에서 벗어나는 것이야말로 소비의 동질성에서 벗어난 '차이의 단독자들'을 생성하는 것이 아니고 무엇인가.

Ⅳ.

이리하여 김승희의 신작시에서 탈영토적 차이의 주체, '다수(multitude)'로서의 주체를 다시 만나는 일은 우연이 아니다.

해골의 윤곽이 그려진 초안에
밤이 내리면
꽃들도 꽃잎을 접고 노숙할 준비를 하고
나무들도 날개를 접고 노숙을 하고

새들도

묘지도 노숙을 하고

달도 노숙을 하고

강과 하늘이 서로 거울이 되는 양

별들도 강물 안에 노숙을 하러 멀리서 내려온다

아름다운 것들은 다 노숙을 하고 있다

무한한 것들은 다 노숙을 한다

—「노숙의 일가친척」 부분

여기에서 "노숙"이란 '한뎃잠'을 말하는 것이고, '한데'란 유목민(nomad)적 주체들의 거처를 말하는 것이다. "해골의 윤곽"이라는 말처럼 도처에 죽음이 존재하는데, 김승희는 왜 지상의 만물들을 "노숙의 일가친척"이라고 읽었을까. 그 비밀은 인용문의 마지막 두 행에 있다. "아름다운 것들"은 "길의 파시즘"을 거부하기 때문이다. 아름다운 것들은 동질성의 폭력을 거부하며, 단일한 주체로 통섭되기를 거부한다. 아름다운 모든 존재들은 그런 의미에서 끝없는 '과정상의 주체(subject in process)'이다. 들뢰즈의 말마따나 모든 존재는 '다수'이고 복수複數이다. 김승희가 말하는 "무한한 것들"은 바로 이 다수로서의 존재, 규정을 거부하며 끝없는 생성의 과정 속에 있는 존재, 매 순간 다르게 존재하는, 이것이면서 저것이고, 저것이면서 동시에 이것인 존재를 말하는 것이다. 다수로서의 존재는 그 어떤 "길의 파시즘"도 전유할 수 없는 존재이다. 그것은 마치 유체와도 같아서 가둠과 규정을 거부하며 끝없이 탈주하는 주체이다.

나 비슷한 것들아

시대 비슷한

나라 비슷한

지식인 비슷한

고뇌 비슷한

외침 비슷한

절망도 낙천도 아닌

어스름 비슷한

이 향방의 묘혈 속에서

—「떠도는 환유 5—무어라고 불러야 좋을까」 부분

'~비슷하지만' '~도 아닌' 주체는 인접한("환유") 다른 주체들과 교접하면서 계속 떠돈다. 그러니 제국의 담론은 주체를 딱히 "무어라고" 호명할(규정할) 수 없다. 차이의 주체는, 다수인 주체는, 파시즘의 호명을 거부하며 나에서 너로, 너에서 그로, 그에게서 다른 나로, 끊임없이 탈주한다.

그렇다면 차이를 생성하는 이 모든 동력은 어디에서 나오는가. 그것은 이 글의 초입에서 이야기한 바 에로스, 즉 생명에 대한 욕망에서 나오는 것이다. 에로스의 문법은 접속과 결합이며, 주체는 오로지 이와 같은 연결을 통해서만 새로운 차이, 즉 단독자로 생성된다. 김승희의 근작시들은 연결과 접속의 동력이 다름 아닌 '심장'이고, 사랑이며, 죽음과 대척점에 있는 '생명'임을 잘 보여 준다.

어떤 그리움이 저 달리아 같은 붉은 꽃물결을 피게 하는가

어떤 그리움이 혈관 속에 저 푸른 파도를 울게 하는가

어떤 그리움이 저 흰 구름을 밀고 가는가

어떤 그리움이 흘러가는 강물 위에 저 반짝이는 햇빛을 펄떡이게
하는가

어떤 그리움이 끊어진 손톱과 끊어진 손톱을 이어놓는가

…(중략)…

지금 파란 하늘을 보는 이 심장은 뛰고 있다

불타는 심장은 꽃들의 제사다

이 심장에는 지금 유황의 온천수 같은
뜨거운 김이 모락모락 피어오르고 있는데

—「꽃들의 제사」 부분

'~이' '~하는가'로 이어진 각 행들은 존재들의 연결과 생성의 끝없는 과정을 잘 보여 준다. 그리고 이 모든 연결의 중심에 "불타는 심장"이 존재한다. 이것은 그가 무려 근 38년 전, 첫 시집에서 그렇게 원했던 '태양으로 회귀한 심장'이 아니고 무엇인가. 김승희가 걸어온 40여 년 시작詩作의 수미쌍관은 결코 우연이 아니다.

3.
아브젝트와 반反규범의 기호들
—박상순론

Ⅰ.

첫 시집 『6은 나무 7은 돌고래』(1993)부터 『마라나, 포르노 만화의 여주인공』(1996), 『Love Adagio』(2004)에 이르기까지 박상순의 시를 일관되게 관통하고 있는 특징이 있다면, 그것은 바로 '규범'에 대한 거부이다. 그는 세계를 정형화하는 관습, 위계, 논리, 이성理性의 문법에 편입되기를 거부하며, 스스로 전前오이디푸스(pre-Oedipal) 단계로 내려가 그 모든 '아버지의 법칙(Father's law)'들을 조롱한다. 그의 언어는 관습의 문법을 교란시키는 무의식의 언어이며, 어린아이의 '옹알이'처럼 세속 언어의 규범을 거리낌 없이 파괴한다. 크리스테바(J. Kristeva)의 용어를 빌리면, 그의 시는 "상징계(the Symbolic)"를 교란시키는 "기호계(the Semiotic)"의 언어이다. 상징계가 고체의 언어라면, 기호계는 유체(flux)의 언어이고, 상징계가 구축(construction)의 언어라면, 기호계는 해체(deconstruction)의 언어이다. 그는 완고한 덩어리로 뭉쳐진 관습의 세계를 무수한 점들로 해체한다. 그는 동질성의 언어를 거부하며, 세계를 무한한 이질성의 파편으로 분산시킨다. 그는 자청하여, 관습의 세계가 버린 비천하고도 역겨운 존재, 즉 "아브젝트abject"(크리스테바)가 된다. 그의 대표작 중의 하나인 시의 제목이 「나는 더럽게 존재한다」인 것은 결코 우연이 아니다. 그가 거부하는 바로 그 규범의 세계에서 볼 때, 그는 동질성을 위협하는 불온한 아브젝트이다. 그의 시들은 규범에게 버림받은 자의 자유와 공포로 가득하다.

큰 누나가 다시 몽둥이를 들고
할아버지의 머리통을 내리쳤다
할아버지가 어머니의 엉덩이 위로
코를 박고 쓰러졌다
작은 누나가 달려와 큰 누나의 어깨를 물어뜯기
시작했을 때, 쓰러진 아버지가 일어났다
큰 누나의 손에서 몽둥이를 빼앗고
누나들의 머리통을 내리쳤다
깨진 머리통의 누나들이 할머니 위로 쓰러졌다
피 흘리던 아버지도 마침내 쓰러졌다

—「나는 더럽게 존재한다」 부분

첫 번째 기차가 아버지의 머리를 깨고 지나갔다
두 번째 기차가 어머니의 배를 가르고 지나갔다

—「빵공장으로 통하는 철도」 부분

이 모든 '아수라장'은 권력적 위계의 출발점인 가족의 계보를 형편없이 무너뜨림으로써, 그의 언어가 가족 로맨스에 갇히거나 오이디푸스 이후의 폭력적 서열로 편입되는 것을 차단한다. 위에 인용된 시에서 그로테스크한 고어gore 코드를 읽는다면 그건 착각이다. 그는 잔혹의 메시지를 날리고 있는 것이 아니라, 이렇게 리비도가 의식의 상층부로 올라가는 것을 막아놓고, 그 안에서 반反문법, 반反전통, 반反관습의 세계로 기호를 풀어놓는 것이다. 그는 거의 모든 시편들에서 기호를 시니피앙을, 시니피에의 자유로운 연쇄로 풀어놓는데, 그것은 대상만이 아니라, 시적 주체에게도 고스란히 적용된다. 가령 "나는, 꿈 많은 소쩍새가 되어 나는,/ 폭발한다"(「소쩍새는 폭발한다」)는 대목은 주체조차도 하나의 중심으로 응결되는 것을 거부하는 그의 전술을 잘 보여 준다. 주체 역시 기호의 연쇄 안에서 단수가 아니라 다양한 복수複數로 존재하게 만드는 것, 그리하여 탈중심화된 주체가 탈중심화된 세계를 응시하도록 만드는 것이야말로 그만이 가지고 있는 고유한 전략이다. 그리하여 그의 시들은 권위적 중심에서 해방된 주체—세계 사이의 대화이고, 춤이며, 정형화되지 않는 욕동(欲動, drive)의 표현이다.

Ⅱ.

그리하여 박상순의 언어는 연결이 아닌 단절을, 굳힘이 아닌 녹임을 향해 있다. 연결은 정형화된 서사敍事를 만들고, 굳힘은 의미의 독점을 가져오기 때문이다. 그의 시는 신비평가들이 이상적인 시의 모델로 생각했던 "잘 빚은 항아리(well-wrought urn)"가 아니라, 깨진 항아리, 찌그러진 항아리, 수시로 모습이 변하는 항아리이다. 그는 의도적으로 유기체를 해체함으로써 주체와 세계를 '기관 없는 신체(body without organs)'로 만든다. 들뢰즈와 가타리(Delueze & Guattari)가 아르토(A. Artaud)의 잔혹극 개념에서 빌려 온 이 개념은, 말 그대로 기관이 없는 신체를 의미하는 것이 아니라, 단일한 유기체로 포섭 · 통합되지 않는 기관들의 상태를 나타내는 것이다. 유기체는 선택과 배제의 원리를 통해 기관들을 하나의 통일된 질서 안으로 끌어들인다. 그러나 기관 없는 신체는 유기체가 되기 이전의 신체로서, 의미의 고정된 위계를 거부하는, 카오스의 언어이며, 무한한 변이와 생성의 언어이다.

"머리 없는 발, 발 없는 머리"(「일초 동안 그들은 깊은 슬픔에 잠겼다」), "머리 없고 다리 없는 할아버지" "잘려진 손가락들" "눈알 뽑힌 머리통들"(「녹색 머리를 가진 소년」) 같은 표현들은 통합의 게슈탈트를 거부하는 분열의 욕망을 노골적으로 보여 준다. 유기체로서의 시를 거부하고 해체하는 박상순의 전략은 이렇게 노골적인 기표들뿐만 아니라, 기상(奇想, conceit)을 넘어서는 단어와 단어 사이의 파격적 연결로 나타나기도 하고, 시의 본문과 연관성이 희박한 제목 붙이기 등, 다양한 방식으로 나타난다.

> 나의 바다는 모래
> 서걱이는 돌가루
>
> 나의 바다는 모래
> 밤마다 돌아가는 발전기
>
> 나의 바다는 모래
> 내 혀를 갈아내는 기계
>
> —「바다를 입에 물고 너를 만난다」 전문

바다를 입에 문다는 표현이나, 최고의 습성濕性을 가진 바다를 가장 건성乾性인 모래, 돌가루와 연결시키는 것, 게다가 마지막 행에서 바다를 "발전기" "혀를 갈아내는 기계"라고 명명하는 것은, 상식과 클리쉐, 규범의 세계에 대한 도발이 아니고 무엇인가. 나아가 "바다를 입에 물고 너를 만난다"는 제목은 본문 내용과의 직접적인 연관성을 의도적으로 가림으로써, 그렇지 않아도 넓은 이 시의 의미 폭을 더욱 확대한다. 많은 경우 그에게 있어서 시의 제목은 내용의 요약이 아니라, 본문의 의미를 끊임없이 가지 치고 변이 · 생성시키는 리좀(뿌리줄기, rhizome)으로 작용한다. 가령 첫 시집부터 세 번째 시집까지 이어지고 있는 '빵공장으로 통하는 철도로부터 ~년 뒤' 연작시들은 「빵공장으로 통하는 철도로부터 1년 뒤」에서 시작하여 중간 건너뛰기를 거쳐 '23년 뒤'까지 왔는데, 이 연작시들에서 빵공장과 철도와 지난 세월의 구체적인 연결고리를 찾기란 매우 힘들다. 그것들은 뿌리에서 뿌리로 계속 이어지는 의미의 '탈주로' 위에 있다.

앞에서 우리는 그의 언어가 '굳힘이 아닌 녹임'을 향해 있다고 했는데, 이 녹임의 수사들 역시 규정과 종결을 거부하는 그의 정신을 그대로 보여 준다. 가령 "녹아버린 영화 속에서 나는 끝없이 항거하는 섬이 될 것이다"(「칼을 든 미용사를 위한 멜로디」), "이야기 속에서 깊은 숲이 녹는다. 〈내〉가 흘러내린다"(「아주 오래된 숲에 대하여」)와 같은 표현들을 보라. 짧은 인용이지만, 이 두 대목에서 우리는 그가 '녹이고' 있는 것이 주체와 대상 양쪽임을 금방 알 수 있다. "영화" "이야기 속에서 깊은 숲"과 같은 대상만 녹는 것이 아니라. 주체인 "내" 역시 "흘러내린다". 다음의 시를 보라.

유리병이 녹고
붕대가 녹고
사전이 녹고
벽돌이 녹고
해바라기가 녹고
거울이 녹고
영화관이 녹고
해가 녹고
밤이 녹고

—「하늘에는 비행기 땅에는 섹스」 부분

"녹고"의 반복으로 이루어진 이 대목은 이 시에서 무려 세 번이나 반복된다. '녹는 것'은 고정성과 규정성의 해체이고 사물을 생성의 '흐름'으로 열어놓는 것이다. 이런 의미에서 그의 시들은 '유체의 시학'을 향해 있다. 이 유체는 그 어느 곳에도 가두어지지 않으며, 제어되지 않는다. 그것은 의미의 유랑, 즉 종결 없는 흐름을 지향한다. 가령 신작시 「작품번호 930」의 명제들 역시 "~었(였)던가" "~었(였)을까"의 질문형 문장으로 시작해 질문형 문장으로 끝난다. 그는 이렇듯 '닫힘'을 계속 거부하고 있는 것이다. 독자들은 그가 열어놓은 질문으로 들어가 자신들의 의미를 생산한다. 그의 텍스트는 이렇게 독자들을 의미의 생산자로 만든다는 점에서, 대부분의 아방가르드avant-garde 문학이 그렇듯이 "작가적 텍스트(writerly text)"(롤랑 바르트R. Barthes)이다.

Ⅲ.

그렇다면 전前오이디푸스의 공간에 머물며 규범의 세계에 편입되기를 거부하는 이 아브젝트는 편안(?)한가. 그는 시스템을 거부하며 의도적으로 "성장의 문을 닫았"(「새로운 인생」)지만, 체계는 한시도 아브젝트를 그냥 놔두지 않는다. '아버지의 법칙'은 아브젝트와 늘 길항拮抗하면서 구획과 기획과 율법의 체계로 그를 끌어들인다.

> 그는 나의 손을 묶고, 발을 묶고
> 높은 지붕 위에 나를 올렸다.
> 다음날,
> 내 입을 막고, 눈을 가리고
> 가을 숲에 나를 던졌다.
> 그리고
> 그의 발자국들을 내 얼굴 위에
> 밤새도록 하얗게 쌓아놓고
> 떠났다.
>
> —「너무 맑고 투명한 구름」 전문

여기에서 "그"는 물론 다양한 의미망을 가지고 있지만, 유체의 존재를 시스템에 고정시키려는 규범, 즉 대문자 '아버지(Father)'로 읽어도 좋다. 아버지들은 아브젝트들이 위계의 세계로 넘어오기만을 기다리다가, 자신의 법칙으로 "묶고" "막고" "가리고", 밟는다. 이렇게 하여 수없이 '얻어터진 길(beaten path)'이 소위 '사회화'이다. 그리고 이 폭력은 백주 대낮에 일어나는 관습이고 관행이므로, 이 시의 제목 그대로 '너무나도 맑고 투명한' 것이다. 시스템과 아브젝트들은 이처럼 분리된 것이 아니라, 일종의 '접점' 위에 공존하기 때문에 길항이 불가피하다. 시스템은 권력의 팬옵티콘panoptican을 풀가동하면서 아브젝트들을 공포로 몰아넣는다. 아브젝트의 비문非文들이 "울음 속에 섞여진/ 웅얼거림"(「형광등 공장의 고추잠자리」)인 이유가 바로 이것이다. 아브젝트는 동일성이 아닌 복수성複數性으로 저항하지만, 늘 폐허의 위기에 처해 있다. "내가 있었다. 여러 개의 방을 가진 폐허가 내게 있었다"(「폐허」)는 고백은 이와 같은 정황을 잘 보여 준다. 그리하여 박상순의 시들은 규범과 맞짱 뜨고 있는 아브젝트의 "비명의 소리"(「눈 덮힌 추억의 의자」)이고, 그가 들려주는 반反규범의 기호들은, 그 놀이의 달콤함만큼이나 아프다. "내가 이 달콤하고 쓰라린 꿀 속에 누워, 울대까지 모조리 녹아버릴지라도, 괜찮아. 여기 있겠어"(「달 속의 검은 기둥」)라는 전언傳言은, 시스템의 협박에도 불구하고 정주定住를 거부하며 유목의 탈주선을 타겠다는 시인의 결기가 아니고 무엇인가.

4. 전前언어적 공간에서 시 쓰기
―김이듬론

Ⅰ.

만일 '일반 독자들'이라는 규범적 집단이 있다면 그리고 그들이 김이듬의 시를 읽는다면 어떤 반응을 보일까. 그들은 아마도 논리를 파괴하는 단어들의 배열과 그가 망설임 없이 무너뜨리는 금기禁忌들을 보며 심히 당황할 것이다. 어떤 독자들은 김이듬 시의 대책 없는 난해함 앞에서 깜깜절벽을 느끼기도 할 것이다. 사르트르(J. P. Satre)가 아방가르드로 대표되는 현대문학에 대하여 말한 대로, 김이듬의 시들은 독자들의 문해 능력(literacy)을 무시할 뿐만 아니라 공격하며, 의도적인 소통 불가의 전략을 구사하는 것처럼 보일 수도 있다. 그리하여 김이듬의 시들이 날리는 훅들과 잽들을 여러 대 얻어맞고 나면, 자연스레 이런 질문이 나올 수도 있을 것이다. '도대체 왜 이렇게까지 해야(써야) 하지?' 사실 이런 질문은 일반 독자만이 아니라 사회적 소통과 앙가주망(engagement)을 고집하는 '전통적인(?)' 시인들도 공유하는 것일 수 있다.

> 베란다다 이불을 털다 소녀가 떨어진다 무거운 수염들과 단단한 골

격의 냄새가 묻은 이불을 털다 한 여자가 떨어져 버린 저녁, 피가 번지는 잿빛 구름 속으로 타조 한 마리 날아가는 지방 뉴스가 방영되고 기차를 타고 가던 그들도 앞부분이 무거운 문장의 자막을 읽게 될 것이다

순식간이다 얼룩이 큰일이다 이불을 뒤집어쓰면서 추위는 시작된다 냄새나고 화끈거린다 두근두근한다 몰래 홑청을 바꾸고 펴놓았다 개킨다 올리다가 다시 내린다 이불 속 깃털을 뽑는다 큰 타조의 날개는 사라지고 발간 민머리 누더기, 이상한 얼룩이 묻은 이불은 논리가 없다

—「별 모양의 얼룩」 부분

너를 만지기보다
나를 만지기에 좋다
팔을 뻗쳐 봐 손을 끌어당기는 곳이 있지
미끄럽게 일그러뜨려지는, 경련하며 물이 나는
장식하지 않겠다
자세를 바꿔서 나는
깊이 확장된다 나를 후비기 쉽게 손가락엔 어떤 반지도 끼우지 않는 거다
고립을 즐기라고 스스로의 안부를 물어보라고
팔은 두께와 결과 길이까지 적당하다

—「지금은 자위自慰 중이라 통화할 수 없습니다」 부분

김이듬은 왜 이런 시를 쓸까. 왜 이렇게 쓸까. 김이듬 시를 읽는 가장 빠른 길은 바로 이런 큰 질문에 먼저 대답하는 것이다. 그리고 그 대답은 의외로 간단하다. '이렇게 쓰는 것'은 김이듬에게 있어서 선택이 아니라 필수이기 때문이다. 왜 이렇게 쓰냐는 질문의 이면에는 문학의 공리성功利性에 대한 조건 없는 전제가 깔려 있다. 그러나 문학은 꼭 '쓸모'가 있어야 하는

것이 아니다. 김이듬은 무언가를 이루기 위해서가 아니라 세계의 '전모全貌와 대면'하기 위해 우리 삶의 모세혈관을 다 헤집고 다닐뿐더러, 우리 영혼의 장기臟器에 무수한 구멍을 뚫는다. 김이듬이 예술의 코를 들이대고 지나는 길마다 감추어진 세계의 추악한 뒷골목이 획획 드러난다. 왜 이렇게 쓰냐는 물음은 써야 할 방식과 콘텐츠를 미리 정해 놓고 하는 질문이다. 그것은 가능한 것과 가능하지 않은 것을 미리 그려놓은, 수정修整을 거부하는 지도이다. 그리고 이와 같은 범주화는 프로이트 이후 만천하에 드러난 무의식의 어두운 세계, 욕망의 복잡한 세계를 감추려는 '무의식적' 시도이기도 하다. 이런 태도는 의식과 이성과 논리를 당연한 것으로 간주하며, 욕망과 비일관성과 비결정성의 세계를 마치 부재하는 것처럼 다룬다. 이는 결국 눈에 보이지 않으나 엄연히 존재하는 빙산의 아랫부분을 지우는 것이므로 폭력이다.

첫 시집『별 모양의 얼룩』(2005)의 표제작이기도 한 첫 번째 시는 외면상의 난해함에도 불구하고 김이듬 시의 진원이 어디인지를 잘 보여 준다. 그것은 다름 아닌 성애(sexuality)이다. "별 모양의 얼룩"은 "무거운 수염들과 단단한 골격"과 "소녀" 사이의 섹스가 만들어낸 이불 위의 핏빛 자국이다. 그것은 숨기고 싶지만("몰래 홑청을 바꾸고 펴놓았다 개킨다 올리다가 다시 내린다") 잘 숨겨지지 않는 것이고, 무엇보다 "논리가 없"는 것, 논리를 거부하는 그 무엇이다. 그것은 논리로 설명이 되지 않지만 타조를 날게 하고, 밑바닥에서 가장 높은 것("별")을 보게 하는 것이기도 하다. 논리로 설명이 되지 않는 이 어두운 심연에 우리의 삶이 복잡하게 구겨져 있다. 이 욕망의 구불구불한 선線에 아픈 가족사가 얽혀 있고, 현재의 사회적 관계 그리고 분열된 주체가 엉켜있다. 이것이야말로 우리 삶의 전모이고 본질인 것이다. 말하자면 이것이 곧 세계의 전모이기에 김이듬은 이것에 대해 쓰는 것이다. 그러니 왜 그것에 대하여 쓰냐는 질문은 무의미하다. 세계가 논리적 구성물이 아니므로 김이듬은 비논리적 수사로 세계를 안는다. 그러니 왜 그렇게 쓰냐는 질문 역시 무의미하다. 김이듬의 시는 규정되지 않는 세계에 비논리로 밀착해 있으므로 어떤 의미로 더 '자연'스럽다. 두 번째 시에서 화자가 "장식하지 않겠다"라고 말하는 것은 꾸미지 않고 세계와 대면하겠다는 김이듬의 자기 선언에 다름 아니다.

Ⅱ.

대부분의 시인들이 상징계(the Symbolic)에서 헤맬 때, 김이듬은 전前언어적(pre-linguistic) 공간으로 되돌아간다. 상징계가 규범과 관습과 검열이라는 '아버지의 법칙(Father's law)'에 의해 두들겨 맞은, 잘 길들여진 공간이라면, 크리스테바(J. Kristeva)에 의해 "기호계(the Semiotic)"라 명명되는 전언어적 공간은 길들여지지 않은 야생의 사유가 존재하는 곳이다. 그곳은 에고ego와 수퍼에고superego의 검열에 의해 억압당한 에너지들의 주거지이고, 아직 한 번도 억압을 경험하지 않은 욕망들이 다가올 거세 위협에 맞서 부글부글 끓고 있는 곳이기도 하다. 전언어적 공간이 수행하는 것은 규범 언어에 구멍을 내고, 관습과 전통을 조롱하며, 전복顚覆의 기회를 시시탐탐 노리는 것이다.

> 맑은 정신으로 실험에 착수한다 가운을 입고 비누 거품으로 손목까지 씻어냈다
> 죽은 새에게서 혀를 잘라내고 죽은 물고기의 부레를 뜯어내고
> 죽어가는 엄마의 산도로부터 나는 탈출할 것이다
>
> —「부속 건물 실험실에서」 부분

기호계로 이동하는 그의 통로는 분열과 해체의 원리인 타나토스Thanatos를 향해 있다. 그것은 "잘라내고" "뜯어내고" 도망침("탈출")으로써 상징계 안으로의 편입을 거부한다. 그것은 죽음에서 더 깊은 죽음으로 도망침으로

써 언어 이전의 '흐름'으로 자신을 풀어놓는다.

> 난 화물, 썩은 물 흐르는 컨테이너다
> 출하되자마자 급하게 포장해서 운반된
> 뭐든지 입으로 가져가던 음식물 분쇄기이다
> 영세한 가내공장에서 만들어져
> 교회 입구에 유기되었음직한 재봉이 터진 우주복
> 세심하게 기록을 살펴볼수록 모호한 출처
> 유아 간질 히스테리 증세만 아니었어도
> 미끄럼틀에서 내려 캐나다나 미국쯤 수출되었을 성가신 짐짝
> 어디로 수송 중인지 꽉 막혀 버린 골방
>
> —「물류센터」 부분

"유아 간질 히스테리 증세"는 상징계에 저항하는 '유체(flux)'로서의 존재가 갖는 속성을 지칭한다. 그것은 고체가 아닌 하나의 '흐름'으로서 멀리 언어 이전의 세계로 돌아가 규정과 감시를 거부하며, 상징계의 압력이 코앞에 다가와 더 이상 숨을 쉴 수 없을 때 "간질 히스테리"라는 분열의 전략을 구사한다. 이런 폭발의 순간이 다가오기 전에 주체가 할 수 있는 최상의 전략은 상징계와의 관계를 거부하고 접촉과 동시에 그것을 파괴하는 것이다. "뭐든지 입으로 가져가던 음식물 분쇄기"는 이와 같은 '파괴 기계' '죽음 기계'이었던 주체의 모습을 잘 보여 준다.

> 움트는 고구마, 저 뿌리는 이젠 달콤하지 않잖아요. 여섯 시에 내가 다시 창문처럼 깨져 봐야 시원하시겠어요? 제발, 그냥 내버려 둬요! 나를.
>
> 나에 관해 알고 싶지도 않겠지만, 유치하고 멍청하게 나는 씁니다.

> 이럴 때 난 제법 아름다워요. 챙 큰 모자를 쓴 노출증 시인처럼 지껄입니다. 나는 가혹하게 해줘야 겨우 자라는 식물,
>
> —「보시니 좋더라」 부분

첫 연에서 자신을 그냥 내버려 달라던 화자는 두 번째 연에서 자신을 "가혹하게 해줘야 겨우 자라는 식물"이라고 말한다. 이는 다른 말로 '자라기 싫다'는 주장에 다름 아니고, 자라기 싫다는 것은 폭력과 검열과 대립의 상징계로 들어가기 싫다는 것에 다름 아니다. 그는 상징계의 언어 대신 망가진 문장들, 일탈적 언어, 유아의 옹알이 같은 탈규범 · 탈문법의 세계로 돌아가길 원한다. 왜냐하면 상징계는 억압과 지배와 폭력의 세계이기 때문이다.

> 아빠 친구가 나를 만질 때, 보시니 좋던가요? 우연히 어른의 눈을 갖게 된 후 난 매일 쥐가 많은 지하실에서 그림을 그립니다. 매번 형광등 유리 마개를 밀어 넣어도 벌레들은 기를 쓰고 들어가 타는 냄새를 풍깁니다. 내가 스스로 빛을 끌 생각을 버렸을 때, 당신은 기어 들어와 미쳐버렸던가요? 이리 떼가 달빛 아래에서 춤을 추던 밤, 그 놀이터에서 나는 둥그런 어항처럼 깨뜨려졌지만,
>
> —「보시니 좋더라」 부분

이 시의 제목 "보시니 좋더라"는 성경의 『창세기』 1장에서 신이 인간과 세계를 창조하는 과정을 설명하는 와중에 여러 차례 나오는 말("보시기에 좋았더라")이기도 하다. 만일 이런 각도로 이 시를 읽는다면, 이 시는 (화자의 입장에서는) 전혀 보기 좋지 않은 세계를 만든 신에 대한 야유이거나 빈정거림일 수도 있다.

Ⅲ.

첫 시집과 두 번째 시집인 『명랑하라 팜 파탈』(2007)에 나오는 대부분의 시들은 이와 같이 기호계/상징계 사이의 대립과 갈등으로 가득 차있다. 세 번째 시집(『말할 수 없는 애인』, 2011) 이후의 시집들 속에 상징계의 질서 정연한 문장들이 훨씬 늘어난 것은 사실이지만, 김이듬 시의 패턴은 여전히 이 대립 속에 있다. 이는 세계의 본질이 상징계/기호계, 의식/무의식 사이의 끝없는 갈등이고 싸움이며, 그런 싸움 속에 마구 구겨져 존재하는 주체들이 근본적으로 '분열된 주체(split subject)'일 수밖에 없음을 잘 보여 준다. 그러므로 이 세계가 마치 상징계만으로 구성되어 있는 것처럼 말하는 것은 세계의 반쪽을 세계의 전부라고 우기는 것과 다를 바 없다. 또한 주체가 초점이 잘 잡힌 '통합된 주체(unified subject)'라고 말하는 것은 환상이거나 새빨간 거짓말이다. 김이듬은 가짜 평화 대신에 혼란의 진실을 선택한다. "결백하기 위하여 모순투성이의 인간이 될 것"(「유령 시인들의 정원을 지나」)이라는 그의 다짐을 보라. 그리고 이러한 혼란은 어머니/아버지와 연관된 오래된 심리적 역사를 가지고 있다. 첫 시집부터 현재로서는 최근(다섯 번째) 시집인 『히스테리아』(2014)에 이르기까지 어머니/아버지와 연관된 아픈 가족사가 잊을만하면 자꾸 등장하는 것이 그 증거이다.

찰칵
불이 꺼지고
계모는 책을 뺏어 간다
검푸른 리본은
목을 매기엔 짧다

—「조문객」 부분

똥 싸놓고 벌벌 떠는 아버지를 닦으며 내가 기다리는 것은 불분명해진다 손톱을 씹는다 사면을 기다리는 양심수의 신념에 대해 아는 바 없고 구사일생 넘쳐 나는 기적들이 지겨울 뿐이다 기저귀 갈고 불알 두 쪽 들고 후후후 불어준다 젖비린내 나는 아버지 끔벅이는 눈가에 에센스를 발라주며 내가 이리 갸륵해져도 되나 어서 깨물어 다오 오 오 밀어 넣어다오

—「부부 자해 공갈단」 부분

재미있는 것은 그가 아픈 가족사를 트라우마가 아닌 "비상구"로 대하고 있다는 것이다.

엄마가 떠날 때 내가 엄마를 불렀을 때 그녀는 트렁크를 들고 현관문을 여는 찰나였다 이 층 계단에서 나는 뛰어 내려왔다 넘어졌다 내 이마에는 그때 생긴 흉터가 있다 웃기지 마라 트라우마는 없다 비상구다

—「난초를 더 주세요」 부분

말하자면, 그에게 있어서 상처로 가득 찬 가족 로맨스는 그를 혼란의 기호계로 이끈 '출구'이다. 그는 가족사를 통해 인간을 배웠으며, 세계를 알게 되었고, 욕망의 세계를 '본의 아니게' 들여다보게 된 것이다. 또한 그가 들여다본 세계를 통하여 그는 그 세계가 유니크한 것이 아니라 사실은 보편적 현실이고 그런 의미에서 '자연(nature)'이라는 자각에 도달하게 된 것이다. 그것은 말 그대로 세계의 '전모'였던 것이다. 그리하여 그는 상징계 안에 갇혀서 동굴의 벽만 쳐다보는 것이 아니라, 언어 이전의 세계로 주체와 언어를 몰아붙이고 기호계의 바닥에서 상징계를, 욕망의 입구에서 의식의 세계를 응시하고 있는 것이다. 앞에서도 말했지만, 문학의 무게를 공리나 쓸모로 잴 수 없다. 문학은 윤리도 아니고 법도 아니다. 문학은 해결책을 제시하는 것이 아니라("열쇠를 찾아주는 일이 내 업무는 아니다", 「해변의 문지기」), 공리公理와 상식이 무시하고 외면하는, 보고 싶어 하지 않는 세계의 이면을

스스로 응시하며 보여 주는 것이다. 그 자리는 고통스럽고 참담하다("사금파리 널린 길바닥을 맨발로 걷는 게 창작이야", 「오빠가 왔다」).

Ⅳ.

김이듬의 근작시들은 여전히 파편적 서사(narrative)들로 가득 차있다. 그는 파편적 현실에 파편적 언어로 응수한다. 거의 모든 시들이 서사로 이루어져 있지만, 그 서사들은 계속해서 단절되는 이야기들이다. 따라서 그의 서사는 이야기 아닌 이야기이다. 그의 서사가 계속 끊어지는 이유는 그가 세계의 일관성을 부정하기 때문이다. 세계는 기계적 인과관계로 이어져 있지 않다. 그것은 마치 분열증 환자처럼 쪼개져 있고 떨어져 있으며, 응집의 순간 해체된다. 그것은 마치 잘린 머리에서 계속 다른 머리가 자라나는 히드라Hydra처럼, 들뢰즈(G. Deleuze)의 리좀rhizome처럼, 한 기계에서 다른 기계로 끊임없이 변용된다. 김이듬의 시들은 이렇게 파편화된 세계에 던지는 분열된 질문들이다.

> 나는 그럴 리 없다는 말을 매일매일 한다. 차차 더 크게, 어제는 강남역에서 소리쳤다. 가슴속에서 불타는 바위가 흰 재가 될 때까지.
>
> —「마지막 미래」 부분

김이듬의 작업은 "그럴 리 없다는 말을 매일매일" 하는 일이다. 당연한 것은 없으며 인식론상의 모든 정주定住를 탈주시키는 것이 그의 일이기 때문이다. 주체와 세계는 하나의 분열에서 다른 분열로 이동할 뿐이다. 하나의 시니피앙을 오직 하나의 시니피에에 붙들어 매는 순간, 모든 기호는 폭발하고 만다. 그리하여 기호는 기호 본연의 모습을 되찾는다. 김이듬에게 있어서 주체와 세계의 본연의 모습은 분열이고 불안이며 의혹이다.

한창 차를 몰아 달리고 있었다
더 밟아, 눈과 입술이 새빨갛게 부은 언니가 말했다
어디 가는데? 대체 왜 이러냐고?
눈이 내리고 있었다
미끄러운 도로에 백합 같은 짐승이 죽어있었다

유턴하지 않으면 시간의 빙판 너머 가는 수가 있다
최소한은 천천히 멈추거나
내가 아는 한에서는 그렇다
새는 울지 않고 날아갔다
우리는 큰 하수구가 있는 갓길에 앉아
나는 하늘을 보고 바닥은 언니가 보았다

저기 시체가 있어, 언니가 하수구 아래를 가리켰다
휴대전화 플래시를 켜서 비춰보았다
놀란 눈으로 검은 웅덩이를 보았다
우리는 반 토막 시신도 목격할 수 없었고
진흙 더미에 고인 폐수도 달빛처럼 마를 것을 알았다

나는 차를 몰고 오며 이천만 원을 고민했고
라디오 주파수를 못 잡는 언니를 한심하게 생각했다
백단향 파는 데를 아니?
그게 뭔데? 뭐에 쓰려고?
사소한 얘기로 시작했지만 사회 문제로 흘렀고
별생각 없이 펼쳤는데 모든 페이지가 끔찍한 스토리였다

—「마카롱」 부분

짧은 단편 소설 같은 이 시를 감싸고 있는 것은 정체 모를 죽음의 분위기이다. 세상에, "백합 같은 짐승"의 죽음이라니. "마카롱"처럼 달콤해 보이는 세계의 "모든 페이지가 끔찍한 스토리"였다니. 매우 이질적인 것들이 마치 오래된 짝처럼 붙어있는 것이 분열된 세계의 모습이고 분열된 주체의 내면이다.

내 머리는 받아들이는데 발끝까지 신호가 안 가서 산스크리트어를 외며 다리를 찢어보는 밤
우울한 여름이 가고 더 우울한 달이 등 뒤에서 목을 조르는 밤 월광
내 마음은 온몸 구석구석 흩어져 있어서 혹은 없어서 슬프지가 않다
—「습기 없는 슬픔」 부분

신호는 중간에 자꾸 끊어지고 "내 마음은 온몸 구석구석 흩어져 있"다. 내 마음은 정연한 문법을 거부한다. 파편화되고 연결되지 않는 자아들 때문에 주체는 늘 "우울"하다. 세계는 "미로 같고 구치소 같"(「습기 없는 슬픔」)다. 세계는 마치 무한히 열려 있으나 한번 들어가면 다시는 빠져나올 수 없는 상징계 같다. 그 감옥에서 벗어나는 것은 다름 아닌 '시'의 세계에서 전前언어의 공간으로 돌아가는 것이다. 오직 시에서만 이런 일이 가능하다. 전언어의 공간에서 모든 규범과 문법은 혹독한 의심과 위반에 시달린다. 그리하여 김이듬의 시는 의심과 위반의 언어이다. 그의 "습관은 자유이고 말과 눈물이 말라 처진 젖처럼 처참해도 할 수 없다"(「습기 없는 슬픔」).

5.
빈자貧者의 미학
—김종삼론

I.

공간은 수많은 점과 선들의 네트워크이다. 점은 사물과 사람들로 이루어져 있고, 선은 점, 즉 사물들과 사람들 사이의 관계를 드러낸다. 그것은 짧거나 길거나 어중간하다. 그것은 직선이거나 다양한 곡선, 점선의 형태들 혹은 뫼비우스의 띠처럼 늘 동일한 공간을 반복 순환한다. 김종삼의 시에도 무수한 점과 선들이 모여 공간을 형성한다. 점과 선의 집합인 공간이 곧 세계라면, 김종삼의 공간은 어떤 모습을 하고 있을까. 그것은 한마디로 말해 '빈자貧者'의 공간이다. 김종삼의 공간엔 늘 최소한의 점과 선들이 존재한다. 그것은 '있음'이 아니라 '없음'을 향해 있고, '복잡함'이 아니라 '한가함'을, '좁음'이 아니라 '넓음'을 향해 있다.

> 의인醫人이 없는 병원病院 뜰이 넓다.
> 사람들의 영혼과 같이 개재介在된 푸름이 한가하다.
> 비인 유모차乳母車 한 대臺가 놓여졌다.
> 말을 잘 할 줄 모르는 하느님의 것일까.

버리고 간 것일까.

어디메도 없는 연인戀人이 그립다.

창문窓門이 열리어진 파아란 커튼들이

바람 한 점 없다.

오늘은 무슨 요일曜日일까.

—「무슨 요일曜日일까」 전문

거의 매 행마다 넓음, 한가함, 비어있음, 그리움, 없음의 의미소들이 배열된 이 시는 김종삼 공간의 특성을 명확히 보여 준다. 이것이 주체 바깥에 있는 대상의 풍경이라면, 시적 주체의 공간은 어떠한가.

나의 이상理想은 어느 한촌寒村 역驛 같다.

간혹 크고 작은

길 나무의 굳어진 기인 눈길 같다.

가보지 못했던 다 파한 어느 시골 장거리의

저녁녘 같다.

나의 연인戀人은 다 파한 시골

장거리의 골목 안 한 귀퉁이 같다.

—「나」 전문

김종삼이라는 시적 주체의 공간 역시 가난하고 쓸쓸한 마을("한촌寒村"), "다 파한 어느 시골 장거리의/ 저녁녘"처럼, 없음과 한가함과 고즈넉함을 그 내용으로 담고 있다. 이렇게 비어있는 주체와 비어있는 대상이 만나는 공간이 김종삼이 지향하는 유토피아의 공간이다. 욕망이 잠들어 있으므로 그곳에는 모든 것이 한가하고 먼 거리에 있으며, 비어있으므로 싸움도 혼란도 없다. "집과 마당이 띄엄띄엄 다듬이 소리가 나던 동구洞口"(「어둠 속에서 온 소리」)는 얼마나 고요하고 평화로운가. "세상에 나오지 않은/ 악기樂

器를 가진 아이와/ 손 쥐고 가"(「풍경」)는 풍경은 얼마나 때 묻지 않은 순수의 공간인가. "비나 눈 내리는 밤이면/ 더 환"한 "성하聖河"(「성하聖河」)는 얼마나 성스러운가. 김종삼이 보여 주는 이런 공간은 독자들의 유토피아 욕망을 자극한다. "가난한 아희에게 온/ 서양 나라에서 온/ 아름다운 크리스마스카드"(「북 치는 소년」)에서 독자들은 가장 높은 층위의 평화와 고요와 순수를 읽는다. 디스토피아에서 고향을 상실한 독자들은 시인이 보여 주는 유토피아에서 잃어버린 고향을 다시 얻는다. 사라진 유년과 사라진 공동체와 사라진 자궁이 모두 다시 돌아와 하나의 풍경으로 펼쳐질 때, 독자들의 지친 영혼은 일종의 정결한 카타르시스를 겪는다. 이런 것이 소위 '순수시'의 힘이다. 그리하여 '가장 순도 높은 순수시' '초월적 낭만주의' '해탈의 시학' 등, 김종삼의 시에 붙여진 여러 이름들은 이와 같은 외연을 지칭하는 것들이다. 그러나 순수, 초월, 해탈 등 김종삼 시의 "내용 없는 아름다움"(「북 치는 소년」)을 상찬하는 이런 언사들은 김종삼 시의 외관(facade)만을 바라보고 있는 것이다. 현세는 문자 그대로의 순수와 초월과 해탈을 가능케 하지 않는다. 평안한 주체와 고요한 대상이 수평적으로 만날 때 생기는 '소란 없는 세계'는 그것들을 비트는 다른 힘의 개입에 의해 늘 파괴된다.

광막廣漠한지대地帶이다기울기
시작했다잠시꺼밋했다
십자형十字型의칼이바로꼽혔
다

—「돌각담」 부분

좀 가노라니까
낭떠러지 쪽으로
큰 유리로 만든 자그만 스카이라운지가 비탈지었다
언어言語에 지장을 일으키는

난쟁이 서가畵家 로트렉 씨氏가

화를 내고 있었다

—「쌍뼁」 부분

딴 세계世界 이곳엔 심甚한 경사傾斜이다

칠흑漆黑이다

심대深大하다

빗방울이 번지고 있었다

죽음의 재들이 날아와 붙고 있었다

—「개체個體」 부분

순서대로 보면 첫 번째 시의 첫 행 "기울기" 다음에는 "칼이바로꼽혔/ 다" 라는 (폭력까지는 아니더라도) 공격적인 대목이 나온다. 두 번째 시에서도 세 번째 행의 "비탈지었다" 다음에는 화를 내고 있는 "언어言語에 지장을 일으키는/ 난쟁이 서가畵家"가 등장한다. 세 번째 시의 첫 번째 행에서도 기울어짐을 의미하는 "경사傾斜" 다음에 "죽음의 재들"이라는 부정어가 나온다. 비틀어지고 기울어지는 것을 묘사한 후에 한결같이 등장하는 이 부정의 언사들은 도대체 무엇인가. 그는 과연 어린애 같은 순수만을 노래하고 있는가. 전혀 그렇지 않다. 이 모든 기욺과 비탈짐은 수평적 평화가 깨지는 순간의 공간의 형태를 가리키는 용어들이다. 수평적 평화는 현세의 폭력적 개입에 의해 비틀어지고 기울어진다. 그 찌그러진 공간을 통해 유토피아는 깨어지고 현세의 비극적이고도 고통스러운 서사가 끼어든다. 그리하여 유토피아를 그리고 있는 그의 시들이 비극적 현세를 애써 잊거나 감추려는 몸짓이라면, 그 파사드를 벗겨 내는 것은 그것을 뒤틀고 구부리는 김종삼의 다른 상상력이다. 위에 예시한 시들은 유토피아의 외관을 비틀어 현세의 어두운 풍경을 드러낸다.

Ⅱ.

김종삼을 소위 "순수시인"으로 범주화하는 행위는 현실도피의 '순수하지 못한' 의도가 초래한 '족보 만들기의 희극'이다. 아무리 불러봐야 순수시인은 없다. 김종삼이 『문예』지에 등단을 거부당한 이유 중의 하나는 그가 "꽃과 이슬을 노래하지 않았"기 때문이었다. 시인은 하늘의 천사가 아니다. 김종삼은 극빈과 병마에 시달린 초라한 사내였으며, 현세의 고통을 잊기 위해 알코올에 몸을 맡긴 약자였다. 그는 현세에 없는 유토피아를 취기와 음악에서 찾았다.

> 구멍가게에 기어들어가
> 소주 한 병을 도둑질했다
> 마누라한테 덜미를 잡혔다
> 주머니에 들어있던 토큰 몇 개와
> 반쯤 남은 술병도 몰수당했다
>
> —「극형極刑」 부분

그는 소주 한 병 자유롭게 마실 수 없는 가난뱅이 알코올 탐닉자였으며, 오체투지로 바닥을 기며 현세의 "극형"을 견디던 자였다. 그는 마치 '빈 그림'을 그리는 것 같았지만, 그가 그린 것은 판타지가 아니라 엄연한 현실이었다. 그는 "폭탄에 마구 불타 버리는 현실과 생명을 보고서도 눈을 감고 오히려 다른 에고이즘의 위장을 꾸미기에 바빴던 타기할 만한 시인들"(산문, 「피란 때 연도年度 전봉래」)을 저주했다. 다만 그는 "영탄조의 노래를 읊조리거나, 자기 과장의 목소리로 수다를 떠는 것을 보면 메슥메슥해서 견디기 어"려웠기 때문에, 그런 낭만 과잉의 시인들과는 '다른' 방식으로 세계를 재현한 것이었다. 그는 "감정의 소용돌이에서 완전히 떠나" "평정에 다다"(1979년 《일간스포츠》 인터뷰 기사)른 상태에서 세계를 응시했다. 이 고요를 '순수'라 부르면 안 된다.

> 1947년 봄
> 심야深夜
> 황해도黃海道 해주海州의 바다
> 이남以南과 이북以北의 경계선境界線 용당포浦
>
> 사공은 조심조심 노를 저어가고 있었다.
> 울음을 터뜨린 한 영아嬰兒를 삼킨 곳.
> 스무 몇 해나 지나서도 누구나 그 수심水深을 모른다.
>
> ―「민간인民間人」 전문

설명과 논평을 최대한 생략한 이 시보다 분단의 고통을 더 강렬하게 표현한 시가 있을까. 한국전쟁이 일어나기 무려 3년 전, 피치 못해 남북을 몰래 오가던 "민간인"들이 자신들의 목숨을 위해 젖먹이("영아嬰兒")를 물에 빠뜨려 죽여야 했던 역사에 대해 그는 긴 설명을 하지 않는다. 그의 화자는 비개입적(uninclusive) 화자이다. 그는 '말하기(telling)' 대신에 '보여 주기(showing)'를 선택함으로써 텍스트에 최대한 개입하지 않는다. 감정의 개입을 극단적으로 억제하는 그의 이런 자세는 마치 헤밍웨이(E. Hemingway)의 극기 정신(stoicism), 그리고 그 정신이 쏟아낸 '하드보일드 스타일hardboiled style'의 비정함을 연상케 한다. 이런 의미에서 그는 낭만주의자가 아니다. 평생 음악광이었던 그는 음악도 주로 "낭만성이 전혀 배어있지 않은 고전파 악곡만을 택해서 듣"(《한국일보》, 1981년 인터뷰)는 경향이 있었다. 그는 극단의 고통 속에서도 찡찡거리지 않으며 자신의 현실과 거리를 확보한다. 그는 자신의 경험을 마치 남의 일처럼 (주로 과거형으로) 묘사하되 설명하지 않고 보여 준다. 논평은 그의 것이 아니라 오로지 이 전략에 넘어간 독자들의 몫이다.

그는 텍스트를 가능한 한 텅 비게 만든다. 앞에서 말한 '빈자의 공간'이 그것이다. 그의 텍스트에는 화려한 가구도 장식도 없다. 오직 필요한 최소한의 물건들만이 그가 만든 텍스트의 방에 띄엄띄엄 들어있다. 그런데 역설적이게도 이 '비움'이 더욱 많은 이야기를 만들어낸다. 그가 공간을 많이 비워 놓으면 비워 놓을수록 독자들은 더욱 많은 서사로 그 빈 공간을 채운다. 그는 말하자면 침묵함으로써 더욱 많은 이야기를 하고 있는 것이다. 침묵은 그가 하고, 웅변은 독자들이 한다. 이것이야말로 김종삼의 빈자의 미학이 하는 일이다.

물 먹은 소 목덜미에
할머니 손이 얹혀졌다.
이 하루도
함께 지났다고,
서로 발잔등이 부었다고,
서로 적막하다고

—「묵화墨畵」 전문

정현종은 「방문객」이라는 시에서 "사람이 온다는 건/ 실로 어마어마한 일"이고 그 이유는 "그의 과거와/ 현재와/ 그리고/ 그의 미래가 함께 오기 때문"이며 "한 사람의 일생이 오기 때문"이라고 하였다. 그러나 위 시에서 할머니의 과거와 현재와 미래, 그의 일생은 완전히 생략되어 있다. 우리는 다만 부은 "발잔등"과 "적막하다"는 표현에서 그가 살아온 생애의 무게와 현재의 고독을 유추할 수 있을 뿐이다. 그럼에도 불구하고 이 시가 많은 독자들에게 울림을 불러일으키는 것은 침묵하는 부분 때문이며, 김종삼은 이 울림을 할머니와 소의 '동반同伴' 상태로 묘사함으로써 더욱 강화한다. 텍스트의 빈 곳은 (할머니와 관련된) 상상 가능한 모든 서사들로 가득 차있다. "적막"한 할머니를 둔 모든 독자들은 각기 자신의 할머니가 겪어온 '풍상風霜'의 서로 다른 서사들로 이 텍스트의 빈 곳을 메울 것이다. 그러나 그 모든 서사들은 다시 부은 발잔등과 적막한 현재로 응집됨으로써 특수에서 보편으로 전치轉置된다.

> 어린 교문校門이 보이고 있었다
> 한 기슭엔 잡초雜草가.
>
> 죽음을 털고 일어나면
> 어린 교문校門이 가까웠다.
>
> 한 기슭엔
> 여전如前 잡초雜草가,
> 아침 메뉴를 들고
> 교문校門에서 뛰어나온 학동學童이
> 학부형學父兄을 반기는 그림처럼
> 복실 강아지가 그 뒤에서 조그맣게 쳐다보고 있었다
> 아우슈비츠 수용소收容所 철조망鐵條網
> 기슭엔
> 잡초雜草가 무성해 가고 있었다

—「아우슈비츠 I」 전문

인류 최악의 제노사이드의 현장인 아우슈비츠를 그리고 있는 이 시를 보라. 그는 이 처참한 현장을 짐짓 강 건너 불구경하듯 (감정의 개입을 거의 하지 않고) 그리고 있다. 시작과 중간, 그리고 마지막에 "잡초雜草"를 배치하면서 김종삼은 이 그림이 긴 역사를 가지고 있음을 상기시키고 있으며, 그것에 참상 이전의 평화로운 과거(학부형을 반기러 뛰어나오는 어린 학생들의 모습)를 현재형으로 오버랩시킨다. 이 시는 마치 짧은 정지 상태의 컷(shot)들을 두어 장 겹쳐 놓은 사진 같다. 위에 인용한 시들과 마찬가지로 아무런 해석도 논평도 판단도 없다. 독자들은 마치 겹쳐진 사진을 들여다보듯이 이 그림을 통해 무수한 지옥의 역사를 상상하면 되는 것이다. 김종삼의 유토피아 풍경들이 설득력을 얻는 것은, 그 배경에 이와 같은 고난과 지옥의 현실에 대한 침묵의 그림이 있기 때문이다.

Ⅲ.

김종삼의 시가 유파를 불문하고 수많은 후배 시인들에게 공감대를 형성하는 또 다른 이유는 그의 철저한 자기반성 때문이다. 그의 외적 브랜드가 베레모와 파이프 담배였다면, 그의 내적인 무기는 '무서운 자성自省'이었다.

안쪽 흙바닥에는
떡갈나무 잎사귀들의 언저리와 뿌롱드 빛갈의 과실果實들이 평탄하게 가득 차있었다.

몇 개째를 집어보아도 놓였던 자리가
썩어있지 않으면 벌레가 먹고 있었다.
그렇지 않은 것도 집기만 하면 썩어갔다.

거기를 지킨다는 사람이 들어와
내가 하려던 말을 빼앗듯이 말했다.

당신 아닌 사람이 집으면 그럴 리가 없다고—.

—「원정園丁」 부분

이 작품은 김종삼의 등단작이다. 등단작에서 이미 화자는 "뿌롱드 빛갈의 과실果實들"도 자기가 "집기만 하면 썩어갔다"고 고백한다. "당신 아닌 사람이 집으면 그럴 리가 없다"는 과수원 지기의 말은 이 시의 화자가 먼저 하려던 말이었다. 김종삼은 평생 자기반성과 자기 비하로 스스로를 채찍질했다. 죽기 3년 전(1981)의 인터뷰(《한국일보》)에서도 그는 "이제까지 작품다운 작품을 한 번도 써본 적이 없"으며, "한 번도 시에 대해 자신을 갖지 못" 했다고 고백한다. "그저 사는 것이 따분하고 지리해질 때 흐리고 탁한 '뜨물 같은 시'나 써보곤 하는 것, 그뿐"이라는 그의 후술後述은 겸양을 가장하는 표현이 아니다.

부인터 공동 묘지를 향하여
어머니 나는 아직 살아있다고
세상에 남길 만한
몇 줄의 글이라도 쓰고 죽는다고
그러나
아직도 못 썼다고

불쌍한 어머니
나의 어머니

—「어머니」 부분

바로크 시대 음악 들을 때마다
팔레스트리나 들을 때마다
그 시대 풍경 다가올 때마다
맑은 물가 다가올 때마다
라산스카
나 지은 죄 많아

죽어서도

영혼이

없으리

—「라산스카」 전문

누가 "나 지은 죄 많아/ 죽어서도/ 영혼이/ 없으리"라고 고백할까. 어느 작가가 제대로 된 몇 줄의 글을 "아직도 못 썼다고" 쉽게 고백할까.

희미한

풍금風琴 소리가

툭 툭 끊어지고

있었다

그동안 무엇을 하였느냐는 물음에 대해

다름 아닌 인간人間을 찾아다니며 물 몇 통桶 길어다 준 일밖에 없다고

머나먼 광야廣野의 한복판 얕은

하늘 밑으로

영롱한 날빛으로

하여금 따우에선

—「물통桶」 전문

그는 자기 생애의 배경을 "툭 툭 끊어지"는 "희미한/ 풍금風琴 소리"로 그린다. 그 어렴풋한 단절의 길에서 그가 한 일은 오직 "다름 아닌 인간人間을 찾아다니며 물 몇 통桶 길어다 준 일밖에 없다"고 고백한다. 그 물 몇 통은

마치 마르지 않는 샘물처럼 세계로 흘러갈 것이다. "영롱한 날빛으로" 그러나 먼 천상天上이 아닌 "얕은 하늘 밑" 지상("따우")에서.

김종삼의 삶을 '보헤미안' 운운하면서 낭만적 부랑아로 회칠하려는 모든 시도는 철회되고 중단되어야 한다. 그는 누구보다도 철저하게 자신을 반성하고 단련했으며, 말을 아끼고 절제했다. 그는 빈자의 거장답게 그의 공간에서 잉여의 사물들을 지워내고 버렸다. 그는 수다와 낭만 과잉의 화려한 만찬을 거부하였다. 그의 밥상은 늘 조촐했으며, 자신의 말을 아낀 빈자리를 독자들이 채우도록 했다. 그는 침묵의 웅변을 알았고, 다 버림으로써 다 얻는 법을 알았다.

* 뱀의 다리

문청 시절, 평론가로 등단하면 제일 먼저 김종삼론을 쓰고 싶었다. 김종삼이 살아있을 때였다. 그러나 목표와 달리 내 평론 등단작은 황지우론이었다. 김종삼은 그때 이미 이 세상 사람이 아니었다. 이제야 우문愚文으로 문청 시절 내게 다짐했던 약속을 지킨다.

6. 비애의 기원, 검은색의 심연
—송재학론

I.

지금까지 나온 송재학의 시집 아홉 권을 모두 읽었다. 첫 시집『얼음시집』(1988)을 읽는 동안, "비애" "눈물" "슬픔" "울음" 같은 단어들을 자주 만났다. 그리고 어떤 질문 하나가 내 안에서 계속 일어났다. 그는 왜 슬퍼할까. 그는 왜 울고 있으며, 그의 '비애'의 정체는 무엇일까. 이 질문을 계속 던지면서 나는 예감했다. 이 질문은 결국 그의 문학의 기원에 대한 질문이며, 이 질문에 대한 해명이야말로 그의 시 세계 전체를 이해하는 출발점이라는 것을.

칠흑의 머리칼 올올이 뒤쫓아
어둔 길,
땅 끝에 서면
어느 세월 어느 꿈이
엉겅퀴 쑥꽃 찔레꽃 따위
숨막히는 비애로 피어나는지, 그럴수록

눈물길 먼 길

한참이고나,

—「먼길 1-그리움」 부분

그러나 첫 시집에서 그 비애의 정체는 잘 보이지 않았다. 그는 슬픔의 시니피앙만을 여기저기 던져놓을 뿐, 시니피에의 친절한 서비스를 제공하지 않았다. 그는 비애의 기표들을 흩뿌려 놓고 기의의 추錘를 감추는 방법으로 '모호성'의 영역을 넓히고 있었다. 가령 첫 시집의 「시론詩論」의 화자는 "한 번의 호흡마다 치미는 아픔은 참기 어렵군요 처음 시를 쓴 것은 우울에 기대어서였지요"라고 말하고 있지만, 이 시의 어디에도 그 "아픔"과 "우울"의 기원에 대한 설명은 없다. 그러다가 세 번째 시집 『푸른빛과 싸우다』(1994)의 첫 번째 시에서 나는 어렴풋하게나마 그 슬픔의 기원을 알게 되었다. 그의 우울과 비애의 기원은 바로 '아버지의 부재'였다.

돌아가신 아버지를 소래 포구의

난전에서 본다, 벌써 귀밑이 희끗한

늙은 사람과 젊은 새댁이 지나간다

아버지는 서른여덟에

위암으로 돌아가셨다 지난날

장사를 하느라 홍해와 일광을 돌아다니며 얻은

병이라 하지만 아버지는 언제부턴가

소래에 오고 싶어 하셨다

아니 소래의 두꺼운 시간과 마주한 뻘과 협궤 쪽에 기대어 산

새치 많던 아버지, 바닷물이 밀려 나가는

일몰 끝에서 그이는 젊은 여자가 따르는

소주를 마신다, 그이의 손이 은밀히 보듬는

그 여자의 배추 살결이

소래 바다에 떠밀린다
내 낡은 구두 뒤축을 떠받치는 협궤 너머
아버지는 젊은 여자와 산다

—「소래 바다는」 전문

그는 젊은 나이에 세상을 뜬 아버지를 아직도 보내지 않고 있다. 그는 소래 포구에서 우연히 마주친 "귀밑이 희끗한/ 늙은 사람"과 아버지를 동일시한다. 그리하여 그 늙은 사람이 "젊은 여자"와 술 마시는 모습은 그대로 아버지의 서사로 바뀐다. 첫 행에서 "돌아가신 아버지"라 해놓고 마지막 행에서 "아버지는 젊은 여자와 산다"는 문장을 배치함으로써, 그는 처음으로 '비애의 정체'를 고백하고 있는 것이다. 이 모든 수수께끼가 풀린 다음에야 나는 우연히 그의 산문 「기억들」(『우리 시대의 시인』, 시와반시, 2002, 268~273쪽)을 읽었는데, 거기에서 그는 "나를 문학의 원형인 괴로움으로 이끈 끈이 나의 가족사"라 고백하며, 위 시에 등장하는 젊은 여자를 "나의 아버지에게 바치는 제물의 다른 이름이기도 하고, 내가 알 수 없는 아버지의 비밀이기도 하다"고 밝히고 있다. 이 산문에 따르면 그의 아버지는 1968년에 세상을 떠났고, 그때 시인은 고작 중 1이었다.

이렇게 그의 시의 '원형'을 찾고 나서 나는 다시 그의 첫 시집으로 되돌아갔다. 그제야 수수께끼가 풀렸다. 나는 그가 흩뿌린 시니피앙의 닻을 찾은 것이다. 첫 시집의 짧은 「자서自序」에서 그는 "이승의 불 속에 계시는 선친과 어머님, 편안하시길"이라고 밝히고 있다. 그가 이 자서를 쓴 1988년을 기준으로 볼 때, 그의 "선친"은 "이승"에 있는 것이 아니라 벌써 20년 전에 이미 '저승'으로 떠났다. 생물학적 아버지는 이미 오래전에 사라졌으나, 그는 아버지를 보내지 못하고 있는 것이다. "불"은 '영원성'의 상징으로 아버지를 그리워하는 시인의 가슴속의 불이다. 그 안에 그의 아버지는 계속 살아있다. 많은 남성 시인들의 시에서 그리움의 대상이 되는 것은 주로 어머니이다. 남성 시인들의 작품에서 많은 경우 아버지는 겨루기의 대상이고,

극복의 대상이며, 죽임의 대상이다. 이것이 우리가 수많은 남성 시인들의 작품들에서 읽어내는 '오이디푸스적' 징후이다. 그러나 송재학 시인에게 오이디푸스는 없다. 그는 아버지와 싸우는 것이 아니라, 아버지의 부재와 싸우고 있다. 그는 아버지와 겨루기는커녕, 현세의 풍경에서 죽은 아버지를 살려 내며 상상적이지만 "젊은 여자"를 아버지에게 제물로 바친다. 그에게 있어서 아버지는 부재이고 결핍이며, 그 부재와 결핍이야말로 그의 고통의, 그의 문학의 진원이다. 두 번째 시집 『살레시오네 집』(1992)에서 그는 "아버지는 흘러버린 날짜의 맨 앞에서 내가 들고 있는 책의 첫 페이지에 서 있다 그곳의 시간은 늘 멈추어서"(「하구에서…… 아버지의 시간」)라고 말하고 있다. 아버지의 부재는 그의 "책"(문학)의 "첫 페이지"이며, 아버지의 시간은 "멈추어서" 흐르지 않는다. 그는 아버지의 부재를 받아들일 수 없기 때문에 아버지를 계속 살려 두며, 그가 가는 모든 행선지로 호명해 낸다. 아버지는 죽은 자가 아니라, 다만 "늙은 사람"일 뿐이다. 그의 시들 속에 "늙은 사람" "늙은 나무" "늙어버린 사람" "늙은 소리" 등의 표현들이 자주 등장하는데, 이는 그의 시가 아버지와의 '오랜 동행同行' 속에서 이루어지고 있음을 보여 준다.

Ⅱ.

아버지의 부재는 그가 세상을 들여다보는 구멍이다. 아버지의 부재를 받아들일 수 없으므로, 그에게서 어린 나이에 아버지를 앗아간 세계는 그 자체가 혼란이며 모순어법이다. "생나무 끊임없이 쓰러지고 흐르는 물과 타오르는 불의 눈부신 땅, 제 번뇌 비추는 얼음벽도 만나는 짐승이 밟고 가는 어두운 잠 속"(「침엽수림의 꿈」)은 고스란히 그가 탐구하는 세계의 모습이다. "물"과 "불"과 "얼음"이 공존하는 "어두운 잠 속"은 아버지의 부재로 인해 그가 대면하게 된 세계의 속살이다. 그리하여 그에게 평생 씨름해야 할 '정신의 밀도 깊은 행성'이 태어나는데, 그것은 대체로 '검은색'의 외피를 입고 있다. 송재학에게 있어서 색깔은 매우 상징적인 의미를 갖는데, 특히 검은색은 초기 시집 이래 같은 제목의 최근 시집(『검은색』, 2015)까지 그가 계속 대면해 온 숙제 같은 색이다. 그가 만일 시의 '면벽 수도' 같은 것을 하고 있다면, 그 면벽은 바로 검은색이다. 그것이 검은색인 이유는 그 출발이 죽음이기 때문이기도 하지만, 검은색의 속성이 모순성 그리고 규정 불가능성이기 때문이기도 하다.

> 검은빛은 죽음이 아니다, 비애가 아니다 검은빛은 환하다 때로 파도와 맞물리면서 신생新生의 거품을 떠밀거나 버려진 돌들을 이끌고 바다 깊이 담금질하며 주전의 검은 돌들은 더욱 맑아져 사람의 삶을 부추기고, 그때 검은빛은 심연의 입구다
>
> 검은빛을 세계라 부를 수 있을 것이다, 모든 빛이 그로부터 비롯된다면
>
> 검은빛을 관념이라 적지는 말자 어떤 애벌레들은 마흔 날이 되면 다시 제 몸에서 애벌레를 게워낸다
>
> ―「주전」 부분

그는 애써 검은빛이 "죽음이 아니"고 "비애가 아니"라고 밝히고 있는데, 이런 진술은 검은빛의 '기원'이 죽음과 비애라는 사실을 부인하는 것이 아니다. 죽음과 비애는 검은빛의 분명한 유발인자이지만, 그로 인해 그가 대면한 "세계"로서의 검은빛은 그것들을 넘어서는, 그것보다 훨씬 복잡한 구성물이라는 의미로 읽어야 한다. 최근 시집 『검은색』의 프롤로그는 "어디서나 나와 같은 질문을 하는 검은색이 있다"는 한 문장으로 이루어져 있는데, 그렇다면 검은색은 이미 보편적("어디서나") 존재로서의 한 "세계"이다.

그리고 이런 입장은 "검은빛을 세계라 부를 수 있을 것"이고 "모든 빛이 그로부터 비롯된다"는 위 시의 주장과 일맥상통하는 것이다. 위 시는 그의 세 번째 시집인『푸른빛과 싸우다』에 나오는데, 그때부터 그는 이미 '검은색'을 그의 '세계'로 설정해 놓고 있다. 한편 그가 두려워하는 것은 검은색이라는 강도 높은 정신의 세계가 그저 '관념'으로 머무는 것이다. 그리하여 그는 "검은빛을 관념이라 적지는 말자"고 다짐하고 있는 것이다. 그러나 그의 세계인 '검은빛'은 앞에서 내가 '정신의 밀도 깊은 행성'이라고 말한 것처럼 '관념'의 속성을 가지고 있다. 그가 아버지의 부재로 인하여 마주친 검은색의 '세계'는 물질적 현실이 아니라, (들뢰즈의 표현을 빌리면) 정신적 '강밀도(强密度, intensity)'의 세계이며, 그는 그것과 씨름하면서 그것의 내밀한 속살을 읽어내려고 하는 것이다. 그 내밀한 속살을 읽어낼 때 다시 말해 그 안에서 "애벌레"들을 "게워"낼 때, 검은색의 관념은 신비의 아우라Aura를 벗고 현실로 내려올 것이다. 그는 네 번째 시집『그가 내 얼굴을 만지네』(1997)의「자서自序」에서 "지난 몇 년 동안 내가 따라갔던 애매성의 공간에 명쾌함을 부여하려고 노력했지만, 어쩔 수 없이 내 서투른 노래는 그 공간에 더욱 사로잡힐 뿐이다"고 고백하고 있는데, 그가 여기서 말하는 "애매성"이란 바로 '검은 세계'의 관념성을 지칭하는 것이고, 그는 이 자서를 통해 (매우 겸손하게) 그것과 싸우고 있는 자신 그리고 그 싸움에서 오는 피로를 언급하고 있는 것이다.

그러나 겸손한 자서와는 전혀 다르게 나는 이 네 번째 시집부터 관념의 검은색에서 구체성의 애벌레들이 보다 본격적으로 기어 나옴을 본다. 그의 고백과 다르게 이 구체성의 애벌레들 때문에 앞의 세 시집보다 네 번째 시집은 훨씬 잘 읽힌다. 말하자면 애매성과의 싸움에서 그는 일정 정도 승리하고 있는 것이다.

> 가까이 다가가면 애월 깊은 미끈거리는 식도食道
>
> 검은색의 비애에 사로잡힌 건 내 소용돌이다

칼날이 된 바다가 옆구리에 박힌다
천천히 서있는 전신주들,
느낌표처럼,
터질 듯 부푼 어떤 생의 입구마다 꽂혀 있다
애월 바다는 파랑 주의보에 익숙했으리
검은색 따라간 며칠 새
몇 개의 부음을 받았다
길 전체가 목관 악기인 애월에서의 해미 같은

—「애월 바다까지-제주시편 2」 부분

그는 여전히 "검은색의 비애"와 씨름하고 있지만, "미끈거리는 식도食道" "칼날이 된 바다" "터질 듯 부푼 어떤 생" 같은 감각적 표현들은 검은색의 관념에 구체성을 부여하는 애벌레들 같다. "부음"을 "길 전체가 목관 악기인 애월에서의 해미"로 묘사한 대목은 '물질화된' 죽음의 세계를 잘 보여준다. 그것은 마치 김승옥의 단편소설 「무진기행霧津紀行」처럼 불안과 죽음을 '풍경화'한다.

앰뷸런스는 사자死者에게 빌린 옷을 입고 지나간다
바꾸지 못한 시트에는 잔설이 묻어난다
붉은빛이 내 몸 뒤에서 토악질을 한 건 피 때문이었을까
앰뷸런스는 하나하나 불빛으로 바뀌는 울음의 슬로우 모션이다
폭우 사이를 뚫고 달리는 앰뷸런스 쫓아가 문 열리는 시간까지 기다린다
늦은 밤 냉장고 문을 열 때 당혹스레 쏟아지던 불빛처럼
두 손이 잠기는 늪이 내 눈알의 뒤쪽인지 알고 싶다
금방 터져버려 퍼 담지 못할 양수 같은
산성酸性의 육체는 별을 기다리는가

앰뷸런스는 구겨지는 길을 지나간다

—「앰뷸런스」 전문

같은 시집에 나오는 이런 시는 "애매성의 공간에 명쾌함을 부여"하려는 그의 노력이 허사가 아님을 잘 보여 준다. 앰뷸런스를 "하나하나 불빛으로 바뀌는 울음의 슬로우 모션"이라고 묘사한 대목이나, 앰뷸런스가 "사자死者에게 빌린 옷을 입고 지나간다"고 서술한 부분은, 새삼스럽게도 시의 생명이 대상 자체가 아니라 표현에 있음을 잘 보여 준다. 쉬클로프스키(V. Shklovsky)가 그 유명한 '낯설게 하기(defamiliarization)'를 설명하면서 "예술은 대상에 부여된 기교성(artfulness)을 경험하는 한 방식이다. 대상은 중요하지 않다"고 했을 때의 "기교성"이란, '관념'을 '감각'으로 옮겨 놓는 시적 언어의 특성을 지칭하는 것이다.

Ⅲ.

관념 자체가 혐의일 수는 없다. 플라톤부터 헤겔에 이르기까지 우리는 세계의 본질을 관념으로 설정한 무수한 사유들을 접해 왔다. 이 '관념의 왕자들'에게 관념은 양보할 수 없는 세계의 실체이다. 그러나 시는 지식 혹은 관념을 말할 때에도 감각 혹은 지각(perception)의 층위를 경유한다. 관념은 시의 적이 아니다. 관념은 시의 원료 중의 하나이며 시는 그것을 감각의 세계로 옮겨 놓는 기술(art)이다. 또한 애매성 혹은 모호성(ambiguity) 자체가 혐의일 수 없다. 신비평(New Criticism)의 대표주자 중의 한 사람인 엠프슨(W. Empson)은 모호성을 시적 언어의 가장 중요한 속성으로 간주하였다(『모호성의 일곱 가지 유형 *Seven Types of Ambiguity*』). 그러나 시적 모호성은 관념적 모호성과는 다르다. 그것은 서로 다른 사물들을 강제로 연결시킬 때 사물들 사이에서 발생하는 '긴장된 화학반응'에서 나오는 것이다. 시적 모호성은 사물들 사이의 (긴장된) 관계에서 생산되므로 물질적이다. 그런 의미에서 시는 관념을, 정신적 강밀도를 끊임없이 '감각으로 번역하는 언어'이다.

(내가 볼 때) 그의 시집들 중에 관념의 강밀도가 감각으로 가장 잘 번역된 시집은 다섯 번째 시집 『기억들』(2001)과 여섯 번째 시집인 『내간체를 얻다』(2011)이다. 이 시집들에서 송재학은 검은색의 관념을 다양한 사물어事物語들과 감각어感覺語들을 동원해 패러프레이즈paraphrase하고 있다. 그는 시 속에 다양한 종류의 사물과 감각들을 끌어들이고 있는데, 그중에서도 가장 눈에 띄는 것은 나무와 식물들, 그리고 색깔의 동원이다. 이는 관념에 감각을 부여하고 그것을 사물과 뒤섞음으로써 시로 변용하는 행위이다.

> 흰 수피의 나무들 사이
> 내가 가진 검은색 버리고
> 신발도 가지런히 나무 가랑이 아래 벗어놓고
> 나무 속 발광체라는 생각으로
> 나무 속에 들어가 보았으면
> 혼자 썩을 수 없는 물질이었으니
> 물의 모세관을 따라가 보았으면
>
> —「나무장葬」 부분

"검은색 버리고/ 신발도 가지런히 나무 가랑이 아래 벗어놓고" 나무 속으로 들어가길 원하는 화자의 태도는 다소곳하다. 여기에서 "나무 속에 들어가"는 행위는 관념("검은색")의 층위에서 사물의 층위로의 이동을 나타내되, 그 이동은 단순한 관계 맺기가 아니라 대상과 하나가 되는 일이다. 그는 "나무 속 발광체"가 되어 "물의 모세관"을 따라가고자 하는 것이다. 그는 주체와 사물의 완전한 '포개짐'의 상태를 지향한다.

> 풀잎들은 언제 사랑하게 되는가

고요의 거울 속에 초록의 목발이 가득했다면

초록 거울 안은 방금 고요와 입 맞춘

동성애 풀잎들이 가득 누워있다

—「풀잎들은 언제 사랑하게 되는가」 부분

"초록 거울"은 실물의 "풀잎들"을 번역(반영)하는 감각의 '언어'이다. 그 안에 비친 이미지들을 "동성애 풀잎"이라고 부르는 것은, 반영(번역) 이전과 반영 이후의 사물들이 완벽한 '동질의 것(homoglot)'임을 의미한다. 이것은 그의 시의 목표이기도 한데, 『내간체를 얻다』의 「시인의 말」에 나오는 "내 시가 때로 상처의 무늬와 겹쳐진 오래된 얼룩이었으면 합니다"라는 문장은 관념을 사물 속으로 끌고 들어가 그것들을 하나로 만들고자 하는 그의 욕망을 잘 드러내준다. "상처"가 그의 문학의 재료라면, "오래된 얼룩"은 그의 시다. 그것들이 "겹쳐"지기를 바라는 것은 재료로서의 이데아Idea와 감각 언어로 옮겨진 시가 완벽한 동체同體이기를 바라는 소망을 의미한다. 마슈레(P. Macherey)의 말처럼 문학이 일종의 '생산'이라면, 문학은 문학 이전의 것으로부터 무엇인가를 계속 '낳는' 행위이다. 가령 "산벚나무 산도産道에 먼저 불이 붙고 꽃잎은 흰색에서 분홍빛으로 번지면서 온 산이 산벚나무의 희고 붉은 울음을 견디지 못할 때 먼저 봄 산욕産褥을 거쳤던 참나무가 되돌아서서"(「숨죽이기-생물계절학」)라는 표현은 나무와 색깔이 어우러지면서 관념이 사물로 '출산出産'되는 과정을 화려하게 재현하고 있다.

볏을 육체로 보지 마라

좁아터진 뇌수에 담지 못할 정신이 극채색과 맞물려

톱니바퀴 모양으로 바깥에 맺힌 것

계관이란 떨림에 매달은 추錘이다

빠져나가고 싶지 않은 감옥이다

극지에서 억지로 끄집어내는 낙타의 혹처럼, 숨표처럼

볏이 더 붉어지면 이윽고 가뭄이다

―「닭, 극채색 볏」 전문

이 시는 관념과 실물 사이의 '위대한 충돌'을 실감나게 보여 준다는 점에서 흥미롭다. "좁아터진 뇌수에 담지 못할 정신"이 터져 나가 이룬 것이 닭의 볏이라니. 그리고 그것에서 "빠져나가고 싶지 않"다니. 송재학에게 있어서 "정신"(관념)은 웬만한 "뇌수"로는 담을 수 없는 거대한 것이다. 그러나 그것이 표현을 얻는 것은 오로지 "극채색"의 감각을 가지고 있는 사물 속에서이다. 시는 그곳을 떠날 수 없다. "계관"이 시의 감옥이다.

Ⅳ.

근작시 「불가능의 흰색」 역시 그가 얼마나 색깔이라는 감각의 특수 영역에 오래 몰두하고 있는지 보여 준다.

> 흰색의 눈에 띈다는 것은 슬픈 일이다 수컷 곰이 배고픔 때문에 새끼를 잡아먹는 북쪽에는 남몰래 우는 낮과 밤이 있다 흰색의 목마름이 색깔을 지운다면 지평선은 얼음을 지운다 허기진 북극곰이 흰색을 삼키거나 애먼 흰색이 북극곰을 덮친다 얼룩진 흰색과 검은 흰색이 아롱지듯 겹치고 있다
>
> ―「불가능의 흰색」 부분

이 시에서는 색깔(감각)이 존재를 대치한다. "허기진 북극곰이 흰색을 삼키거나 애먼 흰색이 북극곰을 덮친다"는 표현이 그것이다. 그리하여 존재들 사이의 충돌과 부딪힘은 "얼룩진 흰색과 검은 흰색이 아롱지듯 겹치고 있"는 풍경으로 대체된다. 이런 시도들은 그가 얼마나 치열하게 관념과 싸

우고 있는지를 잘 보여 주는 것이다. 관념은 그의 시의 고향이지만, 그것은 감각의 거울을 들이댈 때 비로소 잠을 깨는 거대한 동물 같은 것이다.

신작시와 함께 소개된 산문에서도 그는 여전히 색깔에 대해 다음과 같이 이야기하고 있다. "팜므파탈의 색깔 이미지는 주로 검은색과 붉은색이다. 혹자는 팜므파탈이 처음 유럽의 문학에서 시작할 때(보들레르의 "악의 꽃"이 그 예이다), '여성의 권리가 급성장하자 남성의 불안 심리가 원인'이라고 주장한다". 팜므파탈의 검은색은 타나토스Thanatos의 파괴충동(죽음충동)을, 붉은색은 에로스Eros의 욕망을 나타내는 '색깔 기호'들이다, 굳이 이런 설명을 들이대지 않아도 그는 관념에 노동을 투여해 시를 생산할 때마다, 거의 반사적으로 감각의 도구들을 불러낸다. 색깔은 그가 호명해 내는 '감각 장비'들 중에 매우 중요한 것이다. 그가 관념에 색깔을 입히는 모습은 머릿속의 이데아를 화폭에 옮기는 화가의 그것과 크게 다르지 않다. 첫 시집부터 최근 시집까지 그를 사로잡은 것은 "검은색"이다. 그는 검은색의 스펙트럼 여기저기에 흩뿌려져 있는 붉은색들을 찾아내기도 했다. 거기에는 때로 푸른색이 끼어들기도 했다. 이제 그는 무슨 색깔로 관념의 심연을 들여다볼 것인가.

또한 송재학의 신작시들에서 '관념-구체의 미적분'을 만나는 것은 우연이 아니다. 그것은 그의 시의 오래된 뼈대이기 때문이다. 그것은 완성을 향해 가지만 완성되지 않는 방정식인데, 왜냐하면 관념의 심연에는 바닥이 없기 때문이다.

> 목소리의 절반은 침묵이지만,
> 누군가 손가락을 베어 피의 글자를 쓴다지만,
> 저녁 7시는 ㄱ과 ㄴ을 나눈다
> ㅏ와 ㅓ의 뼈를 발라 흰 접시에 담는다
> 갑자기 창을 두들기는 빗방울에
> 저녁의 귀가 길어지면서

몽환의 감정이 생긴다

걸어오는

저녁 7시의 기억을 멈추면 보이지 않던 것들이 섬세해진다

청색이라는 어스름의 갈피를 만지고

직립하는 빗방울마저 헤아릴 수 있다

저녁 7시의 등불을 켜고

누가 죽고 살았는지 살펴보렴

—「저녁 7시가 걸어온다」 부분

"목소리의 절반은 침묵이지만, / 누군가 손가락을 베어 피의 글자를 쓴다지만,"이라는 표현은 모든 재현의 언어가 가지고 있는 한계를 적시한다. 아무리 치열하게 "피의 글자"로 재현을 할지라도 세계의 절반은 재현되지 않는다. 관념의 심연은 그것의 '짝패'를 생산하려는 그 어떤 노력에도 불구하고 언어의 그물에 포획되지 않는다. 그것은 주체의 치열성과는 별개의 영역인 것이다. 그 대신 이 시 속의 화자는 "저녁 7시"라는 구체적 시간이 세계를 섬세하게 해부하는 것을 목격한다. "저녁 7시"가 "ㅏ와 ㅓ의 뼈를 발라 흰 접시에 담는다"는 서술은 재현 불가능이라는 주체의 '무력無力'을 사물 세계의 '유능有能'으로 대체한다. 주체가 빠진 자리에 '자연'이 그 역할을 대신하고 있는 것이다. "저녁 7시"는 주체 대신에 세계를 비춰주는 "등불"이 된다. 주체는 자신의 관념이 아니라 사물을 통해 비로소 세계를 "헤아릴 수 있"게 되는 것이다.

신작시 「신기루의 사전」 역시 겉으로 보기에는 추상적 말놀이 같지만, 사막-호수-신기루의 순서로 발생하는 '문학 생산(literary production)'의 방정식을 잘 보여 주고 있다. "신기루는 호수의 생멸 일부이다 사막의 기억은 사라져버린 호수를 찾아서 현재의 모든 호수와 연결하려는 것이다"라는 구문이 바로 그것이다. 신기루가 생산되려면 먼저 사막이 있어야 하고 사막 어딘가에 호수가 있어야 한다. 호수가 공기층의 어떤 거울에 특정한 각

도로 비춰질 때 신기루가 생산된다. 여기서 거울은 바로 언어이고, 신기루는 언어가 세계(호수)를 비추어낸 결과이다. 송재학은 관념의 사막에서 갈증을 견디며 호수를 찾아다니고, 호수에 언어의 거울을 들이대 신기루를 만들어내고 있다. 이 신기루가 바로 시이며, 따라서 시의 먼 고향은 관념의 사막인 것이다.

7.
반反문명 혹은 무위無爲의 생명성을 향하여
—고형렬론

Ⅰ.

일찍이 루카치(G. Lukács)는 『소설의 이론 *The Theory of the Novel*』에서 소설을 사라진 총체성에 대한 노스탤지어로 묘사했다. "하늘의 빛나는 별이 모든 가능한 길의 지도인 시대는 행복하다"는 그의 전언은 총체성이 사라진 시대에 대한 애절한 사모곡이다. "별들이 모든 길을 비춰주던 시대에는 모든 것이 새롭지만 익숙하고, 모험으로 가득 차있지만 여전히 제 자신의 것이다. 세계는 넓지만 그것은 여전히 고향 같다. 왜냐하면 그런 시대에는 영혼의 불과 별빛이 같은 본질이며, 세계와 자아, 그리고 빛과 불은 날카롭게 구분되지만 서로에게 결코 영원한 이방인이 되지 않기 때문이다". 주체와 세계, 사물과 사람이 서로 구분되면서 동시에 고향 같은 동질성으로 존재하던 시대는 사라졌다. 루카치가 노발리스Novalis의 말을 빌려 "철학은 실로 향수병이며, 모든 곳에서 고향이 되고자 하는 충동이다"라고 했을 때, 우리는 고향을 잃어버린 자의 소외와 당혹, 버려진 아이의 비명을 듣는다.

고형렬은 장시 『리틀 보이』(1995), 『붕鵬새』(2010)를 비롯하여 열 권 이상의 시집을 낸 시인이지만, 나는 그의 시 전편을 통해 고향을 잃은 자의 혼란과 고통과 비애의 목소리가 반복되는 것을 듣는다. 그의 고향은 설악과 속초이다. 『대청봉 수박밭』(1985), 『사진리 대설』(1993), 『성에꽃 눈부처』(1998) 같은 초기 시집들은 그의 시의 원형(archetype)이 설악과 속초로 상징되는 '무위 자연無爲 自然'임을 잘 보여 준다. 「대청봉 수박밭」은 "큼직큼직한 꿈 같은 수박"이 자라는 곳이다. 그곳은 "원시原始"이고 "싱싱한 생명"의 공간이며, 그의 "상상력을 건"드리는 곳이다. 그곳에 가면 그는 "큰 만족 같은 것으로 겁劫 속에/ 하룻밤을 지내고 돌아"올 수 있다. 설악과 속초는 실물의 고향이기도 하지만, 동시에 상상의 파라다이스이며 아르카디아Arcadia이다. 그것은 고형렬의 시 안에서 계속해서 출몰하는 이상향이며 결핍과 혼란의 현실을 되비추는 거울이다.

그에게 있어서 속초와 설악은, 조르조 아감벤(G. Agamben)의 용어를 빌리면 '잠재력'이다. 그것은 무엇이든지 할 수 있으나 '하지 않을 수 있는 힘'이라는 점에서 '무위無爲'의 공간이다. 그것은 능력이지만 행위로 발전하지 않는다는 점에서 그 어떤 것에 의해서도 규정되지 않는 시원始原의 공간이다. 그것은 훼손되지 않으며 앞으로도 훼손될 수 없는 원형이다.

> 그런데 놀라운 사실은 그날 내다본 동해는
> 무슨 일인지 물속에 다니는 고기 소리가 날 듯이
> 맑게 개인 하늘 아래 호수처럼 잔잔히 흐르고 있었다.
> 눈도 한 송이 쌓이지 않고, 그만으로 흐르고 있었다.
>
> —「사진리 대설大雪」 부분

그것은 모든 행위의 근저에서 "잔잔히" "그만으로" 흐르는 무정형의 액체, 에너지, 리비도 같은 것이다. 그것은 무위의 상태에서 오직 가능성으로 존재할 뿐, 행위로 넘어가지 않는다는 점에서 자연 그 자체이다. 그것은 도식을 거부하는, 그리하여 모든 것이 될 수 있으나 무엇 '되기(becoming)'를 거부하는 저항의 먼 동심원이다. 현실에서 그는 이 중심을 떠나 도시로 나아가지만, 아르카디아는 그의 뒷목을 잡고 놓아주지 않는다. 그리하여 이미 도시 안에 들어가 있지만, 영원히 도시에 닿지 못하는 역설이 생겨난다.

> 나는 아직도 서울에 다다르지 못했다.
> 나는 지금도 서울로 가는 중이다.
> 왜 나는 아직도 서울에 다다르지 못했는가.
> 저렇게 길은 가는데, 왜 아직도
> 환한 서울은 나타나지 않는가.
> 서울은,
> 내가 다가가는 것만큼 변하고
> 나를 비웃으며 멀어지기 때문인가.
> 나는 지금도 고단하게 서울로 가고 있다.
> 가도 가도 보이지 않는 경기도 땅 서울이여
> 나는 너에게 끝까지
> 다다르지 못하고 죽을지도 모른다.
>
> —「서울로 가며」 전문

그의 시들은 (어떤 의미로) 자연(속초, 설악)과 문명(도시, 서울) 사이의 끝없는 길항拮抗의 기록이다. 문명은 모험으로 가득 차있지만 결코 고향 같지 않으며, 영혼의 불과 별빛, 세계와 자아를 늘 영원한 이방인처럼 분열시킨다. 자연이 무위의 공간이라면, 도시는 행위의 공간이다. 행위는 문명을 낳고 무위 공간의 무한한 생명성, 즉 잠재력을 위협하고 축소한다. (그의 시에서 이런 문명의 종점은 핵, 즉 모든 것의 죽음이다. 그가 누구보다 먼저 반핵反核을 외치며 장시『리틀 보이』를 통해 문명의 조종弔鐘을 울린 것은 바로 이 때문이다). 그가 끝까지 서울에 다다르지 못하는 것도 죽음과 규정을 거부하는 생명성, 무위, 잠재력의 저항 때문이다. 그가 문명에 다가갈수록 저항과 거부의 강도는 점점 더 세진다. 그가 간혹 문명 안에서 문명을 사랑할 수 있는 순간이 있을 때조차도, 그것은 오로지 문명과 거리를 가질 때이다. 이런 역설이 그의 시의 긴장을 생산한다.

> 강원도 부론면 어디쯤 멀리 가서
> 서울의 미운 사람들이 그리워졌으면.
> 옛날 서울을 처음 올 때처럼
> 보고 싶었던 사람들, 그 이름들
> 어느새 이렇게 미워지고 늙었다.
> 다시 진부 어디쯤 멀리 떨어져 살아
> 미워진 사람들 다시 보고 싶게
> 시기와 욕심조차 아름다워졌으면.
> 가뭄 끝에 펑펑 쏟아지는 눈처럼
> 서울 어느 밤의 특설령처럼
> 못 견디게 그리운 사랑이 되었으면.
> 그러나 우린 모두 사라질 것이다.
>
> —「산머루」 전문

Ⅱ.

그가 "나는 만년설의 능선을 넘는 햇살의 망각처럼, 통증 없는 명료한 머리로 서울의 마천루 아침 그늘을 걸어가고 있을 겁니다 그는 이러한 나를 그리워할 것입니다"(「작은 칼」)라고 할 때, "만년설의 능선을 넘는 햇살의 망각"은 무위의 도저한 생명성을 상징한다. 그가 온전히 그런 공간에 가있을 때 그는 "통증 없는 명료한 머리로 서울의 마천루 아침 그늘을 걸어"갈 수 있다. 고형렬을 읽을 때 주의할 점은 물론 자연/문명, 원형/현실 사이의 이분법을 경계하는 것이다. 그러나 그의 세계는 분명히 원형에 대한 강력한 애착에서 비롯된다. 그가 원형에서 벗어날 때 혼란이 시작되며, 놀랍게도 그의 '세계'가 형성된다. 그것의 깊이는 원형과 현실 사이의 긴장과 거리에서 생겨나는 것이다. 그가 "서울이 우리의 서울이 아니다/ 서울엔 다른 서울이 솟아오른 것/ 이 혼란을 이해할 수 있는가"(「다시 서울」)라고 할 때 "다른 서울"은 자연/문명, 원형/현실이 충돌하는 공간이다. 그 중간 지대의 다양한 스펙트럼, 이 영역에서 발생하는 다多층위의 소음들이 그의 세계이다.

> 이제 나는 고요를 키우지 않는다
> 소란을 나의 종宗으로 삼는다
> 눈이 어두운 나는 소란 속에
> 커다랗게 귀를 열어놓고 시를 쓴다
> …(중략)…
> 소란 속에서 시를 쓴다 그러므로
> 나에게 소란만이 현실의 실증이다
> 소란이 없는 곳은 죽은 곳
> 나는 소란을 불러 소란을 쓴다
>
> —「결코 조용하지 않은 시에게」 부분

그의 "종宗"은 사실 "소란"이 아니다. 그의 종(뿌리)은 원형으로서의 설악이고 속초이다. 그러나 그는 "현실의 실증"을 소란 속으로 옮겨 놓는다. 말하자면 그는 원형에서 현실 쪽으로 몸을 슬쩍 옮겨 놓는 것인데(이것은 불가피하다!), "소란이 없는 곳은 죽은 곳"이라는 선언은 원형을 애써 잊으려는 고통스러운 몸부림을 보여 준다. 그는 소란이 말 그대로 현실이며 회피할 수 없는 "실증"임을 인정한다. 이렇게 그는 스스로 '낭만'을 거부하며 원형을 죽인다. 그러나 역설적이게도 세계 속으로 더 깊숙이 들어갈 때 원형은 '최후에 돌아갈 곳'이라는 지위를 획득함으로써 더욱 고귀한 것이 된다.

나는 삶이 초라해서
지금도 가면 그 산을 뒤돌아보거나 외면해도
내 맘 설악산은
이곳에서 다 살다 더 누추해야 돌아갈 곳

춥고 을씨년스러운 겨울 속으로
달려 들어가는 슬픈 한 떼의 연어들
이제 눈이 내리면 다 죽어 고요뿐일 텐데
양양으로 나가는 서울행 버스 몇 번 좌석인가에
나는 또 타고 있으리

―「단풍연어 매만지면서」 부분

최후의 순간엔 모든 것이 "고요뿐일 텐데" "춥고 을씨년스러운" 현실 속으로 "달려 들어가는 슬픈" 연어처럼 시적 화자는 서울행 버스에 오른다. 원형에서 현실로의 이 이동은 잠재력과 행위가 만나는 지점이며, 자연과 문명이 부딪히는 공간이다. 그리고 이 이질적인 힘의 충돌이 야기하는 '소란'이 바로 그의 '세계'이다. 이런 의미에서 원형 공간, 즉 "먼 마을의/ 그 어린 빛"(「나의 최초의 빛」)은 "최초의 빛"이자 마지막 빛이다. 그의 세계는 이 최초에서 시작해 그 마지막으로 회귀하는 길고도 깊은 여정이다.

Ⅲ.

그의 시는 초기에서 중후기로 갈수록 점점 더 난해해지는 경향이 있다. 가령 2012년에 출판된 『유리체를 통과하다』의 「시인의 말」에서 그는 "한 덩이 혼돈의 떡을 108개로 떼어내어 다시 하나로 묶은 이것은 어둡고 불분명한 의식의 파편들"이라고 고백하고 있다. 이 '어두운' 난해성은 그가 원형에서 문명의 공간으로 진입하는 거리와 강도에 정확히 비례한다. 중후기로 갈수록 자연 이미지가 줄어들고 마천루, 전철역, 아파트, 엘리베이터, 하수종말처리장, 터미널, 자동차, 간판, 유리알 도시, 빌딩, 수족관, 검은 거울, 98층, 차도, 맨홀 뚜껑, 비상구 등 도시적 이미지들이 늘어나는 경향이 있는데 이는 그가 그만큼 원형에서 멀어지고 있다는, 즉 더 깊이 현실 속으로 들어가고 있다는 증거이며, 도시 이미지들이 자주 출몰하면 할수록 그의 내면의 싸움은 점점 더 격화된다. 그의 중후기 시가 갖는 난해함은 바로 이 싸움의 강도와 깊이에 기인한다. 역설적이게도 자연/문명, 원형/현실 사이의 갈등이 깊어질수록 그의 시는 더욱 혼란스러워지고 더욱 깊어진다. 마치 시칠리아의 청동 암소처럼 현실은 고향(원형)에서 멀어진 그를 가두고 고문한다. 불로 뜨거워진 청동 암소의 배 속에서 그가 내는 단말마의 비명이 그의 시이다.

> 나는 지금 에르덴조 사원에 없다
> 이 문장은 성립하지 않고 시상이 전개되지 않는다
> 나는 지금 에르덴조 사원에 없다는 말은
> 상상할 수 없는 걸 상상하므로 항상 제기되는 문제다
> 그러나 나는 에르덴조 사원에 있다
> …(중략)…
> 왜 나는 에르덴조 사원에 없는 나를 생각하고 있는가
> 나는 이 문장을 떠올리며 슬퍼한다
> 에르덴조 사원에 없는 나는 어디를 헤매고 있는지
> 그런데 그대여 왜 그대는 에르덴조 사원에 없는 건가
> 나는 지금, 그때, 에르덴조 사원에 머물고 있어라
> 나는 정처가 없어서 나무처럼 외로워 보인다
> 나 없는 사막 입구의 산처럼 나는 하늘을 쳐다본다
> 에르덴조 사원의 하늘에 나타난 눈부신 구름처럼

나는 말을 하지 못하고 있는 것이다

—「나는 에르덴조 사원에 없다」 부분

이 시의 화자는 '있음'과 '없음'의 혼란 속에 있다. 원형을 떠나 문명 속에 있을 때 그는 '없는' 존재이면서 동시에 '있는' 존재이다. 원형의 측면에서 보면 그는 마치 유령처럼 부재하는 주체이다. 그러나 그의 무의식 속의 원형이 여전히 그를 '있게' 한다. 그리하여 그는 있으면서 동시에 없는 존재이다. "나 없는 사막"은 뿌리를 잃은 주체의 공간이며, 아르카디아를 상실한 주체에게 "정처"란 있을 수 없다. 존재의 비존재가 이렇게 가능해진다. 에즈라 파운드(E. Pound)가 「지하철 역에서」라는 시에서 도시 공간의 문명인을 "군중 속의 저 환영 같은 얼굴들"이라고 했을 때의 "환영 같은 얼굴"이야말로 정처를 잃은 자들의 정확한 표정이 아니고 무엇인가. 고형렬의 시에서 "멍히 스쳐 가는 의문의 검은 빌딩과 검은 점퍼 사람들/ 이 사람들은 다 어디서 온 외계의 유령들일까"(「다른 나라의 광화문 사거리에서」)라는 구문이 나오는 것은 우연이 아니다. "멍히 스쳐가는" "외계의 유령들"은 문명 공간 안의 비非주체적 주체, 없는 것처럼 존재하는 주체들이라는 점에서 파운드의 "환영 같은 얼굴"들과 겹쳐진다. (적어도 이 시들에서만큼은) 고형렬과 에즈라 파운드는 정확히 반反문명의 동지들이기 때문이다.

도시는 고대 그리스의 폴리스 이래 늘 유토피아 공간을 건설하려는 욕망의 산물이었다. 근대 도시 역시 이성理性의 유토피아를 공간화하는 과정에서 만들어진 것이다. 그러나 근대가 이성을 도구화하였듯이 근대 도시는 합리성과 효율성을 극대화하는 과정에서 철저하게 비인간화되었다. 도시는 사람들의 보편적 거주 공간이 되었지만, 그 안에서 사람은 더 이상 주인이 아니다. 도시는 사람이 아닌 자본의 유토피아가 되어버렸다.

그들의 삶 외 모든 것이 부패했지만

황금타워는 부패하지 않는다

부패할 시간이 없다 너무 빨리 부패하기 때문에
외계 같은 기이한 도시
숲의 벌레들만 꽃을 대신해서 울어준다
낯선 이방인에게

부패한 것은 더 이상 부패하지 않는다

—「황금박쥐가 부패를 막는다-저녁 쉐다곤을 바라보며」 부분

"외계 같은 기이한 도시"는 주체인 인간을 "낯선 이방인"으로 만들고 그 중심에 "황금타워"를 모시고 있다. 고형렬 시에 나오는 대부분의 도시 이미지들은 이렇게 부정적인 색깔을 띤다. 오죽하면 "빛이 싫은 전갈의 도시"(「제국 도시의 밤」)라고 했을까. 문제는 근대 이후 도시가 보편적 거주 공간이 되어버렸다는 것이다. 고형렬에게 있어서 "시인이란 이 도시에서 시를 쓰고 살아가는 사람"(「다른 나라의 광화문 사거리에서」)인 이유가 바로 이것이다. 시인은 아르카디아의 높은 산에 숨어있는 초인超人이 아니라, 다른 사람들과 더불어 '도시'에서 지옥을 견디는 존재이다. 그렇다면 도시는 그 자체 거대한 (시칠리아의) 청동 암소이고, 시인은 다른 사람들과 더불어 그 배 속에서 고문을 당하는 존재이다. "매일 산 밑에서 장자를 읽"(「원자로의 나라」)는 세계는 오로지 시인의 무의식적 노스탤지어 속에 존재한다. 그것은 아감벤과 장자의 용어대로 '무위'의 세계이며, 문명 이전의 세계이고, 행위를 거부하는 저항의 잠재력이다.

Ⅳ.

고형렬의 최근작에서도 무위/행위, 자연/문명의 긴 싸움이 계속되고 있는 것은 우연이 아니다.

불가능의 주제와 아픔이 망각 속에서 먼지처럼 떠오른다
감자 싹과 눈 냄새가 났다
쓸데없이 즐거운 마음으로 종로와 테헤란로를
사람이 아닌 가을과 함께 걸으면 가본 적 없는 서울의 타자가 될 수
있을까.

자본주의사회 사람들이 지나간다
모두 유령 같다

—「아로니아 가는 길의 산문시」 부분

"불가능의 주제와 아픔"은 무위자연에 이를 수 없는 현실의 고통을 지칭한다. 앞서 인용했던 「서울로 가며」라는 시에서 그는 "나는 아직도 서울에 다다르지 못했다./ 나는 지금도 서울로 가는 중이다"라고 고백했거니와 위 시에서도 그는 서울을 "가본 적 없는" 곳으로 묘사하고 있다. 실제로 그는 서울이라는 문명의 중심에서 살았으며 그 "도시에서 시를 쓰고 살아가는 사람"이었다. 그럼에도 그는 영원히 서울에 가닿지 못한다. 서울은 그에게 있어서 무無공간, 유사(가짜) 공간, 즉 인정할 수 없는 공간이다. 그의 몸이 서울에 가있을지라도 그의 영혼은 무위의 고향에 머물러있다. 가짜 몸들이 가짜의 삶을 사는 곳이 서울(문명)이다. 그에게 있어서 서울은 영원한 '외계外界'이고 "유령"들의 세계이다.

바람은 남쪽에서만 불어갔고 흰 구름은
살아남은 그 생애의 끝처럼 남으로 불어갔다
구름이 지나갈 때 도시는
어느 시대이건 청색증을 앓았다
흰 구름은 몇 세대를 통과하는 중일까

—「흰 구름과 북경인北京人」 부분

"바람은 남쪽에서만 불어갔고 흰 구름은" "남으로 불어갔다"라는 대목은 그의 장시 『붕鵬새』(2010) 속의 붕새가 날아간 '남명南冥'을 연상시킨다. 무위와 잠재력의 거대한 날개가 구름처럼 지나갈 때 그 아래 도시는 "청색증"을 앓는다. 도시는 비非생명의 비명으로 가득 차있다. 그곳은 "죽음의 가지들이/ 사슴의 뿔을 하고 서있는" 공간이며, 그 안에서 "삶은 소통되지 않고 죽음은 지워지지 않는다"(「나뭇가지와 별을 쳐다보며」).

고형렬의 시집들을 발간 순으로 읽다가 중간에 『붕鵬새』를 건너뛰었다. 일단 이 시집의 엄청난 분량이 부담스럽기도 했지만, 붕새야말로 반反문명의 가장 큰 잠재력일 것이라는 믿음 때문이기도 했다. 그의 원형이나 아르카디아보다 현실 속의 그를 먼저 읽고 싶었다. 그는 과연 문명 속에서 문명을 혐오해야 하는 '징벌' 속에 있었다. 그의 시는 이 징벌의 노랫말이었다. 마지막으로 『붕鵬새』를 읽다가 만난 다음의 전언은 나의 고형렬 읽기가 부족하지만 나름 정당한 것이었음을 증명해 주었다. "솔직히 모든 문명적인 것의 서사가 지워지길 바랐다. 오직 허무와 혼돈만이 목표였다. 모든 시가 인간에게 바쳐지는 것이 아니라면 나는 이 말을 설악의 새벽과 남방의 태양과 북극의 빙산에 바치고 싶다"(「『붕鵬새』를 출간하며」). "설악의 새벽과 남방의 태양과 북극의 빙산"은 문명과 대척지에 있는 원형의 공간이다. 원형은 행위로 나아가지 않는 무위의 공간이고, 행위로 예각을 세우지 않으므로 무한 잠재력을 가진 힘이자 에너지이다. 붕새는 그 힘으로 난다. 그 무변광대의 날갯짓 아래, 검은 도시가, 외계의 유령들이 신음하고 있다.

8.
경계를 지우기 혹은 좌망坐忘의 시학
—박제천론

Ⅰ.

박제천의 시집 『율律』을 읽는다. 1981년에 나왔으니 벌써 36년 된 책이다. 책 먼지가 나풀거려 자꾸 재채기를 한다. 재채기의 끝은 콧물이고, 콧물의 시작은 다시 재채기다. 기억할 부분이 있어 책의 한 귀퉁이를 접으면 종이가 툭, 하고 부러진다. 별과 바람과 물의 언어들이 함께 부러진다. 나무에 새겨진 언어들도 제 고향인 흙으로 귀환하고 있는 것이다.

『현대문학』에서 추천을 완료한 것이 1966년이니 박제천 시인은 벌써 시력詩歷 50년을 넘겼다. 첫 시집 『장자시莊子詩』(1975)에서 최근작 『천기누설』(2016)에 이르기까지 무려 15권의 시집을 상재하는 동안 그가 일관되게 추구해 온 것은 바로 사물들 사이의 경계를 지우는 일이었다. 나무가 종이가 되고 종이가 다시 나무의 질료로 돌아가고, 흙이 되고 바람이 되는 과정이야말로, (좀 거창하지만) 우주의 원리이다. 개체 단위에서 사물들이 분리/경계의 원리로 존재한다면 우주 단위에서 사물들은 연합/연쇄의 원리로 존재한다. 개체 단위에서 사물들이 이질성의 원리로 존재한다면, 우주 단위에서 사물들은 동질성의 원리로 존재한다. 억만 겁의 장구한 세월과 우주라는 무한 공간 안에서 개체들은 '차이'가 아니라 '같음'의 기표들인 것이다. 장자의 '제물론齊物論'도 사실 '도道' 안에서 "모든 만물은 하나(萬物齊同)"라는 동질성의 철학이다. 나이 서른 무렵에 『장자시莊子詩』라는 제목의 시집을 냈으니, 그는 얼마나 일찍 '우주에 대한 사유'에 진입했는가. 그는 마치 사사로운 일상을 깡그리 지워버리기라도 할 듯, 초기부터 '관념'의 거대한 고원高原에서 출발한다.

> 지나쳐가고지나쳐가는상형象形의아름다운음정音程들
> 고물께서소리죽이고흐느끼는바닷물문득
> 머리위에높이떠피어나는물보라꽃에저희넋을실으나
> 뉘라볼수있으랴
> 허공虛空에서서꽃잎날리고꽃잎날려꽃잎날거니
> 바다아래꽃게의거품이그꽃잎들을삼킬뿐이네.
>
> —「장자시 그 둘」 전문

그는 등단 후 첫 시집인 『장자시莊子詩』를 출간하기까지 거의 10년을 "상상력의 훈련에 전력을 기울였"(「사물事物과 이치理致」)다고 밝히고 있는데, 이 시에는 그런 노력과 성과가 고스란히 드러난다. 뱃고물에서 치는 물보라를 "지나쳐가고지나쳐가는상형象形의아름다운음정音程들" "허공虛空에서서꽃잎날리고꽃잎날려꽃잎날거니"라고 묘사한 부분은 한편으로는 상상력의 높은 성취를 보여 주고, 다른 한편으로는 "장자"라는 기표가 상징하는 바 사유의 깊이를 보여 준다. 가령 물보라를 "상형象形의아름다운음정音程들"이라고 부르며 "꽃잎"에 비유한 것은 공감각共感覺의 기발한 연속과 굴절을 보여 준다. 문제는 이 앞에 "지나쳐가고지나쳐가는"이라는 수식어와 "허공虛空에서서"라는 수식어를 붙여 놓은 것이다. 그는 음정들(물보라)의 아름다움을 형상화함과 동시에 이 최고로 아름다운 것들의 덧없음과 무의미함, 정확히 말하면 어떤 것을 '아름다운 것'으로 규정하는 것의 덧없음과 무의미함을, 동시에 표현하고 있는 것이다. 게다가 마지막 행의 "꽃게의거품이그꽃잎들을삼킬뿐"이라는 표현은, 지극히 낮은 것이 지극히 높은 아름다움을 삼켜버리는 위계의 전복을 보여 준다. 간단히 말해, 이 대목에는 높다고 높음의 속성만 있는 것이 아니며, 낮다고 낮음의 속성만 있는 것이 아니라는 장자 특유의 사유가 고스란히 들어있다. 『장자』 내편內篇 "제물론齊物論"에 나와 있는 바, "저것 아닌 것도 없고, 이것 아닌 것도 없다 …(중략)… 저것은 이것으로부터 오고, 이것은 저것에 의해 생겨난다. 이것이 바로 저것과 이것이 서로를 생기게 한다는 그 논리다[物無非彼 物無非是 …(중략)… '彼出於是 是亦因彼'彼是 方生之說也]"라는 말은 대립물들 사이의 상호내재성을 잘 보여 준다. 세계의 모든 대립물들은 오로지 상대와의 관계 속에서 존재하며, 상대 항목이 없을 경우 스스로도 존재할 수 없다. 그래서 높음이 낮음을 만들고, 낮음이 높음을 만드는 것이다.

Ⅱ.

어찌됐든 첫 시집 『장자시莊子詩』는 박제천에게 있어서 하나의 '사건'이고 성취이며 동시에 '연속'이다. 이 시집이 출간된 지 무려 40여 년이 지났고, 그사이 수많은 다른 시집들이 출판된 이후에도 박제천이라는 이름에 늘 '장자시'라는 기표가 떠나지 않는다는 사실이 이를 증명한다. 그는 이 시집에서 "상상력의 훈련"과 장자 사상의 시적 구현이라는 두 가지 목표에 충실했는데, 사실 이런 목표는 최근에 이르기까지 박제천 시를 관통하는 중요한 코드가 아닐 수 없다. 그는 도대체 어떻게 이 두 마리 토끼를 동시에 잡을 수 있었을까. 그는 정신의 어떤 튼튼한 위장胃腸으로 소화하기 힘든 이 두 가지 목표를 동시에 삼켰을까.

사실 시적 상상력이 가동되는 원리와 장자의 철학 사이에는 일정한 유사성이 있다. 프로이트(J. Freud)는 꿈의 두 가지 구성 원리를 응축(condensation)

과 전치(轉置, displacement)로 설명했고, 라캉(J. Lacan)은 이를 야콥슨(R. Jakobson)의 은유/환유 이론과 접맥시켰다. 응축은 서로 이질적인 항목들이 합쳐지면서 그 안에서 일정한 유사성(similarity)이 생겨나는 현상으로서 은유의 원리에 가깝다. '전치'란 어떤 사물을 그것에 인접해 있는 다른 사물로 대체하는 것으로서, '인접성(contiguity)'의 원리에 의해 가동되고 그런 의미에서 환유와 가까운 것이다. 야콥슨은 은유/환유가 각각 운문/산문의 구성 원리이면서 궁극적으로 모든 언어의 구성 원리임을 밝혀 내었다. 사실 환유 역시 일종의 시적 표현일 수 있다. 그러나 환유는 은유 쪽으로 더 가까이 감으로써 자기 안의 '시적인 것'을 더욱 키운다.

박제천이 말한 바 "상상력의 훈련"이라는 것도 따지고 보면 고도의 응축/전치의 기술을 익히는 것이고, 장자의 사상 역시 사물과 사물들 사이의 연계/대체의 철학에 다름 아니다.

> 다비茶毘의 불꽃이 사라진 다음에 나타나는 이 밤에 명월明月이 있으며 불타서 바람에 흩날리는 불티들이 다 가버린 다음에 만나는 이 어둠에 개똥벌레가 있으며 사람들의 슬픔이 모두 사윈 다음에 저 혼자서 햇빛에 번쩍이며 지나가는 냇물 한 줄기 있으며 재가 되어서도 흩어지지 않는 삭정이들 사이에 이미 흩어진 재 있으며 눈이며 귀며 손이며 입이며 다 슬어진 다음에 어디서 나타난 장수하늘소 한 마리 무심히 풀잎을 흔들고 있으며
>
> —「초로草露」 전문

세 번째 시집 『율律』에 실려있는 이 시를 보라. 이 시는 철저하게 인접성의 원리에 의해 전개되고 있으며 따라서 환유적 상상력을 보여 주는 전형적인 예이다. 이 시는 다비茶毘의 불 → 밤 → 명월明月 → 불티 → 어둠 → 개똥벌레 → 햇빛 → 냇물 → 재 → 눈 → 귀 → 손 → 입 → 장수하늘소 → 풀잎의 연결이 보여 주듯이 한 사물에서 그것에 인접해 있는 사물로 연쇄적 상

상력이 계속 확장되면서 완성된다. 그것은 전혀 관계 없는 것으로 뛰어넘지(은유)도 않으면서 사물들을 인접성의 코드로 배열하고 있을 뿐이다. 그러나, 그럼에도 불구하고, 이 시는 사물들의 단순한 나열 이상의 주제론적 효과를 보게 되는데, 그것은 "다비茶毘의 불"이라는 죽음의 기호가 수많은 연결을 거쳐 "장수하늘소"와 생명의 기호인 초록 "풀잎"과 연결되고 있기 때문이다. 사물을 인접성의 원리에 의해 순서대로 나열하는 것이 이 시의 '기술技術'이라면, 그 나열을 통해 죽음과 삶, 어둠과 빛 사이의 경계를 지우는 것은 이 시의 '사상'이다. 전자가 상상력의 훈련과 관계되는 것이라면, 후자는 장자 사상의 시적 구현이다. 장자 사상의 시적 구현에 있어서 화룡점정畵龍點睛을 보여 주는 대목은 이 모든 사건들을 우주적 순환의 "무심"으로 읽어내고 있는 마지막 부분이다. "눈이며 귀며 손이며 입이며 다 슬어진 다음에 어디서 나타난 장수하늘소 한 마리 무심히 풀잎을 흔들고 있으며"라는 대목은 죽음(다비)으로써 형체가 사라진 존재와 그것을 알 바 없다는 듯, 무심히 풀잎을 흔드는 장수하늘소의 극명한 대비를 통해 시적 기술/사상의 온전한 합일 상태를 보여 준다.

> 금강초롱 꽃잎 속 황금 꽃술로 발돋움하는 너를 본다
> 기氣치료를 받고 와서, 태어나 처음으로 들여다보는 배꼽
> 금강초롱 꽃잎 속 배꼽에서 배꼽으로 퍼져나가는
> 우주의 파동을 느낀다
> 꽃잎 가득, 배꼽 가득,
> 눈부신 햇살도 눈 시린 눈발도 모두 받아들여
> 황금 꽃술로 발돋음하는 너를 본다
> 단전에 가득 불을 피워 덥히는 내 삶도
> 어머니의, 그 어머니의 그 해소 기침도
> 예서 물려받았단다
> 꽃잎 속에 손을 넣으면

문득 외계의 하늘이 서른세 하늘로

—「SF-교감」 전문

앞의 시가 인접성의 원리에 토대한 환유적 상상력을 보여 주었다면, 제10시집에 실린 이 시는 유사성의 원리에 근거한 은유적 상상력을 잘 보여준다. "금강초롱"과 시적 화자는 전혀 다른 존재이다. 이 시는 서로 다른 것들을 연결시켜 그 안에서 유사성을 찾아내는데, 이 유사성의 고리는 다름 아닌 "배꼽"이다. "금강초롱 꽃잎 속"이나 화자의 배꼽은 생명의 기원이고 "우주의 파동"이 존재하는 곳이다. 이들은 서로 다른 사물들이지만 동일한 우주의 원리에 의해 가동되므로 유사한 것이다. 우주의 배꼽은 "눈부신 햇살"과 "눈 시린 눈발"처럼 서로 이질적인 것들의 동시적 존재를 가능케 하는 공간이다. 그 안에서 모든 것은 통합된다. 세계는 무수히 다른 사물들로 이루어져있지만, 이들 사이의 경계와 '차이'는 무의미하다. 누가 누구 위에서 누구를 전유專有할 수 있을까. 이 모든 것들의 차이를 관통하며 무화시키는 동질성의 원리, 그것이 바로 '세계의 로직', 동양적 의미의 '도道'인 것이다.

그에게 있어서 상상력이 시의 기술(형식)을 구성한다면 도가道家 혹은 불가佛家 사상은 내용을 형성한다. 두 예를 통해 보았듯이 그의 상상력은 그의 사상 내용과 충돌하지 않고 (그의 표현을 빌리면) 잘 "습합習合"되면서, 그의 시들에 '사건'의 무게를 실어준다.

Ⅲ.

사실 장자 사상의 또 다른 한 축은 '진지론眞知論'에 있다. 불가 특히 선종에서 이야기하는 '불립문자 교외별전 직지인심 견성성불不立文字 敎外別傳 直指人心 見性成佛'의 개념도 이와 유사한 것이다. 진리는 언어와 문자를 동원한 '분석'이 아니라 언어를 넘어선 '지각' 혹은 언어 너머의 '체험'을 통해서만 도달할 수 있다는 이런 명제는 언어를 질료로 삼는 시인들에게 얼마나 큰 도전인가. 언어에 의해 세계가 규정되고 '기호記號의 감옥'에 갇히는 것을 거부하는 장자의 철학은 노자에게도 그대로 발견된다. 가령『도덕경』의 핵심을 요약하고 있는 "도가도비상도道可道非常道"라는 명제는 (다양한 해석이 존재하지만) "말할 수 있는 도는 도가 아니다"라는, 인식 매체로서의 언어에 대한 극심한 회의를 보여 준다.

내 너에게 길을 가르쳐주랴
너를 살아남게 하는 이름의 길을 가르쳐주랴
나도 너도 이름이 없었고 길도 없었던
그 아득한 나라를 가르쳐주랴

―「노자老子가 묻는다」 부분

'언어의 사원'에서 어찌 보면 '언어의 우상'을 세워야 하는 시인들에게 이런 생각은 얼마나 큰 도전인가. 이름도 길도 없었던 "그 아득한 나라"는 어디에 있던가. 그리하여 훌륭한 시인은 언어의 성을 구축하되, 끊임없이 그것을 허문다. 이 구축과 해체의 끝없는 작업이 시의 다양한 균열을 이루며, (역설적이게도) 이러한 균열이야말로 시의 진정한 동력이고 힘이다.

검고 붉은 비늘을 번쩍이며 바늘 점마다 흰 피를
흘리며 지나가는 강물의 이름은
어제만 해도 물푸레나무였다
온몸에 꽃불을 놓으며 스스로 타들어 가는 산의 이름은
어제만 해도 모래무지였다
…(중략)…
나는 내가 알고 있는 그 모든 이름을 잊고 싶다
나는 너무 많은 이름을 알고 있다

이제도록 머리통에 꾸겨 넣는
빨래들, 비둘기들, 휴지 조각들
…(중략)…
나는 이제 그 이름들을
그들에게 되돌려 주겠다
어둠인 그들에게

—「나는 너무 많은 이름을 알고 있다」 부분

강물의 이름이 "어제만 해도 물푸레나무"였으며, 산의 이름이 "어제만 해도 모래무지"였다는 진술은 시니피앙과 시니피에 사이의 '불안전하고도 자의적인' 관계를 그대로 적시하고 있다. 시니피앙은 시니피에를 규정하지 못하는, 그리하여 "휴지 조각"들에 불과하다는 이 처참한 인식은 시인으로 하여금 이름 이전의 세계, "어둠"을 찾게 만든다. 많은 시인들에게 있어서 어둠은 그 자체 어둠일 뿐 통상 다른 긍정적인 의미를 갖지 않는다. 그러나 박제천에게 있어서 "어둠"은 기호의 지배를 받지 않는, 그 어떤 경계도 존재하지 않는, 혼돈과 섞임과 '습합' 자체가 질서인 공간이다.

그 나라에는
누가 꿈꾸지 않더라도
누가 들여다보지 않더라도
사람을 꼿꼿하게 세우는 꿈의 뼈와
사람이 그 무엇의 이름인지를 기억케 하는
어둠의 피가 들끓고 있다

—「노자老子가 묻는다」 부분

어둠과 어둠 속에서 모든 것이
태어난다

—「너의 이름은 어둠이다」 부분

“꿈의 뼈” “들끓”는 “어둠의 피” “모든 것이/ 태어”나는 ‘원형原形’ 공간으로서의 ‘어둠’은 우리에게 얼핏 프로이트의 ‘이드ID’를 떠올리게 한다. 그것은 무의식의 덩어리이며 그 자체 에너지이고, 기호에 의한 그 어떤 분절(分節, articulation)과 전유, 그리고 규정도 거부하는 생성의 공간이다.

Ⅳ.

사실 젊은 나이에 세속의 홍진紅塵을 외면하고 장자의 높은 바위에 올라 그 길을 계속 걸었다는 것은 매우 독특한 이력이 아닐 수 없다. 그 “외롭고 높고 쓸쓸한”(백석) 길은 그가 나름대로 세상을 ‘이기는’ 혹은 ‘극복하는’ 한 방법이었을 것이다. 우리가 볼 때 깊지만 칙칙하고 외로웠을 그 길 위에 뭔가 생명의 약동 같은 것이 먼동처럼 터 오르기 시작한 것은 그가 『나무 사리舍利』(1995)라는 제9시집을 낼 무렵부터인 것 같다. 그 전에도 물론 이런 조짐이 없었던 바는 아니지만, 『나무 사리舍利』에 이르면 그의 ‘도의 길’은 더욱 밝아지고 아연 활기를 띤다. 「봄의 신神에게」「봄맞이나무」「나의 화원」 같은 작품들은 봄의 환희와 희망과 생명으로 가득하다. 2015년에 출판된 ‘연가곡시집’인 『마틸다』에 실린 산문에 “봄날에는 풍정이나 에너지가 철철 넘친다오. 그래서인지 몇 편 작품을 꼽아볼 계제가 되면 으레 봄철 작품이 앞”선다고 말하는 대목이 나오는데, 초기 시에서는 이러한 태도를 발견하기가 쉽지 않다. 우리가 볼 때 『장자시莊子詩』를 내고 근 20년의 세월이 지나 『나무 사리舍利』를 낼 무렵(50세)에 그의 ‘암중모색’은 일정한 단계에 오른다. 그의 사상은 체화되었고 그는 현실과 관념의 벽도 두려워하지 않게 되었으며, 그런 경계조차도 가벼이 뛰어넘을 수 있게 된다. 그는 집착하지 않으며, 아직 본격적으로 “슬슬 거닐며 노는(소요유逍遙遊)” 단계까지는 아니지만, 많이 자유로워진 것이다.

봄밤이다, 복사나무 마디를 뚝뚝 꺾는 소리, 인동덩굴 서로 껴안는 소리, 뿌리 아래 작은 벌레들이 더듬이를 세우는 소리, 날개를 손질하는 소리, 굳은 어깨 관절이 풀리는 소리, 얼음이 종이짝처럼 바스라지는 소리, 남천나무 열매가 얼음물에 녹아나가는 소리,

화엄 세계다, 쌓인 눈 사이를 비집고 나오는 쑥 내음, 눈매가 푸른 냉이 내음, 지난가을 떨어진 비자 열매 매자 열매 들뜨는 내음, 웅크린 바위마저 코를 벌름이며 들여마시는 자연의 술 내음, 산도 나도 천지에 취해 기지개를 켜다가 팔자걸음을 걷다가

—「봄의 신神에게」 부분

천천히 읽어보면 이 시는 오로지 약동하는 생명의 음표들로 가득 차있다. 오죽하면 "웅크린 바위마저 코를 벌름이며" "자연의 술 내음"을 들이마실까. 시니피앙에서 해방된 시니피에들의 합창이 울려 퍼질 때, 규정의 담론들("얼음")은 "종이짝처럼" 바스라진다. "얼음물에 녹아나가는" "남천나무 열매"는 언어의 감옥에서 해방된 날것 그대로의 생명성을 보여 준다.

이런 환희와 희망과 기쁨의 세계가 가볍지 않은 것은, 이 궤도에 오르기까지 그가 수많은 영혼의 높은 봉우리를 찾아 헤매었기 때문이다. 그의 시에는 유독 별 혹은 연鳶에 대한 이야기가 수도 없이 반복되는데, 이는 그의 시선이 항상 '저 높은 곳'을 향해 있었다는 징표이다. 저 높은 곳의 '영혼의 결정체'로서의 별은 낮은 곳에서 볼수록 더욱 빛난다. 반어적으로 말하자면, 그는 낮은 곳의 '낮음'을 견딜 수 없었던 것이다. 그는 낮음의 누추함을 이겨내고 높은 영혼의 성취에 이른 자들을 만나기 위해 네 번째 시집인 『달은 즈믄 가람에』(1984)에서는 허균, 김시습, 정도전, 김정호, 조광조, 최북, 정약전, 임제 등, 소위 "옛사람들"의 정신사적 궤적을 좇는가 하면, 오랜 풍물과 풍습의 세계를 다시 들여다보기도 한다.

Ⅴ.

박제천이 장자적 의미의 자유로운 '놀이'(소요유)에 집중하는 것은 열한 번째 시집인 『아,』(2007) 이후이다. 그런데 누가 감히 맘껏 놀 것인가. 잘 놀기 위해서는 경계에 사로잡히지 말아야 하고, 차이에 집착하지 말아야 하며, 분간할 수 없는 것을 분간하려고 애쓰지 말아야 할 것이다. 장자의 '나비 꿈(호접몽)'처럼 경계가 지워지고, 경계의 구분이 무의미한 상태에 도달하는 것, 이론과 논리에 매달리지 않는 것. 그리하여 인의仁義, 예악禮樂의 율법들을 뛰어넘을 때 우리는 비로소 자유로이 놀 수 있다. '앉아서 모든 것을 잊어버리는 이 상태'를 장자는 공자를 빌어 "좌망坐忘"이라고 하였다.

추사 김정희의 〈불이선란도〉를 본다
늙은이가 20년 만에 신이 들려 우연히 그렸다는
난초 그림,
옳커니, 하늘의 본성이 원래 저런 것이니,
문 닫아걸고, 혼자서 깊이 깊이 찾아 들어가는
마음의 경지.

선객 노인이 구름처럼 함께 흘러가니,
만향 노인도 길마다 향을 피우고,
구경 노인도 길동무하느니,
늙은이 넷이 주고받는 소리가 자장가 같아,
잠들다 깨어나 보니, 유마네 동산일세

난초 그림이 주인인지 구경하는 사람들이 문자인지
알 바 없으나
곳곳마다 난초 줄기가 마음에 새긴 이름인 양

흐드러지게 어울리고,

사이사이 붉은 낙관과 유인遊印을 꽃처럼 활짝 피운

한세상의 경지,

나 역시 내 안의 늙은 동무들 다 불러모아

그림 구경하며 한세상 이름을 다 잊어버리네.

—「불이선란不二禪蘭」 전문

추사 김정희의 그림을 보고 쓴 이 시는 최근(2016)에 나온 시집 『천기누설』에 실려있는 시이다. "선객" "만향" "구경"은 모두 김정희의 호이다. 마치 여러 사람(화자를 포함하여 네 사람)처럼 묘사되어 있지만 그들은 실제로 하나인 것이다. 그러니 이름이 무슨 소용인가. "난초 그림이 주인인지 구경하는 사람들이 문자인지/ 알 바 없으나"라는 부사절은 경계가 지워진, 경계 너머의 성찰이 지배하는, 분방한 공간을 보여 준다. 거기에서 "이름을 다 잊어버리"는 것, 그것이 좌망이다.

박제천의 최근작들을 보면 이제 아예 장자라는 프레임으로부터도 상당히 자유로워진 것을 알 수 있다. 「유리알 유희」와 「해도 달도 모르게」에는 지극히 일상적인 소재들이 장자의 외투를 벗겨 내고 들어와 있다. 지극히 장자다운 것은 장자라는 옷마저 벗는 것일 것이다. 장자가 집착의 대상이 될 때 장자는 남루가 될 것이기 때문이다.

잇꽃에서는 노랑을, 지치에서는 보라를

물푸레나무에서는 잿빛을, 쪽에서는 쪽빛을 우려내듯

여자들은 제 안에 색색의 물감 주머니를 가졌다

여자들은 또, 색에 따라 물맛도 달랐다

우수 경칩에 만난 단풍나무 여자는 너무 물이 많아

껴안을수록 내가 물이 되었는데

곡우에 만난 박달나무 여자는 오래 안을수록
가슴 가득 시원한 물이 차올랐다

무림 여자들처럼 변신술과 경공술도 남다른 여자들,
달나라로 날아간 항아처럼
밤이면 즈믄 가람에 나타나거나
내가 가는 곳마다
호깨나무며 머래 덩굴이며 금강초롱이 되어 나를 반겼다

마음에 봉황이 깃을 치면 닭도 봉황이 된다고 한다

그로부터
이 세상 두두물물이 모두 내 여자가 되고,
내 마음속 색색의 보석함이 되었다.

—「천기누설」 전문

제 각각 다른 색을 가지고 있는 "두두물물"들은 얼마나 아름다운가. 살아 있다는 것은 얼마나 큰 기적인가. 그러나 이 기적은 "마음에 봉황이 깃을" 칠 때만 일어난다. 아무나 거기에 갈 수 없다.

9.
몸으로 스미기, 한 은유주의자의 유랑
—장석남론

나는 내 몸을 매개로 세계를 의식한다.
—메를로 퐁티

Ⅰ.

이 짧은 글을 쓰기 위해 장석남이 지금까지(2016) 낸 일곱 권의 시집과 두 권의 산문집, 그리고 최근작들을 읽었다. 첫 시집 『새 떼들에게로의 망명』(1991)에서 나는 단번에 그가 은유주의자임을 알아차렸다. 그의 은유는 그러나 몸의 바깥에서 이루어지는 말들의 결합이 아니다. 그의 은유는 의식이 아닌 몸의 작용이다. 몸의 은유라는 것은 그의 은유가 관념이 아닌 감각, 추상이 아닌 실체의 은유라는 뜻이다. 그는 '태생적 은유주의자'로서 의지가 아니라 몸으로 세계 안에 스며든다. 그의 은유는 한 몸이 다른 몸으로 스며들어 가 '함께 다시 태어나는 것(born together again)'으로서의 은유이다. 그는 오감五感을 부지런히 놀리면서 세계 안으로 들어간다. 그의 몸이 세계의 몸과 만날 때, 그 불꽃의 순간에 "분배된 감각"(자크 랑시에르)이 그의 시다. 그는 시가 추상의 언어가 아니라 몸의 언어이며, 한 몸이 다른 몸과의 만남에서 이루어지는 "산 육체(lived body)"(메를로 퐁티)임을 잘 알고 있다.

『새 떼들에게로의 망명』은 몸의 은유, 한 몸이 다른 몸으로 스며들어 가는 풍경으로 가득 차있다.

"새벽 거리를 저미는 저 별/ 녹아 마음에 스미다가"「별의 감옥」

"열熱띤 꽃 한 송이 속에 오솔길 스미고 있을 동안"「내가 듣는 내 숨소리」

"집 나와 집으로 가는 길/ 아픈 몸에서 아픈 몸으로 가는 길"「반달 간다」

"사랑 없이 세월의 자궁 속에/ 꽃들 떨어져/ 아 아파라/ 발이 빠져나오지 않는다"「세월의 집」

"감자를 먹는 노인 속에/ 감자를 먹지 않는 노인"「감자를 먹는 노인」

"나는 바닷가가 되어 있고/ 소나무숲은 육신 가득 수런거린다"「風笛 3-경포」

"칸나꽃을 잠 속으로 불러들일 적에/ 이미 개울이 붉다// 서울을 불러들이는 개울/ 물끄러미 바라보는 당나귀"「당나귀에 관한 추억」

인용부호 없이 풀어 쓰자면, 위의 예사例辭들은 다음과 같이 바꾸어 표현할 수 있다. 별은 마음에 스미고, 꽃 속으로 오솔길이 스미고, 집은 다른 집으로, 몸은 다른 몸으로 간다(스민다). 자궁이라는 몸에 떨어진 다른 몸(꽃)은 그것과 하나가 되어(스며) 거기에서 빠져나올 수 없다. 한 주체(노인) 속에 다른 주체가 들어(스며)있다. 나는 다른 몸인 바닷가가 되고, 내 안의 다른 몸(소나무 숲)은 내 몸 가득 수런거린다. 잠은 칸나꽃을 불러들이고, 그래서 붉어진 개울은 서울을 불러들인다. 그것을 당나귀가 물끄러미 쳐다본다(이질적인 것들의 연결).

그는 무엇보다도 은유가 시의 본질이라는 사실을 잘 알고 있다. 그는 모든 개체들을 고립된 상태로 놔두지 않고, 다른 개체들과 연결시킨다. 한 개체와 다른 개체들의 끝없는 연결(칸나꽃→잠→개울→서울→당나귀), 그리고 그것들 사이에 존재하는 변형과 이질성의 강도가 그의 시의 힘이다. 게다가 그는 시적 지각이 메를로 퐁티적 의미에서 세계와 몸과의 만남임을 잘 알고 있다. 완성된 은유 안에서 주체/객체의 이분법은 존재하지 않는다. 은유는 서로 다른 몸들의 섞임이고 스밈이며, 이 스밈과 섞임 안에서 새로운 전체가 생겨난다. 이 전체 안에서 내부와 외부는 분리 불가능하다. 퐁티의 표현을 빌려 적용하자면, 몸의 은유 안에서 "세계라는 외부는 내부가 되고, 나라는 내부는 전적으로 내 바깥(외부)에 있다". 시는 이렇게 세계의 외부와 나의 내부가 만나 스미는 지점에서 만들어진다. 그의 시에서 세계는 대상이 아니라 스며들어 섞여야 하는 어떤 것이다. 그는 감각, 즉 몸을 축으로 세계를 의식한다.

> 깃대도 없이
> 몸뚱이 하나로 당도하는 늦은 봄의
> 저 혼자 오는 가슴을
> 우 우── 화염병처럼
> 무밭에 피웠다
> …(중략)…
> 나의 노란 고름들이
> 늦봄을 이끌고 어디 어디로 간다
>
> ─「무꽃」 부분

봄이 "깃대도 없이/ 몸뚱이 하나로" 당도한다는 말은, 세계가 시니피앙(기표, 표식)도 없이 몸 덩어리 자체로 밀고 들어오는 모습을 보여 준다. 무꽃은 기표의 검열조차 피해 나간다. 그것은 "화염병"처럼 불타오르며 주체 안에 스며들어 "나의 노란 고름"이 된다. 이 놀라운 '아말감(amalgam)'이, 장석남 시의 정체이다.

Ⅱ.

그가 첫 시집으로 단번에 주목을 받았던 것은, 무엇보다 시의 본질이 은유라는, 당연하나 도무지 잘 실현되지 않는 진리에 그가 충실했으며, 시가 관념어의 축조가 아니라 살아있는 몸의 언어이어야 함을 잘 알고 있었기 때문이다. 이런 점에서 『새 떼들에게로의 망명』은 고립된 개체이기를 거부하며 다른 몸들로 스며드는, 한 몸의 망명 선언이다. 우리는 대부분의 좋은 시들에서 이런 사실을 확인할 수 있다. 가령 보들레르나, 네루다, 그리고 딜런 토마스의 시들을 보라. 시의 매 행마다 얼마나 많은 이질적인 몸들이 숨 가쁘게 충돌하며 섞이는지.

화려한 몸의 은유로 가득 찬 그의 시들은 『지금은 간신히 아무도 그립지 않을 무렵』(1995), 『젖은 눈』(1998), 『왼쪽 가슴 아래께에 온 통증』(2001)으로 이어진다. 그런데 첫 시집에 이어 이 시집들을 계속 읽어가면서 나는 약간의 피로를 느꼈다. 그리고 그 피로는 다름 아닌 반복에서 오는 것이었다. 그의 은유는 풍요롭고 찬란하나, 그것대로 독립된 가계를 꾸리고 있어서 그것 바깥의 세계와 일정 정도 절연되어 있었다. 나는 그의 절절했을지도 모를 '현실'이 몹시 궁금해졌고, 『젖은 눈』에서 마침내 그의 가족사를 다룬 두 편의 시를 발견했다. 그것은 「오동나무가 있던 집의 기록 1」 「오동나무가 있던 집의 기록 2」이었는데, 나는 마치 지루한 여행길에서 만난 재미있는 사건처럼 이 시들을 읽었다. "나는 그 집 골방에서 몇 번의 겨울을 나고는 병을 얻고 시를 써서 시인이 되기도 했다"(앞의 시), "추운 바람 속에서 배추를 뽑으며 나는 사는 것이 참 치사하다고 생각했다"(뒤의 시)는 고백들은 은유의 뒤편에 후경화後京化되어 있는 '생활'을 보여 주었고, 그것은 오랜 갈증 끝에 만난 샘물처럼 달고 시원했다.

『새 떼들에게로의 망명』에서 시작된 그의 유랑은 『지금은 간신히 아무도 그립지 않을 무렵』 『젖은 눈』 『왼쪽 가슴 아래께에 온 통증』을 거치면서 고원高原의 적막함에 빠진다. 이것은 그의 소망이기도 하였는데, 이때까지 그가 "가장 울창하게 가꾸고 싶은 것은 (바로) 적막함"(산문 「적막」, 괄호 안은 필자의 것)이었기 때문이다. 그의 몸은 생활을 피해 자연물로 스며들었고, 자연물과 하나가 된 후 그 안에서 자신을 들여다보는 것이 그의 주된 업무였다. 『지금은 간신히 아무도 그립지 않을 무렵』에 나오는 이런 구절을 보라.

연못을 파서 나를 연못에 다 주네

정원이 와서 나를 들여다보네

—「연못을 파서-둘」 부분

그러나 놀랍게도 그는 이미 이런 내성內省의 순간에 그것의 한계와 권태를 간파하고 있다.

나의 연못은 그러나

그렁그렁하기만 할 뿐

언제나 그렇기만 할 뿐

연못 허리를 밤낮 건너가는 것은

몇 개의 영롱한 빛일 뿐 아무 자국도 남기지 않는

나의 시는 세월 속에

그렁그렁하게 연못을 팔 뿐

—「연못을 파서-하나」 부분

그가 이 '권태로운 적막'에서 다시 망명을 떠나는 것은 네 번째 시집, 『미소는, 어디로 가시려는가』(2005)부터이다. 그는 나르시시즘의 적막강산에서 빠져나와 '세상' 속으로 들어간다. 그는, 말하자면, '내면으로부터 세계로' 다시 망명하는 것이다. 그는 다름 아닌 '주체-세계' 사이의 길항拮抗이 시적 '치열성'의 진원이라는 것을 깨닫는 것이다.

요즘은 무슨 출판 모임 같은 델 가도 엄숙하다

떠드는 사람 하나 없고 콧노래 하나가 없다

밤 지새는, 뭐 그렇게라도 치열해 보자는 이 없다

전부 뭔가 내면으로 주판알을 굴리듯이

예술을 하듯이

신神을 보듯이 멀뚱거리다가
총총히들 내면內面으로
내면內面으로 사라져간다

—「내면內面으로」 부분

이 대목이 보여 주듯이 늘 긴장으로 팽팽하던 그의 시는 이제 형식상으로도 훨씬 자유로워진다. 그는 내면에서 내면을 들여다보는 일의 공허한 풍경을 경험한 후, 진정한 적막은 오직 '세상을 관통'한 후에만 가능하다는 결론에 도달하는 것이다.

사람 소리 드문 산속으로나 들어갈까?
그러나 거기는 세상을 엿본 자나 들어갈 수 있는 곳!
세상을 관통한 자만이 들어가 피 빨래를 해서 들꽃으로
들꽃으로 낭자히 널어놓는 곳!

—「산에 사는 작은 새여」 부분

적막에 들되 "피 빨래"의 "세상을 관통"하라는 이 주문은, 얼마나 시원한 개안開眼인가. 나는 장석남 시의 본격적인 개화開花를 최근의 세 시집들, 『미소는, 어디로 가시려는가』『뺨에 서쪽을 빛내다』(2010) 『고요는 도망가지 말아라』(2012)에서 발견한다. 이 앞에 발간된 네 권의 시집을 통해 '몸의 은유'를 단단하게 연마한 그의 시들은, 이 시집들에 와서 훨씬 자유롭고 건강한 은유의 힘을 '세상' 속에 풀어놓는다. 다음 시를 보라.

한 덩어리의 밥을 찬물에 꺼서 마시고는 어느 절에서 보내는 저녁 종소리를 듣고 있으니 처마 끝의 별도 생계를 잇는 일로 나온 듯 거룩해지고 뒤란 언덕에 보랏빛 싸리꽃들 핀 까닭의 하나쯤은 알 듯도 해요

종소리 그치면 흰 발자국을 내며 개울가로 나가 손 씻고 낯 씻고 내
가 저지른 죄를 펼치고 가슴 아픈 일들을 펼치고 분노를 펼치고 또 사
랑을 펼쳐요 하여 싸리꽃들 모여 핀 까닭의 다른 하나를 알아내곤 해요

—「싸리꽃들 모여 핀 까닭 하나를」 전문

이 시는 "밥" "생계" "죄" "가슴 아픈 일" "분노" "사랑" 등 생활의 기표들이, "종소리" "별" "뒤란 언덕" "싸리꽃" "개울가" 등 자연의 기표들과 아름다운 조화를 이루고 있는, 장석남표 서정시의 한 절정을 보여 준다. "새 떼들에게로의 망명"이 외로운 은유의 세계를 보여 주었다면, "처마 끝의 별도 생계를 잇는 일로 나온 듯"하다는 인식은, 세상 속으로 뻗친 은유의 건강한 재탄생을 보여 준다.

Ⅲ.

아홉 권의 시집들과 산문집을 관통한 후, 나는 조금 설레는 마음으로 그의 신작시와 근작시들 앞에 앉는다. 그의 최근 시들은 여전히 단단한 은유의 무기로 '사물과 삶'을 잘 붙들어 매고 있다. 최근 시들 중에서도 유독 눈에 띄는 것은 「하늘에 있는 것—가을 밤」이다. 전문을 인용해 본다.

아이의 말간 숟가락이 이제 보니
하늘에 가 떠있네
닳아 떠있네

숨 불어 밥 떠먹이던 피리 같던 여인
소매 당겨 입 닦아주던 피리 같던 여인도
밤하늘에 가 숨구멍 하나씩에 빛 넣어 떠있네

오늘 밤 우리들의 음정은
일정치 않네

바쁘게 신 꿰고 어둠 곁으로 가네

—「하늘에 있는 것—가을 밤」 전문

밥과 하늘은 얼마나 먼가. 그런데 이 시에서, 밥 먹던 숟가락은 어느새 하늘에 올라가 있다. 그러나 시인은 바닥의 사물을 저 높은 곳의 "빛"으로 쉽게 보내지 않는다. 숟가락은 오랜 생계의 역사를 거친 후, 그리하여 "닳"은 후에야 저 높고 외로운 곳에 갈 자격이 생긴다. "숨구멍"의 약한 존재들은 "소매 당겨 입 닦아주던" 생의 과업을 관통한 후에야 저 높은 곳에 다다르는 것이다.

시인은 지금도 적막과 소란스런 생의 문턱에 서있다. 그는 긴 유랑 끝에 오직 '소란스런 생'만이 '적막'의 진정한 근거, 즉 존재 이유가 된다는 결론에 도달한 것이다.

안팎으로 문은
사람과 사물을 가리지 않고
달과 바람을 가리지 않고
식욕과 성욕을, 짐승과 꽃을 가리지 않고 어둠과 빛을
놀람 없이 들이고 보낸다

가끔 문을 잠그고
적적한 어둠 속에서
사랑에 든다

—「문을 내려놓다」 부분

10. 말과 사물, 그리고 그 사이
—송찬호론

창조(creation)여, 나는 너를 놓아주지 않으리
아니야, 내 마음은 너의 전방위 감시자(panopticon)야
—딜런 토마스Dylan Thomas, 「차가운, 아니 차갑지 않은」 부분

Ⅰ.

송찬호는 그의 첫 시집(『흙은 사각형의 기억을 갖고 있다』, 1989)에서 "말과 사물 사이에 인간이 있다/ 그곳을 세계라 부른다"(「공중 정원 1」)고 하였다. 말하자면 그의 시는 그 "세계"에서 출발하였는데, 그 세계는 "하수구에서 몰려나온 어둠"(「금호강」), "가난에 성욕마저 빼앗긴 추운 밤"(「빵에 대하여」), "피비린내"(「냄새」), "무덤 속 같은 단칸짜리 월세방"(「날마다 첩첩산중」) 같은 수식어들이 지시하듯 화려한 수사가 끼어들 여지가 없는 날것의 현실이었다. 그러나 그의 시는 곧 말(words)의 세계로 넘어오는데, 그것은 말이 세계를 만들며, 세계를 꿈꾸게 한다는, 말의 신화에 대한 그의 믿음 때문이다. 날것의 현실은 너무나 가난하여 그것만으로는 결코 "미래에 도달할 수 없"(「흙은 사각형의 기억을 갖고 있다」)다는 이 단호한 결단은 역설적이게도 우리가 쓰는 말이 "개들이 물어뜯던 말/ 사육된 말"(「말의 폐는 푸르다」)이라는 아픈 인식에서 시작된 것이다. 그러니 말을 하되 (사육된) 말을 파괴하는 이중의 과업이 그에게 주어진 것이다. "말을 하여/ 우선 감옥을 만들라/ 말로부터의 자유는/ 중심을 무너뜨리고/ 그 중심으로부터 해체되어 나오는 길뿐

이다"(「공중 정원 3」)라는 그의 전언은 그리하여 이후에 나온 시집들, 즉 『10년 동안의 빈 의자』(1994), 『붉은 눈, 동백』(2000)을 거쳐 『고양이가 돌아오는 저녁』(2009)에 이르기까지 그의 시를 관통하는 정언명령이다.

Ⅱ.

송찬호는 말로 사물을 자신(인간)에게 끌어들이는데, 그것은 끌어들이는 것으로 끝나는 것이 아니라 일종의 합일 상태를 만드는 것이다. 물론 말을 조종하는 존재는 시인이지만, 이 조정의 결과는 사물과 인간의 완전한 포개짐, 겹침이고, 이 겹침을 통해 (죽어있던) 사물의 세계는 '생기生氣'를 얻는다. 수전 손택Susan Sontag의 말마따나 "가장 중요한 것은 생기이다". 가령 "장미가 발생했다"(「얼음의 문장 2」)와 같은 문장은 사물과 인간이라는 두 기표가 겹쳐질 때 '생겨나는(生起)' 의미소意味素를 잘 보여 준다. 그가 말로 사물을 호명할 때, 사물은 비로소 "발생發生"한다. 그의 시는, 그의 시의 역사는, 이와 같은 호명(interpellation)의 연결과 확장의 과정인데, 두 번째 시집인 『10년 동안의 빈 의자』에서 우리는 이미 "얼음의 붕대에 감긴 부러진 나뭇가지 끝, 추운 손을 오므려 피워 올린/ 한 장 얼음의 잎"(「얼음의 문장 5」) 같은 표현을 만난다. 그는 사물/인간 사이로 비집고 들어가 이 둘을 결혼(접속)시키고, 이 둘의 차이를 무화시킴으로써 사물을 인간이 되게 하고, 인간을 사물이 되게 한다. 말하자면 사물/인간의 하나됨이 그의 세계를 구성하는 것인데, 우리는 이런 예들을 이미 수많은 우화(parable)에서 발견할 수 있다. 그러나 송찬호의 세계가 기존의 우화와 다른 점은 그가 사물의 세계를 인간의 서사를 전달하기 위한 수단, 보조관념(vehicle)으로 전락시키고 있지 않다는 점이다. 그의 시에서 사물과 인간은 수단과 목적의 이분법으로 절단할 수 없이 '결탁'되어 있다. 그것들은 서로 껴안고, 더 깊이 들어가 서로를 밀어 올린다. 마치 대지의 가장 깊은 곳에서 올라온 어떤 기운이 나무와 만나 꽃을 밀어 올리듯이, 이 올라옴의 절정에서 그의 시가 피어난다. 세 번째 시집인 『붉은 눈, 동백』(2000)에 나오는 다음과 같은 표현을 보라.

마침내 사자가 솟구쳐 올라
꽃을 활짝 피웠다
허공으로의 네 발
허공에서의 붉은 갈기

나는 어서 문장을 완성해야만 한다
바람이 저 동백꽃을 베어물고
땅으로 뛰어내리기 전에

—「동백이 활짝,」 전문

첫 번째 연은 사물의 인간화, 인간의 사물화가 동시적으로 이루어진 언어(말)의 화려한 성취를 보여 준다. 이 절정의 순간에 시인은 불안에 떤다. 그리하여 그는 이 불꽃의 순간이 사라지기 전에("땅으로 뛰어내리기 전에") "어서 문장을 완성해야만 한다"고 고백하는데, 사실 완성은 그런 고백과 동시에 이미 성취되는 것이다. 왜냐하면 진정한 완성은 종결(closure)을 거부하는 것이기 때문이다. 모든 종결은 의미의 감옥이고, 시는 절정의 순간에 이 감옥의 "중심을 무너뜨리고/ 그 중심으로부터 해체되어 나"온다. 이런 점에서 그가 두려워하는 것은 자신이 세운 언어의 사원에 스스로 갇히는 일이다. "동백은 결코 땅에/ 항복하지 않는 꽃"(「산경山經 가는 길」)이라는 명제는 지상의 삶과 대조되는 동백의 초월적 절대미를 가리키면서, 동시에 (의미의) 감옥에 갇히기를 거부하는 그의 '시핵(詩核, poetic nucleus)'의 숭고한 속성을 지칭하는 것이다. 세 번째 시집에는 유독 "동백(꽃)"과 "산경山經"에 관한 이야기가 많이 나오는데, 동백이 시가 성취해야 할 가장 높은, 그래서 외롭고 쓸쓸하기도 한 어떤 영지적(gnostic) 찰나(순간)를 상징하는 것이라면, 산경은 동양 최고의 지리서이자 신화집인 『산해경山海經』이 보여 주는 바, 비유와 상상력의 화려한 궁전, 그리고 "경經"(경전)이라는 말이 지칭하는 바, 궁극적 진리 담론에 대한 시인의 욕망을 보여 주는 것이다. 그러나 그의 동백은 초월적이되 "거친 땅을 밟고 다니느라" "아주 붉은"(「산경山經 가는 길」)이라는 표현이 보여 주듯, 초월과 "땅"(현세) 사이의 변증법적 떨림, 긴장의 줄 위에 서있다.

무릇 생명이 태어나는 경계에는
어느 곳이나
올가미가 있는 법이지요
그러니 생명이 탄생하는 순간에
저렇게 떨림이 있지 않겠어요?
—「관음이라 불리는 향일암 동백에 대한 회상」 부분

그는 완성의 순간에 "쇠창살을 찢고/ 집을 찢고/ 아버지를 찢"(「산경山經 가는 길」)는다. 여기에서 쇠창살은 의미 혹은 개념의 감옥("올가미")이며, "집"은 유목과 반대되는 정주定住의 삶이고, "아버지"는 사회적 권위를 상징한다. 그는 이것들을 "찢"음으로써 말이 다시 감옥이 되는 것을 거부한다.

Ⅲ.

그는 사물과 인간을 서로 끌어들여 생기로 가득 찬 "세계"를 만들어 나가는데, 우리는 그 최고의 성취를 그의 네 번째 시집인 『고양이가 돌아오는 저녁』에서 만날 수 있다. 제목만 보더라도 지상의 모든 미물들이 다 동원되는 느낌인데, 이 시집에 나오는 "나비" "채송화" "반달곰" "칸나" "고양이" "가방" "염소" "촛불" "민들레" "찔레꽃" "산벚나무" "고래" "코스모스"

"만년필" "토란잎" "복사꽃" "살구꽃" "빈집" "종달새" "오동나무" "소나기" "소금 창고" "손거울" "벚꽃" "사과" "맨드라미" "단풍" "패랭이꽃" "나팔꽃" "우체국" "백일홍" "일식" "사과" "당나귀" "코끼리" "유채꽃" "기린" "산토끼 똥" 등의 미물들은 인간사와 얽혀지면서 '사물死物에서 생물生物로' 넘어온다. 이 세계에서는 사실상 사물과 생물의 구분 자체가 완벽히 사라지는데, 다음과 같은 아름다운 고백은 사물/생물의 경계를 허문 자의 '동화 같은' 화평和平의 상태를 보여 준다.

> 나는, 또르르르…… 물방울이 굴러가 모이는 토란
> 잎 한가운데 물방울 마을에 산다 마을 뒤로는 달팽이
> 기도원으로 올라가는 작은 언덕길이 있고 마을 동남
> 쪽 해 뜨는 곳 토란잎 끝에는 청개구리 청소년수련
> 원의 번지점프 도약대가 있다
>
> —「토란잎」 부분

이 대목에서 우리는 니체(F. W. Nietzsche)의 다음과 같은 전언을 불현듯 떠올리게 된다. "나는 그 어떠한 도시에도 정주하지 못하고, 그 모든 문에서 새로 출발했다. 내가 근래에 마음을 주었던 현대인(근대인)들은 내게는 낯설기만 하고 조롱거리일 뿐이다. 나는 아버지의 나라와 어머니의 나라로부터 쫓겨난 것이다. 그러므로 나는 아직 발견되지 않은 채, 저 머나먼 바다에 있는 **아이들의 나라**만을 사랑할 뿐이다"(니체, 『차라투스트라는 이렇게 말했다』, 민음사, 2007, 213쪽, 강조는 니체, 괄호 안은 필자의 것).

송찬호의 동화적 상상력은 근대적 "도시에 정주"하지 못하고 "그 모든 문에서 새로 출발"한 자의 그것이다. 그는 "아버지의 나라와 어머니의 나라"로 상징되는 바, 전통과 권위의 현실로부터 "쫓겨난" "아이들의 나라" 속으로 들어가 있다. 근대적 도시, 아버지, 어머니의 나라가 '사물死物'의 나라라면 아이들의 나라는 '생물(생명)'의 나라이다. 아이들의 나라에서는 모든

형태의 경계가 조롱당하고 사물과 세계, 사물과 말, 사물과 인간이 서로 내통한다. "경계를 넘어 간극을 메우"(레슬리 피들러L. Fiedler)는 송찬호의 이와 같은 상상력은 말을 끌어당겨 사물에 이르게 하고 사물을 끌어당겨 인간에 이르게 한다. 그는 말과 사물과 인간의 끝에서 항상 "새로 출발"하는 유목민이다. 그러나 송찬호가 만들어내는 아이들의 세계가 문자 그대로의 '동화'처럼 낭만적이지 않은 것은 그가 이 세계에 정주하지 않고 그것을 전략적으로 '활용'하고 있기 때문이다. 이런 점에서 그는 '어린' 낭만주의자가 아니다. 그의 동화는 "꾀죄죄한 몇 벌의 옷과 곰팡이가 핀 벽지"(「동사자凍死者」)가 상징하는 바, 비非낭만적 현실과 환유적으로 겹쳐 있다. 그의 세계에서 동화/현실은 나뉘어있는 것이 아니라 다양한 층위에서 중층적으로 겹치면서 죽음의 세계(현실)를 생기 있게 반추한다. 다음과 같은 묘사를 보라.

> 담쟁이덩굴들이 올라와 넘어다보던
> 아름답던 이 층 창문들은
> 모두 천국으로 갔다
>
> 그리고, 거실에 홀로 남은 낡은 피아노의
> 건반은 고양이들이 밟고 지나다녀도
> 아무도 소리치며 달려오는 이 없다
> 이미 시간의 악어가 피아노 속을
> 다 뜯어먹고 늪으로 되돌아갔으니
>
> ―「빈집」 부분

이 시에서 "빈집"의 죽은 현실은 "시간의 악어가 피아노 속을/ 다 뜯어먹고 늪으로 되돌아갔으니"와 같은 표현 때문에 더욱 생생生生하게 재현된다. 죽음의 죽음됨이 역설적이게도 시간이라는 '사물死物'을 악어로 '재생再生'시킴으로써 성취되는 이 역설, 이야말로 송찬호적 상상력의 힘이다.

Ⅳ.

신작들에서 그는 여전히 사물과 인간을 포개고 그 포갠 자리에 말(언어)의 살아있는 숨결을 불어놓고 있다. "촛불" "금동 불상" 같은 사물들은 인간의 이름으로 "불의 수의를"(「백한 번째의 밤」) 짜거나 "쭈구리고 앉아 똥을 누고 있"(「금동반가사유상」)다. 그러나 『고양이가 돌아오는 저녁』에 실린 시들이 사물과 인간의 (상대적으로) 평화로운 등치等値에 의존하고 있다면, 신작들은 비극적 세계의 중력 때문에 조금 더 무겁다. 가령 "촛불 세 자매"가 "불의 수의를" 짠 후 부르는 노래는 다음과 같다.

> 어디선가 싸움은 그치질 않고
> 기다리는 사람은 아직
> 돌아오지 않고 있어라
> 아득하여라,
> 앞날을 보지 않기 위하여
> 우린 밤의 눈을 찔렀네
>
> —「백한 번째의 밤」 부분

"세계" 안에서 싸움은 그치지 않고 그것의 해결("기다리는 사람")은 마치 고도Godot처럼 오지 않는다. "촛불"은 마침내 기다림을 포기한다. "앞날을 보지 않기 위하여" "밤의 눈을" 찌르는 행위는 얼마나 참담한가. 돌이킬 수 없는 과거를 돌이키지 않기 위해 제 눈을 찌른 오이디푸스처럼, 촛불 세 자매는 미래("앞날")를 보지 않기 위해 자신을 감싸고 있는 "밤의 눈을" 찌른다. 밤이 사라지는 순간 촛불의 의미 역시 사라질 것이다. 그리하여 밤의 눈을 찌르는 행위는 촛불에게 있어서는 스스로 자신의 수의를 짜는 일에 다름 아니다. 빛이 어둠을 죽이고 스스로 적멸의 길을 선택하는 이 절망은 너무 찬란하여 슬프다.

그래도 송찬호는 늘 "모든 문에서 새로 출발"한다. 그리고 이 출발은 언제나 질문으로 시작된다. 출발이 질문인 것은 그가 세계에 대하여 단순성의 칼날을 휘두르지 않는다는 증거이다. 인류의 한 시대를 통째로 물갈이한 성경의 서사("잿빛 비둘기가/ 감람나무잎을 물고 와/ 대홍수를 멸망케 했으니", 「나는 묻는다」)를 인용한 후 그가 던지는 다음과 같은 질문을 보라.

> 그래 나는 또 쓸데없이 젊은 벚꽃 귀족에게 묻는다
> 이제 다시 불은 휘어지고
> 흙은 다시 구워지는가
> 분홍재 다홍재도 서로 얼싸안고 춤을 추는가
> 언덕은 푸르러지는가
> 그곳에서 암소로 변신한 국가는 한가로이 풀을 뜯게 되는가
>
> —「나는 묻는다」 부분

여기에서 "젊은 벚꽃 귀족"은 대변환 혹은 거대한 죽음 이후 새로 시작된 삶生의 어떤 새로운 계기, 그 계기의 기품을 일컫는 말에 다름 아니다. 이 희망의 시기에도 그는 질문을 던지는 것이다. "언덕"은 과연 다시 "푸르러지는가?" 여기에서 질문은 의심이고 회의이다. "암소로 변신한 국가"라는 말이 이 의심의 증거이다. 국가=암소의 등치는 우리에게 곧바로 김현의 평론집 제목이기도 했던 '시칠리아의 암소'를 연상시킨다. 시칠리아의 암소는 아테네의 조각가 페릴루스가 만들어 시칠리아의 폭군 팔라리스에게 헌정했던 고문 기구였다. 그것은 너무나 아름다워서 고문 기구이면서 동시에 예술품이었다. 폭력과 미의 이 절묘한 결합. 청동으로 만든 아름다운(예술적인) 암소의 배 속에서 뜨거운 불에 달구어졌던 신민(시민)들의 고통을 즐기던 독재자, 권력, 그리고 국가. 이 무거운 시니피에가 이 시의 마지막 행에 어찌 보면 "한가로이" 걸려 있다. 이런 성찰은 얼마나 무겁고 무거운가.

그는 "정의가 그렇게 누추할 수 없었던 시대"(아마도 2015년 현재의 대한민

국?)에 "진주가 들어있는 밤"을 "더 이상 찾을 수 없을 거라고 일러주"면서도 "나무와" "삶의 보폭을 맞"추고 "백 년 동안/ 오직 한 걸음만 앞으로 내디"뎌 "오래된 미래"(「부유하는 공기들」)를 꿈꾸는 자이다. 이 웅숭깊음이 안타까운 것은, '좋은' 모든 것이 다 더디 오기 때문이다. 더디 오는 것을 인내하는 것, 이것이 시이다. 그래서 딜런 토마스의 말처럼 우리(시인)는 "창조"(시)를 놓아줄 수 없다. 우리는 시를 우리 가슴의 감옥에 가둔다.

11.
불의 상상력
—오세영론

Ⅰ.

스무 권이 넘는 오세영의 시집들에서 가장 자주 반복되는 단어들은 물, 불, 바람(공기), 흙, 그리고 이것의 변주어變奏語들이다. 물, 불, 공기, 흙은 엠페토클레스와 아리스토텔레스를 거치면서 세계를 구성하는 4대 원소로 널리 알려져 왔다. 오세영은 의도와 무관하게 세계의 사방四方에 '본질'이라 할 수 있는 네 개의 꼭짓점을 세워놓고 그 안에 펼쳐지는 생의 다양한 현상들을 언어의 잠자리채로 낚아채 온 셈이다. 이 과정에서 그가 일관되게 중시해 온 것이 있다면 그것은 일종의 '균형' 감각이다. 그것은 '중립'의 개념과는 다른 것으로 그의 세계의 중요한 속성이다. 그가 어느 쪽에도 치우치지 않는 이유는 그 '어느 쪽'으로의 강한 쏠림이 편견이라는 이름의 이데올로기이기 때문이다. 경화硬化된 사유思惟는 겉보기의 단단함과는 반비례로 가장 취약한 생각의 덩어리이며, 그 취약함을 감추기 위해 외부에 가장 심한 폭력을 행사하기 때문이다.

그 어떤 이념이

이토록 생각을 굳혀 놨을까,
그에게서는 사랑을 찾을 수 없다.
관용도 그리고 미움도……
부드러운 흙에 도는 따뜻한 물이
한 송이 꽃을 피우듯
부드러운 살에 도는 따뜻한 피가
사랑을 싹틔울 텐데
어떤 이념이 그토록 싸늘하게
그의 육신을 얼려 놨을까.

모래와 철근으로 더불어 굳어버린
시멘트,
생명을 완강히 거부하는 저
흙의 얼음.

—「흙의 얼음-그릇 26」 전문

이 시에서 그는 물과 흙의 이미지를 바닥에 깔고 그것들의 변용물들인 육신, 살, 피, 모래, 철근, 시멘트 등의 이미지들을 동원하며 "이념"을 비판하고 있다. 그가 볼 때 이념은 근본적으로 "생명을 완강히 거부하는" 반反생명적인 죽음 본능이다.

봄이 와도
높은 벼랑의 축대는
부럽지 않았다.
받드는 누각이 있는 까닭에,

까마득한 계곡 아래서

꽃들이 잔치를 벌이고 있는 동안에도
축대를 받치고 있는 돌들은
힘과 힘만을 겨누고 있었다.
받드는 이념이 있는 까닭에,

그러나 그들은 몰랐다.
그들의 정원에도 어느덧
꽃나무가 자라고 있다는 것을
…(중략)…

그리하여 꽃이 피고 마침내
어느 여름밤,
그의 사랑이 격정의 소나기로 가슴을
울렸을 때
그는 문득 들었다.
와르르 무너지는 축대의 굉음을,

하나의 이념이
덧없이 무너지는 소리를.

—「소나기-그릇 35」 부분

이념이 지향하는 것은 공격적인 "힘과 힘"이며 이 힘은 주체와 타자 모두의 죽음을 향해 있다. 그것은 외견상 매우 강해 보이지만 죽음을 향해 있으므로 어느 순간 "덧없이 무너지는"(의외로) 취약한 것이다. 위 두 시에서 오세영이 지칭하는 '이념'은 좁은 의미의 정치가 아니라 모든 형태의 폭력적 이분법을 지칭하는 것이다. 이념에 대한 거부가 사실상 또 다른 이념의 지향일 때 주체는 이념 밖으로 한 치도 나갈 수가 없다. 이런 경우 탈脫이념은 불가능하다. 오세영이 말하는 이념은 폭력적 이분법에 대한 '신앙' 때문에 세계의 모순, 즉 복합성을 읽지 못하는 상태를 의미한다.

흙이 되기 위하여
흙으로 빚어진 그릇
언제인가 접시는
깨진다.

생애生涯의 영광을 잔치하는
순간에
바싹
깨지는 그릇,
인간은 한 번
죽는다.

물로 반죽되고 불에 그슬려서
비로소 살아있는 흙,
누구나 인간은
한 번쯤 물에 젖고
불에 탄다.

하나의 접시가 되리라.
깨어져서 완성되는
저 절대의 파멸이 있다면,

—「모순矛盾의 흙」 부분

'모순'이란 이질적인 것의 동시적 존재 혹은 상호 내재성의 상태를 의미한다. "흙이 되기 위하여/ 흙으로 빚어진 그릇"은 이 같은 모순을 잘 보여 준다. 그릇은 깨짐으로서 흙으로 돌아간다. 그러나 그 '마지막'을 위해 그릇은 흙으로 만들어진다. 흙은 그릇의 시작이자 동시에 종점이다. 그릇의 효용성이 가장 극대화된 순간("생애生涯의 영광을 잔치하는/ 순간")에 그것은 깨질 가능성이 가장 높아진다. 인간의 삶도 마찬가지여서 모든 태어남은 죽음을 향해 있다. 이것이 세계의 근본적 '모순'이다. 흙은 모순적 관계에 있는 물과 불의 상호침투, 즉 섞임에 의해서만 그릇이 된다. 인간은 "물에 젖고" 동시에 "불에 탄다." 이런 점에서 세계는 모순 그 자체이다. 이데올로기는 이질적인 것들의 상호 내재성을 인정하지 않고 외재外在하는 타자들에게 동질성을 강요한다는 점에서 세계에 대한 왜곡이고 강박증이며 폭력이다.

오세영의 반反이념은 이런 점에서 '중립의 이데올로기'와는 전혀 다른 것이다. 참고로 그는 각각 "6월 항쟁을 보고"와 "광주항쟁을 보고"라는 부제를 달고 있는 「나팔꽃」「장미」라는 시들을 통해 6월 항쟁을 "총궐기한/ 빛 고운 우리나라 6월 나팔꽃"이라 하였으며, 광주항쟁을 "목에 칼을 대도 할 말을 하는/ 서슬 푸른 장미"라고 하였다. 그가 말하는 이념은 좁은 의미의 정치적 입장이 아니라, 대립물들의 상호침투성을 이해하지 못하는 상태를 지칭하는 것이다.

Ⅱ.

그는 시집 『어리석은 헤겔』(1994)의 「자서自序」에서 자신이 "시류적인 이념주의자들"에게는 "유미주의자"로, "철없는 유미주의자들"에게는 "모랄리스트"로 비판받아 온 사실을 이야기한다. 최근작 『북양항로』(2017)의 「자서自序」에서도 그는 학계에서는 시인으로, 문단에서는 학자로 배제당해 온 경험을 이야기한다. 이런 '사건'들은 우리 사회와 문단이 얼마나 뿌리 깊은 편 가르기와 '이항대립(binary opposition)'의 논리에 빠져있는지를 잘 보여 준다.

그에게 있어서 시는 이와 같은 이항대립을 무너뜨리는 '불'의 도구이다. 위에서 언급한 바 그가 자주 사용하는 네 개의 기표들(물, 불, 바람, 흙) 중에서 그에게 가장 중요한 것은 바로 불이다. 물이 액체를, 흙이 고체를, 바람이 기체를 나타내는 기표라면, 불은 '에너지'를 의미한다. 그것은 무한 '변용(metamorphosis)'의 힘으로 모든 형태의 이분법을 녹인다. 불은 세계를 구성하는 대표적인 원소들인 물과 흙과 바람이 서로 다르면서 동시에 같은 본질임을 증명해 주는 힘이다. 그것은 꺼지지 않는 동력으로 제 자신을 포함하여 모든 원소들을 뒤섞는다. 그것은 모든 경계를 부수고 넘어선다. 불 안에서 모든 간극은 사라진다.

물도 불로 타오를 수 있다는 것은
슬픔을 가져본 자만이
안다.
여름날
해 저무는 바닷가에서
수평선 너머 타오르는 노을을
보아라.
그는 무엇이 서러워
눈이 붉도록 울고 있는가.
뺨에 흐르는 눈물의 흔적처럼
갯벌에 엉기는 하이얀
소금기,
소금은 슬픔의 숯덩이다.
사랑이 불로 타오르는
빛이라면
슬픔은 물로 타오르는 빛,
눈동자에 잔잔히 타오르는 눈물이

어둠을

밝힌다.

—「눈물」 전문

이 시에서 눈물/노을의 경계는 불에 의하여 무너진다. 물과 불은 대립물이 아니라 '불로 타오르는 물'이라는 같은 본질의 다른 외양임이 드러난다. 눈물만이 아니라 그는 다른 시(「술 1」)에서 "술"을 "불타는 물"이라고 부르기도 한다. 그는 이 시에서 "불타는 물"인 "술"을 "내가 네가 되기 위하여/ 스스로 존재의 결빙을 녹이는 묘약"이라고 하는데, "내가 네가 되기 위"해서는 경계를 넘고 간극을 메우는 불의 힘이 필요하다. 이런 의미에서 불은 신비로운 시원始原이며 마지막 정처定處이다.

먼 고대로부터 불은 신비로운 숭배의 대상이었다. 그것은 가짜 경계들을 녹이고 파괴하며 뒤섞을 수 있는 힘이며, 모든 껍데기들을 태워 존재의 진수를 드러내는 에너지이기도 하다. 소돔과 고모라에서처럼 불은 때로 잘못된 체제를 존재에서 부재로 전환시키는 징벌의 상징이기도 하며, 어둠을 몰아내는 희망이기도 하고, 나약한 것들을 단련시키는 시련의 도구이기도 하다. 이처럼 불은 무변광대의 시니피에를 가진 거대한 에너지이다. 그것은 비본질적인 것들의 위장에 의해 가려져 있지만, 마그마처럼 세계의 중심부에서 뜨겁게 일렁이고 있는 본질이다. 그 안에서 모든 경계는 사라지며 서로 내재內在 혹은 내주內住한다.

조르조 아감벤(G. Agamben)은 『불과 글』에서 불을 "신비의 근원"이라고 했으며 그것이 "사라지고 남은 것이 곧 문학"이라고 했다. 그에 의하면 이런 의미에서 "모든 문학은 불의 상실에 대한 기억"이다. 오세영은 "문학이란 신이 없는 종교"(산문, 「나의 시, 나의 삶」)라 했는데, 아감벤에게 있어서 불이 사라진 자리에서 문학이 시작된다면, 오세영에게 있어서는 신이 사라진 자리에서 문학이 시작된다. 문학은 사라진 불과 사라진 신에 대한 기억의 산물이며, 동시에 그 불과 신을 다시 호명해 내는 작업이기도 하다. 내가 볼 때 불과 신이 상실된 공간을 대신한 것은 근대의 이성이다. 근대 이성은 무無경계의 큰 덩어리인 불과 신을 이분법의 다양한 개체로 쪼개고 나누었다. 이렇게 분열된 개체들이 따로따로 노는 공간이 소위 '근대'이다. 문학이 "불의 상실에 대한 기억"이라면, 문학은 찢어진 개체들을 다시 잇는 작업이며 모든 이질성의 동질성, 모든 비동시성의 동시성을 복구하는 일이다. 문학은 불이 사라진 자리에서 불이라는 "신비의 위치를 가리키는 일종의 이정표"(아감벤)이다. 예이츠(W. B. Yeats)의 「비잔티움으로의 항해 Sailing to Byzantium」에도 이와 유사한 불의 이미지가 등장한다.

> 신(God)의 신성한 불 속에 서있는 현자들이여
> 황금빛 모자이크 벽화에서처럼
> 그 신성한 불에서 내려와, 선회하며,
> 내 영혼의 노래하는 주인들이 되소서.
> 내 가슴을 불태워 버리소서, 내 가슴은 욕망으로 병들고
> 죽어가는 동물의 운명에 묶여 있으니
> 그것은 제 자신이 어떤 존재인지도 모릅니다
>
> —「비잔티움으로의 항해」 부분

이 시에서도 "욕망으로 병들고/ 죽어가는 동물의 운명에 묶여 있"는 존재들을 구원하는 것은 신의 "신성한 불"이다. 불은 신의 것이므로 그 자체 신비의 근원이며, "제 자신이 어떤 존재인지도" 모르는 영혼을 정화시킴으로써("불태워 버리소서") "신비의 위치를 가리키는 일종의 이정표"이다. 위 시의 화자도 불과 주체의 상호내재성의 상태를 간절히 지향한다. 오세영에게 있어서 이분법은 "제 자신이 어떤 존재인지도" 모르는 사람들의 전형적인 사유 패턴이며, 불은 이분법을 녹여 모순의 존재를 원래의 모순으로 회귀시키는 힘이다. 세계는 이항대립으로 설명할 수 없는, 모순의 '중층결정(overdetermination)'으로 이루어져 있기 때문이다.

Ⅲ.

오세영이 볼 때 '혁명'이란 이분법을 다양성으로 열어놓는 것이다. "깎지 않고서는 결코/ 돋우어낼 수 없다"(「칼」)는 명제는 '깎음'과 '돋움' '오목함'과 '볼록함'이 별개의 것이 아니라 같은 작업의 두 측면임을 보여 준다. 차이의 동시성이 혁명을 구성한다. 그를 "유미주의자"라고 비난하는 "시류적인 이념주의자들"과 그를 "모랄리스트"라고 비판하는 "철없는 유미주의자들"에게 나는 이 시를 보여 주고 싶다.

백색의 파시즘은 갔다.
갈색의 테러도 갔다.
거리에서
광장에서
오랜 공포의 침묵 끝에
터지는 말문.

―까르르
진달래 웃음은 붉다.
―훌쩍훌쩍
개나리 울음은 노랗다
―와와
벚꽃의 함성은 분홍이다

―「혁명」 부분

"백색의 파시즘"을 겨울로, "갈색의 테러"를 가을로, "혁명"을 각양각색의 꽃들이 피어나는 봄으로 읽어도 이 시는 아무런 문제가 없다. 그러나 이런 해석 위에 "백색의 파시즘"과 "갈색의 테러"를 동질성을 강요하는 모든 형태의 파시즘으로, 그리고 봄의 다양한 꽃들을 "오랜 공포의 침묵"을 깨고 "거리에서/ 광장에서" 터져 나오는 다중多衆의 목소리로 읽는 해석을 더 할 때, 이 시의 중의重意가 살아난다. 이분법은 세계의 절반의 목소리를 억압하고 주변화한다. 혁명은 파시즘의 단일강세화(uniaccentualization) 전략에 구멍을 내고 침묵을 강요당한 다양한 "말문"들을 열어놓는 것이다. 억압된 목소리들이 다강세성(multiaccentuality)을 회복하고 이질성의 동질성, 비동시성의 동시성이 살아날 때 비로소 '유쾌한 상대성(jolly relativity)'(바흐친M. Bakhtin)의 세계가 열린다. 오세영의 큰 뼈대는 이렇게 '모순이 세계의 본질'임을 전제하는 것이다. "불이 물속에서도 타오를 수/ 있다는 것은/ 연꽃을 보면 안다"(「연꽃」)는 명제가 지시하는 바, 이질적인 것들의 동시성을 읽어내지 못할 때, 세계는 입을 다문다. 시는 이렇게 닫힌 세계의 입을 여는 작업이다. 은유야말로 모든 이질적인 것들의 연결이고, 이질성 안에서 유사성을 찾아내는 작업 아닌가. 그리하여 시는 근본적으로 '모순의 언어'이다. 동질성의 화석에 의해 굳어진 세계에 불의 "부드러운 애무"(「사랑의 묘약妙藥-그릇 53)를 가할 때, 모순의 개체들은 경계를 넘어 서로에게 침투하고 내재하며 내주하기 시작한다. 서로의 문을 열고 서로의 내부로 들어가는 것, 이것이 시의 언어이고, 불의 신비를 기억하는 언어이며, '사랑'의 언어이다.

특히 오세영을 "유미주의자"라고 비판하는 "시류적인 이념주의자들"은 그의 『아메리카 시편』(1997)의 시들을 주목할 필요가 있다. 이 시집은 천민자본주의에 대해 시인이 울리는 고별사이자 조종弔鐘이다.

> 아메리카를 좋아하는 딸아,
> 오늘만큼은 팝콘을 먹지 말아라.
> 버터 냄새가 물씬 나는
> 튀밥,
> 입으로 듣는 팝송,
> 네가 지금 보고 있는 저것은

솝 오페라가 아니다.

…(중략)…

지금 화면에서 군홧발에 짓밟히는 저 여자는

아웅산 수지

줄리아 로버츠가 아니다.

너도 예전엔 자유를 위하여 거리로

뛰쳐나간 적이 있지 않았니?

내 딸아,

오늘만은 팝콘을 먹지 말고 영화를 보아라.

너는 아메리칸이 아니다.

—「랭군을 넘어서(Beyong Rangoon)」 부분

미얀마의 군부독재와 그에 저항한 민주화 투쟁의 영웅인 아웅산 수지를 다룬 영화 〈랭군을 넘어서〉를 빌려 시적 화자는 딸에게 "너는 아메리칸이 아니다"라고 말한다. 그의 이런 '정치적' 발언이 지향하는 것은 "아메리카"와 반대되는 어떤 '이념'이 아니다.

눈보라 몰아치는 추운 겨울밤,

따뜻한 벽난로 옆 식탁에 마주앉아

한 덩이의 보리빵을 뜯는 부부의 평화스러운 얼굴을

창 너머로 보아라

—「종이컵의 사랑」 부분

그의 저항의 대상은 위의 시가 보여 주는 바, "평화스러운" 삶을 망가뜨리는 모든 것이다. 이 시에서는 "종이컵"으로 상징되는 '아메리카'의 소비문화와 편의주의가 바로 그것이다. 그것이 좌든, 우든, 모든 이념은 위 시에 나오는 "부부의 평화스러운 얼굴"에 굴복해야 한다. 타자의 얼굴을 환대하지 않는 모든 것이 그가 말하는 '이념'이다.

Ⅳ.

모순이 문자 그대로 창과 방패의 공존, 즉 존재의 상호 겹침 혹은 내재성을 의미한다면, 모순이야말로 세계의 본질이다. 세계를 이렇게 겹눈으로 바라보는 것이 오세영 시 세계의 큰 틀이라면, 모순의 틀 안에 있는 '생활'의 다양한 면모들은 그 세계의 콘텐츠를 이룬다.

> 시대는 어둠에 묻혀 있는데
> 홀로 등불 밝힌 나의 방,
> 고독하다는 것은 이미
> 부끄러운 일이다.
>
> —「혜성을 기다리며」 부분

그의 시의 도처에서 '고독'에 대한 언급이 나온다. 편 가르기와 이분법의 이데올로기가 지배하는 세계에서 겹눈을 가진 단독자는 운명적으로 고독을 겪을 수밖에 없다. 그럼에도 불구하고 어두운 시대 때문에 그는 그 고독을 부끄럽게 생각한다. 이 부끄러움은 불의 신비가 사라진 시대 앞에서 불의 기억을 호명하는("등불 밝힌") 문학하기의 고난, 혹은 무력無力감의 다른 표현이기도 하다. 문학은 자신의 힘 없음을 받아들임으로써 세계에 대하여 더욱 깊은 질문을 던지는 사유의 한 양식이다. 복구할 수 없는 불의 신비 앞에서 불의 기억을 계속 호명하는 것이 문학이기 때문이다.

> 엄동설한,
> 벽난로에 불을 지피다 문득

극지를 항해하는
밤바다의 선박을 생각한다.
연료는 이미 바닥을 드러내기 시작했지만
나는
화실火室에서 석탄을 태우는
이 배의 일개 늙은 화부火夫.
낡은 증기선 한 척을 끌고
막막한 시간의 파도를 거슬러
예까지 왔다.
밖은 눈보라.
아직 실내는 온기를 잃지 않았지만
출항의 설렘은 이미 가신 지 오래,
목적지 미상,
항로는 이탈,
믿을 건 오직 북극성, 십자성,
벽에 매달린 십자가 아래서
어긋난 해도海圖 한 장을 손에 들고
난로의 불빛에 비춰 보는 눈은 어두운데
가느다란 흰 연기를 화통火筒으로 내어 뿜으며
북양항로,
얼어붙은 밤바다를 표류하는,
삶은
흔들리는 오두막 한 채.

—「북양항로」 전문

최근 시집 『북양항로』의 표제작이기도 한 이 시는 올해로 시력詩歷 근 50년을 맞이하는 시인의 (일종의) 회고사로 읽어도 된다. “극지”가 사유의 마지막 정거장이라면, 그 멀고도 긴 항해의 동력은 '불'이다. 시적 화자는 자신을 "화부火夫"라고 부르고 있지 않은가. 그는 "목적지"를 "미상"이라고 정의함으로써 그의 외로운 항해가 '비결정성(indeterminacy)'의 열린 길이었음을 보여 준다. "믿을 건 오직 북극성, 십자성,/ 벽에 매달린 십자가 아래서"라는 표현은 그의 사유 안에 초월적 신성에 대한 어떤 믿음이 있음을 넌지시 보여 준다. 그는 문학을 "신이 없는 종교"라고 하였거니와, 문학은 신을 죽인 세계에서 신을 기억하고 호명하는 행위의 일종이기 때문이다. "어긋난 해도海圖"는 신이 사라진 세계의 지도이며, 지상의 모든 길을 비추는 별빛과 신은 그 위에서 그것을 내려다본다. 별빛이 하늘의 불이라면 "난로의 불빛"과 증기선의 "화실火室"에서 타는 불은 지상의 불이다. 하늘과 지상의 불이 상호 내통하는 곳이 "얼어붙은 밤바다"이고, 삶은 그 안에서 "흔들리는 오두막 한 채"이다.

오세영의 최신작들은 〈겨울 시편〉의 이름 아래 써지고 있다. 「첫눈 내리면」에서도 그는 여전히 "홀로" 무엇인가를 기다리고 있다.

바람 불어
여수 앞바다 어디메쯤에서는 벌써
동백 꽃망울이 맺기 시작했다는데
…(중략)…
바람 불어
봉정사 어디메쯤에서는 이미
첫눈이 내렸다는데
…(중략)…
가로수의 앙상한 가지들이
흐르르 풀룻의 고음으로
자지러지는,
광화문 앞 광장 밤 정류장에서

홀로 막차를 기다린다.

다시 바람이 불까.

올 봄에도 서귀포 어디메쯤에서 필 그

유채꽃들을 또

볼 수 있을까.

—「첫눈 내리면」 부분

그러나 시적 화자가 누군가를 기다리는 곳은 "광장"이다. 그리고 그는 묻고 있다. "다시 바람이 불까" "또/ 볼 수 있을까" "광화문 앞 광장"에서 그가 다시 불기를 기다리는 바람은 무엇일까. 그는 홀로라고 느끼면서도 존재의 '관계성'을 늘 의식한다. "태초에 관계가 있었다"(마틴 부버M. Buber). 오세영은 누구보다 이 사실을 잘 알고 있다. '홀로'와 '광장'의 변증법이 그의 사유를 건강하게 만든다. 그의 시들은 관계의 변증법을 놓치지 않는 고독한 단독자의 자기 성찰이다. (그의) 불의 상상력은 관계의 폭력성을 녹이고, 서로 다른 것들을 뒤섞는 힘이다. 그것을 부정하는 세계가 그를 '고독'하게 만든다. 따라서 그의 시는 고독의 시이고 불의 시이다.

12.
사물들의 교향악
—이정록론

Ⅰ.

이정록의 첫 시집 『벌레의 집은 아늑하다』(1994)의 해설을 쓴 지 무려 20여 년이 지나 다시 이정록을 읽는다. 그동안 이정록은 첫 시집을 포함하여 무려 9권의 시집을 상재했고, 산문집과 수많은 동화책, 동시집, 그림책 등을 냈다. 실로 놀라운 생산력이다. 나는 첫 시집의 해설에서 "그는 정말이지 근면 성실한 노력파이다. 제 목소리를 내기 위해 온갖 가학과 절망의 긴 수렁을 지나온 예藝의 명창들을 기억해 보라. 그는 지금, 시로, 도道 닦고 있다"고 했다. 이제 그 이후에 나온 시집들을 읽으면서 이 사실을 다시 절감한다. 아무리 재능이 출중하다 하여도, 김수영의 말처럼 "아픈 몸이 아프지 않을 때까지"의 "무한한 연습"이 없이 기예技藝를 성취한다는 것은 불가능하다. 발터 벤야민(W. Benjamin)이 「생산자로서의 작가」에서 말한 것처럼 작가는 근본적으로 물질적 '생산자'이며, 작가가 글을 쓴다는 것은 바로 그 물질적 생산력을 극대화하는 것을 의미한다. 브레히트(B. Brecht)가 "기능의 변혁(Umfunktionierung; functional transformation)"이라는 용어로 설명한 것처럼 "재현의 수단은 증식되거나 빈번히 변화되어야만 한다. …(중략)…

이러한 생산수단들의 사회화는 예술에 필수적이다". 첫 시집부터 최근 시집인『눈에 넣어도 아프지 않은 것들의 목록』(2016)을 발간 순서에 따라 읽으면서 내가 느낀 것은 뒤로 올수록 그의 기예가 점점 더 출중해지고 있다는 것이었다. 말하자면 그는 점점 더 시 쓰기의 '선수'가 되고 있다는 것인데, 이는 그가 시를 포함한 모든 예술이 기예의 훈련 없이 불가능하다는 것을 잘 알고 있다는 증거이다. 벤야민은 브레히트의 "기능의 변혁"에 대하여 언급하면서, 이것이 예술적 기술(technique)의 연마를 넘어서서 "연주자와 청자(시인과 독자), 기술과 내용 사이의 대립을 제거해야만 하는 것"(괄호 안은 필자의 것)이라고 설명하고 있다. 말하자면 기술이 내용을 가장 효과적으로 전달할 때, 기술/내용의 이분법은 불필요한 것이 된다.

첫 시집부터 최근작까지 이정록의 세계를 관통하는 것이 있다면 시적 주체와 사물들 혹은 자연물들 사이의 친화적 관계이다. 사실 이 관계는 '친화'를 넘어선 '함께 삶' '동고동락'의 관계라 말하는 것이 더 정확할 것이다. 이정록은 아무런 거침없이 사물들과 자신을 동일시하는가 하면 주체/대상 사이의 경계를 마구 허물어뜨리며 사물들 속으로 들어간다. 그가 사물들의 세계로 진입할 때 주체와 객체를 구분하는 모든 인칭들은 사라진다. 근대적 혹은 탈근대적 주체가 주체와 대상 사이의 분열, 그리고 주체 내부의 분열로 특징지어진다면, 이정록의 시적 주체는 이런 것들과는 전혀 다른 주체, 대상과 한 번도 헤어져 본 적이 없는 주체이다. 그의 시 세계 안에서 사물들의 서사는 인간들의 서사와 늘 일치한다. 그것들은 따로 놀지 않으며 함께 아파하고 함께 즐긴다. 그에게 있어서 사물들은 "눈에 넣어도 아프지 않은 것들"이어서 이물감이 없다. 그러므로 이정록에게 있어서 사물들은 그 자체 '대상'이 아니다. 그것은 주체의 다른 모습이며, 주체의 다른 얼굴들이다. 그에게 있어서 주체는 사물로, 사물은 주체로 이미, 항상, 스며있다.

안마당을 두드리고 소나기 지나가자 놀란 지렁이 몇 마리 서둘러 기
어간다 방금 알을 낳은 암탉이 성큼성큼 뛰어와 지렁이를 삼키고선 연

필 다듬듯 부리를 문지른다

천둥 번개에 비틀거리던 하늘이 그 부리 끝을 중심으로 수평을 잡는다 개구리 한 마리 안마당에 패대기친 수탉이 활개 치며 울어 제끼자 울 밑 봉숭아며 물앵두 이파리가 빗방울을 내려놓는다 병아리들이 엄마 아빠 섞어 부르며 키질 위 메주콩처럼 몰려다닌다

모낸 무논의 물살이 파르라니 떨린다 온몸에 초록 침을 맞은 하늘이 파랗게 질려있다 침 놓은 자리로 엄살엄살 구름 몇이 다가간다 개구리 똥꼬가 알 낳느라고 참 간지러웠겠다 암탉이 고개를 끄덕이며 무논 쪽을 내다본다

—「비 그친 뒤」 전문

"비 그친 뒤" 어느 시골 뜨락의 평화로운 모습을 그리고 있는 이 시의 주체는 이 풍경과 완전히 겹쳐 있다. 풍경 속의 지렁이, 암탉, 개구리, 수탉, 봉숭아, 물앵두, 병아리는 그 누구의 해석의 개입도 없이 자연이 부여한 관계 속에서 자유롭게 원래 놀던 대로 논다. 이 시의 주체는 자신의 눈 안에 들어온 사물들을 부리지 않으며 규정하지 않는다. 주체는 사물들의 문법에 자신의 문법을 일치시키며 풍경 안으로 스며든다. 지렁이를 삼킨 암탉이 "연필 다듬듯 부리를 문지른다"는 표현이나, "병아리들이 엄마 아빠 섞어 부르며 키질 위 메주콩처럼 몰려다닌다"는 대목은 주체가 대상과 같이 노는 상태가 아니면 나오기 힘든 표현이다. 이런 기술은 이것을 읽는 독자들까지 그 풍경 안으로 끌어들여 풍경과 하나가 되게 만든다. 풍경의 피부와 살결을 그대로 느끼게 만드는 기술이 시인과 독자, 내용과 기술의 이분법을 해체시키고 있는 것이다.

Ⅱ.

모더니즘 이후 수많은 시들이 주체/세계 그리고 주체 내부의 분열과 그것의 절망스럽고 쓸쓸하며 그로테스크한 풍경을 주로 다루고 있는 추세를 고려할 때, 이정록의 시들은 매우 독특한 지형을 확보하고 있다고 말할 수 있다. 이정록은 이 악몽의 탈근대에 농경 공동체 시대에나 가능했던 문화코드를 마구 끌어들이고 있다는 점에서 매우 독보적이다. 돈키호테처럼 보이는 이 작업에는 그러나 아무런 망설임도 계산도 숙고도 없다. 다른 사람들이 세계와의 단절을 노래할 때, 이정록은 이미 세계 안으로 들어가 있다. 그리고 이것은 그에게 있어서 하등 이상할 것도 신비할 것도 없다. 왜냐하면 그는 세계와 단 한 번도 작별한 적이 없으며 그것이 그의 '시적' 일상이기 때문이다. 그는 늘 "벌레의 집"에 들어가 있거나 "풋사과의 주름살" 사이에 끼어있고, "버드나무 껍질에 세들"어 있거나, 아니면 "제비꽃 여인숙"에 죽치고 있다. 그는 자주 "어머니 학교"와 "아버지 학교"에 출근하는데, 그곳의 "의자"에는 사물들과 사람들이 "정말" 분리 불가능할 정도로 밀착되어 있다. 그곳에서 사물들은 사람을 '물화物化'하지 않으며, 사람은 사물들을 지배하지 않는다.

허리가 아프니까
세상이 다 의자로 보여야
꽃도 열매도, 그게 다
의자에 앉아있는 것이여

주말엔
아버지 산소 좀 다녀와라
그래도 큰애 네가
아버지한테는 좋은 의자 아녔냐

이따가 침 맞고 와서는
참외밭에 지푸라기도 깔고
호박에 똬리도 받쳐야겠다
그것들도 식군데 의자를 내줘야지

—「의자」 부분

'물화'가 문제가 되는 것은 대상에 불과했던 사물들이 주체가 되어 거꾸로 인간을 지배하기 때문이다. 루카치(G. Lukács)가 문제 삼았던 것은 자본주의 사회에서 일어나는 이와 같은 주객의 전도 현상이었고 그로 인한 인간 소외였다. 그런데 이정록의 세계에서 이런 일은 일어나지 않는다. 이정록의 세계에서 사물들은 인간들과 친족관계("그것들도 식군데")를 이루며, 사물의 문법과 인간의 문법은 하나가 된다("꽃도 열매도, 그게 다/ 의자에 앉아 있는 것이여"). 물화와 분열의 전선前線에서 세상과 맞짱 뜨며 상처투성이의 언어를 보여 주는 시인들과 달리 이정록은 사물 안으로 들어가 사물들과 세상의 언어를 나눈다. 말하자면 이정록은 (아무런 망설임도 없이) 세계의 언어가 마침내 돌아갈 고향으로 먼저 돌아가 버림으로써 스스로 목표가 되고 과녁이 된다. 물화된 세계가 회복해야 할 것은 결국 이제는 전설이 되어버린 친화의 세계이며, 이정록은 과학과 이론 그리고 개념의 큰 틀들이 지워버린 출구들을 사물들과의 감성적 합일을 통해 찾아낸다.

작은 나무들은 겨울에 큰단다 큰 나무들이 잠시 숨 돌리는 사이, 발가락으로 상수리도 굴리며 작은 나무들은 한겨울에 자란단다 네 손등이 트는 것도 살집이 넉넉해지고 마음의 곳간이 넓어지고 있는 것이란다

큰애야, 숟가락도 겨울에 큰단다 이제 동생 숟가락들을 바꿔야겠구나 어른들이 겨울 들녘처럼 숨 고르는 사이, 어린 숟가락들은 생고구

마나 무를 긁어 먹으며 겨울밤 고드름처럼 자란단다

장에 다녀오신 어머니가 福자가 쓰이던 숟가락 세 개를 방바닥에 내
놓으신다 저 숟가락이 겨우내 크면 세 자루의 삽이 될 것이다

—「숟가락」 부분

이정록의 시들은 개념이 아니라 온몸으로 우리가 회복해야 할 지점을 소환한다. 그는 이미 거기에 도착하여 미래의 언어로 현재를 이야기하는 자이다. 한때 우리 모두가 가졌으나 이제는 다 잃어버린 것들이야말로 우리가 도달해야 할 미래이다. 작은 나무들이 "상수리"를 굴리며 한겨울에 자라는 모습과 어린 숟가락들이 "겨울밤 고드름"처럼 자라 "삽"이 되어가는 과정의 '똑같음'은 분열 이전의 세계이며 루카치의 표현을 빌리면 "하늘의 빛나는 별들이 우리의 모든 갈 길을 알려 주는" 시대이다. 우리는 모두 이것을 잃었으며, 이런 점에서 이정록의 시들은 "도래할 책"(모리스 블랑쇼M. Blanchot)들의 목록이다.

Ⅲ.

모더니스트들이 스스로 몸살을 앓으면서 세계의 징후를 드러낸다면, 이정록은 세계가 상실한 고향의 별이 됨으로써 세계가 갈 길을 비춘다. 그의 시들은 우리가 잃어버린 사물들의 목록이며 그 사물들로 만든 교향악이다. 그는 도대체 이것을 어디서 배웠을까? 그것은 바로 "어머니 학교"와 "아버지 학교"에서이다. 시집 『어머니 학교』(2012)의 「시인의 말」에서 그는 "내가 분명했으나, 분명 내가 아니었다. 채 어머니로 변하지 않은 오른손이 쏟아지는 어머니의 말씀을 받아 적기 시작했다"고 고백한다. 그가 늘 주체와 사물들의 경계를 지우듯이, 그는 자신이면서 동시에 어머니인 주체가 시를

쓰도록 내버려 둔다.

> 노각이나 늙은 호박을 쪼개다 보면
> 속이 텅 비어있지 않데? 지 몸 부풀려
> 씨앗한테 가르치느라고 그런 겨.
> 커다란 하늘과 맞닥뜨린 새싹이
> 기죽을까 봐, 큰 숨 들이마신 겨.
> 내가 이십 리 읍내 장에 어떻게든
> 어린 널 끌고 다닌 걸 야속게 생각 마라.
> 다 넓은 세상 보여 주려고 그랬던 거여.
> 장성한 새끼들한테 뭘 또 가르치겄다고
> 둥그렇게 허리가 굽었는지 모르겄다.
> 뭐든 늙고 물러 속이 텅 빈 사그랑주머니를 보면
> 큰 하늘을 모셨구나! 하고는
> 무작정 섬겨야 쓴다.
>
> —「사그랑주머니 – 어머니 학교 1」 전문

이 시의 각주를 보면 "사그랑주머니"란 '다 삭은 주머니라는 뜻으로, 속은 다 삭고 겉모양만 남은 물건을 이르는 말'이다. 이 시의 한 축에서는 "노각"과 "늙은 호박", 그리고 이 시의 화자인 "어머니"가, 다른 축에서는 "씨앗" "새싹", 어머니의 "새끼들"이 "사그랑주머니"라는 사물어事物語 안에서 동일시된다. 이와 같은 동일시야말로 이정록 시의 핵심적 전략인데, 그것을 그는 그의 어머니의 언어에서 배운 것이다. 그는『어머니 학교』의 시들을 "서른 편쯤 쓰고 나서야 깨달았다"고 고백한다. "나를 낳으신 어머니가 수천수만임을. 아주 옛날에도 나를 낳으셨고 지금도 출산 중임을. 앞으로도 나는 계속 태어날 것임을". 여기에서 그가 말하는 "어머니"란 생물학적 어머니를 지칭하면서 동시에 긴 역사를 통해 이어져 내려오고 있는 '어머니성(motherliness)'을 지칭하는 것이다. '어머니성'이란 위의 인용문에서 나타나듯이 스스로가 다 삭아 텅 빈 주머니가 되도록 지상의 새끼들을 껴안는 "큰 하늘"을 의미한다. 그는 이와 같은 어머니성으로 사물들을 껴안고 세계를 보듬는다. 어머니는 이정록에게 있어서 (사물들과 하등 다를 바 없이) 이미 대상이 아니라 주체이며 주체와 겹쳐진 주체의 다른 얼굴이다. 어머니성은 시대를 초월하여 모든 종교와 문학과 예술이 지향하는 바, 사라진 과거이며 도래해야 할 미래이다. 어머니성은 계속되는 '출산'을 통해 자신을 세계에 흩뿌리며 망가진 세계를 보듬고 어루만진다. 그리하여 이정록의 시에 등장하는 무수한 사물들은 어머니성의 출산물이며 어머니성의 계보를 이어받고 있는 유전자들이다.

그가 다닌 또 하나의 학교는 "아버지 학교"이다. 아버지 학교는 "술지게미에 취한 황소가 삐뚤빼뚤 갈아엎은 비탈밭처럼 우둘투둘하니 곡절이 많다"(「사내가슴-아버지 학교1」). 이정록은 '아버지 학교'에서 세상의 "곡절"을 읽되 아버지와 자신을 동일시하지는 않는다. 그는 아버지의 "곡절"을 어머니의 시선으로 읽는다. 『어머니 학교』의 화자가 시인 화자와 겹쳐진 어머니임에 반해, 『아버지 학교』의 화자는 처음에는 아버지였다가 중간에 아들인 시인으로 바뀐다. 그러므로 그가 계속 통학하고 있는 학교는 '아버지 학교'가 아니라 '어머니 학교'이고, 그의 고향은 '아버지성(fatherliness)'이 아니라 어머니성이다. 그는 어머니의 시선으로 아버지의 나라를 읽는다. 그는 세계와 분리의 고통을 앓고 있는 오이디푸스의 언어가 아니라 이미 세계 자체인 '대지의 어머니'의 언어를 꿈꾼다.

Ⅳ.

이정록의 신작시에도 여전히 사물들의 교향악이 울려 퍼지고 있다. 「칠성무당벌레」에서 시적 화자인 "칠성무당벌레"와 그가 노래하는 "나"는 분리되어 있지 않다. 시인은 칠성무당벌레의 외관을 통해 자신의 이야기를 전한다. "나는 한 문장으로 말할 수 있는/ 단순한 사람이 아니다./ 나에겐 까만 마침표가 많다./ 복잡한 게 아니라 풍부하게 산다"는 전언은 그대로 칠성무당벌레의 이야기이자 시인의 이야기이다. 여기에서 중요한 것은 이 시의 마지막에 나오는 "당신이 주어일수록 더 반짝거린다"는 발언이다. 스스로의 인칭을 버리고 자신에게 타자의 인칭을 부여함으로써 "당신"을 "주어"로 만드는 태도야말로 이정록이 꿈꾸는 현재이고 미래이다.

「책날개」 역시 마찬가지이다. 시인은 "책날개"를 살아있는 새의 날개로 간주한다. 그것은 그 책을 읽는 "사람의 눈"과 "둘째 손가락에 묻은 침을 핥아 먹"는다. 그 "새의 몸에 자주 들어가면/ 눈망울과 마음이 맑아져서 세상을 훤하게 꿰뚫어 보"게 되니 그것의 "품으로 어서 들어오"라는 그의 주문은 우리로 하여금 주체와 사물 사이에 열려 있는 맑고 투명한 통로를 들여다보게 한다. 이 통로는 항상 열려 있었으나 지금은 모두 사라진 것처럼 보이는 길이다. 사람들이 이 길의 사라짐을 애통해할 때, 이정록은 이 길을 "알을 깨고 나온 아기 새처럼" 뻔질나게 드나들고 있다.

「먹장가슴」에서도 그는 "바람의 문장"과 "흉터"가 보이지 않는 "먹장가슴"에서 감추어진 "한숨 소리"와 "설움의 깊이"를 읽어낸다. 귤과 곶감과 사람이 일렬횡대로 서서 동일한 해석의 "등불"을 "서리서리" 맞는 모습은 주체와 세계의 '황홀한 합일'의 상태를 보여 준다. 이정록에게 있어서 시인이란 사물들의 교향악을 구성하며 "끝까지 무너지는 억장을 노래"하는 존재이다.

지금까지 살펴보았듯이 이정록은 인칭을 버리고 스스로 사물이 되어 사물들을 주어로 만든다. 이 '떠받듦'이 사물들로 하여금 저절로 소리를 내게 한다. 이정록의 시에서 주어가 된 사물들은 시인을 다시 주어로 호명한다. 이리하여 모두 주어가 되는 세계가 이정록의 세계이다. 그 어떤 존재도 대상 언어(object-language)로 전락시키지 않는 어머니의 언어, 이 언어가 이정록 시의 출발이고 터미널이다.

13.
사물들, 직전直前의 에로스
—정진규론

Ⅰ.

사물 자체는 시가 아니며 시의 원료이다. 예술은 사물(들)을 가공하고 변형시킨다. 사물이 예술이 되는 과정은 이런 의미에서 '생산'이다. 예술의 이미지는 따라서 사물로부터 "어떤 간극, 비非-유사성을 산출하는 조작"(랑시에르J. Rancière)이다. 생산물로서의 예술은 원료인 사물과는 다른, 변형된 어떤 것이다. 예술 행위는 그리하여 동질성이 이질성으로 넘어간 결과이다. 사물은 의미로 충만하다. 그러나 예술가가 사물을 예술물로 바꿀 때 예술가는 (사물에) 의미를 부여하기도 하지만 제거하기도 한다. 가공의 과정은 따라서 사물의 의미들을 더하는 행위만이 아니라 배제하는, (랑시에르의 용어를 빌리면) "빼는" 행위까지도 포함하는 것이다. 사물을 시의 원료로 사용하는 것이 시 쓰기의 보편성이라면, 개별 시의 특수성은 사물에 어떤 의미를 부여하고 배제할 것인가에 따라 결정된다. 시인들은 저마다 다른 선택과 배제의 약호(code)들을 가지고 있으며, 이 서로 다른 약호들이 시인의 개성을 형성한다.

그렇다면 정진규는 사물을 어떤 방식으로 다루는가. 정진규를 호명하면

자동으로 "몸시詩"를 떠올리지만 "몸시詩"가 '본격적'으로 그의 약호가 된 것은 제목 그대로 『몸시詩』(1994) 이후이다. 『마른 수수깡의 평화平和』(1965), 『들판의 비인 집이로다』(1977), 『비어 있음의 충만함을 위하여』(1983) 『별들의 바탕은 어둠이 마땅하다』(1990) 등의 초기 시집들은 이제 그의 '세계'가 되어버린 "몸시詩"를 기준으로 하면 아무래도 모색기에 해당된다고 보아야 할 것이다. 가령 첫 시집 『마른 수수깡의 평화平和』와 『비어 있음의 충만함을 위하여』에 나오는 다음 시들을 차례로 보자.

> 나는 넘어지며
> 의식意識의 문지방에 걸려,
> 걸려 넘어지며
> 오, 적敵이여.
> 적敵이여.
> 비로소 소리칠 수 있었다.
> —「적敵」 부분

> 살이란 살들을
> 모두 버리리라, 버리리라
> 바다는 파도는
> 영혼만 남겨서 뼈로 추려서
> 그대 곁에 날 데려가리라
> 그대 영혼의 별 밭에 날 데려가리라
>
> —「살을 버리리라」 부분

정진규의 초기 시들을 보면 그가 '의식'과 '몸' 사이에서 아슬아슬하게 흔들리고 있음을 알 수 있다. 그러나 그 방황의 중심은 몸이 아니라 의식에 있었다. 그가 쓰러지고 흔들리는 것은 몸의 문제가 아니라 형이상학(의식)의 문제였던 것이다. 첫 번째 시의 "의식意識의 문지방에 걸려,/ 걸려 넘어지며/ 오, 적敵이여"라는 전언傳言은 그가 붙들고 싸우는 것이 몸이 아닌 의식이며, 의식이야말로 모든 문제들의 진원이고 잠재적 출구임을 잘 보여 준다. 싸워야 할 "적敵"은 "의식意識의 문지방"에서 발견되며 따라서 해결책 역시 몸이 아니라 의식에 있는 것이다. 이런 생각은 두 번째 인용 시에서 더욱 노골적으로 드러나는데, 제목에서 금방 눈치챌 수 있듯이 그는 몸("살")을 버리고 의식("영혼")을 지향한다. "몸시詩" 이후 지금까지 그가 얼마나 몸과 몸의 힘들, 몸의 에너지에 몰두하고 있는지를 생각해 보면 '살을 버리리라'라는 이런 선언은 매우 낯설어 보인다.

Ⅱ.

『몸시詩』 이후 정진규가 사물을 조직하는 방식은 무엇보다 사물을 '몸'의 코드로 읽는 것이다. 그는 사물이 형이상학의 마술에 의해 단일한 방식으로 규정되거나 설명되지 않으며, 형이상학적 주체에 의해서 임의로 재구성되지도 않는다는 사실을 받아들인다. 그가 볼 때 모든 사물은 근본적으로 생동하고 변화하는 몸이며 그것을 해석하는 주체 역시 생성의 과정에 있는 몸으로서의 주체이다. 이렇게 보면 세계는 몸과 몸들의 스밈이고, 힘과 힘들의 접속이며, 리듬과 리듬, 에너지와 에너지 사이의 들고 남, 그리고 넘나듦이다. 니체(F. Nietzsche)에게 있어서 몸이 형이상학에 대한 중대한 비판과 도전의 수단이었던 것처럼, 정진규에게 있어서 몸은 사물事物들을 '사물死物'의 상태에서 구해 내고 역동적인 에너지의 운행으로 가동시키는 코드이다. 니체는 의식에 대한 몸의 우선성을 강조하면서, "가장 놀랄 만한 것은 오히려 몸이다. 어떻게 인간의 몸이 가능하게 되었는가, 즉 어떻게 그러한 엄청난 살아있는 생명의 통합이…… 전체로서 살고 성장하고 어떤 시간 동안 존속할 수 있는지에 대해 사람들은 끝이 없을 정도로 경탄할 수 있다.—이러한 일이 의식을 통해 일어나지 않는다는 것은 명백하다! 이러한 '기적 가운데 기적'에 의식이란 단지 하나의 도구일 뿐이며 그 이상이 아니다"라고 하였다. 니체에 의하면 "몸의 현상은 (의식보다) 훨씬 더욱 풍부하고, 더욱 명료하고, 더욱 이해할 수 있다". 그리고 바로 이런 이유 때문에 몸이 의식보다 방법론적으로 훨씬 더 우위에 있는 것이다.

정진규는 몸 안에서 "엄청난 살아있는 생명의 통합"을 읽어내고 형이상학(의식)의 황폐한 밭을 뒤로한다.

그대 기슭에
비로소 찰싹이는
물살,
물의 혀,
물의 입술,

비로소 나는
그대 위한 몸이 되고 있네
비로소 몸이 듣네
몸이 말을 듣네

이 겨울에도
얼지를 않네

—「몸시詩 31-연서」 전문

그가 몸詩 연작을 쓰기 시작한 이후 많은 시에 "물" 이미지가 자주 등장한다. 물은 사물과 사물을 연결시키는 매체이며, "물의 혀"와 "물의 입술"은 비정형非定型인 유체(flux), 즉 몸인 주체가 다른 몸 주체를 향해 내미는 교접의 신호들이다.

기억나지 않지만 물속엔 깨끗한 물속엔 꽃의 두근거림이 있다고 누군가가 말했다 이른 새벽에 봄날 새벽에 안개를 헤치고 가서 풀밭을 한참 걸어가서 물가에 당도하여서 젖은 발로 그걸 보고 들었다고!

그는 다시 말했다 햇살이 그의 따뜻한 혀로 이슬들 핥기 시작한 바로 그때쯤, 마침내 물속에서 솟아오른 꽃을 두고 오, 물이 알을 낳았다고!

그러니까 꽃은 알이다 그러니까 물은 자궁子宮이다

—「몸시詩 38—물속엔 꽃의 두근거림이 있다」 부분

바슐라르(G. Bachelard)의 "움직이는 물은 그 물속에 꽃의 두근거림을 지니고 있다"는 명제에서 시작된 이 시는 물=자궁: 꽃=알의 유비類比로 끝나는데, 이러한 유비야말로 세계가 사물들의 교합交合, 섹스, 연애, 로맨스, 에로스로 이루어져 있음을 지칭하는 것이다. 이 시는 "몸시詩"의 제목을 갖고 있지만 꽃을 "알"로 명명하면서 이미 "알시詩" 연작을 예기豫期하고 있다.

정진규는 이제 몸 안에 있는 '알성性'을 읽어내는데, 알은 그 자체 한 세계이면서 두 세계의 에로스적 결합의 산물이다. 『알시詩』의 「자서」에서 그는 알을 다음과 같이 정의한다. "〈알〉은 알몸을 가둔 알몸이다. 순수 생명의 실체이며 그 표상이다. 흔히 말하는 부화를 기다리는 그런 미완으로서의 존재가 아니라, 그것 자체가 완성이며 원형이다. 하나의 소우주小宇宙이다. 이 소우주에는 어디 은밀히 봉합된 자리가 있을 터인데 그런 흔적이 전혀 없다. 무봉無縫이다. 절묘한 신의 솜씨! 알, 실로 둥글다. 소리와 뜻이 한 몸을 이루고 있는, 몸으로 경계를 지워낸 이 절대 순수 생명체에 기대어 나는 지금 이 어두운 통로를 어렵게 헤쳐 나가고 있다". 이 대목에서 중요한 것은 알이 서로 다른 두 세계의 결합의 산물임에도 불구하고 봉합된 흔적이 없다는 것이다. 이것이야말로 인위성, 규정성을 뛰어넘은 '몸의 방정식'이다. 몸과 몸의 온전한 결합은 마치 물과 물의 결합처럼 인위적인 경계의 자리를 남기지 않는다. 그것은 온전한 교접을 통하여 온전히 섞인다. 그것은 서로에게 스며들어 경계를 지워내는 "절대 순수 생명체"이다. 정진규는 사물과 사물, 인간과 세계, 인간과 인간 등 모든 관계들을 이와 같은 몸의 방정식으로 이해한다.

Ⅲ.

프로이트(G. Freud)에 의하면 에로스란 넓은 의미의 "생명 본능(life instinct)"이다. 에로스는 종족을 번식하려는 성적 본능만이 아니라 생명을 유지하려는 모든 보편적 욕망을 총칭하는 것이다. 타나토스Thanatos, 죽음 본능(death instinct)이 파괴와 해체, 탈구脫構와 소멸을 지향한다면, 에로스는 통합, 구성, (재)생산, 생성을 지향한다. 그것은 늘 사랑을 구하며 타자와의 완벽한 연합을 욕망한다. 아무것도, 아무도 이것을 말릴 수 없다. 정진규가 세계를 "몸"과 "알"의 코드로 읽어낼 때, 그는 세계가 교합을 열망하는 힘들의 연결이며, 힘들의 생산이고 생성임을 주장하고 있는 것이다. 정진규가 "몸으로 키우는 길을 아느냐"(「길-알 32」)고 물을 때, 세계의 에로스는 "대가리까지, 아가미 바로 밑까지 가득 차오"른다.

> 청어의 알들이 청어의 대가리까지, 아가미 바로 밑까지 가득 차오른
> 것을 나는 보았다 목이 메어서 밥을 먹는 일을 그만두었다
>
> —「청어구이-알 29」 부분

(결정된 죽음 앞에서) 살려고 몸부림치는 존재는 얼마나 갸륵한가. 결정된 패배 앞에서 분투하는 것들, 에로스에 의해 관통당한 몸은 얼마나 서러운가. 그러나 몸과 알은 오로지 생성의 에너지로 가득 차있다. 그것은 죽음의 존재를 철저하게 무시하며 죽음과 처절하게 싸우는 "절대 순수 생명체"

이다. 이 대책 없는 힘 앞에서 "육체는 슬프다"는 말라르메(S. Mallarmé)의 오래된 명제는 무색해지거나 더욱 강화된다. 정진규가 주목하는 것은 몸과 몸의 원리인 '힘'인데, 들뢰즈(G. Deleuze)에 의하면 몸은 무엇보다도 "힘의 영역, 다수의 힘들이 서로 투쟁하는, 영양을 제공하는 환경"이며, "힘의 모든 관계가 하나의 몸을 구성한다. 모든 불균등한 두 힘은 그것들이 관계 속에 들어가자마자 하나의 몸을 구성한다". 정진규가 세계를 몸의 역학으로 읽어내기 시작한 이후 최근작까지 자주 반복되는 두 단어가 있다면, 그것은 바로 "멕인다"와 "직전直前"이다.

> 나는 시에게 젖을 멕인다 별들에게 젖을 멕여야 한다 어두움을 멕여야 한다 어두움이 젖이다
>
> —「심 봉사의 외동딸」 부분

> 눈뜨는 감나무 새순들이 위험하다 알고 보면 그 밀고 나오는 힘이 억만 톤쯤 된다는 것인데 아기를 낳는 여자, 그 죽음의 직전, 직전의 직전까지 닿아있는 힘과 같다는 것인데
>
> —「감나무 새순들-알 33」 부분

> 초록 절정, 초록 직전直前을 거기 놓아두고 있어 위험해, 위험해! 생명이란 사실 위험한 방치放置야 그걸 통과하는 일이야
>
> —「슬픔-알 45」 부분

그의 시에서 "멕인다"는 것은 들뢰즈적 의미에서 하나의 힘이 다른 힘에게 "영양을 제공하는" 행위, 즉 에너지를 부스팅boosting하는 작업이고, "직전"은 이렇게 해서 에너지가 최고조에 이른 순간, 즉 에너지의 "절정"의 상태를 의미한다. 직전은 에너지가 폭발하기 바로 전, 꽃이 지기 바로 전의 만개滿開 상태, 모든 것이 한꺼번에 "방치"된 순간을 의미한다. 정진규

에 의하면 생명이란 바로 "그걸 통과하는 일"이다. 그의 시들은 이렇게 '직전의 에로스'로 가득 차있다.

> 쩌억 벌리고 있는 살들의 입, 입술들의 바다, 대음순 소음순들의 바다, 분홍 바다
>
> —「도봉산 진달래 꽃바다-알 51」 부분

Ⅳ.

『알시詩』 이후 『도둑이 다녀가셨다』(2000), 『본색本色』(2004), 『껍질』(2007) 『율려집律呂集 · 사물들의 큰언니』(2011), 『무작정』(2014), 『우주 한 분이 하얗게 걸리셨어요』(2015)를 거쳐 최근작에 이르기까지 정진규의 시 세계는 중대한 변화를 겪게 된다. '몸'과 '알'을 주제로 한 시들이 한 경계와 경계가 스미고 섞이는 것의 환희, 서로 다른 힘들이 만나는 '두근거림'의 에로스, 즉 생명성의 끝없는 귀환에 집중했다면, 그는 서서히 죽음, 허공, 부재 등의 부정적 기표들에 대해 사유하기 시작한다. 문제는 그가 생명에서 죽음에 대한 사유로 간단히 쉽게 넘어가지 않는다는 사실이다. 그는 한편으로는 여전히 몸으로 사유하고 직전의 에로스에 집중하면서 다른 한편으로는 직전의 속성이 사실상 '힘의 충만'이면서 동시에 '고즈넉한' 허공이기도 하다는 인식의 확장에 도달한다.

> 프로방스 마을 세잔느 기념관은 직전直前의 고즈넉함이 가득 고여 있는 곳이다 고즈넉함이 터지면 무섭다 건드리면 터져!
>
> —「프로방스 세잔느네 뒷간」 부분

"고즈넉함이 가득 고여"있다는 언표에서 우리가 주목할 부분은, 이 표현

안에 "고즈넉함"의 비어있음과 "가득 고여"있음의 충만성이 동시에 존재한다는 것이다. 게다가 충만함만이 아니라 고요함도 터질 수 있다는 발상, 차지 않은 것의 터짐이라는 발상은 얼마나 새로운가. 그는 몸을 노래할 때에도 '무봉無縫'의 개념을 중시했거니와, 무봉이란 힘들 사이의 경계의 사라짐, 완전한 합일 상태를 가리키는 것이었다. '몸시詩' '알시詩' 연작들이 주로 가득 찬 것들, 직전의 에너지들의 폭발을 다루었다면, 이제 이 폭발은 텅 빈 힘들, 즉 비非에너지의 폭발이라는 새로운 '난경難經'의 인식에 도달한다.

> 우리 집 느티는 하늘 땅 오르내리는 새들의 거처요 나의 방석이다 저녁이 오면 창 너머 건너와 큰 그늘로 지 방석을 미리 가져다 놓고 저를 기다리게 한다 깊게 거기 앉아 나를 뎁히는 너의 체온, 창밖 한 마리 새의 경로도 새로 보인다 기다림은 체온의 기억이다 당연한 기다림은 몸이겠지만 마음이 향도가 되어 길을 낸다 큰 나무는 제 자리를 비워놓고 제 비움을 채우게 한다 마악 날아와 앉은 새의 가지가 그만큼 흔들린다 큰 나무 가지가 허공을 채워가는 고요의 우듬지를, 생장生長의 곡선을 오늘도 가득 눈으로 만졌다 한 마리 새로 가서 거기 앉았다 저린 몸 견딜 만하면 허공에 곱게 꽃으로 상감象嵌되었다
>
> —「큰 나무 방석」 전문

이 시에서 우리의 주목을 요하는 표현은 "허공을 채워가는 고요의 우듬지를, 생장生長의 곡선을 오늘도 가득 눈으로 만졌다"라는 대목이다. 화자는 여기에서 "허공을 채워가는 고요의 우듬지"를 곧바로 "생장生長의 곡선"과 등치시킨다. 허공과 고요를 생장과 연결시키는 이 역설이야말로 그의 몸시詩 코드가 마침내 도달한 공간이다.

> 연못 물안개가 몸을 한다는 걸 처음 알았다 키를 세워 허공 가득 몸을 흔드는 것을 보았다 연못 당도하여선 도톰하신 첫 꽃봉의 분홍이

허공의 빗장을 여시는 손을 보았다

—「건달의 시」 부분

최근 시집인 『우주 한 분이 하얗게 걸리셨어요』(2015)에 실린 이 시에서 우리는 과거의 몸시詩와 현재의 몸시詩가 연결되는 지점을 만난다. 물안개조차도 "몸을 한다"는 표현은 사물을 몸의 코드로 읽어온 그의 내력이 최근에도 고스란히 반복되고 있음을 보여 주며, "꽃봉의 분홍"(에로스)이 "허공의 빗장"(소멸, 죽음, 타나토스)을 연다는 표현은 그 내력이 마침내 도달한 현재의 인식을 보여 준다. 사실 프로이트에게 있어서도 에로스는 타나토스의 다른 이름이다. 딜런 토마스(D. Thomas)가 "초록 도화선으로 꽃을 몰아가는 그 힘이 내 초록 나이를 몰고 간다"고 말한 것도 마찬가지이다. 직전의 에로스는 "직후直後"로 넘어갈 수밖에 없으며, 직전의 직후는 결국 죽음인 것이다.

직후 일단 언 송장으로 있다가 땅속에 묻히게 될 것이다 맨몸 언 송장을 더 원한다 살 닿고 싶다

—「그림자놀이 4」 부분

문제는 그가 "직후"의 세계마저 몸(에로스)의 코드로 읽고 있다는 것이다. "맨몸 언 송장을 더 원한다 살 닿고 싶다"는 표현은 죽음까지도 몸의 코드로, 에로스의 코드로, 그리하여 또 다른 생성의 언어로 받아들이고 있는 그의 독특한 인식을 보여 주는 것이다. 다시 들뢰즈의 말마따나 "몸은 환원될 수 없는 다수의 힘들로 구성되어 있기에 다수적 현상이다". 정진규의 "몸"은 생성과 소멸, 채움과 텅 빔, 구성과 파괴가 교합하며 경계를 지우는 '우주'이다.

제3부

저 아픈 꽃밭들

1.
상실과 생성의 변증법
—박완호 시집 『기억을 만난 적 있나요?』 읽기

Ⅰ.

박완호의 시를 끌고 가는 것은 존재들 사이의 끌어당기는 힘이다. 그것은 분리와 해체를 거부하고 합쳐지고 겹쳐지려는 힘이며, 이런 점에서 프로이트의 '에로스Eros'를 닮았다. 그것은 구성과 생성, 창조와 생명성을 지향한다. 그에게 있어서 인력引力은 '만물을 생기게 하는 기원이 되는 힘', 즉 인력因力이다. 그는 불화의 세계 속에서 세계를 밀어내지 않고 끌어당긴다. '밀힘'이 아니라 '끌힘'이 그의 원동력이다.

> 연두의 말이 들리는 저녁이다 간밤 비 맞은 연두의 이마가 초록에 들어서기 직전이다 한 연두가 또 한 연두를 낳는, 한 연두가 또 한 연두를 부르는 시간이다 너를 떠올리면 널 닮은 연두가 살랑대는, 널 부르면 네 목소리 닮은 연두가 술렁이는, 달아오른 햇살들을 피해 다니는 동안 너를 떠올렸다 아무 소리도 들리지 않는 지점에 닿을 때까지 네 이름을 불렀다
>
> —「연두의 저녁」 부분

박완호의 주체는 마침내 '합일'에 이를 때까지 사물을 부르고, 떠올리고 또 부른다. 박완호의 시들은 다른 존재와의 '연결'과 '합체合體'를 향해 항상 "술렁이는" 상태에 있다. 그것은 주체하지 못하는 에너지와 같아서 늘 타자를 향해 넘쳐흐른다. 프로이트에 의하면 이것은 일종의 '생명 본능'이다. 그것은 내 몸 밖의 타자를 갈구하는 욕망이며, 그것과 하나가 됨으로써 다른 존재를 낳는("한 연두가 또 한 연두를 낳는") 생성의 뿌리 깊은 욕구이다.

> 저 꽃은, 아까만 해도 숨이 멎어있었는데 그녀의 손이 닿자 갑자기 감았던 눈을 뜨네. 꽃나무의 넋은, 그녀의 어디쯤 깃들었다가 꽃의 숨결을 일깨운 걸까?
>
> 끝났다 싶은 사랑의, 문득
> 문득, 되살아나는
> 소스라치는 감각 같은, 그녀는
>
> —「꽃나무 여자」 부분

박완호의 시들은 죽은 혹은 죽어가는 존재("끝났다 싶은 사랑")를 건드려 ("손이 닿자") 생명의 잔치로 불러들이는 '봄의 사건'들이다. 존재의 "감았던 눈"을 뜨게 하고 그것의 "숨결"을 깨워 내는 힘은 마치 엘리엇(T. S. Eliot)의 "황무지"에 내리는 4월의 봄비 같다. "죽은 땅에서 라일락을 피우고/ 추억과 욕망을 뒤섞으며, 봄비로/ 생기 없는 뿌리를 자극"하는 힘은 그대로 박완호의 시를 밀고 가는 동력이다. 박완호의 시들은 죽음을 거부하며 (혹은 애써 잊고자 하며) 끊임없이 생명의 탈주선脫走線을 탄다.

> 서로 다른 쪽으로 걸어가는 두 걸음이
> 둘인 듯 하나인 듯 겹치는 순간, 나무는
> 사람의 눈을 뜨고 사람의 꿈을 꾸기 시작한다.

…(중략)…

어딘가를 향해 당장이라도 달려갈 것만 같은

누군가에게로 이미 다가서고 있을 것만 같은

―「사람나무-이길래 작가의 '인송人松'」 부분

그가 주목하는 것은 사물과 사물, 존재와 존재 사이의 '뜨거운' 당김("어딘가를 향해 당장이라도 달려갈 것만 같은")이다. 만남과 겹침이 없이 생성과 생명은 없다. 만남과 겹침이 끝날 때 모든 존재는 죽음의 정거장에 도달한다. 존재들의 겹침과 합쳐짐은 생성을 향한 집요한 '탐닉'이며, 그런 의미에서 죽음으로부터의 탈주이다. 아무도, 아무것도 그것을 말릴 수 없다.

분수대 옆 화단, 길을 지나던 개가 우두커니 서서 노란 꽃의 얼굴을 뚫어져라 들여다본다, 산들

산들, 콧구멍으로 숨결이 거칠게 들락거릴 때마다 노란 입술을 오므렸다 폈다 하며 꽃은

저를 쳐다보는 낯선 얼굴 쪽으로 고개를 들이미는데, 둘은 무슨 생각을 하는 건지,

꽃봉오리를 쳐다보다 입을 맞추다 하는 개의 콧등에 묻은 노랑 무늬가 풀풀 흩어질 때, 담장 위에서는

얼룩줄무늬고양이가 납작 엎드려서는 둘이 주고받는 수작을 눈에 새겨 넣는 중이었다

―「탐닉」 전문

한 존재가 다른 존재를 마주하고 숨결을 "거칠게 들락거릴 때", 다른 존재가 그것을 보고 "노란 입술을 오므렸다 폈다" 할 때, 존재는 생명성의 최고의 강밀도(intensity)의 상태에 있는 것이다. 그 "탐닉"과 "수작"이 세계를 생성한다.

Ⅱ.

박완호 시인은 왜 이렇게 존재들 사이의 끌어당김, 합일, 합체, 생성에 '탐닉'할까. 그것은 바로 죽음 혹은 상실에 대한 경계 때문이다. 생성을 향한 그의 '무의식적' 욕망의 밑바닥에는 "언 발을 동동 굴러가며 아버지를 기다리는 열 몇 살짜리" 아이가 있다. "마흔셋에 떠난 엄마나 환갑도 못 채우고 간 아버지"(「담」)는 박완호의 씻을 수 없는 트라우마이다. 그는 유년 시절, 의지와 무관하게 모체로부터 절단되었으며, 곧이어 부성父性으로부터도 단절되었다. 순식간에 그에게서 세계가 사라졌으며, 모든 것이 존재에서 부재로 바뀌었다.

> 엄마, 하고 부르면 음매, 하고 따라 울었다. 여물을 씹다 말고 어미소가 뒤를 돌아보았다. 담장 너머 살구가 노을에 물들어 갔다.
>
> ―「구봉리 2」 부분

"어미소"가 부재하는 "엄마"를 대신하는 상황이 그의 유년이다. 어미소가 "음매" 하고 화답할 때, 그곳에는 현존(presence) 대신 텅 빈 부재(absence)가 존재한다. "담장 너머 살구가 노을에 물들어" 가는 모습은 황당한 부재의 중심에 버려져 있는 한 유년의 서글프고 쓸쓸한 내면의 풍경이다.

> 오래전 내 급소는 엄마였다

엄마란 말만 들어도 죽고 싶었던,
죽는 게 꿈이었던 날들

엄마를 지나 아버지를 지나 또 누구누구를 지나
자꾸 급소가 바뀌어간다

이제는 급소가 너무나 많아
눈을 씻고 봐도 안 보이는
아무 데도 없는 것들 때문에 아파질 때가 있다 지금은

—「급소」 부분

화자는 "내 급소는 엄마"라고 말하면서도 그 급소가 "아버지를 지나" 자꾸 "바뀌어간다"고 고백한다. 그러나 내가 볼 때 이 바뀜은 (부재에 인접한 것들로의) 환유적 전치轉置이지 다른 것들로의 전이가 아니다. 그에게 있어서 급소는 여전히 "아무 데도 없는 것들"이다. 그를 아프게 하는 것은 바로 이 영원히 사라진 것들이고, 그 부재의 중심은 여전히 엄마와 아버지이다. 그는 어느 날 모든 것이 갑자기 "송두리째 지워"(「이별의 발성」)져 '허공'이 되어버린 상태에서, 모든 것이 완전히 복원된 '현존'의 상태로 돌아가기를 꿈꾼다. 그는 상실과 분리, 분열 이전, 즉 탯줄이 끊어지기 이전의 상상계(the Imaginary)를 꿈꾼다.

돌아갈 수 있다면 그리운 그녀의
자궁 어디쯤 꽃밭 하나 동그랗게 일구고 싶네.
붉고 노란 꽃들도 좋지만
소복처럼 희디흰
꽃들을 골라 한쪽에 모아두고
기도하듯 날마다 손길로 어루만지며

엄마, 엄마 하고 나지막이 속삭여야지.
그럼 꽃들은 우쭐, 작은 봉오리를 일으키고는
엄마 눈썹처럼 살짝 흔들리기까지 하면서
나를 가볍게 달래주겠지. 나는
꽃이 낳은 자식.
내 속엔 꽃의 분홍, 꽃의 노랑, 꽃의 빨강
또 꽃의 하양이 한꺼번에 고여있지.
나는 꽃을 노래하는, 꽃의 아이.
바람 불 때마다 은근슬쩍 춤도 춰 가며
내 속을 흐르는 하얀 꽃의 유전자를 피워 내고 있네.
다시 돌아갈 수만 있다면 나는
그녀의 둥근 꽃밭에 피는
어리고 새하얀 꽃이 되고 싶네.
자궁 속 한 점 꽃의 숨결로 맺혔다가
첫 숨 내쉬듯 봉오리를 환하게 열어젖히며
그녀의 첫 기쁨이 되고 싶네. 그녀의
다섯 손가락 가운데 하나,
세상 하나뿐인 그 꽃이 되고 싶네.

—「꽃의 아이」 전문

화자는 '자궁으로의 회귀'를 꿈꾸고 있다. 자궁 속의 태아는 세계와 분리되어 있지 않다. 분리는커녕 태아에게 있어서 주체는 세계이고 세계는 곧 주체이다. 그것들은 서로를 마주 보는 거울이다. 그들에게 거울상은 허상이 아니라 실상이다. 또한 태아의 주체 내부 어디에도 분열과 분리가 존재하지 않는다. 그것은 온전한 합일의 상태에 있다. 화자는 분열의 상징계(the Symbolic)에서 (그 모든 분리와 단절 이전의) 상상계로의 회귀를 꿈꾸고 있다. "자궁 속 한 점 꽃의 숨결"로 돌아가려는 그의 욕망은 얼마나 간절한가.

사담私談이지만, 나는 언젠가 그가 자신의 어머니와 아버지의 죽음에 대하여 쓴 산문을 본 적이 있다. 그의 슬픔은 유사 경험이 전혀 없는 내게도 바로 전이되어서, 그날 나는 어디 사람 없는 강가에라도 가서 한나절을 실컷 울고 싶었다. 어머니, 아버지와 관련된 그의 슬픔은 하도 공명이 커서 세상의 모든 슬픔과 결합되는 것이었고, 한 독자에 불과했던 나는 그의 설움이 온전히 나의 설움으로 넘어오는 것을 느꼈다. 이런 맥락에서 볼 때, 위의 시는 매우 절절하다. 사실 탯줄이 끊어진 모든 개체들은 스스로의 죽음을 향해 평생 살아가는 동안 얼마나 많은 시련과 고통과 슬픔의 터널을 통과하는가. 따라서 이 시가 보여 주는 모체 회귀의 꿈은 박완호 시인뿐만 아니라 모체로부터 분리된 모든 개체들의 무의식에 깔려 있는 욕망이다. 다른 시에서 그는 어머니를 "단단한 믿음이 꽃을 피우기도 전/ 느닷없이 신전을 떠나버린/ 나의 마리아"(「배교자」)라고 부르고 있다. 사실 시기가 문제이지 우리 모두는 상상계의 신전에서 쫓겨난 자들이다. 결핍은 욕구를 낳고 욕구는 욕망을 낳는다. 상실의 공포는 회귀의 욕구를 낳고, 회귀의 욕구는 생성의 욕망을 낳는다.

Ⅲ.

부재와 분리의 아픔에서 비롯된 박완호의 '관계 지향성'은 사회적 상상력으로 확산된다. 앞에서 살펴보았듯이 그는 자기 안으로 타자들을 끊임없이 끌어당기는데, 이 당김의 촉수는 사적 개체들로 한정되지 않고 공공 담론으로 확대된다. 마치 산과 계곡과 들판의 작은 물줄기들이 결국은 만나 강물을 이루고 바다가 되는 것처럼 사사로운 존재들의 끝없는 결합과 겹침은 마침내 그것의 총계인 사회에 다다르는 것이다. 그의 에로스가 사적 층위에 머무르지 않고 "수많은 잎들이 하나의 이름으로 반짝이는 순간"(「시월」)과 마주칠 때, 우리는 트라우마에 어렵게 빠져나온 한 건강한 영혼을 만난다.

그날, 촛불 한가운데 서있던 농인聾人 설혜임 씨는 다른 사람들이 외치는 소리가 들리지는 않아도 가슴이 팡팡 울렸다고 했다. 아름다운 소리는 귀가 아닌 가슴에 먼저 가닿는 걸까. 어느 순간 설혜임 씨의 박동 소리에 맞춰 나의 가슴도 팡팡 울리기 시작했다. 유모차에 앉은 어린아이의 눈부처가 해맑게 반짝일 때, 한꺼번에 두드리는 백만의 북소리가 광장의 어둠을 조금씩 밝혀가고 있었다.

—「광화문 연가」 전문

이 시는 사회성 속에서 감각계를 뛰어넘는 '관계'의 겹침과 확산 그리고 울림을 잘 보여 준다. "아름다운 소리"는 귀가 없어도 들을 수 있다. 그것은 가슴의 울림을 통해 존재와 존재를 이어주며 "어린아이의 눈부처"를 반짝이게 만들고, 시대의 어둠을 밝혀 준다. 우리는 이 시에서 (어머니 부재의) 어두운 골방에서 빠져나와 마침내 "광장"의 관계 속으로 나온 건강한 '사회적' 자아를 본다. 그의 다른 시들, 예컨대 「압록 애인」과 「노동당사에서 사랑을 꿈꾸다」와 같은 시들 역시 서정적인 터치로 분단의 현실과 그 현실에 대한 애틋한 사랑을 잘 보여 준다.

노동당사에서 한때의 사랑을 꿈꾸었다.
…(중략)…
앞선 발자국을 가만히 뒤따르는 키 작은 그림자,
나의 사랑은 그런 것이다.
부서진 계단을 오르다 말고
남쪽을 바라보는
당신의 속 깊은 눈빛 닮은 노을이
한쪽으로 쏠리는 머리카락을 물들일 때, 나는
부러진 가지 끝 빛바랜 솔잎을 스치는 바람처럼
무너진 벽에 기대어 선 어깨에 얹히는

석양의 손짓을 따라
북쪽 하늘을 천천히 색칠할 것이다
외로이 서있는 우리의 시간이
흐릿해지는 산 그림자 속으로 깃들고
금 간 벽을 울리는 노랫소리가
서로를 스스럼없이 넘나들기 시작할 때
추억마저 황폐해진 이곳에서

—「노동당사에서 사랑을 꿈꾸다」 부분

우리는 이 시에서 그의 시의 동력이 사회 담론으로 확산되었을지라도 여전히 '사랑'임을 확인한다. 그는 남과 북의 관계를 애틋한 사랑의 관계로 재현함으로써 남과 북이 "서로를 스스럼없이 넘나"드는, '겹침'의 상태를 꿈꾼다. 사랑은 "추억마저 황폐해진" 공간에 울리는 "노랫소리"이며, "속 깊은 눈빛"이다. 이 대목에서 우리는 정치, 특히 문학의 정치가, 권력의 분배가 아니라 다름 아닌 "감성의 나눔(distribution of the sensible)"(랑시에르J. Rancière)임을 다시 확인하게 된다.

Ⅳ.

이번 시집에서 박완호는 훨씬 자유로워진 자신을 보여 준다. 이것은 그가 사건의 '감성적 구속성'으로부터 완연히 벗어났음을 의미한다. 박완호는 진지함에 갇혀있지 않고 가벼운 터치로 자유로운 서정성을 노래하는 단계에 이르렀다.

고양이가 봄을 할퀴자
허공에서 핏물이 흘렀다

꽃이라는 이름의,

붉은 혀를 내밀며
가늘고 긴 모가지들이
천천히 봄을 조율하고

손톱에 찢긴 하늘에서는
나비들이 쏟아져 나왔다

—「삼월」 전문

흰 고양이들 지붕 위를
소리 없이 건너다녀요

창문 밖 출렁이는 나뭇가지마다
반짝이는 울음 매달고

가로등 불빛 따라
사뿐사뿐 맨발로 뛰어가요

그만 들어오라고
엄마가 부르지 않았다면 나도

고양이랑 나란히
어디론가 달려가고 있을 걸요

—「함박눈」 전문

일종의 '고양이' 연작이라고 할 이 두 시를 주목하는 이유가 있다. 이 시들은 봄이 오는 풍경과 "함박눈"이 내리는 장면을 고양이를 빌려 그리고 있는데 나는 이 시들을 읽으면서 광기와 우상파괴의 폭풍이 잠들 무렵 '고양이' 연작을 썼던 샤를 보들레르(C. Baudelaire)를 떠올린다. 이 시들은 고양이의 날렵하고 자유로운 움직임으로 꽃을 부르고 함박눈을 내리게 한다. 어두운 상처에서 해방된 영혼은 이제 고양이처럼 가볍고 경쾌하게 사물들을 호명할 수 있게 되었다. 고양이는 마치 즐거운 마술사처럼 허공을 할퀴어 꽃을 만들어내고 나비들을 쏟아낸다. 고양이는 수많은 함박눈으로 변하여 "나뭇가지마다/ 반짝이는 울음 매달고" "가로등 불빛 따라/ 사뿐사뿐 맨발로" 뛰어다닌다. 박완호의 상상력은 이제 고양이의 발걸음처럼 "사뿐사뿐" 가벼워져서 "울음"도 반짝이게 만드는 힘을 가졌다. 그러나 이 힘은 상처를 피하지 않고 그것의 원인을 직시하며, 오래 대면한 자만이 마침내 얻을 수 있는 힘이다.

2.
야생의 사유와 죽음
—조원의 『슬픈 레미콘』(푸른사상, 2016) 읽기

Ⅰ.

조원의 시편들을 관통하는 주제어를 찾기란 쉽지 않다. 그는 손에 잡히는 것들을 닥치는 대로 조립해 새것을 만들어내는 '브리콜뢰르(bricoleur)'이기 때문이다. 레비스트로스(C. Levi-Strauss)에 의하면 브리콜뢰르는 "야생의 사유(savage mind)"의 한 특징이기도 한데, 사용 가능한(손에 잡히는), 그러나 연관성이 없어 보이는 개체들을 연결해 새로운 물건을 만들어낸다는 점에서 '은유'와 유사하다. 그는 종종 원관념(tenor)을 감추고 보조관념(vehicle)만을 앞으로 내세우기도 하는데, 그런 경우 독자가 의미를 조합해 완성하기란 쉽지 않다. 이것은 그의 시적 전략이기도 한데, 그는 항상 한 가지를 이야기하면서 동시에 여러 가지를 건드린다. 이런 점에서 그의 시는 의미의 통일성 혹은 '닫힘'을 거부한다. 그는 시가 의미의 한 단위에 착지하는 순간 다른 심급으로 바로 튀게 한다. 그의 시는 이렇게 정주定住를 거부하는 다양한 기표들이 한 세계에서 다른 세계로 끊임없이 탈주하는 풍경을 보여 준다.

마음대로 부풀고

마음대로 치솟고 싶은 풋것의 열망
목젖 쏴하게 울어보지도 못하고
우리는 심해로 가라앉았다

엄마가 앞깃의 단추를 모조리 뜯어
망망대해 별처럼 던졌는데
당신은 수유를 가로막았다
무르팍이 깨져 빠져나갈 수도 없는데
서둘러 구조를 끝냈다

끼룩끼룩 우는 날것을 붙잡고
붉은 젖통을 물리는 엄마

—「탄산수」 부분

가령, 이 시의 어디에도 '세월호'라는 원관념은 나와 있지 않다. 이 시가 세월호 사건을 다루고 있다는 해석은 "마음대로 치솟고 싶은 풋것" 즉 어린 생명들이 "서둘러 구조를 끝냈"기 때문에 "심해로 가라앉았다"는 구절들의 인위적 연결을 통해서만 가능하다. 그러나 원관념을 지워버렸기 때문에 이 시는 세월호 사건이라는 단일한 층위를 넘어 사실상 무한대의 의미로 확장된다. "마음대로 부풀고/ 마음대로 치솟고 싶은 풋것"은 어린 학생들만이 아니라, 길들여지기를 거부하는, 길들여지지 않은(untamed) 모든 '야생'의 힘을 상징하기도 한다. 이런 의미는 "붉은 젖통을 물리는 엄마"라는 구절과의 연결을 통해 더욱 강화된다. 그것은 마치 프로이트의 에로스처럼, 무의식적 욕망처럼, 모든 형태의 검열을 거부하는 욕동(drive)의 세계로 해석될 수도 있다. 그리하여 이 시에 나오는 "완강한 뚜껑"은 이 무의식적 욕망이 의식의 표면으로 부상하는 것을 가로막는 시스템, 즉 아버지의 법칙(Father's law)을 상징하는 것으로 읽어낼 수도 있는 것이다.

Ⅱ.

위의 「탄산수」라는 시가 보여 주듯이, 그의 시선은 주로 야생의 사유와 그것을 억압하는 시스템 사이의 관계에 가있다.

> 나는 당신을 불화살로 뚫으려 하고
> 당신은 푸른 방패를 세운다
> 우리의 합궁이 멀다
>
> —「태양은 노른자가 되고 싶다」 부분

> 우리의 굽은 등엔
> 팽팽히 당겨 잡은 활시위가 숨어있다는 사실
>
> —「거대한 무기」 부분

> 야성의 시간을 포효하며
> 개가 되지 않고 개처럼 뒹굴 수 있는 자유를 누렸다
> …(중략)…
> 절벽 끝에 서서 털을 말리는 늑대여
> 탄성만 지르던 모음의 귀두여
>
> —「비밀의 방」 부분

> 늪에 엎드린 악어는
> 긴 하품 털며

수초 뒤집어쓴 달을

벌컥 들이마셨다

—「밀림 속 피아노」 부분

인용문 중 “불화살” “활시위” “늑대” “귀두” “악어”는 (각기 뉘앙스의 차이는 있지만) 하나같이 야생의 힘을 지시하는 시니피앙들이다. 이것들은 폭발 직전의 에너지와도 같아서 시스템에게는 늘 불안과 전복의 위협으로 다가온다. 첫 번째 인용문에 나오는 “푸른 방패”는 바로 야생의 사유를 억압하는 체제를 의미하고, “우리의 합궁이 멀다”는 고백은 그가 시스템과 길항관계에 있음을 보여 준다. “나와 너 사이, / 항상 뚜껑이 문제다”(「고양이」)라는 고백 역시 그의 시의 핵심이 야생의 에너지를 지향하는 주체와 그것을 억압하는 검열 사이의 문제임을 보여 준다.

Ⅲ.

그런데 레미콘은 왜 슬플까? 표제작인 「슬픈 레미콘」은 야생의 사유와 그것의 죽음을 잘 보여 준다. 그는 이 시에서 레미콘을 “타원의 항아리”라고 지칭하고 있는데, 여기에서 항아리는 에너지의 모체, 즉 여성의 몸을 상징한다. 그는 레미콘을 항아리라고 지칭했다가 그것을 슬쩍 “짐승의 몸을 이어가는 고래”로 환치시키는데, 이 짐승의 몸은 무엇이든 될 수 있는 야생의 몸과 사유를 지칭하는 것이다. 그것은 일종의 유체(flux)이어서 정형화를 거부하는 에너지이나 “직선의 꼭짓점”의 개입에 의해 “빽빽한 고체”로 길들여질 수밖에 없는 운명을 가지고 있다. 다양한 가능성으로 열려 있는 유체가 고체화되는 과정, 즉 무의식의 욕망이 아버지(사회)의 검열을 통해 길들여지는 과정을 이 시는 잘 보여 준다. 시스템은 야생의 사유가 갖는 전복성을 경계하며, 그것들을 두들겨 패서 정형화한다. 이 '얻어터져 만들어진 길(beaten path)'이 사회화이다. 레미콘 속의 소년이 "자라면서 한 장의 벽돌로 압축된다"는 마지막 문장은 유체를 고체로, 가능성을 규범으로, 열림을 닫힘으로 몰고 가는 '세상의 길'을 요약하고 있는 것이다.

그의 시는 이렇듯 야생의 사유와 그것의 죽음 사이에 존재한다. 그의 시들은 죽음을 거부하는 에너지들로 꽉 차있으나 규범의 사회는 그것을 용납하지 않는다. 그는 "원시적 감각으로 문장을 전하고"(「B104호」), "야성을 더는 죽이고 싶진"(「바다 정육점」) 않지만, 죽음의 시스템은 그것을 허락하지 않는다. 그는 늘 "생명력을 흡수"하고 "두 손이 묶인 채" 야생과 죽음의 사이, 그 통로에 있다. 그는 이 극단에서 "나는 통로에 대한 사유가 약했다"(「키스의 키스」)고 고백하기도 하는데, 결국 야생의 사유는 그것을 죽이는 시스템 앞에서 세상의 절반을 버리지 않을 수 없다.

> 몸의 일부를 땅에 묻은 뒤
> 세상을 반만 살게 되었다
> 사랑을 반만 품게 되었다
>
> —「봄의 반사광」 부분

여기서 "몸"은 야생의 에너지를 가리키며 그것의 일부를 땅에 묻었다는 것은 그것의 일부에 대한 불가피한 사망 선고를 의미한다. 에너지의 죽음은 결국 세상의 절반을 사는 것이고 사랑의 절반만 품는 것이므로, 주체는 이리하여 영원한 결핍의 상태에 처하고 마는 것이다. 야생의 사유가 죽음을 거부하다 마침내 사망의 순간을 맞이하고도 꼿꼿하게 서있는 모습을 시인은 "죽어서도 온전히 눕지 못한 목숨" "눕지 못하고 서서 죽은 꽃"(「꽃의 입관식」)이라고 부른다. 여기에서 서있는 꽃은 야생성으로 충만한 발기 상태의 페니스를 연상시키고, 그것이 선 채로 말라 죽은 모습은 야생의 사유가 겪은 처절한 싸움의 삭막한 귀결을 보여 준다. 그래도 그가 끝내 야생의 사유를 포기하지 않는 것은 "얼마나 많은 잎이 감전되어야 전봇대는 그루터기가 될까"(「전봇대를 키우다」)와 같은 전언을 통해 드러난다. 죽은 페니스도 수많은 사랑의 "감전"을 통해 잎이 나고 살아나 그루터기가 될 수 있을까. 누가, 어떻게, 그것을 감전시킬 것인가.

3.
시간의 계보학
—박헌호 시집, 『내 가방 속의 동물원』 읽기

> 몸—그리고 몸을 건드리는 모든 것—은 유래의 장소이다. 몸에서 우리는 지난 사건들의 상흔을 발견한다. 이 몸에서 욕망들, 무능력들, 오류들도 생겨난다…… 유래의 분석으로 계보학이 있는 장소는 바로 몸과 역사가 서로 얽혀 있는 곳이다.
>
> —미셸 푸코(M. Foucault)

I.

박헌호는 1989년 『동서문학』으로 등단했다. 그리고 이번에(2015년) 첫 시집 『내 가방 속의 동물원』을 낸다. 무려 26년의 긴 세월이 등단-첫 시집 사이에 존재한다. 그래서인지 그의 시집에는 "늙은" "시간" "낡은" "시계" "세월" "녹슨" "오래된"과 같은 시간 관련 단어들이 반복적으로 등장한다. 이 시집에서 박헌호는 자신의 삶의 어떤 계보를 추적하고 있는데, 이는 그 계보의 종점이 다름 아닌 현재라는 사실을 그가 자각하고 있기 때문일 것이다. 말하자면 먼 과거의 어떤 유래(origin)의 공간이 그의 현재를 자꾸 건드린다는 이야기인데, (이런 의미에서) 그에게 있어서 유래는 과거이면서 동시에 현재이다. 그것은 중심(과거)이면서 한편 주변(현재)으로 그 영역을 계속 확장한다. 그것은 주변과 환유적으로 겹치면서 중심/주변의 경계를 지운다. "원심력의 이데올로기인 시간이여,/ 다시 한 번 주리를 틀어다오"(「전복을 위하여」)라는 그의 전언에는 이 유래의 확산에 대한 공포가 실려있다. 그것은 일종의 "언캐니the uncanny"(프로이트)이다. 그는 그 유래에 대해 잘 알고 있고 친숙하지만("canny") 그것이 갑작스레 귀환할 때 그것은 불확실하고 두렵고 놀라운("uncanny") 대상으로 돌변한다. 그는 유래의 "주리를 틀"어 그것을 봉쇄하려 하지만, 그것은 무의식처럼 강박 · 반복적으로 현세로 귀환("억압된 것의 귀환 the return of the oppressed", 프로이트)한다. "세월 속에 웅크린 나"(「비」)는 언캐니의 강박적 공격을 두려워하는, 그리하여 자궁 안에 숨어있기를 소망하는 태아의 모습 같다. 그러나 이 존재는 유래라는 언캐니의 반복적 귀환 앞에 늘 무력하다. 그리하여 "나는 부동자세로 달력만 넘기는 치욕"(「비」)이라는 고백은, 이 시집 속의 시적 자아를 요약하는 표현이다.

Ⅱ.

그렇다면 이 시간의 계보, 그 먼 언덕 저편에 숨어있는 것은 무엇일까. 그것은 바로 아버지의 존재이다. 「언덕 위로 기차가 달린다」「그리운 인쇄소」「소세지에 관한 짧은 기억」「다리집 개소주」「상상, 오래된」 외에도 여러 시편들에 아버지가 반복해서 등장한다. 그(이하, 시적 화자)에게 있어서 아버지의 존재는 반복 충동의 기원이다. 아버지는 그의 기원이자 현재이다. 그의 역사는 아버지와의 관계 속에서 형성된 것이다. "아버지"라는 단어가 "늙은" "녹슨" "낡은" 등의 수식어와 자주 결합되어 있는 것은 그것이 시인의 삶 혹은 시업詩業과 오랜 연관을 맺고 있음을, 그리하여 그것이 일종의 역사가 되어있음을 알려 준다. 문제는 이 관계가 피할 수 없는 것("모든 게 필연이었다, 나는 아버지의 젊은 도제", 「그리운 인쇄소」)이었고, 그가 소망한 것이 아니었으며 외부로부터 그에게 강제된 것이라는 사실이다. 누가 아버지와의 관계를 피할 수 있겠는가. 그러나 그의 많은 시에 "아버지"가 반복되고 있는 것은 그것이 일상적인 오이디푸스적 관계를 넘어서는 것임을 보여 준다.

언덕 위로 기차가 달린다
벽시계 문득 저녁을 토해 내고
언덕 너머엔 가지 마라
그곳엔 거미만 득실거리는 곳
아버지 회초리 든다
내 장딴지에 그어지는 세월의 기찻길
…(중략)…
언덕 너머엔 가지 마라
그곳엔 젖과 꿀이 흐르지 않는 곳,
언덕 위로 기차가 달리고

—「언덕 위로 기차가 달린다」 부분

(21행으로 이루어진 이 시에서 "아버지"라는 단어가 여덟 번 반복된다.)

"장딴지에 그어지는 세월의 기찻길"은 아버지로부터 모종의 규율이 오랜 시간에 걸쳐 강제되었음을 보여 준다. 다른 시에서 그는 아버지를 "배울 거라고는 술 취하는 것밖에 없는"(「소세지에 관한 짧은 기억」) 존재로 명명함으로써, 이 규율이 대체로 받아들이기 어려운 것이었음을, 그리하여 그가 세월의 언덕 위에서 끊임없이 아버지와 겨루었으며 그것이 그를 "불온"한 존재로, 그의 삶을 "비탈"(「그리운 인쇄소」)처럼 위태로운 것으로 만들었음을 보여 준다. 그가 아버지의 존재를 "녹 냄새"라고 표현할 때, 우리는 또한 그 존재와의 경험이 길고도 깊은 시간을 관통한 것이었음을 알 수 있다.

아버지의 잠에서도 녹 냄새가 났다 나는 그게 싫었다 아버지의 잠꼬대에서도 녹 냄새가 났다 나는 그게 싫었다 아버지의 잠 옆에 벗어둔 토시에도 녹 냄새가 났다 나는 그게 싫었다 내가 아버지의 냄새를 거부하는 동안 새벽이 오고 나는 아버지의 잠을 찢었다

—「그리운 인쇄소」 부분

"녹 냄새"의 진원이 아버지의 "잠"과 "잠꼬대"였다는 것은 아버지에 대한 그의 기억이 무의식과 연관된 것이고, 그것이 현재의 그의 삶 속으로 자꾸 되돌아옴을, 말하자면 반복 충동의 기원임을 의미한다. 그는 그것을 혐오하였고("그게 싫었다" "아버지의 잠을 찢었다"), 그것은 그를 끊임없이 위태롭고 불온하게 만들었다. 그러나 거꾸로 말하자면, 그것이 그를 살게 한 것이다. 이것이 쾌락 충동을 넘어서는 반복 충동의 공포이고 힘이다. 그의 시간의 계보는 아버지와의 싸움의 역사인데, 이 역사는 아버지에 대한 거부이자 동시에 아버지 닮기의 역사이기도 하다. 그리고 이 거부/닮기의 과정은 모두 무의식의 지평 위에서 이루어지기 때문에 통제 불가능한 것이다. 그가 아버지의 공간("인쇄소")을 녹 냄새가 나는 곳이라고 혐오하면서 동시에 그리워하는(「그리운 인쇄소」) 이유가 바로 이 때문이다.

그의 시간의 계보가 단순하고 통일된 것이 아니라, 거부/닮기, 탈출/구속, 순종/위반 등, 차이의 동시성으로 구성되어 있다는 것을 우리는 다음의 시에서도 확인할 수 있다.

> 붉은 것, 세월은 녹 냄새 풍겼다, 가벼운 것, 지나간 세월 빨랐다, 흉측한 것, 당도한 세월 무서웠다. 나는 선생도 되지 못했고, 음악도 알지 못했다.
>
> 그 사이, 소세지는 소시지가 되었다.
>
> 그 사이, 바하는 바흐가 되었다.
>
> 그 사이, 벽장 속 아버지 죽었다.
>
> 그 사이, 나 벽장을 닮아갔다.
>
> 세월을 찢고 나온 소시지가 바흐를 듣는다, 세월을 찢고 나온 소시지가 흉측한 것, 나를 보며 말한다, 세월을 찢고 나온 소지지가 가벼운 것, 나를 발로 찬다, 세월을 찢고 나온 소시지가 붉은 것, 나를 벽장 속에 가둔다.
>
> —「소세지에 관한 짧은 기억」 부분

이 시의 앞부분에 "소세지를 먹여 살리기 위해" "아버지 벽장에 가두고" 라는 표현이 나오는데, 우리는 여기에서 "소세지"를 남근(phallus)의 상징으로 읽을 수 있다. 말하자면 이 작품을 두 소세지(남근들) 사이의 경쟁 구도로 읽을 수 있다는 것이다. 그러나 시적 화자가 이 경쟁에서 승리했을 때, 즉 녹 냄새 흐르도록 생물학적 세월이 지나 "벽장 속 아버지"가 죽은 후 그의 모습은 어떻게 변해 있는가. "세월을 찢"는다는 것은 화자의 욕망일 뿐, "그 사이, 소세지는 소시지가 되었"고, "바하는 바흐가 되었"다. 이는 시적 화자가 사회적으로 거세되었음을, 말하자면 훈육당해 사회적 불온성을 상실한 존재, 프로이트 식으로 말하자면 "얻어터진 길(beaten path)"이 되었음을 알 수 있다. 크리스테바(J. Kristeva)의 용어를 빌리면 "소세지" "바하"는 훈육당하지 않은, 욕망, 전복, 무의식의 언어로서의 기호계(the semiotic)를, "소시지" "바흐"는 거세당한 이성, 즉 의식의 언어로서의 상징계(the symbolic)를 정확히 지시한다. "그 사이, 나 벽장을 닮아갔다" "나를 벽장 속에 가둔다"는 진술들은 또한 거세하기와 거세당하기의 순환의 역사가 시간의 계보에서 냉정하게 아버지-아들의 세대로 공평하게 배분, 반복되고 있음을 보여 주는 것이다.

Ⅲ.

만일 이 시집의 아버지-아들의 존재와 관계를 상징으로 읽는다면, 이 시집은 자유/규율, 욕망/이성 혹은 삶/죽음 사이의 처절한 대비, 싸움으로 구성되어있다고 볼 수도 있다. 다음을 보라.

> 냉장고는 빵을 만들지 못했다
> 벽시계는 문을 내지 못했다, 아버지
> 청춘의 붉은 아버지는 텃밭 가득

푸르고 푸른 리비도를 심었으나
매양 열리는 것은 녹슨 한 묶음의 분노였다
냉장고는 더 이상 얼음을 만들지 못했다
벽시계는 태엽이 늘어나 골동품이 되었다
늙은 아버지 잠긴 대문 안에서
녹슨 꽹과리 소리로 진열되었다
돌아보지 마라, 골동품의 거리에서 나는
더 이상 가지 않는 생의 시계를 보았으니
…(중략)…
소리도 냄새도 없이 가버린 시간
무섭다

—「상상, 오래된」 부분

"푸르고 푸른 리비도를 심"은 "청춘의 붉은 아버지"는 "녹슨 한 묶음의 분노"밖에 생산하지 못한다. 이 분노는 아버지의 산물인 아들, 즉 시적 화자를 지칭하는 것이기도 한데, 말하자면 기원(유래)은 리비도인데 그것의 결과(산물)는 분노라는 것이다. 그것도 "녹슨" 분노여서 쓸모가 없는 분노만 늘("매양") 생산하는 세계, 먹을 것("빵")도 만들지 못하고, 자유를 향한 출구("문")도 만들지 못하는 완벽한 불모의 세계, 이것이 박헌호의 시간의 계보학이 읽어낸 생의 유래이고 종점(터미널)이다. "태엽이 늘어나 골동품이 되었다"는 표현은 또한 시간의 과잉, 그리하여 모든 것을 죽음의 세계로 정지시키는("더 이상 가지 않는 생의 시계") 시간의 폭력을 지시한다.

이 시집에는 시간(규율, 훈육)의 폭력에 저항하는 남근의 이미지들이 자주 등장한다. 가령 "모서리" "송곳니" "뾰족한 생의 연필심" "송곳" "이빨" "바늘" "못" "칼" 같은 기표들이 그것들인데, 이것들은 모두 공격성의 예각銳角을 가지고 있다. 이것들은 그 뿌리에 리비도, 즉 욕망이라는 연료를 가지고 있으므로 근본적으로 생, 자유, 무의식을 향하여 있고, 죽음, 억압, 제도와 반대편에 서있다. 그것들은 모든 형태의 규율에 저항하는 남성성의 상징들이다. 그런데 이 시집에서 이런 것들은 모두 으깨지거나 부러지거나 망가진다. 그리고 이 패배 앞에서 시적 화자와 그의 아버지는 동격이다. 그들은 경쟁자이면서 동지이고, 시간에 의해 동일하게 얻어맞은 루저loser들이다.

> 허물어진 모서리는 악몽을 보여 준다, 책장 위에는
> 벽돌이 있고, 벽돌은 위험한 천장 한 모서리를
> 이고 있다, 책장에는
> 이미 사어死語로 전락한 노동법과 마르크스 전집과
> 오늘의 날씨가 엉켜있다, 태초에
> 우주를 향해 솟아있던 골리앗 위에
> 내 아버지의 단단한 모서리가 있었다
> …(중략)… 나는
> 슬픈 아버지의 DNA
> 내 모서리는 으깨진 단백질
> …(중략)… 나는
> 아버지의 허술한 지갑
> 허물어진 모서리는 나의 위안
> 그러므로 불안.
>
> —「미토콘드리아」 부분

"우주를 향해 솟아있던 골리앗"은 발기한 남근의 이미지를 보여 주기에 충분하다. 아버지의 "단단한 모서리"는 그것 "위에" 있었으므로 더 강력한 남성성을 상징한다. 그러나 그 모서리는 허물어졌고 그래서 "악몽"이다. 여기에서 모서리(남성성)를 허무는 것은 생물학적 거세가 아니라 사회적 거세의 의미로 확대된다. 그것은 노동법과 마르크스의 사상을 "사어死語"로 전락시키는 일종의 체제 즉 자본주의 시스템이므로 프로이트적 의미의 생물학적 아버지 위에 그리고 밖에 있는 폭력이다. 이 어마어마한 폭력 앞에 아버지와 경쟁 관계에 있던 시적 화자 역시 철저하게 무력하다. 그리하여 아버지가 "허물어진 모서리"라면, 아들은 그 "슬픈 아버지의 DNA"를 그대로 이어받은 "으깨진 단백질"인 것이다. 그들은 시스템 앞에서 무너진 패배자이고 루저이기 때문에 동지이다. 그래서 그것은 "위안"이 아니라 "불안"인 것이다. 그리하여 다른 시에서도 "송곳니처럼 뾰족한 생의 연필심은/ 뭉툭해지고, 부러지고, 드러눕고"(「슈뢰딩거의 고양이」)와 같은 전언을 만나는 것은 하등 이상한 일이 아니다. "나를 닮은 저 산은 그만 칼을 접어라 한다"와 같은 표현이 "내 사만 번째의 송곳니는 신생의 아침을 깨물고"(「토템」) 같은 대목과 병치되는 것 역시, 칼/송곳니가 가지고 있는 공격적(남성적) 에너지와 그것을 "접"도록 명하는 시스템 사이의 "비대칭적(asymmetrical)"(푸코) 관계를 잘 보여 주는 것이다. 여기에서 비대칭적이라 함은 이 양자 사이의 관계가 '맞짱 뜰 수 있는' 대등한 관계가 아니라 일방적인 것임을 의미한다.

Ⅳ.

그렇다면 영원한 패배를 암시하는 이 비대칭적 관계에서 어떻게 벗어날 것인가. 어떻게 "아버지의 법칙(Father's law)"(라캉)을 교란시킬 것인가. 체제는 더욱 강력한 남성성으로 무장되어 있기 때문에 아버지-아들로 이어지는 권위적 남성담론은 체제 앞에 늘 무력할 수밖에 없다. 마르크스의 말마따나 자본주의 안에서 "모든 견고한 것들은 대기 속에 녹아버린다(All that is solid melts into air)"(「공산당선언」).

그의 시 중에 이런 고백이 있다.

구부리는 법을 배우지 못했다

…(중략)…

국밥을 먹을 때, 그 국밥에 소금을 칠 때

구부리지 않으면 끊어진다는 걸 알지 못했다

—「밈」 부분

끊어지는 것은 모든 단단한(견고한) 것들이다. 여기서 구부린다는 것은 고정된 것, 종결된 것과 반대편에 있는 어떤 유체성(fluidity)의 담론이다. 이리가레이(L. Irigaray)는 여성성을 "모든 견고하게 확립되어 있는 형식들, 형태들, 사상들, 개념들에 대한 저항과 폭파"(『하나가 아닌 이런 성 *This Sex Which is Not One*』)로 읽어낸다. 그에게 있어서 여성성은 단수가 아니라 복수이며, 규정 불가능한 다의성(multiplicity)이다. 그것은 유체이므로 부러지지도 끊어지지도 않는다. 우리가 만일 이와 같은 여성성의 개념을 받아들인다면, 박헌호가 아버지(남성성) 중심의 시간의 계보를 헤매다가 무의식적으로 찾고 있는 길은 바로 그 반대편에 있는 이런 의미의 여성성(유체성)이다. 그것을 우리는 자궁이라도 하여도 좋을 것이고 고향이라고 불러도 좋을 것이다. 그리하여 우리는 "길이 끝나는 곳에/ 여자가 있었던 거라"(「임기에서 울다」)는 그의 말을 놓치지 않게 되는 것이다. 그의 다른 시에서 우리는 또한 "잃어버린 모자를 찾는 꿈을 꾸었다"(「나는 모자를 잃어버린 꿈을 꿨다」)는 전언을 만나기도 하는데, 여기에서 "모자"는 프로이트적 의미에서 여성 성기(자궁)의 상징으로 읽을 수 있다. 게다가 그것을 찾는 "꿈"(무의식)이라니.

주머니가 텅 비었을 때

머리가 맑아진다

장화를 신고 밭둑을 걸으면

삶은 계란 같은 흙이 밟힌다

…(중략)…

주머니가 텅 비었을 때

세월이 잘 보인다

—「낙법」 부분

여기에서 "주머니" "장화" 역시 프로이트적 의미에서 여성성(유체성)의 상징들이다. "주머니가 텅 비었을 때" 머리가 맑아지고 "세월이 잘 보인다"는 것은 경직성의 반대편에 있는 어떤 '열린' 출구에 대한 (시적 화자의) 무의식적 성찰에 다름 아니다.

박헌호의 시간의 계보학은 "한 권의 어두운 책"(「절름발이 염소」), "두꺼운 책"(「두꺼운 책」)으로 요약되기도 하는데, 이 책 속에서 시적 화자는 "절름발이 염소"로 상징된다. (염소의 뿔을 염두에 두면) 절름발이 염소는 시스템에 의해 거세된 남성성이며 그의 시는 그것의 '불온한' 기록이다. "절름발이 염소"가 "시니피앙과 시니피에 사이에 누워"(「두꺼운 책」) 기록한 "불온한 서적"(「책 무덤」)이 바로 이 시집인 것이다.

너는 불온한 서적, 일용하지 못할 양식
패배의 기록이 전신을 뒤흔드는 밤
너를 읽으면 냄새에도 상처가 있음을
너는 불온한 서적, 페이지마다 붉은 줄 긋지 말아야 할 묵언
좌초와 좌절로 성성한 새벽
너를 넘기면 시계에도 계절이 있음을
너는 불온한 서적, 책장에 꽂지 않아야 할 송곳
불편과 치욕이 찾아오는 아침
너를 덮으면 소금에도 따뜻함이 있음을
집 한 채 언덕 위에 있다
이제 그 집을 기록이라고 부른다

—「두꺼운 책」 부분

그러나 누가 이 거세로부터 자유로울까. 그리하여 우리는 박헌호와 함께 불온을 꿈꾸고, “불편과 치욕이 찾아오는 아침”을 기록한다. 이 기록의 길 위에, 그리고 “절름발이 염소”에게 축복 있으라.

4.
영원의 가장자리에서 우연을 견디다
—장석주 시집 『헤어진 사람의 품에 얼굴을 묻고 울었다』 읽기

Ⅰ.

이 시집의 말미에 실린 시극 「손님—쌍절금雙節琴 애사」는 단종 복위 사건에 연루된 두 사람의 죽음을 소재로 하고 있다. 세종 때에 대부분 집현전의 유학자들이었던 사육신은 단종을 왕 위에 다시 앉히려다가 발각되어 수레에 찢겨 죽었거나 스스로 목숨을 끊었다. 가족들은 대부분 교살당했거나 노비가 되었고 가산은 모두 몰수되었다. 거사가 성공할 것이라는 일말의 확신이 없다면 그 누구도 이런 시도를 하지 않을 것이다. 진실하게 사는 사람들은 대체로 자신들의 성실성이, 그리고 진리가 '밝은' 미래를 가져올 것이라고 확신한다. 그러나 세계는 주체의 이런 믿음을 종종 배신한다. 막막한 미래를 확실하게 책임져 주는 '밝은' 필연성은 유감스럽게도 '필연적으로' 가동되지 않는다. 진리는 수없이 왜곡당하며, 비非진리에게 무력하게 자리를 내준다. 정의는 너무나도 자주 부정되며, 부도덕이 헤게모니를 장악한다. 진리가 승리할 것이라는 명제는 당위로만 존재할 뿐, 현실은 흔히 진리 아닌 것들의 지배를 받는다. 개체는 진실을 믿지만, 세계는 개체들을 해친다. 개체들은 무수한 우연성들의 범람 때문에 지친다.

장석주의 시에서 "점집" "패" "점" "화투짝" "일진" "나쁜 패" "화투패" "손금" "운세" 등의 기표들이 계속 등장하는 것은 그가 미신을 신뢰하기 때문이 아니라, (그의) 촉수가 세계의 우연성과 그로 인한 효과를 향해 있기 때문이다. 그가 포획하는 것은 우연성 지배의 세계이다. 그는 그것을 고통스럽게 들여다보며 견뎌낸다. "우연은 우연의 일로 우연의 피안彼岸이 된다"(「양화대교」)는 명제는 우연성이 세계를 지배하는 방정식을 잘 보여 준다. 이 방정식이 가동될 때, 세계의 시-중-종은 그 자체 우연의 몸이 된다. 이 몸에서 벗어날 수 없을 때, 주체는 자신과 세계에 대해 아무런 기획도 세울 수 없게 된다. 주체는 예상 불가능한, 언제든지 궤도를 이탈할 수 있는 미래, 즉 지뢰밭 위의 존재가 된다. 세계는 점점 더 불가해한 대상이 되며 그것의 재현은 더욱 난감한 일이 된다. 악몽을 재현하는 일은 그 자체 악몽이기 때문이다.

슬픔은 우연과 하염없음에서 오는 것
그것은 형태 없는
꿈이거나 사슴의 관冠일 거야.

분명한 것은 모자는 편두통이 아니라는 것.

오늘 죽은 뒤 내일을 사는 우리들,
모란과 작약이 피고 질 때
당신의 얼굴은 어디론가 사라지고
대지를 구르는 모자들의 무덤

당신은 모자가 근심과 수치를 덮을 거라는
약속은 믿을 게 못 된다고 말한다.

—「모자」 전문

개체의 고통("슬픔")은 우연과 우연의 끝없음("하염없음")에서 온다. "모자는 편두통이 아니라는 것" 외에 "분명한 것"이 없는 세계는 그 자체 일관성과 정체성을 상실한 세계이다. "형태 없는/ 꿈"의 세계는 필연성이 사라진 세계이다. 그것은 짧은 순간일지라도 그 모든 연속성을 지우며, 우발성과 모순 속에 자신을 끊임없이 표류시키는 세계이다. 그리하여 "얼굴은 어디론가 사라지고" 그것을 덮는 "모자들의 무덤"이 그득한 세계를 견디는 일은 얼마나 아득하고 고통스러운가. 실체가 사라진 공간에서 주체는 무엇을 믿고 무엇을 따를 것인가. 껍데기는 실체의 "근심과 수치"를 덮을 수 없다. 현대-주체들은 실체가 사라진 공간에서 슬픔과 근심과 수치의 몸이 된다. 우발, 우연, 돌연의 기표들이 그 몸 위에 출구 없는 지도를 각인한다.

Ⅱ.

그리하여 장석주에게 세계는 유령이다. 그에게 세계는 정처가 없고 형상이 없으며 그 자체 모호성이다. 보이는 모든 것들은 영원하지 않으며, 우연의 모순 속에 있다. 그리하여 장석주에게 있어서 슬픔은 "모호한 얼굴"들의 세계에서 생산된다. 그에게 존재한다는 것은 우연을 견디는 것이다.

> 한밤중 빈 부엌에서 유령 하나가
> 조심스럽게 기척을 내요. 가스레인지 불은 꺼졌는데,
> 냄비마다 국은 끓어 넘쳐요.
> 어디서 보았더라? 당신의 모호한 얼굴을
> 미처 알아보지 못하겠지요. 우체국에서는
> 편지가 날아다니고, 작년의 시체가
> 무덤에서 일어나요. 양치류가 자라는 숲속에서
> 겨울 스물 몇 개의 기척이 발견되었죠.

부엌의 냄비에서 끓어 넘치는 것은
은닉된 슬픔이겠지요.

—「악몽은 밤에 더 번성하겠죠」 부분

가스레인지 불이 꺼졌는데, 냄비마다 국이 끓어 넘치는 것은 유령의 고원에서만 벌어지는 일일까. 그렇다면, 진실한 자가 불행해지는 것은 유령 담론인가, 현실 담론인가? 악한 자가 잘 먹고 잘 사는 것은 필연인가 우연인가? 세계는 투명하지 않으며 그 자체 "모호한 얼굴"이다. 세계는 당위대로 움직이지 않으므로 '유령'스럽다. 시적 화자는 "냄비에서 끓어 넘치는 것"을 "은닉된 슬픔"이라 말함으로써 현실을 유령으로 설명한 것을 정당화한다. 슬픔이 없어야 할 맥락에서 슬픔이 끓어 넘치는 것이야말로 난센스이며, 난센스야말로 유령의 본질이기 때문이다.

얼음이라 하면
얼음이 아니고 붉은색이라 하면
붉은색이 사라졌다.
함부로 출몰하는 비루먹은 말들,
하얀 소금밭을 지나가자,
열매 맺지 못한 나무 그림자가 길어질 때,

—「플랫폼에 빈 기차가 들어올 때—건乾」 부분

우연성의 지배를 받는 것은 세계만이 아니다. 그것의 재현 수단인 언어 역시 '자의성(恣意性, arbitrariness)'의 지배를 받는다. "얼음"의 시니피앙이 "얼음"의 시니피에를 지시한다는 필연성은 없다. 얼음의 기의는 얼음의 기표 밑에서 계속해서 미끄러진다. "붉은색"을 호명하는 순간 붉은색이 사라지는 것이야말로 "비루먹은 말들"의 법칙이다. 기표들은 "함부로 출몰"하지만, 고정된 기의를 잡지 못하므로 비루먹은 운명의 길을 갈 수밖에 없다.

"열매 맺지 못한 나무"는 시니피에와 결혼하지 못한 시니피앙이다. 그 "그림자가 길어질 때" 언어는 우연성의 세계로 내던져진다. 시니피앙-시니피에는 도달하지 못할 접점을 찾아 끊임없이 부유할 뿐이다.

> 얼굴 없는 모습을 보여 주지 않으려고
> 나는 문을 열지 않았다.
>
> —「동물원 옆 동네」 부분

> 끝내 내가 누군지를 알 수 없을 때
> 빨래가 마르고
> 정체 모를 슬픔이 깊어간다.
>
> —「빨래가 마르는 오후」 부분

> 모란꽃은 모란꽃을 모르고 가난은 가난을 모른다
>
> —「서교동 2」 부분

> 가장 낯선 것은 내 안의 괴물들이다.
> 내 안에 뱀파이어, 드라큘라, 에일리언 들이 우글거린다.
>
> —「그 버드나무는 내게 뭐라고 말했나?—夢 2」 부분

> 1인칭은 썼다가 지워지는 세계에 속한다.
>
> —「1인칭의 계절」 부분

세계가 우연성의 법칙에 의해 가동되고, 언어가 자의성에서 벗어나지 못할 때, 마지막 남은 것은 주체, 즉 "나"이다. 그러나 장석주에게 있어서 주체 역시 출구가 아니다. 세계나 언어와 하등 다를 바 없이 "나" 역시 "얼굴"이 없다. 그에게 있어서 주체는 규정 불가능한, "알 수 없"는 존재이다. 그

것은 쓰는(규정하는, 호명하는) 순간 지워지는("썼다가 지워지는") 존재이므로, 접촉의 순간 다시 멀어지는 시니피앙-시니피에와 같다. 주체 역시 수많은 우연성의 개입에 의해 부유한다. 그리하여 주체는 자신을 알 수 없다("모란꽃은 모란꽃을 모르고"). 불가해한 주체는 바로 그 불가해성으로 인해 "괴물들"로 다가온다. "우글거"리는 수많은 괴물들로 가득 찬 주체는 라캉(J. Lacan)의 용어를 빌면 '분열된 주체(split subject)'이다. 말하자면 장석주에게 있어서 시 쓰기는, 분열된 주체가, 우연성 지배의 세계를, 자의적인 언어로 구성하는 일이다. 이 최악의 현실이야말로 모든 견고한 것들이 산산이 무너져 내린 [포스트구조주의(poststructuralism) 시대의 사유들이 발견한] 주체, 세계, 언어의 풍경이다. 이런 의미에서 장석주의 패러다임은 멀리 블랑쇼(M. Blanchot)에서 들뢰즈(G. Deleuze), 데리다(J. Derrida)로 이어지는 탈중심주의적 사유의 궤도 위에 있다.

Ⅲ.

그럼에도 불구하고 장석주가 포스트구조주의자들과 구별되는 것은 그가 사라진 먼 곳, 영원한 로고스에 대한 노스탤지어를 버리지 않고 있기 때문이다. 불가능을 뻔히 알면서도 불가능의 고원들을 횡단하는 장석주의 정동(情動, affect)을 나는 '시적인 것(the poetic)'이라 부르고 싶다. 시는 이런 점에서 개념과 논리를 가로지르는 언어이며, 그것들에 의해 상처받고 피 흘리는 언어이고, (그러면서도) 그것으로부터 끝없이 탈주하는 언어이다.

아침은 저녁이 되고
별이 내려와 협죽도가 피고
찰나는 영원의 가장자리에서만 붐빈다.
우리는 상상할 수 없는 것을 상상하고

갈 수 없는 데까지 가보려고 한다.

—「베를린의 어느 한낮」 부분

"상상할 수 없는 것을 상상하고/ 갈 수 없는 데까지 가"는 것은 언어의 강밀도(intensity)를 극대화하는 일이다. 그리하여 언어가 마침내 과충전 상태에 도달할 때 일상언어는 시적 언어로 전화되고, 사물과 세계로부터 자유로워진다. 재현, 즉 지시성의 의무로부터 해방된 언어만이 "영원의 가장자리"에 가까이 간다. 블랑쇼에 의하면 언어는 "의미를 주는 동시에 그것을 억압한다". "말의 기능은 재현에만 있는 것이 아니라 파괴에도 있다. 그것은 (대상의) 사라짐을 촉발하고, 대상을 부재하게 만들며, 대상을 지운다". 시는 지시성의 궤도를 파괴함으로써 종결이 아니라 무한한 열림의 언어가 된다.

모래로 된 책들을 읽고
죽음이 다시 태어나는 자리에서

우리가 쓸 최후의 시집은
검은색으로 장정된 것

사전에 없는 어휘로 쓴 시들은
자꾸 길어진다

우리는 불가능을 요구하고
세상의 침묵과 무를 흡혈하며
금지와 맞서 싸우자.

—「최후의 시집이 온다—연남동 6」 전문

장석주의 시들은 지시성을 죽이고, 그 자리에서 "다시 태어나는" 언어이다. 블랑쇼의 "도래할 책"을 연상시키는 장석주의 "최후의 시집"은 그러므로 "사전에 없는 어휘"로 써진다. 사전이 정보와 재현의 어휘들을 모아놓은 창고라면 장석주의 언어는 재현 너머, 정보 너머의 상태를 지향하기 때문이다. 장석주의 언어는 정보-언어에 의해 사라진 세계, 즉 부재의 중심을 맴돈다. 그것은 "세상의 침묵과 무릎" "흡혈"하면서 "모래로 된 책들"을 만드는 언어이다. 모래로 된 책은 '도래할' 책을 예비하며 스스로 부재가 되는 책을 의미한다. 지시-언어(reference-language), 정보-언어(information-language)가 "금지"하는 "최후의 시집"을 쓰는 것, 그것이 장석주가 요구하는 "불가능"이다.

당신은 만물의 냉담자,
안 보이는 것을 바라본다.
별들이 반전反轉한다.

들판의 사체와 피어나는 꽃들,
아지랑이 떼를 보라!
이 봄은 자욱한 귀신의 것이다.

—「춘분」 부분

시는 지시물을 넘어 "안 보이는 것"을 향해 있다. 지시 대상에 사로잡혀 있을 때 언어는 '보이는 것'에 갇힌다. 그러나 언어는 보이는 것조차 온전히 포획할 수 없기 때문에, 지시 대상의 온전한 재현에 실패한다. 그러므로 (놀랍게도) 지시-언어는 지시하지 못하는 언어이며, 정보-언어는 정보를 제대로 전달하지 못하는 언어이다. 도래할 문학은 이렇게 예정된 실패를 잘 알고 있으므로 지시 대상으로서의 "만물"에 냉담하다. 지시 대상에 냉담할 때 비로소 "안 보이는 것" "영원의 가장자리"가 희미하게 나타난다. 지각(perception)의 들판은 사망한 지시-언어들로 가득 차고("들판의 사체"), 그 시체들의 틈새에서 실체 혹은 실재(the Real)가 "아지랑이"처럼 피어오른다. 실재는 존재하며 부재하고, 부재하며 동시에 존재한다. 그것은 손에 잡힐 듯 잡히지 않으며, 잡히지 않을 듯하며 잡히는 좀비zombie 같다. 이 "자욱한 귀신"이야말로 지시-언어 너머의 언어가 만나는 실재이다.

Ⅳ.

이 시집에 가장 자주 등장하는 동물이 있는데, 바로 기린이다. 왜 하필이면 기린일까. 그것은 바로 기린이 "먼 데"를 보는 동물이기 때문이다.

> 당신은 먼 데서 온다,
> 먼 데가 당신이라면
> 당신은 내가 닿을 수 없는 불가능한 시간에 머문다
>
> —「서교동 1」 부분

> 우리는 허리를 곧추세우고 먼 곳을 바라보겠지요.
>
> —「기다림의 자세—연남동 1」 부분

> 당신은 먼 데서 먼 데로 돌아다닌다.
>
> —「이별들」 부분

> 우리는 기린을 보러 동물원에 가지 않았다.
> 기린이 사는 동물원은 먼 데 있고
> …(중략)…
> 전생의 불가능한 것을 품고 산 죄,
>
> —「당신은 공중 도약에 실패한다-연남동 5」 부분

저녁에는 낯선 기린이 방문했어요. …(중략)… 보이지 않는 곳을 볼 수 없는 자들이 직립보행을 해요.

—「바람의 혼례」 부분

장석주의 시선은 이렇듯 자주 "먼 데"를 향해 있다. 그에게 있어서 "먼 데"는 사실상 "보이지 않는 곳" "불가능한 것" 들과 동의어이다. 그의 시들은 "먼 데서 먼 데로 돌아다"니며 '보이지 않는 곳' '불가능한 것' 들의 자욱하고 희미한 그림자를 포착한다. 기린은 그 '먼 데'를 바라보는 시선-주체의 기표이다. 그러므로 시의 언어는 "보이지 않는 곳을 볼 수 없는" "직립보행"의 언어가 아니라 그 너머를 쳐다보는 기린의 언어이다. "기린이 우는 저녁이면 우리는 죽을 만큼 사랑했다"(「당신은 종달새였다 – 연남동 0」)는 명제는 지시물 너머의 불가능한 것을 향해 있는 삶만이 "죽을 만큼" 가치 있는 삶임을 보여 준다.

"기린" 외에 이 시집에서 자주 반복되는 이름 중에 또한 "모란과 작약"이 있다. 대개의 경우 이 이름은 마치 맥락 없이, 뜬금없이 등장하는 것처럼 보이는데, 장석주에게 이것은 실재의 '완성된 게슈탈트'를 상징하는 기표이다. 그것은 결함 없는 풍요의 상징이며 도달할 수 없는 실재, 그 아래에서 무수한 기의들이 미끄러지는 대문자 기표이다.

우리는 행성과 들판과 호수에서
돌아온다,
안개가 피륙을 짜는 소리를 거느리고,

먼 절에서 울리는 종소리와
귀머거리 양들이 돌아오는 수런거림을,
버드나무 잎잎마다 얹힌 노래와
종달새가 공중에 파종하는 소리를,

들었는가, 만 리 밖에 있는 귀들아,

먼 데서 돌아오는
모란과 작약이 피어나는 숨 가쁜 기척을!

이 시에서 행성, 들판, 호수, 안개, 절, 종소리, 양, 버드나무, 종달새들은 모두 마지막의 현전(Presence)인 "모란과 작약"을 향해 있다. 모란과 작약 역시 "먼 데", 불가능한 것, 보이지 않는 곳에서 오는 것이다. 사물들은 최종의 실재가 현현할 때, 그것의 모습으로 축약되고 완성된다. 화자는 묻는다. 그 순간의 그 "숨 가쁜 기척을" 들었느냐고. 그러나 그 기척은 하나의 상징으로만 존재하므로 우리는 그것에 오로지 점근선적으로만 접근할 수 있다.

유성이 영원의 가장자리를 스치며 떨어져요.
어느 계절이건 깨지지 않는 연애란 없어요.

—「악몽은 밤에 더 번성하겠죠」 부분

그러므로 장석주의 시는 "영원의 가장자리"로 지속적으로 다가가는 행성 같은 것이다. 그 다가섬은 깨질 줄 알면서 하는 "연애"처럼 못 말리는 일이지만, 지시-언어 '너머'를 지향하는 시인에게는 유일하게 열려 있는 행위이다. 시의 언어는 실재와 접촉하는 순간 불탄다. 그것은 과충전의 정점에서 제 몸을 '유성'처럼 빛내며 떨어진다. 그 빛을 보았는가. 장석주식 '키스의 기원'이 그곳이다.

5.
저 두터운 상징의 숲

—홍순영 시집 『오늘까지만 함께 걸어갈』 읽기

Ⅰ.

문학은 재현이라기보다는 생산이다. 문학은 현실의 복제가 아니라 가공(물)이다. 가공된 현실은 원료로서의 현실과 거리를 취함으로써 저만의 세계를 만들어낸다. 문학 생산의 과정에서 작가는 수많은 생산수단을 동원한다. 물건의 생산에 필요한 수단이 기계와 토지라면, 시에 있어서 생산수단은 이미지와 상징들이다. 생산의 과정을 통해 문학의 원료들은 변형된다. 시는 원료인 현실과 이데올로기에 이미지와 상징의 덧칠을 한다. 이 '덧칠'은 세상을 다시 읽는 행위이며, 세계를 재구성하는 행위이고, 다시 쓰는 행위이다.

홍순영의 시집을 읽으면서 가장 먼저 드는 느낌은 이 '덧칠'의 두께가 만만치 않다는 것이다. 그는 원료인 세계에 이미지와 상징의 색채를 겹으로 입혀서 그것을 잘 보이지 않게 만든다. 그것은 마치 수많은 색깔들이 겹쳐지고 겹쳐져서 마침내 검은색이 된 캔버스 같다. 그것은 아무것도 드러내지 않는 검은 침묵 같다. 홍순영의 시를 읽는 것은 텍스트의 검은 표면을 긁어 그 안에 기입된 다양한 색깔을 드러내는 작업이다. 그러나 검은 표피 아래

있는 색깔들의 움직임이 그의 내부를 다 보여 주는 것도 아니다. 그의 시들은 마치 "경실硬實" 같다. 그에 의하면 경실은 "종피가 단단하여 발아가 어려운 종자로 식물이 나타내는 휴면 현상의 하나"이며 "종피에 인위적인 상처를 내어 발아를 촉진하기도 한다"(「경실硬實」). 그의 시는 "종피가 단단하여" 밖으로 자신을 드러내지 않는 씨앗(종자) 같아서, 그의 시를 읽는 것은 이 두터운 상징의 껍데기에 "인위적인 상처"를 내는 일이다. 그는 '투명함'을 혐오한다. 다 드러나 발가벗겨진 것을 염오한다. 모든 것이 까발려진 것들은 얼마나 가난한가.

조명에 비친 물고기의 투명한 뼈,
그 가지런한 규칙들을 볼 때마다 부숴버리고 싶었거든

—「수족관」 부분

모든 것이 다 드러나 "가지런한 규칙"들만 남은 상태는 황량한 죽음의 상태이다. 그것은 모든 신비가 사라진 창백한 수식數式의 공간이다. 설명할 것이 더 이상 남아있지 않을 때 사물은 이미 종언終焉의 지점에 와있는 것이다. 빤한 것들에 대한 혐오는 '의미의 죽음'에 대한 공포이다. "투명한 것이 더 무서워 허우적대는 날들"(「물고기 무덤」), "꽃의 생이 너무 친숙해져 무서운 나날들"(「사원의 불빛」) 때문에 그의 시는 덧칠을 계속한다. 그것은 까발려지는 것에 대한 공포의 터치touch이며, 신비가 사라진 세계에 비밀의 정원을 세우는 일이다. 그에게 있어서 시 쓰기는 바닥을 드러낸 의미의 저수지에 다시 물을 대는 작업이며, 출렁이는 미결정의 액체로 황폐한 바닥을 감추는 일이다. 그의 시를 읽는 일은 그렇게 두터워진 물의 깊이를 다시 들여다보는 일이고, 그 표면에 상처를 내어 그것을 출렁이게 하는 것이다.

Ⅱ.

그의 시들은 친절한 재현을 거부한다. 친절한 언어는 현실을 복제하는 언어이며 고작해야 현실의 '짝퉁'을 만드는 언어이기 때문이다. 그는 누구보다도 시가 재현이 아니라 생산의 언어임을 잘 알고 있다.

> 지하 이 층에 사는 거미는 사람을 낳았다
> …(중략)…
>
> 평생 할 수 있는 일이 거미집을 짓는 일이어서
> 그것은 일억 사천 년 동안 권태 없는 직업이어서
> …(중략)…
> 거미의 자식은 태어나도 우는 법이 없어
> 우는 소리를 듣지 못한 거미는
> 오늘도 하던 일을 계속할 뿐
>
> 사방에 뻗어있는 거미줄 걷어내며 안쪽으로 들어섰을 때 거기
> 거미가 낳았으나 기르지 못한 사람, 얼룩처럼 누워있었다
> 아홉 겹의 옷과 목장갑을 낀 채
> 오 년여를 숨어서 마침내 백골이 된 사람이
> 거미의 아기가 된 사람
> 거미가 키우려 했지만 포기한 사람이
>
> —「거미 인간」 부분

그는 "백골이 된 사람"이 지하 방에서 아무도 모른 채 죽어 미라가 된 독거인이라고 설명하지 않는다. 이런 식으로 시의 의미를 고정시키는 것은 그의 시에 대한 무례한 폭력이다. 이 시 속에서 사람들의 철저한 무관심 속에

방치된 인간은 사람이면서 동시에 "거미의 아기"이다. 상징은 그냥 상징으로 읽어주면 된다. 어느 날 일어나 보니 흉측한 벌레로 변해 있는 자신을 발견한 그레고르 잠자(카프카, 『변신』)처럼, 이 시는 거미의 아기로 변해 버린 한 인간의 비극적 최후를 아무런 설명 없이 그려내고 있다. 그의 죽음이 더욱 비참한 것은 그가 사람의 계보를 잃고 거미의 계보로 옮겨 갔기 때문이다. 거미는 사회적 약자를 죽음으로 몰아가는 폭력적 시스템의 상징일 수도 있다. 그러나 이 시는 거미의 원관념(tenor)을 생략함으로써 거미를 시스템보다 더욱 거대한 폭력과 공포의 부피로 채운다. 이미지가 텍스트 안에 원관념을 표기함으로써 친절한 설명의 길을 간다면, 상징은 이렇게 원관념을 지움으로써 기호에 신비로운 의미의 공간을 확장한다. 홍순영 시인은 이런 점에서 이미지스트라기보다는 상징주의자에 가깝다. 그는 시의 본질이 의미를 드러내기보다 감추는 것이며, 소통을 원활히 하기보다 소통의 채널에 장애를 일으키는 것임을 잘 알고 있다. 시는 설명하지 않음으로써 더욱 많은 이야기를 하고, 침묵함으로써 더욱 귀를 기울이게 하는 언어이다. 시는 의미의 바닥에 쉽게 안착하지 못하게 함으로써 상상력을 가동시키는 언어이고, 종점에 도달하는 시간을 계속 지연시킴으로써 더욱 다양한 의미의 가능성을 키우는 언어이다. 위 시를 아무도 모르게 죽어간 독거인에 대한 이야기로 한정할 때, 텍스트는 가난해진다. 시는 의미의 병렬이 아니라 확장이다. 이 시는 독거인에 대한 이야기면서 동시에 그것이 아닌 다른 모든 이야기들이다. 상징을 상징으로 그냥 놔둘 때 시가 시로 남는다.

Ⅲ.

그의 시들은 이렇게 두터운 상징의 숲으로 이루어져 있다. 그리고 그 숲의 멀고도 깊은 중심에 '무엇'인가가 있다. 가령 "부드러워서 엉키고, 엉켜서 무성해지는/ 어두운 숲속에 갇혔던 유년", 그리고 그 "사라졌던 숲이 불현듯 쳐들어오고”(「틸란드시아」)와 같은 표현은 무의식의 먼 기억 혹은 시원始原을 연상시킨다. “어두운 숲”은 욕망과 본능의 고향이고, 어떤 치명적인 서사들이 “엉키고, 엉켜”있는 공간이다. 그것은 마치 트라우마의 진원지와도 같아서 사라진 것 같지만 계속해서 다시 현실로 회귀하는(“쳐들어오”는) 목소리이다. 같은 시에 나오는 “틸란드시아, 먼 이국 여인의/ 긴 머리를 잡아채 질질 끌고 가는/ 비애가 깔린 골목”이라는 표현은 그 시원의 공간이 폭력과 그로 인한 슬픔의 서사로 구성되어 있음을 알려 준다. 그것은 먼 기억이지만 “틸란드시아”(“공기 중의 수분과 먼지 속에 있는 미립자를 자양분으로 하여 자라는 식물”)처럼 야금야금 자라며 현재로 끊임없이 넘어오고 쳐들어온다. 그것은 의식의 세계를 끊임없이 넘보는 무의식의 목소리이다.

> 커튼 사이로 어둠이 노란 알을 낳으면 몰래 그것을 품고 낮도, 밤도 아닌 시간을 길러요 비린내를 품은 깃털 간혹 가슴에서 꿈틀거리고, 나는 자꾸 일어서는 깃털을 속으로 마구 밀어 넣어요 웃자란 슬픔의 냄새 먼저 뛰쳐나가려 하지만 간신히 발을 걸어 넘어뜨려요
>
> —「과테말라 에필로그-과테말라에서 온 편지」 부분

어둠이 낳은 “노란 알”, 가슴에서 꿈틀거리는 “비린내를 품은 깃털”은 무의식적 욕망의 리비도이다. 화자는 그것들을 “속으로 마구 밀어 넣”는다. 화자는 그것이 웃자라 밖으로 “뛰쳐나가려” 할 때, 그것에 자꾸 “발을 걸어 넘어뜨”린다는 점에서 무의식과 대척점에 있는 존재이다. 그것은 현실로 넘어오는 시원의 욕망과 늘 싸움의 와중에 있다. 그것은 “보이지 않는 것들을 생각하며” 짐짓 “보이는 것들에 탐닉”(「새장」)하는 주체이다.

> 오래된 것들은 대부분 일그러진 표정
> 첫인상을 기억하려 눈썹 찡그리지 말아요
> 두 무릎을 끌어안은 채, 서랍 속 깊은 곳을 들여다보는 동안

냄새는 추억을 일으켜 세우죠
…(중략)…
은밀한 공간에 번지는 냄새
…(중략)…
'오래'라는 수레바퀴가 터덜거리며 우리 사이를 돌고 돌아요

—「감정껍질파이 클럽」 부분

그의 무의식의 멀고도 깊은 곳에는 모종의 '원초적 장면(primal scene)'이 있다. 그것은 상처와 폭력의 진원이어서 "대부분 일그러진 표정"을 가지고 있다. 그 상처는 설명되지 않는 "은밀한" 서사들로 구성되어 있다. 그것은 잠들지 않으며 마치 "냄새"처럼 현재로 계속 호출된다. "'오래'라는 수레바퀴가 터덜거리며 우리 사이를 돌고 돌아"라는 표현이야말로 원초적 장면의 무한한 회귀를 지칭하는 것이다. 그것은 마치 양배추의 속처럼 먼 내부에서 외부로 이동하는 오랜 이야기이다.

꼬깃꼬깃 접힌 그녀의 내부를 들춰본다
물에 젖어 착 달라붙은 책장을 떼어내듯
조심조심, 울먹이는 뺨을 만진다

쉽게 터져 나오는 웃음과 눈물이 두려운 자는
자신의 살과 피로 고치를 만들지
스스로 안과 밖이 되어 겹겹이 여며지던 그녀의 방

…(중략)…

그녀의 창백한 내부가 드러난다
한 번도 바깥을 경험하지 못한

치밀한 고독이 환한 조명 아래 깊숙이 배인다

—「양배추」 부분

그녀의 깊은 "내부"는 "울먹이는 뺨"으로 환치된다. 원초적 장면은 구체적 시니피에가 생략된 비극으로 구성되어 있다. 어찌됐든 그것은 드러내기 부끄러운 기억이며 아픔의 먼 진원이다. 주체는 그것을 드러내고 싶지 않으며, 그 저항의 결과가 "고치"이다. 고치는 딱딱한 '경실' 같아서 드러내기를 거부하는 내부를 가지고 있다. 그러나 어떤 인위적 힘에 의하며 껍질이 하나둘 벗겨졌을 때, "한 번도 바깥을 경험하지 못한" 그것의 정체는 바로 "치밀한 고독"임이 밝혀진다. 그것은 단단한 외피를 가지고 내부를 감추고 있는 겹겹의 저항이다. "우리의 생은 누군가에게 발설되는 동안/ 이미 아픈 전생"(「사원의 불빛」)이라는 전언은 홍순영 시의 먼 기원이 아픔과 고통의 서사임을 알려 준다. 의식의 한쪽은 그것이 백일하에 드러나는 것을 두려워하며 감춘다. "그 옛날 굳을 대로 굳어 딱딱해진 시간"(「경실硬實」)은 이와 같은 의식의 저항의 결과이다. "나는 수백 개의 지문을 지닌 채 유령처럼 사람들 사이를 떠돈다/ 처음의 나로 돌아갈 수 없다"(「수백 개의 지문을 지닌」)는 고백에서 "처음의 나"는 단단한 외피 때문에 경화硬化된 원초적 공간(장면)이 아니고 무엇인가. "수백 개의 지문"은 원초적 장면을 가리고 억압하는 (의식의) 위장의 장치들이다. 이렇게 의식의 한쪽이 먼 기억을 지우는 동안, 무의식의 다른 한쪽은 최초의 기억을 자꾸 소환한다. 홍순영의 시들은 이 망각과 기억 사이를 왕복 운동하는 진자振子이다. 그는 "빛과 어둠 사이를 폴짝폴짝 넘어"(「속죄양」) 다닌다. 그것은 마치 어린아이의 행위처럼 묘사되지만, 주체에게는 죽음 같은 고통의 경험이다. 그의 시들은 이 고통의 기록이다.

나는 염소 눈을 쫓아 빛과 어둠 사이를 폴짝폴짝 넘어 다녔는데 그날따라 사탄의 색인 505 털실로 짠 빨간 원피스와 빨간 구두를 신은 나는 고모의 기도 속에서 활활 불타오를 것만 같아 오금이 저렸었지

…(중략)…

그 비릿한 맛에 손을 내저으면서도 나는 왠지 도망갈 생각을 하지 못했지 다만 네발 묶인 짐승처럼 타다 만 불 냄새와 미지근한 젖 냄새 속에서 눈물을 찔끔거렸어

—「속죄양」 부분

"엄마" "고모"가 등장하는 이 시를 통해 화자의 구체적인 가족사를 우리가 유추할 수는 없다. 그러나 이 화자는 유년의 어딘가에서 "속죄양"처럼 붙들려 있다. 그 먼 기억은 한편으로는 의식의 저항에 의해 억압되고, 다른 한편으로는 무의식의 발동에 의해 계속 현재로 소환된다. "타다 만 불 냄새"와 "미지근한 젖 냄새"는 (최초의 기억에 엉켜있는) 욕망과 죄, 고통으로 얼룩진 세계의 질료들이다.

Ⅳ.

이렇게 보면 홍순영의 시들은 죄와 욕망과 고통의 먼 기억들이 (늘어진 시간을 따라) 현재로 넘어온 역사에 대한 기록이다. 이 기록은 무성한 상징의 숲에 가려져 있으며, 이 두터운 저항 때문에 홍순영의 시에서 그 시원을 읽어내기란 쉬운 일이 아니다. 우리는 그것을 죄, 욕망, 섹스 등으로 설명할 수 있지만, 그것은 어디까지나 가능태로서의 지시어들에 불과하다. 상징은 텍스트의 어느 곳에도 의미의 닻을 내리지 않음으로써 스스로 존재한다. 상징은 시니피에의 무게중심을 없앰으로써 스스로 부양浮揚하는 언어

이다. 그것은 자신을 붙드는 그 어떤 의미의 노예들도 허락하지 않음으로써 드넓은 자유의 공간을 생산한다.

> 시간은 바닥에 흘려진 나를
> 걸레질하듯 훔쳐내며 밖으로 사라진다
> —「시계와 침대 사이의 자화상」 부분

시간은 상징의 숲을 통과하면서 최초의 그림을 "걸레질하듯" 계속 지운다. 그러나 역설적이게도 상징은 감춤의 행위를 통해 자신이 무엇인가를 감추고 있다는 사실을 드러낸다. 예술의 역할이 '보이지 않는 이데올로기를 보이게 해주는 것'이라는 알튀세(Louis Althusser)의 명제는 정확히 이에 해당된다. 그러나 예술(상징)이 보여 주는 것은 대상의 '전모'가 아니다. 상징은 보여 주면서 감추고, 감추면서 보여 준다. 상징들은 그 자체 대상의 전모가 아니라 대상의 '징후'들이다. 그리하여 예술(시)을 읽는 것은 결국 징후를 읽는 것이다. 두터운 상징으로 이루어진 홍순영의 시들을 읽는 가장 좋은 방법은 이런 점에서 알튀세의 "징후적 독법(symptomatic reading)"일 수 있다. 징후를 가장 잘 드러내는 단어들과 그 유사어들은 시 안에서 가장 자주 반복되어 나타난다. 징후는 억압에 맞서 자신을 드러내고 싶은 욕망이 만든 의미의 구멍들이기 때문이다. 앞에서 우리는 그 징후의 계단들을 지나왔다. 그것은 '무언가'를 드러내면서 '무언가'를 감추고 있다. 그것은 시간에 따라 열기와 닫기를 반복하는 꽃 같다. 우리가 그 꽃 안에서 무언가를 읽어냈을 때, 그것은 다시 그 의미의 문을 닫고 그 안에 다른 의미의 씨앗을 키운다. 이것이 상징이고, 상징의 힘이다. 그럼에도 불구하고 꽃들은 특정한 의미의 고랑에 위치한다. 가령 "지워지지 않는 피로 누군가 오늘의 그림을 완성한다"(「죄는 왜 지워져야 하나」)는 문장은 홍순영의 꽃들이 어떤 고랑에 피어있는지를 넌지시 알려 준다. 무엇보다 그 "피"는 '지워지지 않는다'는 인식이 홍순영의 꽃들 속에 있다. 그것은 죄로 이루어진 최초의 그림이며 망각과 자각을 거듭하며 현재로 이어진다. 그것은 현재("오늘의 그림")를 장악("완성")하는 힘이다. 문제는 "기다려도 성당의 종은 언제부턴가 울리지 않는다"(앞의 시)는 것이다. 최초의 그림으로부터 자유로운 사람은 없다. 그런 의미에서 홍순영이 그린 상징의 숲은 보편성을 획득한다. 우리는 모두 먼 죄의 자식들이며, 그것을 부끄러워하지만 그것에서 벗어날 수 없다. 우리는 부끄러운 몸을 가릴 이파리들이 필요하다. 그것은 두터이 가릴수록 좋다. 시인은 무성한 상징의 숲으로 들어가 부끄러운 몸을 가린다. 그래도 징후가 드러난다. 우리는 징후를 통해 전모를 만나기를 원한다. 그러나 전모는 영원히 드러나지 않는다. 그것은 스스로 드러내지 않음으로써 우리의 상상력을 자극한다. 우리가 상징의 숲으로 가는 이유이다.

6.
불화를 허하라
—백인덕 시인론

풍경 하나

그는 코뿔소처럼 씩씩거렸다. 말하는 내내 콧김을 쉬익쉬익 내뿜었다. 뒷발로 땅바닥을 차며 달리는 투우처럼 그는 계속 떠들어댔다. 가끔 침이 심하게 튀겼고, 이렇게 해서 초면의 어색한 분위기가 순식간에 사라져버렸다. 그를 만나기 전 나는 누군가로부터 그가 문단의 3대 '주마酒魔' 중의 하나라는 이야기를 들었다. 심심하던 차에 잘되었다는 생각이 들었고, 투우장처럼 에너지가 넘치는 술자리에서 그의 주신酒神이 서둘러 임재하기를 기다렸다. 그러나 술자리가 익어갈수록 주심酒心은 깊어갔으나 주마는 나오지 않았다. 웬일인지 그에게 술의 도깨비는 이미 사라지고 없었던 것이다. 술이 깊을수록 나는 그의 눈이 점점 더 선해지는 느낌이 들었다. 그의 눈은 마치 기린의 눈 같아서 어쩐지 계속 지상이 아닌 다른 어떤 높은 곳을 쳐다보고 있는 것 같았다. 말하자면 그는 지금 이 지상의 삶이 불편해 죽겠다는 느낌을 내게 계속 주었던 것이고, 나는 그가 이유 불문 왜 그렇게 열변을 토하는지 어렴풋이 짐작이 갔다.

어제의 나는
오전 열한 시에서 오후 두 시까지
텁텁한 고량주 한 잔의 시인이었고
해 질 무렵까지는 글쓰기 선생, 곧바로
왕십리 모교 장례식장 구석 자리,
엉거주춤 끝없는 악수 속에
누구의 후배고 제자고 평론가이며 술꾼이었다.
그렇게 어제는 세 개의 가면으로 지나갔다.

—「목 치는 저녁」

그는 시스템이 호명한 어떤 자리, 그것이 명령한 규범들과 위계들을 잘 견디지 못한다. 가령 위계 중심의 사회에서 '제자'라는 자리는 어떠한가. 모든 자리는 관계의 자리이고 그 모든 관계에는 제 나름의 약호(code)들이 있어서 그것을 위반할 경우 관계는 곧바로 망가지고 만다. 한국식 제자-스승의 관계에서 제자에게 요구되는 율법은 이제나저제나 세련된 매너로 스승을 떠받드는 것이다. 그러기 위해서 제자들은 스승에 대한 그 모든 형태의 분석과 비판의 칼날을 접어야 한다. 불행하게도 평소에 비판적 이성 혹은 감성의 구조를 자신의 코드로 가지고 있는 사람들은 이 관계 속으로 진입하자마자 자신의 문법을 바로 버려야 하는 것이다. 그리하여 진짜 주체가 아닌 시스템에 의해 호명된 주체로 타자들을 만날 때, 우리는 "가면"의 생을 살 수밖에 없다. 위 시는 바로 이 "엉거주춤"의 상태를 잘 포착하고 있다.

풍경 둘

루카치(G. Lukács)가 『소설의 이론』에서 "별이 빛나는 하늘이 모든 가능한 길들의 지도인 시대는 행복하다"고 했을 때, 그는 이미 그 시대를 잃어버린 것이다. 서사시의 종말 이후, 하늘(신)과 지상의 문법이 황홀하게 일치하던 시절은 사라졌다. 루카치가 "그런 시대에는 모든 것이 새로우나 친숙하고, 모험으로 가득 차있으나 우리 자신의 것이다"라고 했을 때, 그는 이미 그런 세계 밖으로 쫓겨나서 "엉거주춤" 불편하게 서있었던 것이다. 우리는 모두 "가능한 길들의 지도"를 잃은, 불편한 '문제적 개인(problematic individual)'들이다. 부랑아인 우리들은 하늘을 올려다보지만, 늘 지표地表로 내려온다. 별들의 문법이 잘 들어맞지 않는 현세가 우리의 고향이다.

그러므로 티눈이여,
네가 내 머리다
발바닥에 뇌를 달고, 땅을 딛고 산다.
지표면에 속한 영혼은 추락을 모른다.
고귀한 이상에 유혹당하지 않는
내 속됨은 모두 너의 미덕.

—「티눈과 나」 부분

백인덕은 짐짓 자신이 "고귀한 이상에 유혹당하지 않는"다고 말하지만, 이것은 거짓말이다. 별의 지도를 잃은 세상에서 아직도 별을 찾고 있는 존재는 시인밖에 없으므로, "발바닥에 뇌를 달고" 산다는 말은 일종의 자학어語이다.

나는 병자病者다,
병들었다 믿게 한다,
믿으려 한다고 믿게 만든다,
이 지랄이, 한 생을 건너가게 하리라 믿게 만든다.

—「사생결단死生決斷」 부분

"병자"는 문제적 개인의 다른 이름이다. 세계를 견딜 수 없을 때, '문제'가 해결 불가능할 때, 코뿔소는 자신에게 다른 이름을 부여한다. "나는 병자다"라는 전언이 그런 것이다. 병든 세계가 그 어떤 수작에 의해서도 치유되지 않을 때, 코뿔소는 스스로 병든다. 말하자면 그는 "자기 죄에 중독되어 기꺼이 세계를 사면赦免"(「시인 투정」)하는 것이다. 스스로 병듦으로써, 스스로 병들었다고 믿게 함으로써, 그는 내면의 힘을 뺀다. 문제적 개인에게 이 타협의 과정은 얼마나 무거운가.

> 그때 배웠다, 꺼이꺼이 이름이라도 부르지 않으면
> 존재가 지워지고 만다는 것도.
> 개 나라 개나리는 흔적도 없고, 제 하얀 살을 흔들어대던 아카시,
> 아카시 그늘 아래 백혈병이나 앓던 시절이었다.
> 아침엔 노자老子 강론을 한 시간 꼬박 들어야 했고, 일 없는 저녁이면
> 한양호프 구석 자리에서 라깡과 춘천의 안개를 느껴야 했다.
> 환한 지옥이 이어지고,
>
> —「청자 물고 은하수를 건너간 낮 두꺼비」 부분

병자라는 '허명'이라도 없으면 존재는 지워진다. "개 나라"인 세계에서 이 "환한 지옥"을 견디기. 그에게 '병자'라는 이름은 지옥을 견디기 위해 스스로에게 부과한 이데올로기이다. 이데올로기는 일종의 '억견(臆見, doxa)'이므로, 이성적 판단이 아니라 믿음을 강요하는 언어이다. 그는 스스로에게 억견의 징벌을 과함으로써 세계를 견딘다. 그러나 그가 "청자 물고 은하수를 건너간 낮 두꺼비"라 자신을 경쾌하게 부를 때, 우리는 다시 별이 빛나는 하늘을 향하는 그의 시선을 본다. 별이 없는 대낮에 은하수를 건너가는 시인, 굴러떨어진 돌을 메고 다시 저 높은 하늘을 쳐다보는 시시포스의 시선.

풍경 셋

나는 그가 자주 키득거리는 것을 목격한다. 그럴 때마다 그의 훤한 이마가 더 훤해지곤 한다. 처용이 "빼앗겼거늘 내 어찌할꼬"라고 탄식했을 때, 그가 잃은 것은 아내였다. 그러나 그는 어찌할 수 없는 것을 어찌할 수 없는 것으로 받아들임으로써 스스로 루저가 아님을 증명하였다. 역신疫神은 다시는 처용의 삶을 범하지 않을 것을 약속하였다. 처용이 이긴 것이다. 백인덕이 잃은 것은 세계다. 별빛이 모든 길을 환하게 비춰주던 세계 말이다.

> 별의 내부로 항해하려는 자는
> 결코, 자기 질량을 가져서는 안 된다,
> 최소한의 제 슬픔의 원소를 의식해서도 안 된다.
> 별이 되려는 항해자를 위한 안내서 제1장.
>
> —「해연咳埏」 부분

그의 키득거림은 별의 내부로 항해하기 위해 "자기 질량"을 버린 자의 허허한 웃음이다. 그 빈 웃음은 세계를 잃은 자의 공허 같아서 그 소리를 들을 때마다 내 슬픔의 촉수는 바르르 떨린다. 그것은 일종의 공명共鳴이어서 그럴 때마다 내가 잃은 세계와 그가 잃은 세계가 두 개의 종처럼 울린다. 그리하여 우리는 때로 함께 낄낄거리는데, 이것도 세상을 건너는 한 방법이다. 이럴 때 우리는 속으로 말한다. '빼앗겼거늘 어찌할꼬.' 그러나 백인덕은 세계가 끝없는 위계이어서 때로 한 절망의 끝이 다른 절망의 위에 있기도 하다는 사실을 알고 있다. 말하자면 나의 절망이 곧 세계의 바닥은 아닌 것이다.

> 연이틀 시든 몸에 술을 붓느라
> 돌보지 못한 고추 몇 대가

새벽 찬물 한 바가지에
초롱초롱 흰 꽃을 세워 올렸다.
푸른 잎 몇 장도 소슬바람을 따라서
살랑인다. 삶은 가끔
이렇게 미진微震한다. 미련한 정신이
오롯이 그 떨림을 껴안지 못할 뿐.
새벽에 비운 마지막 술잔 속에
날파리 한 마리 빠져있다.
아니, 내가 넘기지 못한 한 모금이
놈에게는 멱라汨羅일지도 모른다.

—「멱라우풍汨羅遇風」 부분

"멱라"는 굴원屈原이 몸을 던진 강이다. 내가 절망하여 술을 부을 때, "새벽 찬물 한 바가지"로 초록의 생명의 피어난다. 한 죽음이 모든 것의 죽음이 아닌 것이다. 내가 마지막 남긴 절망에 한 생명이 빠져 죽는다. 내 절망을 완성하는 다른 생명 앞에 무슨 말을 하랴. 그러니 빼앗겼다고 해서 다 빼앗긴 것이 아니고, 얻었다고 해서 다 얻은 것이 아닌 것이다. 시는 이 "미진微震"을 감지하는 안테나이다. 그래서 키득거리면서라도 세상을 건너가는 것이다.

"인덕아, 남철이 형이 죽었다!"
"혹시, 잠적했는데 와전된 거 아니야!"
"아냐, 작가회의에서 문자가 왔어"
…(중략)…
격렬했던 별 하나 더 집어삼켰으니,
오늘 허무의 블랙홀은 또 얼마나 강력해질 것인가?

집 타령, 길 타령을 슬그머니 내려놓는다.

—「난경파독難境破毒 3–어떤 부고를 받고」 부분

기행과 위악僞惡으로 온 세상을 들쑤셨던 박남철 시인의 부고 앞에, 한때 문단의 3대 주마였던 백인덕은 그만 꼬랑지를 내린다. 더 격렬했던 불행이 "허무의 블랙홀"에 빠지는 것을 볼 때, "난경難境"은 독성을 잃는다.

풍경 넷

별이 사라진 공간에 시인이 있다. 남루한 세계가 유물唯物의 장송곡을 쓸 때, 시인은 하늘의 빛을 끌어들여 세계를 다시 쓴다. 시인은 가능한 모든 길이 사라진 곳에서 가능한 모든 지도를 그리는 자이다. 그것을 프로이트(J. Freud)를 빌려 '소망의 상상적 충족'이라고 불러도 상관없다. 시인은 사라진 가능성을 다시 세계로 불러들이는 자이다. 세계는 어릿광대를 보듯 시인을 조롱할 것이다. 그러나 세계여, 그대는 지금 그대에게 없는 것을 시기하고 있는 것이다. 시인은 모든 것들 다 잃었으되 모든 것을 다 가진 자이다. 그는 아무것도 할 수 없으면서 무슨 짓이든 벌이는 자이다. 시인은 사라진 지도를 다시 그려 세계를 고향으로 돌려보낸다. 그러니 모든 것이 사라졌다고 징징거리지 마라.

시인이란
무릇 돌덩이에 제 핏줄을 얽어
황금으로 만드는 것,
아니, 손바닥 위 모든 황금을 새벽 고양이 털처럼
세상 가장 어두운 곳으로 날리는 재주.

…(중략)…

시인이란
오롯이,
발광發光하는 자해식충自害食蟲이 아니었던가?

시인이 황금을 고양이 털처럼 가볍게 세상의 어두운 곳으로 던질 때, 빛나는 것은 황금이 아니라 스스로를 찢는 시인의 몸이다. 시인은 자신을 찢어서 사라진 빛을 불러온다. 그럼에도 그는 자신을 "식충食蟲"이라 부른다. 벌레처럼 바닥을 기며 하늘의 지도를 그리는 자, 시인 백인덕에게 규범의 세계여, 불화를 허하라. 그는 계속 앓을 것이다.

7.
존재의 구멍을 들여다보기
—이홍섭의 『검은 돌을 삼키다』 읽기

I.

사유는 결핍에서 시작된다. 유한한 존재만이 사유한다. 가령 무변광대한 존재, 신은 사유할 필요가 없다. 신은 스스로 존재하며, 스스로 세계이고, 스스로 현존(Presence)이므로 더 이상 궁구할 것이 없다. 문학은 결핍의 공간에서 시작된다. 문학은 결핍에 대한 공포와 두려움의 산물이며, 마침내 결핍을 수용하(할 수밖에 없)는 길고 긴 과정이다. 이런 의미에서 문학은 피조물이 만든 가장 피조물다운 생산품이다. 가령 어린아이가 거울에 비친 제 모습을 통해 인지한 '완벽한' 형태(게슈탈트)는 상상계의 동일시 전략이 만들어낸 가짜 그림이다. 어린아이는 자신과 세계 사이에 거울의 이데올로기가 존재한다는 사실을 인지하지 못한다. 어린아이는 그 자체 엄마의 몸과 분리되지 않은 이데올로기이다. 그것은 세계와의 완전한 합일 상태가 지속되었던 자궁의 세계를 꿈꾼다. 그러나 상상의 탯줄이 끊어지는 순간 그것은 타자이면서 동시에 자기 자신이었던 세계와 단절되며, 내부에 다양한 균열이 생기기 시작한다. 아이는 드디어 결핍의 세계로 진입한다. 먹지 않으면 끝없이 배고픈 운명이야말로 결핍의 시작이 아니고 무엇인가.

숟가락 하나 하늘에 떠있다

숟가락은 외로운 사내
어디서 왔는지, 어디로 가는지 모르는 천하의 뜨내기

구름은 양도 되었다가, 새도 되었다가
고래가 되기도 하는데

숟가락은 말없이 떠있기만 한다
앞산 오솔길 옆 작은 봉분 같다

숟가락 하나 들고 왔다가
숟가락 하나 놓고 가는 길

숟가락은 떠서
움푹한 외로움을 한술 뜨고 가는가

—「숟가락」 전문

숟가락은 "어디서 왔는지, 어디로 가는지 모르는 천하의 뜨내기"이다. 그것은 마치 하이데거(M. Heidegger)의 "내던져진 존재(thrown-into-being)"처럼 자신의 기원을 알지 못하며 어디로 가야 할지도 모른다. 그것은 존재 자체가 '불안'인 존재이다. 그것은 구름처럼 자신이 아닌 다른 것, 즉 양, 새, 고래 등으로 정체성을 바꾸지도 못한다. 그것은 오로지 먹는 기계이며, 먹는 것을 중단하는 순간 비非존재가 되는 존재이며, 끝없이 먹음에도 불구하고 마침내 "봉분"의 운명을 피할 수 없는 존재이다. 그것은 수시로 채워지지만 영원히 채워지지 않는 허기의 공간이다.

이홍섭의 시선은 결핍의 상태에서 소멸을 향해 가는 것들의 "움푹한 외로움”을 향해 있다. 소멸은 모든 피조물들을 무력하게 만들며, 최종적인 것 앞에서의 철저한 고독을 대면하게 한다. 피조물들은 소멸을 받아들일 수 없으나 피할 수도 없으므로 세계를 향하여 무수한 질문을 던진다. 이러한 질문들이 개념을 만들고, 문장을 만들며, 이미 만들어진 개념들과 문장들을 끝없이 수정하게 만든다.

> 눈이 오면 머하나
> 삼월하고도 열아흐레, 철없이
> 봄눈이 내리네
>
> 길을 떠나면 머하나
> 남의 집 문패만 닦고 가는
> 길손이 되어, 먹기와만 적시다 가는
> 객승이 되어
>
> —「눈이 오면 머하나」 부분

물론 그 질문엔 답이 없다. 답이 없는 질문은 ‘허무’의 정서를 생산한다. 눈이 오면 뭐하고, 길을 떠나면 “머하나”라는 질문은 아무런 답을 얻지 못하지만, 존재에 대한 ‘성찰’을 동반한다. 시인이 볼 때 모든 피조물들은 질문의 열차를 타고 소멸을 향해 가는 “길손”들이고, “객승”들이다. 그들은 유목민처럼 떠돌면서 대답 없는 질문을 던지는 자들이다. 길손은 영원히 길 위에 있는 것이 운명이므로, 모든 곳을 떠돌지만 궁극적으로 갈 곳이 없는 존재이다. 정착하는 순간, 길손은 이미 길손이 아니기 때문이다. 길손이 최종적으로 종착하는 곳은 소멸, 즉 사라짐의 시니피에이다. 정착하는 순간 ‘부재’가 되는 이 놀라운 사건이야말로 신이 명령한 피조물의 운명이다.

> 나는 이제 갈 데 없는 사내가 되었다

몸으로 밀고 간 산골짜기 끝에는 모난 돌이 하나
마음으로 밀고 간 언덕 너머에는 뭉게구름이 한 점

노래와 향기가 흐른다는 건달바성은 멀고

내 손바닥 위에는
구르는 돌멩이 하나와
흩어지는 뭉게구름이 한 점

내가 부른 노래는 구름과 함께 흘러가 버렸고
내가 맡은 향기는 당신이 떠나면서 져버렸다

—「갈 데 없는 사내가 되어」 부분

몸으로 밀고 가든지, 마음으로 밀고 가든지 존재가 확인한 것은 결여, 즉 궁극적인 의미에서 "갈 데"가 없다는 것이다. 그나마 '밀고 감'의 모든 결과가 "흘러가 버렸고" "져버렸다"는 사실은 길손의 삶을 허무로 충만하게 한다.

잿빛 등에는 해진 짚신 한 짝.
눈이 다 녹으면 그는 이 자리에 없을 것이다

—「왜가리」 부분

Ⅱ.

이홍섭이 만지고 들여다보는 것은 결여-소멸의 파장이 그리는 다양한 무늬들이다. 결여의 주체가 결여의 대상을 만나고, 소멸의 주체가 소멸하는 대상들을 바라보는 것. 이렇게 서로 같은 운명의 것들이 서로 만나는 지점에서 이홍섭의 언어가 발화된다. 그는 "삼일장도 너무 긴" 가난한 죽음(「일반 4호실」)을 응시하는가 하면, "자기 집을 육백 미터 앞에 두고" 죽은 한 정신지체 장애인을 들여다보기도 한다.

대관령 아랫마을에 사흘째 폭설이 내리던 날
정신지체 삼 급인 한 사내가 눈 속에서 발견되었다

삼십 리 떨어진 동생 집에서
이틀을 보내고 돌아오는 길이었다

동생이 보고 싶어 늘 걸어서 다녀왔다는 그 길
그는 자기 집을 육백 미터 앞에 두고 숨을 거뒀다

토끼길 하나 내주지 않은 검은 폭설의 밤

—「토끼길」

"검은 폭설의 밤"은 죽이는 힘의 거대함을, "정신지체 삼 급"은 죽임을 당하는 존재의 결핍을 나타낸다. 죽음은 넘치는 에너지로 결핍의 존재를 무너뜨린다. 사랑 때문에("동생이 보고 싶어") (고작 이틀간의) 외유를 했던 결핍의 존재는 (폭설의 옷을 입은) 죽음 앞에 철저하게 무력하다. 죽음은 온 세상을 하얗게 덮고 그 안에 결여의 존재를 묻는다. 죽음은 크고 존재는 작다. 죽음은 결핍의 존재에게 "토끼길 하나 내주지" 않는다.

개울 개울마다 돌단풍이 지천으로 피어났다.
이파리만으로도 아름다운 청춘 같았다.

마을에 하나밖에 없는 다방에서는
애인이 연대 병력쯤 된다는 아가씨가 울먹이는 귀대병의 어깨를 토닥였다.
돌단풍 한 잎이 첫 서리를 맞고 있었다.

나는 어머니에게서 온 편지를 검열당한 이후
아무에게도 편지하지 않았다. 날마다 돌단풍처럼 입이 굳어갔다.

얼마 뒤 귀대병 하나가 총구를 입에 물고
방아쇠를 당겼다. 너럭바위에서 돌단풍이 우수수 떨어져 내렸다.

—「돌단풍」 부분

죽음의 폭력 앞에 청춘도 예외가 아니다. 푸른 돌단풍이 우수수 떨어져 내리는 것도 순식간이다. "울먹이는 귀대병의 어깨를 토닥"이는 다방 아가씨 역시 "연대 병력쯤"의 애인을 가지고 있다 해도 결핍의 존재이기는 마찬가지이다. 돌단풍 지는 너럭바위에 사랑과 허무의 그림자가 그득하다.

하염없이 눈이 내리는 밤, 강원도 깊은 산골짜기 외딴 절에서 홀로 부처님을 모시는 노스님께서 전화를 주셨습니다. 이 시인, 내가 어제 산돼지랑 한판 붙었는데 허리만 조금 삐었어. 잘했지. 말씀인즉슨, 산신각에 기도를 올리러 갔다가 산돼지를 만나서 그놈의 귀때기를 잡고 올라타 한바탕 뒹굴었다는 얘기였습니다. 세속 나이로 환갑을 훨씬 넘긴 노스님께 잘하셨다고 해야 할지, 빨리 도망치시지 그랬느냐고 타박을 해야 할지 참 고민되는 밤이었습니다. 그런데 정말 고민되는 것은 한 시간이 넘게 산돼지 귀때기를 잡고 올라탄 얘기를 하시는 노스님의 전화를 끊어야 할지 말아야 할지 하는 것이었습니다. 이 눈이 그치고도 달포 넘게 아무도 찾아가는 이 없을 그 외딴 절 생각에 산돼지 귀때기가 다 떨어질 때까지 전화기를 놓을 수 없었습니다.

—「산돼지는 눈을 타고」 부분

결핍은 종교적 초월로도 해결되지 않는다. 그것은 뛰어넘을 수 없는 벽이다. 산속 외딴 절에서 홀로 수양 중인 노스님조차도 산돼지와 싸운 '영웅담'을 "한 시간이 넘게" 떠든다. 자기도취와 자랑이야말로 모든 결핍된 존재들의 공유물 아닌가. 피조물들은 이런저런 방식으로 결핍을 드러낸다. 결핍의 주체는 결핍의 대상을 품는다.

늦은 저녁
물미역 하나 놓고 밥을 먹다가
입적하시기 전 물미역을 찾으셨다는
법정스님 생각이 났습니다.

구해 온 물미역을
두 손으로 오래 만지셨다는 입적 여드레 전날이
밀크덩 만져졌습니다.

…(중략)…

스님께서도 생전에
만나는 사람마다 밥은 먹었느냐고 먼저 물어오셨다니
한결 마음이 놓입니다.

먹는다는 것,
만진다는 것,
그리워한다는 것은 늘 성스럽습니다.

가난한 저에게도
오늘 밤은
미역귀처럼 환하게 열립니다.

—「물미역」 부분

화자는 추상의 세계가 아니라 감각계에서 '성스러움'을 발견한다. 먹고 만지고 그리워하는 것은 살아있음의 표식이다. 몸이 소멸의 종점에 도달하지 직전까지 피조물은 생의 명령에 충실하게 먹고 마시고 그리워한다. 그것은 무변광대한 존재의 문법에 화답하는 피조물의 고유한 방식이다. 그러므로 소멸의 운명에도 불구하고 살려고 애쓰는 그 모든 살아있는 것들의 분투는 성스럽고 장엄하다.

귀신도 바짝바짝 몸이 마르는 밤

가난과 병마와 원고지는
칸칸이 비워 두고
누런 기름이 둥둥한 토종닭을 함께 먹고 싶은 사람이 있다

—「토종닭 고아 먹는 밤」

Ⅲ.

비유하자면 이홍섭의 시들은 '맑은 된장국' 같다. 그것들은 멋을 부리지도, 화려한 색감을 자랑하지도 않는다. 그러나 먹으면 먹을수록 웅숭깊은 맛이 난다. 한지 위에 그려진 몇 줄의 먹 부림처럼 그것은 잔잔하면서 애처롭고, 허무하면서 따뜻하다. 그는 자기 내부의 결핍을 바깥으로 드러내고, 타자들의 외부에 드러난 결핍을 통해 그것들의 안으로 들어간다. 그는 생을

응시하면서 소멸을 응시하고, 소멸을 이야기하면서 생의 '순간'의 황홀함을 읽어낸다. 소멸의 운명이어서 생명의 순간은 더욱 빛난다.

> 뻣뻣하게 서있던 소나무 떼가
> 한순간, 불어오는 바람에 몸을 실을 때가 있다
>
> 숨죽이던 파도가
> 일순간, 앞 파도의 등에 올라탈 때가 있다
>
> 긴긴 골짜기를 내려온 바람이
> 뎅뎅뎅, 절간 풍경을 때리는 아침
>
> 극락보전 앞마당을 가로지르던 숫두꺼비 한 마리가
> 몰록, 암놈 등에 올라탄다
>
> —「풍매」 전문

소멸의 운명을 지닌 미천한 것들이 "한순간" "일순간" 보여 주는 생명에의 도약은 눈부시다. 숫두꺼비가 "몰록, 암놈 등에 올라"타는 순간, 생명은 최고의 도약 상태에 이른다. 조르조 아감벤(G. Agamben)의 『불과 글』에는 이런 아름다운 문장이 있다. "액체가, 다시 말해 존재가 취하는 두 가지 극단적인 형상은 물방울과 소용돌이다. 물방울은 액체가 스스로에게서 떨어져 나와 황홀경에 빠지는 지점에서 발생한다". 나는 이 문장을 이홍섭의 시에 빗대어 이렇게 다시 쓰고 싶다. 소멸의 주체들은 어느 순간, "몰록" 소멸의 운명에서 빠져나와 "황홀경"에 빠진다. 그 순간, 생은 영원하다.

> 내리다 내리다 눈도 지친 밤

토끼 걸음으로 절에서 내려오는데
사하촌寺下村 작은 식당에서 불빛이 새어 나온다

산으로 가는 길은 끊긴 지 오래
꼭대기 암자의 부처님도 독수공방에 드신 지 오래

…(중략)…

황태국을 팔던 식당 안에서는 젊은 부부가
책상다리를 하고 포르노를 보고 있다

또 여기서 두 달은 기다려야 길이 열리는 마을

마가목 가지가 붉은 열매도 없이 휘는 밤

—「설국」 부분

사람을 압도하는 자연도 지친 밤("내리다 내리다 눈도 지친 밤"), 산꼭대기 "암자의 부처님도 독수공방에 드신 지 오래"인 시간에, "책상다리를 하고 포르노를 보고 있는" 젊은 부부는 소멸의 소용돌이에서 빠져나온 생명의 물방울, 순간의 황홀경이 아니고 무엇인가. 그러므로 소멸은 생명을, 생명은 소멸을 안고 도는 두 개의 방정식이다.

한평생 건달로 살고자 하였더니
오늘은 탑 하나가 우뚝 선다

탑을 세우자니 건달이 울고
건달을 세우자니 탑이 운다

앞마당의 저 보살은
왜 또 살포시 미소를 머금나

―「강릉 신복사지 석조보살좌상」 전문

"건달"이 있기 때문에 "탑"의 의미가 생기며, "탑"이 있기 때문에 "건달"의 생활이 반추된다. 소멸이 있기 때문에 생명이 문제가 되고, 소용돌이가 있기 때문에 물방울이 의미를 갖는다.

가난이 바다를 부르고
가난이 달맞이꽃을 열어 보이고
가난이 솟대를 날아오르게 했다

가난이 산을 부르고
가난이 절을 부르고
가난이 당신을 부르고
가난이 하늘 높이 손을 들어올렸다

―「가난한 시인」 부분

결핍은 "솟대를 날아오르게" 하고, 세상의 모든 것들을 호명하며("부르고"), 묻고 따지고 다시 묻는다. 그것은 무엇보다도 "가난한 시인"을 만들어 낸다. 소멸과 생명, 순간과 영원, 존재와 부재 사이에서 왕복운동을 하며 무수한 질문들을 날리는 자가 시인이다.

나에게는 구멍이 많다
여기도 구멍,
저기도 구멍,
내 삶의 담벼락은 구멍 천지다

구멍이 많아 슬플 때는

슬픔이 모든 구멍으로 흘러넘칠 때는

하루 종일

검은 돌이나 삼킨다

…(중략)…

나는 구멍과 싸운다

구멍은 슬픔이고

구멍은 나의 적이고

구멍은 나의 동지이고

구멍은 운명이다

—「구멍」 부분

아마도 『검은 돌을 삼키다』는 시집 제목이 이 시에서 나왔을 텐데("검은 돌이나 삼킨다"), 이 시야말로 이홍섭이 분투하고 있는 것의 정체를 잘 요약하고 있다. 그는 구멍투성이의 주체로 구멍투성이의 현실에서 구멍들과 싸운다. 그는 결핍과 싸우고, 결핍과 한편이 되고, 결핍을 운명으로 받아들인다. 그 소용돌이에서 순간 빠져나온, 황홀경의 물방울이 그의 시이다.

8.
액체의 시간을 견디기
—정숙자 시집 『액체계단 살아남은 니체들』 읽기

I.

정숙자의 시를 처음 읽는 독자들은 그 낯설음에 당황할 것이다. 『액체계단 살아남은 니체들』이라는 시집의 제목도 독자들을 당혹스럽게 만든다. "액체계단" 뒤에 쉼표가 없으므로 "액체계단"은 "니체들"과 동일시되지 않는다. "액체계단" 뒤에 조사助詞가 없으므로 "액체계단"은 "살아남은"의 대상도, 조건도 아니다. "액체계단" 다음에 연결사가 없으므로 이것은 "니체들"과 등위等位를 이루지도 않는다. 말하자면 이 시집은 제목부터 규범/비규범의 경계를 무너뜨리고 있다. 이 시집의 "일러두기"에는 "이 시집의 시 제목과 시 본문 가운데 일부는 저자의 뜻에 따라 현행 한글맞춤법 및 본 출판사의 표기 원칙과 다르게 표기했음을 미리 알립니다"라는 친절한 안내가 있지만, 이는 비단 맞춤법이나 표기 원칙만의 문제가 아니다.

규범 안에 있는 언어를 우리는 '일상 언어'라고 부른다. 시적 언어가 가장 혐오하는 언어는 규범 언어, 일상 언어이다. 시적 언어는 일상 언어의 창고에서 탄생하지만 일상 언어를 가장 혐오한다는 점에서 배신의 언어이며 전복顚覆의 언어이다. 그러니 '규범'을 어기지 않고 어떻게 '시적인 것(the poetic)'을 생산하겠는가. 시적 언어가 규범을 배신할 때, 독자들은 모든 배신에 대하여 그러하듯이 불편함을 느낀다. 이런 점에서 시적 언어는 '개기는' 언어이며 스스로를 낯설게 만듦으로써 세계를 낯설게 만드는 언어이다. 정숙자 언어의 '낯설음'은 독자들을 텍스트 바깥으로 자꾸 밀어낸다. 그것은 마치 브레히트(B. Brecht)의 '소외 효과(alienation effect)'처럼 독자들에게 편안한 소비의 경험을 허락하지 않는다. 정숙자는 개념, 이미지, 상징, 문장과 문장 사이의 접점들을 의도적으로 깨뜨림으로써 사유에 게으른 독자들로 하여금 '사유思惟'하지 않을 수 없게 만든다. 이리하여 독자들이 정숙자의 시를 읽으면서 "이게 뭐지?"라고 혼잣말을 내뱉는 순간 독자들은 정숙자의 전략에 말려든 것이다. 텍스트로부터 이화異化된 독자들이 소외 상태에서 정숙자의 텍스트에 서서히 동화同化되는 과정이 정숙자 언어의 문법을 이해하는 과정이다. 가령 이 시집의 첫 시, 「관, 이후」를 보자.

> 무덤, 거기서부터 잣대가 투명해진다
> 과거의 별에게 특혜란 없다
>
> —「관, 이후」 부분

제목의 "관"과 본문의 "무덤" "과거"는, '죽음' '사라진 것' '앞서간 것' 등을 의미하는 유사어類似語들이다. 말하자면 이 시는 이미 과거가 되어버린 것들, 이미 죽은 것들의 "이후"를 노래하고 있다. 이 시의 주된 관심은 따라서 '이전'인 과거가 아니라 '이후'인 '현재'이다. "무덤"에서부터 "잣대가 투명해진다"는 것은 과거(이전, 죽음), 즉 그 "특혜란 없"는 "별"이 현재를 평가하는 객관적이고도 냉정한 '기준', 즉 출발점임을 말해 주고 있다. 모든 현재는 냉정하게 평가된 과거 위에서 시작되어 자신도 (마침내 냉정하게 평가되는) 과거가 된다.

> 그 책갈피에선 개구리도 몇 마리 뛰어내려

괄~ 걸~ 괄~ 걸~ 과거를 운다
수맥의 후원도
덩굴손도 시렁도 없는
오로지 작품만이 중력이었던 타인의 고독을 갚으며 운다

'백 년은 가히 등燈이다' 표4 뒤의 오늘,
오늘은 다시 또 백 년을 넘겨받는다

—「관, 이후」 부분

그리하여 "관, 이후"(현재)에 '관'의 시대(과거)를 돌아보면 그것은 아무런 "후원도/ 덩굴손도 시렁도 없는/ 오로지 작품만이 중력이었던 타인"이며, 현재가 그것에 아무런 "특혜"를 부여하지 않으므로 그것은 "고독"할 수밖에 없다. 현재의 주체가 그 "고독을 갚으며 운다"는 것은 그의 "백 년을 넘겨받"으며 자신도 나중에는 결국 그 고독한 "과거의 별"이 되기 때문이다. 이 시의 의미를 이렇게 읽어내려면, 즉 이 시에 동화되려면 이 시를 적어도 두, 세 번은 천천히 반복해서 읽어야만 한다. 그러다 보면 독자들은 쫓겨난 이방인에서 초대받은 손님으로 서서히 변하게 되며, 그 무수한 낯설음이 사실은 의미의 환대였음을 알게 된다. 그리하여 그의 시를 읽는다는 것은 텍스트의 강력한 이화작용을 겪으며 텍스트에 동화되는 과정을 경험하는 것이고, 낯설음을 견디며 새로운 언어와 만나는 것이다. 그러나 문제는 정숙자의 텍스트에 미리 정해진, 완결된, 의미의 목적지가 없다는 것이다. 그것은 동화의 과정에서 끊임없이 이화하는 언어이며, 화해의 과정에서 계속 불화를 일으키는 언어이다. 따라서 위에서 보여 준 「관, 이후」 읽기는 그 친화와 불화의 과정에서 찾은 의미의 한 회로일 뿐이다. 다른 독자들은 텍스트의 다른 문을 열고 다른 길을 따라 다른 출구로 나갈 수 있다.

롤랑 바르트(R. Barthes)는 규범 언어를 위반하는 텍스트가 최고의 기쁨(pleasure)과 희열(bliss)을 생산한다고 하였다. 그가 볼 때 텍스트의 희열은 작가가 뻔한 의미의 회로를 만들어놓고 다른 해석의 길을 차단할 때 최소화된다. 반대로 독자들로 하여금 작가처럼 의미를 생산하도록 텍스트의 다양한 회로를 열어놓는 '작가적 텍스트(writerly)'야말로 훌륭한 텍스트이다. 이런 점에서 정숙자의 시들은 낯선 언어로 독자들을 난감하게 함으로써 스스로 의미를 생산하도록 만드는 '작가적 텍스트'이다. 정숙자의 시편들 속에서 수동적 소비자가 될 것을 거부당한 독자들은 스스로 길을 찾음으로써 의미 생산의 또 다른 주체가 되지 않으면 안 된다. 정숙자는 의미를 독점하지 않고 스스로 의미의 교차로가 됨으로써 독자들이 그 위를 마음대로 지나가게 만든다.

Ⅱ.

어찌 됐든 이 시집의 첫 번째 시인 「관, 이후」에서 나는 정숙자의 세계를 열 만한 실마리를 찾을 수 있었다. 정숙자는 이 시 속에서 과거의 작가들로부터 과거의 시간을 넘겨받으며, 현재의 냉정한 비평 앞에서 "특혜"라곤 찾아볼 수 없는 그 고독에 몸서리치고("무덤이 열렸다고 말할 뻔했다"), 자신의 글쓰기 역시 그 고독에 대한 빚 갚음임("고독을 갚으며 운다")을 고백한다. 이렇게 보면 정숙자는 누구보다도 "전통과 개인적 재능"(T. S. 엘리어트)의 관계를 잘 이해하고 있는 시인이다. 순전한 의미의 개인적 재능은 없다. 모든 재능은 전통과의 관계에서 생산되며 스스로 전통이 된다. 개별성이란 집단성을 이어받으며 다른 한편으로 그것과 결별하는 과정에서 생겨나는 것이다. 시간의 연속성 위에 존재하는 모든 개체들은 이와 같은 '흐름' 속의 분자分子들이며 '무엇-되기'의 과정에 있다.

> 현재는 측근이며 최측근이다
> 앞 옆 뒤쪽에 위아래에 멀리 또는 가까이 들어차 있다

…(중략)…

그리고 몇 광년쯤 돌아보리라

…(중략)…

거울이여 '현재'는

측근도 최측근도 아닌 나 자신이군요

수많은 신체와 정신이었군요

방금 스친 현재도

끝 모를 공간으로까지 흩어지겠군요

—「현재의 행방」 부분

"나 자신"이라는 "현재"가 "수많은 신체와 정신"의 축적된 결과라는 인식이 바로 그것이다. 이 시의 마지막 연의 "고맙다는 인사를 띄워야겠습니다/제가 돕지 못한 그들이 저를 위해 떠돌다니요!"라는 전언은 누적된 전통에게 바치는 한 새로움의 겸허한 헌사이다.

더 이상의 새로움은 '이미'에게 포위되었다

그러나, 그러나, 그러나 질투른 폭발이 있다

봉쇄된, 봉쇄된, 봉쇄된 기암-절벽을 뚫어

빈틈을 입증하는 뿌리가 있다

먼 산 이끄는 외솔이 있다

—「굿모닝 천 년」 부분

"'이미'"가 전통이라면 "폭발"은 현재이다. "더 이상의 새로움은 '이미'에게 포위되었다"라는 말은, 모더니스트들의 실험의 말미에서 포스트모더니스트들이 내뱉은 "모든 형식은 고갈되었다"라는 절망 어린 고백과 일치한다. 새로운 형식은 그 자체 새로움이면서 동시에 다른 새로움을 막는 "봉쇄"의 언어이다. 모든 새로운 형식은 그것을 마지막의 형식으로 만들고자 한다. 그러나 바로 그 '이미'에게 포위된 언어는 결국 "폭발"하고 만다. 모든 봉쇄의 언어에는 "빈틈"이 있게 마련이고, 새로움은 봉쇄의 전통이 탐지하지 못하는 곳에서 빈틈을 발견하고 그것에 구멍을 내며 균열을 창조하는 힘이기 때문이다. 그리하여 모든 새로움은 다시 "먼 산"을 생산하는 외로운 주체("외솔")가 되는 것이다. 3부에 실린 '칸트 프리즈' 연작시들은 대부분 이런 시간에 대한 사유를 보여 준다.

Ⅲ.

그렇다면 "폭발"의 사유와 언어는 어떤 형상을 입고 있을까. 그것은 다름 아닌 "액체"이다. 고체가 결정된 것, 완성된 것, 변하지 않은 것, 닫힌 것을 의미한다면, 액체는 그 모든 결정성을 허물어뜨리는 힘이다. "모든 견고한 것들은 대기 중에 녹아내린다(All that is solid melts into the air)"는 마르크스와 엥겔스의 예언은 생산양식의 역사만이 아니라 문화사에도 그대로 적용된다. 마샬 버만(M. Berman)은 이 구절을 차용해 자신의 저서명으로 삼으면서 그 책의 부제를 "근대성의 경험"이라고 달았다. 그는 근대성 그리고 그것의 문화적 표현인 모더니즘이야말로 그 모든 "견고한 것들"의 충돌과 무너짐의 결과라고 본다. 그는 소위 탈근대성 역시 새로운 것이라기보다는 아직 완결되지 않은 근대성의 실현의 과정으로 본다는 점에서 『액체 근대』를 쓴 지그문트 바우만(Z. Bauman)과 유사한 입장을 가지고 있다. 바우만은 근대를 "고체 근대"와 "액체 근대"로 구분한다. 바우만이 말하는 '액체 근대'라는 개념은 사실 다른 논자들이 '탈근대성'의 개념으로 논의하는 것이다. 고체 근대가 무겁고 체계적이며 응축된 것이라면, 액체 근대는 그 모든 체계들을 뛰어넘은 유동성, 가벼움, 분산分散성, 양가성(ambivalance)을 그 특징으로 삼는다.

정숙자에게 있어서 전통을 뛰어넘는 "폭발"의 사유와 언어는 바로 액체의 언어이다.

직각이 흐르네
직각을 노래하네
직각
　직각
　　직각 한사코 객관적인
도시의 계단들은 경사와 수평, 깊이까지도
하늘 깊숙이 끌고 흐르네

…(중략)…

바로, 똑바로, 직각으로 날아오른 계단은 자신의 DNA를 모두에게 요구하네. 허튼, 무른, 휘청거리는 발목을 수용치 않네. 가로, 세로, 직각으로 눈뜬 모서리마다 부딪치며 흐르는 물소리 콸콸 콸콸콸 노상 울리네.

…(중략)… 생사의 성패의 지엄한 잣대가 계단 밑 급류에 있네.

—「액체 계단」 부분

수많은 "직각"으로 이루어진 계단은 '고체 계단'이다. 그것은 자신의 문법을 강요하고 다른 목소리를 허용하지 않는("자신의 DNA를 모두에게 요구하네. 허튼, 무른, 휘청거리는 발목을 수용치 않네") 시스템이다. 그러나 하늘 높이 솟구치는 고체의 계단은 언제든지 "액체계단"이 될 위험에 임박해 있다. 그것의 "가로, 세로, 직각으로 눈뜬 모서리마다" "콸콸 콸콸콸 노상 울리"며 "부딪치며 흐르는 물소리"가 있기 때문이다. 물은 모든 견고한 것들을 녹이는 힘이며, 수직을 수평으로 만드는 에너지이다. 물은 가둠이 아니라 열림을 향해 있으며 응축이 아니라 분산을 향해 있다. 이런 점에서 액체는 결정성을 비결정성으로, 구축(construction)을 해체(deconstruction)로 만드는 힘이다. 액체의 언어는 그 모든 진리 독점을 거부하는 전복의 언어이다.

액체에 의해 "경쾌 발랄 순식간에 계단이 접힌다"(「풍크툼, 풍크툼」). 롤랑 바르트(R. Barthes)의 『밝은 방』(『카메라 루시다』로도 알려져 있다)에 나오는 사진 용어인 푼크툼(혹은 풍크툼punctum)의 라틴어 어원은 "상처, 찔린 자국, 흔적"이다. 푼크툼은 "찔린 자국이고, 작은 구멍이며, 조그만 얼룩이고, 작게 베인 상처"로서 "사진 안에서 나를 찌르는 그 우연"이다. 스투디움studium이 대상의 일반성을 전달하는 언어라면, 푼크툼은 일반성 너머와 배후에서 그것을 교란시키는 상처의 언어이고 사랑의 언어이다. 그것은 상투성과 복제의 문법에 구멍을 뚫어 사진의 평면성을 깨뜨린다. 푼크툼은 코드화되고 정형화된 스투디움을 불규칙하게 가로지르며 탈코드화된(decoded) 언어를 생산한다. 사진이 예술로서 독자의 감성을 건드리고 찌르는 것, 그리하여 기억과 무의식 속의 상처와 흔적을 호출해 내는 것은 바로 푼크툼을 통해서인 것이다. 정숙자가 "경쾌 발랄 순식간에 계단이 접힌다"는 전언을 「풍크툼, 풍크툼」이라는 제목의 시 속에 넣은 이유가 바로 여기에 있다. "풍크툼"은 고체의 코드를 해체하는 액체의 언어이기 때문이다.

Ⅳ.

그렇다면 이제 남은 것은 액체의 시간을 견디는 것밖에 없다. 정숙자에게 있어서 시간은 고체의 전통을 깨뜨리는 액체의 시간이며, 액체는 그 모든 결정성을 비결정성으로 해체함으로써 존재를 '됨' 혹은 '되어있음'이 아니라 '되기(becoming)'로 만드는 힘이다. 정숙자는 이러한 '되기'로서의 존재의 모습을 들뢰즈(G. Deleuze)의 먼 철학적 선배인 니체에게서 찾는다.

그들, 발자국은 뜨겁다
그들이 그런 발자국을 만든 게 아니라
그들에게 그런 불/길이 맡겨졌던 것이다

오른발이 타버리기 전
왼발을 내딛고
왼발 내딛는 사이
오른발을 식혀야 했다

…(중략)…

삶이란 견딤일 뿐이었다.

…(중략)…

늘 생각해야 했고
생각에서 벗어나야 했던 그들
…(중략)…
물결치는 산맥들

강물을 거스르는 서고書庫에서, 이제 막 광기에 진입한 니체들의 술잔 속에서…

—「살아남은 니체들」 부분

액체의 시간을 사는 자들은 한 생각이 굳어지기 전에 다른 생각을 해야 하는 자들이며, 한 발이 지상에 닿기도 전에 다른 발을 떼어놓아야 하는 존재들이다. 그들에게 규정된 사유의 자리란 존재하지 않는다. 이런 점에서 액체의 시간대에서는 모든 존재가 본질적으로 유목민들이다. 그것은 낡은 전통의 "강물을 거스르는 서고"이며, 모든 견고한 것들을 무너뜨리는 "광기"의 사유들이다. "니체들의 술잔"은 모든 고체들의 완결성과 규정성을 녹이는 액체의 넘침이고, 이리하여 그 모든 현재는 "살아남은 니체들"의 것이다. 정숙자는 늘 시간에 대한 사유에 잠겨있으며, 그는 그 시간이 전통과 개인이 충돌하는, 개체의 높은 계단과 탑들이 무너지는 액체의 시간임을 항상 자각하고 있다. 그리고 시인으로서의 자신의 삶이 그 모든 견고한 것들을 무너뜨리되, 그렇다고 그 무너진 자리에 안주할 수 없는 삶임을 잘 알고 있다. 그것은 태생적 유목의 삶이며, 이런 점에서 시인은 "니체들의 술잔 속에서" 모든 견고한 것들이 무너지는 굉음을 들으며 견디는 자이다.